BASTEI
LÜBBE

FRÉDÉRIC DARD

In San Pedro oder irgendwo

Aus dem Französischen übersetzt
von Anna Cordes

BASTEI LÜBBE

BASTEI-LÜBBE-TASCHENBUCH
Band 10 530

Deutsche Erstveröffentlichung
Titel der Originalausgabe: A SAN PEDRO OU AILLEURS

Printed in Western Germany 1985
Einbandgestaltung: Manfred Peters
Titelbild: Mall-Design, Stuttgart
Satz: Fotosatz Froitzheim, Bonn
Druck: Ebner Ulm
ISBN 3-404-10530-3

Der Preis dieses Bandes versteht sich einschließlich
der gesetzlichen Mehrwertsteuer

Erster Teil

Daniela

1

»Glauben Sie, daß Fliegen Whisky mögen?«

Ich blickte nicht gleich auf, denn ich war viel zu sehr damit beschäftigt, eine dicke träge Fliege mit einem Tropfen Whisky einzufangen, den der Barkeeper auf der Theke verschüttet hatte.

Im Sommer duldeten es die Fliegen nicht einmal, daß man mit dem Finger einen magischen Kreis um sie beschrieb. Schon bei der kleinsten Bewegung auf sie zu wären sie fortgeflogen. Aber diese hier war eine Winterfliege, die schwer an ihrem Überleben trug. Sie näherte sich vorsichtig dem Tropfen und zog sich eilig zurück, um kurz darauf wieder auf ihn zu stoßen. Schließlich schien sie zu begreifen, daß sie eingeschlossen war, und eine merkwürdige Panik überfiel das Insekt.

Die Fliege hatte offensichtlich vergessen, daß sie Flügel besaß.

Als es ihr endlich doch noch einfiel, hob sie schwerfällig wie ein überladenes Frachtflugzeug ab.

»Nein«, antwortete ich. »Sie haben ja selber gesehen, daß Fliegen keinen Whisky mögen.«

Die blonde Frau begann zu lachen.

»In diesem Fall danke ich Gott, daß er keine Fliege aus mir gemacht hat.«

Sie hob ihr Glas, als wollte sie mir zuprosten, und begann in langen Zügen zu trinken, wobei sie fortfuhr, mich durch die beschlagenen Wände ihres Glases anzustarren. Als es leer war, setzte sie es nicht ab, sondern versuchte vielmehr, noch den letzten Tropfen aus den Eiswürfeln herauszusaugen.

Ich entschied, daß irgend etwas an ihr aufregend war, und begann sie zu begehren. Ihre Lippen, die durch die Krümmung des Glases noch vergrößert wurden, wirkten so wunderbar gierig.

»Es gibt noch welchen auf der Theke«, sagte ich zu ihr

und zeigte auf die kleine goldbraune Lache, vor der meine Fliege gerade Reißaus genommen hatte.
»Danke, daß Sie mich darauf hingewiesen haben«, antwortete sie ernsthaft. »Ich muß ihn verschüttet haben.«
Und dann machte sie etwas, was ich noch nie bei einer Frau, noch nicht einmal bei einer so betrunkenen Frau wie dieser hier, gesehen hatte: sie leckte den Tropfen Alkohol von der Mahagoniplatte der Bar. Ihre Haare, die auf beiden Seiten ihres Kopfes herunterhingen, erinnerten mich an die Ohren eines Spaniels. Überhaupt hatte sie in diesem Moment eine kolossale Ähnlichkeit mit einer Hündin.
Als sie sich wieder aufrichtete, konnte man noch die Spuren ihres Lippenstiftes auf der Theke sehen. Unsere Augen trafen sich. Sie blickte mich so treuherzig an, daß ich mich plötzlich für den Vorfall zu schämen begann.
Ich überlegte, was ich ihr wohl Nettes sagen könnte.
»Wollen Sie mich heiraten?« fragte ich schließlich unvermittelt.
Sie schien meine Frage zu überdenken und schüttelte den Kopf. Ich fühlte mich irgendwie gekränkt.
»Gefalle ich Ihnen nicht?«
»Nein, und meinem Mann würden Sie auch nicht gefallen, was noch viel schlimmer ist.«
Ich zuckte die Achseln.
»Schade, daß Sie glücklich verheiratet sind.«
»Gefalle ich Ihnen denn so gut?«
»Nun, wir wollen es mal nicht übertreiben. Ich finde Sie nicht schlecht, aber vor allem bin ich an Ihrem Geld interessiert, denn Sie sind reich, nicht wahr?«
»Kennen Sie mich denn?« fragte sie erstaunt. Die Unverschämtheit meiner Bemerkung war ihr offenbar entgangen.
»Nein, aber ich kenne den Preis von dem Nerz, den Sie anhaben und schätze den Wert Ihrer Ohrclips auf mindestens zwanzigtausend Francs.«

Sie stieß ein bitteres Lachen aus und hielt dem Barkeeper ihr leeres Glas hin.
»Sie sind noch viel flegelhafter, als Sie vorgeben zu sein: die Ohrringe sind dreimal soviel wert!«
Der Barkeeper goß ihr einen mindestens doppelten Scotch ein, von dem sie erst einmal die Hälfte pur trank, dann füllte sie ihr Glas mit dem Syphon auf.
»Sie sehen aber auch nicht gerade so aus, als wären Sie total abgebrannt«, sagte sie und bedachte mich mit einem Blick, der noch viel verführerischer war als alle anderen davor.
»Ich bin auch nicht abgebrannt.«
»Ich glaube, man muß schon ganz schön pleite sein, um darauf angewiesen zu sein, durch eine Heirat wieder zu Geld zu kommen . . .«
Nun war ich an der Reihe, mein Glas hinunterzustürzen. Eigentlich trank ich alles, aber betrinken mochte ich mich nur mit Campari. Das stammte noch aus meiner Jugend: ich hatte mir damals meinen ersten gewaltigen Rausch mit Campari angetrunken.
»Sie irren sich, wenn Sie denken, daß ich einfach nur im herkömmlichen Sinne an dem Geld einer Frau interessiert bin. Mir geht es nur darum, daß sie nicht arm ist. Ich hasse arme Leute. Ich finde sie kleinlich. Sie haben ein gestörtes Verhältnis zum Leben.«
»Es ist reichlich geschmacklos, was Sie da sagen.«
»Ich weiß, wovon ich rede. Ich bin arm geboren, und das ist eine Krankheit, von der man sich nur sehr schlecht jemals erholt. Eigentlich bin ich noch gar nicht wieder richtig hergestellt und kann es mir deshalb nicht erlauben, mich um andere zu kümmern. Vielleicht später mal, wenn ich sehr alt bin. Ja, vielleicht werde ich mich eines Tages damit unterhalten, Kaviar an Vorstadtmädchen zu verfüttern.«
»Oh, Sie wirken aber eigentlich schon wieder ganz gesund«, versicherte die blonde Frau. »Sie können es sich ja offensichtlich sogar leisten, nichts zu tun . . .«

»Wenn ich tatsächlich geheilt wäre, wäre ich in der Lage gewesen, Ihre Ohrringe richtig einzuschätzen, oder? Wie Sie sehen, habe ich da noch eine Menge Wissenslücken...«
Wir schwiegen einen Moment und wandten der Bar den Rücken zu. Ab und zu streifte uns ein tanzendes Paar. Die Leute in diesem Laden wirkten alle reichlich aufgekratzt, und die Temperatur hier hätte es mit jeder Sauna aufnehmen können.
»Tanzen Sie mit mir?« fragte meine Nachbarin.
»Nein, das will ich mir nicht antun.«
»Sind Sie eigentlich immer so ein Flegel, oder ist es nur so eine Laune von Ihnen?«
»Wahrscheinlich beides.«
Ich bat den Barkeeper, mir noch etwas nachzuschenken. Es war ein junger Typ mit sehr dunkler Hautfarbe; er erinnerte mich an Mariano. Ich bemerkte, daß die Frau meine Hände anstarrte, die die Theke umklammert hielten.
»Haben Sie mich eben nur so zum Spaß gefragt, ob ich Sie heiraten will?«
»Ich schwöre, daß es mir ernst war.«
»Und was hat dann der Ehering an Ihrer Hand zu bedeuten?«
»Ich hatte ihn nur vergessen...«
Ich versuchte ihn abzuziehen, aber meine Finger waren seit der Heirat dicker geworden, und der Durchmesser des mittleren Fingergelenks war inzwischen fast größer als der Ring selbst. Ich tauchte meinen Ringfinger in das Glas und zog erneut mit aller Kraft. Endlich glitt der Ehering von meinem Finger, der nun ganz nackt und leer wirkte.
Ich hielt den Ring noch einmal in das grelle Licht unter dem Pergamentschirm einer Lampe. Dann richtete ich mich auf, lehnte mich über den Tresen und warf meinen Ehering in den Abfluß des Spülbeckens.

Ich mußte an den Tag denken, als ich diesen Ehering in einem armseligen kleinen Schmuckladen irgendeines Vororts gekauft hatte, und wie stolz ich damals auf ihn war. Einen Augenblick war mir, als würde ich gleich in Tränen ausbrechen, aber dann war es glücklicherweise auch schon wieder vorbei. Meine Nachbarin starrte mich entgeistert an und schüttelte leicht den Kopf.
»Das finde ich unerhört!« sagte sie nach einer Weile.
»Ach, wirklich?«
»Man hat nicht das Recht, die Vergangenheit auf diese Weise zu verleugnen. Wenn man seine Vergangenheit nicht respektiert, verbaut man sich auch die Gegenwart!«
»Sie haben den Nagel auf den Kopf getroffen: meine Gegenwart ist total verbaut!« seufzte ich. »Soll ich Ihnen ein Geständnis machen? Ich bin tot!«
»Das sieht man. Geht das schon lange so?«
Ich dachte nach. »Ich bin mit ungefähr sieben Jahren in ein Koma gefallen, und mit dreißig war alles gelaufen.«
Sie verzog das Gesicht.
»Die meisten Lebenden sind tot. Sie wissen es nur nicht. Gelingt es Ihnen wenigstens ab und zu, wieder von den Toten aufzuerstehen?«
»Ja, manchmal, nach dem fünften oder sechsten Campari.«
»Ihr wievielter ist das jetzt?«
»Ich glaube, mein dritter.«
Die Frau gab dem Barkeeper, der uns aufmerksam beobachtete, ein Zeichen.
»Drei Campari und ein Whisky, Oscar!«
Er schien ihre Launen schon zu kennen, denn ohne mit der Wimper zu zucken, stellte er kurz darauf die gewünschten Gläser vor sie hin.
Meine Nachbarin wies auf die drei leuchtend roten Getränke.
»Trinken Sie schnell noch etwas von diesem Lebenselixier. Ich fürchte mich nämlich vor Toten!«

Ich trank die drei Campari hintereinander weg. Ich fühlte eine jähe Hitzewelle in mir aufsteigen und wurde plötzlich ganz euphorisch. Trotzdem war es nicht so wie immer. Es blieb eine gewisse Traurigkeit, und sie hing mit dem Ehering zusammen, den ich eben weggeworfen hatte.
»Sind Sie geschieden?« fragte sie.
»Ja.«
»Schon lange?«
Ich sah auf meine Uhr. Sie zeigte eben nach Mitternacht. Ich rechnete kurz nach und sagte dann möglichst lässig: »Seit ungefähr dreizehn Stunden.«
»Ah, deshalb . . .«
»Was soll das heißen?«
Aber sie hielt es nicht für nötig, mir zu antworten.
»Denken Sie, daß ich hier mein Dasein als Ehemann zu Grabe trage?«
Sie leerte ihr x-tes Glas Whisky mit kleinen, genießerischen Schlucken und setzte es erst ab, als es nur noch das pure Eis enthielt.
»Das ist mir egal«, entgegnete sie. »Und überhaupt, ich finde Sie stinklangweilig. Ich mag keine Männer, die Trübsal blasen!«
Ich zuckte unter dieser brutalen Zurückweisung zusammen, denn ich spürte, daß sie es ernst meinte. Ich hatte plötzlich aufgehört, ihr Interesse zu erregen, und sie beschloß, mich augenblicklich zu vergessen.
Ich war gekränkt.
»Es ist eigenartig«, sagte ich zu ihr, »obwohl Sie für eine Frau ganz schön frech sind, stört es mich überhaupt nicht.«
Sie holte ihren Lippenstift aus der Handtasche und zog ihn nervös aus seiner Kappe.
»Worte sind niemals frech«, gab sie zurück. »Es ist vielmehr die Art, wie man sie sagt. Glauben Sie, daß die Taubstummen ihre Gesten verschieden betonen können?«

Sie zog sich eilig die Lippen nach und preßte sie dann zusammen, um das Rot besser zu verteilen. Als sie damit fertig war, lächelte sie mich wieder spöttisch an.
»Mit Ihnen ist es ganz genauso«, sagte sie. »Ihre Flegelhaftigkeit regt mich nicht im geringsten auf. Sie flößt mir eher Mitleid ein.«
Sie machte den Eindruck, als hätte sie jedesmal, wenn unsere Blicke sich kreuzten, Mühe, sich an mich zu erinnern. Ihr Blick wirkte aufmerksam und verwirrt zugleich, so, als hätte sie mich schon einmal getroffen und wüßte nun nicht mehr, wo sie mich hinstecken sollte.
»Warum Mitleid?«
»Weil irgend etwas an Ihnen ganz erbärmlich ist.«
»So was hat mir noch nie jemand gesagt«, stammelte ich. Dabei war mir selber wahrscheinlich noch mehr als meiner Nachbarin die Lächerlichkeit meiner Antwort bewußt.
Sie zuckte die Achseln.
»Es gibt immer jemanden, der einem etwas zum ersten Mal sagt, was die anderen nie zu sagen gewagt haben. Irgend jemand, der sich den Luxus erlaubt, für die Dauer eines Whiskys ausnahmsweise nicht zu heucheln. Oscar, gießen Sie mir noch ein Glas ein! Und von jetzt an verbiete ich Ihnen, mich weiter zu bedienen, selbst wenn ich mich Ihnen zu Füßen werfen sollte.«
Oscar lächelte und schenkte ihr den Scotch nach.
»Sie kennen wenigstens Ihre Grenzen«, sagte ich zu der blonden Frau. »Alle Achtung vor so viel Charakterstärke.«
Mit einer heftigen Kopfbewegung warf sie ihre Haare nach hinten.
»Sie haben offensichtlich überhaupt nichts kapiert, Herr Campari. Ich schütze mich nicht vor dem Whisky, sondern vor meiner eigenen Bequemlichkeit. Ich habe genug von dieser Bar, dieser Unterhaltung mit Ihnen und Ihrem

wehleidigen Gesicht. Da ich nach diesem Glas noch lange nicht genug habe, muß ich woanders hingehen, weil ich dem Barkeeper hier verboten habe, mich weiter zu bedienen. Das ist meine Art, die Zukunft zu planen, wenn Sie verstehen, was ich meine.«

»Wenn meine Gegenwart Ihnen so lästig ist, dann kann ich mich ja verziehen. Ich kann nämlich von Zeit zu Zeit auch ausgesprochen galant sein.«

»Oh, sparen Sie sich die Mühe, es ist jetzt sowieso alles verdorben.«

»Was ist verdorben?«

»Der Zustand der Gnade.«

»Meinetwegen?«

»Ja. Normalerweise trinke ich mir einen kleinen Schwips an. Und laß mich von den Typen zum Tanzen auffordern. Genau wie Sie tanze ich nicht gerne, aber es ist die einzige Möglichkeit, aus der Nähe herauszukriegen, wie ein Unbekannter riecht. Ich springe nämlich vor allem auf Gerüche an. Die wahre Sinnlichkeit beginnt bei der Nase. Jedenfalls ist das bei mir so. Und damit habe ich es gar nicht so leicht, müssen Sie wissen. Die Männer kümmern sich viel zu wenig darum, wie sie riechen. Die meisten stinken wie Ziegenböcke. Wenn es hoch kommt, schmieren sie sich ein bißchen »for men« von Dior oder so was ums Kinn. Ich habe sogar schon welche getroffen, die nach überhaupt nichts rochen.«

»Und welcher Duft schwebt Ihnen bei einem Mann vor?«

»Oh, das läßt sich nicht so einfach sagen . . .«

»Versuchen Sie es doch wenigstens.«

»Vielleicht der Geruch von einem frisch gebügeltem Hemd oder von sauberem Schweiß. Können Sie sich vorstellen, was ich damit meine? Sauberer Schweiß, so etwas gibt es tatsächlich.«

»Ist das alles?«

»Nein. Der Atem ist ebenfalls sehr wichtig. Er sollte weder zu sehr nach Tabak noch nach Alkohol riechen.

Aber vor allem nicht nach Zahnpasta... Oh, verflixt, warum erzähle ich Ihnen das eigentlich alles?«
Sie klatschte in die Hände.
»Oscar, die Rechnung!«
»Lassen Sie nur«, sagte ich, »ich lade Sie ein.«
Sie warf mir einen bösen Blick zu.
»Sie halten mich wohl für ein Animiermädchen?«
Hastig zog sie einen großen Geldschein aus ihrer Handtasche. Er verfing sich an der Schließe und zerriß in zwei Teile.
»Das macht nichts«, sagte der Barkeeper. »Ich habe nicht nur Scotch in meinen Regalen, sondern auch in meiner Kasse.«*
Aber niemand außer ihm schien dieses Wortspiel komisch zu finden.
»Was war denn daran so ulkig?« fragte die Frau kopfschüttelnd.
Oscar glättete die beiden Teile des Geldscheins auf dem rotbraunen Holz der Theke.
»Ich würde es Ihnen ja gerne erklären, aber Sie sind zu intelligent, um es zu verstehen«, antwortete er mit unbewegter Miene.
Ich tippte meiner Nachbarin leicht an den Arm.
»Sie haben mir immer noch nicht erklärt, warum ich Ihren sogenannten Zustand der Gnade zerstört habe.«
Sie rutschte von ihrem Barhocker. Ich war überrascht festzustellen, daß sie noch viel kleiner war, als ich zunächst angenommen hatte.
»Ihr Wechselgeld, gnädige Frau!« rief ihr Osacar hinterher. Aber sie schien ihn nicht mehr zu hören, denn sie bahnte sich bereits mühsam einen Weg durch die Menge der Tanzenden, um zur Tür zu gelangen.
»Das ist vielleicht 'ne Blüte, was?« murmelte der Barmann. »Kannten Sie sie schon?«
»Vom Sehen. Sie kommt nicht sehr oft, vielleicht ein-

*(Scotch = Tesafilm)

oder zweimal im Monat. Dann trinkt sie einen Whisky nach dem anderen und läßt sich irgendwann von einem Typ abschleppen.«
»Einen Moment dachte ich schon, daß heute abend Sie der Typ wären«, fügte er nach einer Weile hinzu. »Aber es hat wohl nicht so richtig gefunkt, oder?«
Ich richtete mich auf den Fußstützen des Barhockers auf, so wie sich ein Reiter in seinen Steigbügeln aufrichtet, um seine steif gewordenen Beine mal wieder durchzustrecken. Dann lehnte ich mich über die Theke und hielt dem Barkeeper meine Brust vor die Nase.
»Wonach rieche ich, Oscar?« fragte ich ihn.
Oscar, der schon so manche Marotte seiner Nachtschwärmer erlebt hatte, begann ungerührt bedächtig an mir herumzuschnüffeln.
»Nach ... nichts, mein Herr!«
Ich ließ mich auf meinen Sitz zurückfallen.
»Also deswegen hat es nicht geklappt! Ich bin einer von diesen bemitleidenswerten Typen, die nach rein gar nichts riechen.«

*

Ich trank noch ein Glas und brach dann endlich mit schwerem Kopf auf. Die laute Musik trieb mich noch mehr als der gierig hinuntergestürzte Alkohol auf eine satte Migräne zu.
Es regnete auf dem Montparnasse. Ich hatte meinen Regenmantel im Auto gelassen, und das stand in irgendeinem Park- oder Halteverbot fünfhundert Meter von der Bar entfernt. Ich war sauer, denn ich hatte einen nagelneuen Anzug an. Gerade weil ich in meiner Jugend so arm gewesen war, schätzte ich jetzt schöne Kleidung besonders. Ein Soßenspritzer auf dem Revers konnte mir den ganzen Abend verderben; und es passierte oft, daß ich nur nach Hause ging, um mich umzuziehen, weil

meine Bügelfalte nicht mehr richtig saß. Augenblicklich bestand mein Zuhause aus zwei Zimmern im Hotel George V. Ich beruhigte mich ein bißchen, als mir einfiel, daß mein Hotel ja eine eigene Reinigung besaß. »Vorher« hatte ich immer ein schlechtes Gewissen wegen Marcelle, unserer alten Haushälterin, gehabt, die sich um meine Garderobe kümmerte.
Ich mußte einen Moment stehenbleiben, so heftig überfiel mich das Heimweh. Das Haus . . . Ein Reigen vertrauter Gegenstände tanzte durch meine Erinnerung. Obwohl ich sie schon seit mehr als einem Jahr nicht gesehen hatte, waren sie mir noch immer merkwürdig vertraut, und weder meine Augen noch meine Finger hatten sie vergessen, wogegen Martines Züge langsam vor meinem inneren Auge zu verblassen begannen wie ein Foto, das zu lange dem Sonnenlicht ausgesetzt war. Ich hatte sogar schon den Ton ihrer Stimme vergessen.
Der Regen wurde stärker, und ich flüchtete mich unter ein Vordach. Ich blickte die breite Straße entlang, die im Licht der Neonreklamen funkelte. Die Vorstellung, jetzt ins George V. zurückzufahren, erfüllte mich mit Grausen. Ich hatte mich entschlossen in einem Hotel zu wohnen, weil ich dachte, dort würde ich mich weniger allein fühlen, aber in Wirklichkeit war die unpersönliche Atmosphäre dort noch schlimmer als echte Einsamkeit.
Jeden Abend zögerte ich mit irgendwelchen Tricks den Moment hinaus, an dem ich in mein Zimmer zurückkehren mußte und mich mit Schlaftabletten von meinen Fantasien zu befreien versuchte.
Links von mir sah ich die Leuchtreklame eines Cabarets. Ich beschloß, dort noch ein letztes Glas zu trinken und mir dort vielleicht noch ein Mädchen an Land zu ziehen.
Die Bar hatte einen exotischen Namen, den man unmöglich entziffern konnte, da mehrere Neonbuchstaben ausgefallen waren. Ihre Stuckfassade blätterte ab und hatte offenbar seit mindestens zwanzig Jahren keinen Anstrich

mehr gesehen. Ein schlecht rasierter Portier vertrat sich die Beine in dem grünen Licht, das wie ein bengalisches Feuer über seinem Kopf flackerte. Während er sich in der Tasche seiner Jacke, die ihm etliche Nummern zu groß war, ein paar heiße Kastanien abpellte, verkündete er mit mürrischer Miene, daß es hier die schönsten schwarzen Mädchen von Paris zu sehen gäbe.

Als er sah, daß ich entschlossen war einzutreten, lüftete er seine Mütze und führte mich in eine verräucherte Bar, die enttäuschend normal aussah. Im Halbdunkel tanzten einige Paare mit andächtigen Mienen. Ich setzte mich an einen Tisch am Rand der Tanzfläche, bestellte einen Whisky und wartete. Es dauerte nicht lange, bis ein Mädchen aus dem Dunkel auftauchte und mich fragte, ob sie sich zu mir setzen dürfte. Sie war groß, rothaarig und sah ziemlich eingebildet aus. Ich hätte trotzdem eingewilligt, wenn ich nicht in diesem Augenblick die Frau von vorhin in den Armen eines unbeschreiblichen Stutzers erblickt hätte, der Tango tanzte, wie man es sonst nur noch in Vorkriegsfilmen zu sehen bekam.

»Entschuldigen Sie, ich warte auf jemanden«, fertigte ich deshalb das Animiermädchen ab.

Auf der kleinen Bühne bearbeiteten vier in Satin gekleidete Musiker ihre Instrumente mit so abwesenden Mienen, daß man fürchten muße, sie würden gleich in Ohnmacht fallen. Der Tango wirbelte die Paare durcheinander, und die blonde Frau verschwand hinter anderen Tänzern. Ich begann sie zu belauern. Sie tauchte auf, aber nur, um mit ihrem Partner gleich darauf wieder von der Menge verschluckt zu werden. So eine Tanzfläche ähnelt ein bißchen einer Betonmischmaschine, die die Körper im Takt der Musik durcheinanderknetet. Eine Kraft, sei es nun die Fliehkraft oder die Kraft, die alles zur Mitte hintreibt, hatte sich der Tänzer bemächtigt, saugte sie an und schleuderte sie auf einer Flutwelle vor sich her.

Ich verfolgte jeden Schritt meiner Barbekanntschaft und mußte lachen, als ich sah, wie ihr Partner sie führte; ein Mann in mittleren Jahren, braunhaarig, mit niedriger Stirn und pausbäckig. Er drängte ihr seine riesigen Tangoschritte auf, die eines Groucho Marx würdig gewesen wären. Genauso gut hätte man auch denken können, daß die beiden für eine Kür im Eistanz trainierten. Als sie sich wieder einmal in Höhe meines Tisches befanden, wirbelte ihr Stutzer sie so herum, daß sie mir unversehens mitten ins Gesicht starrte. Sie bäumte sich bei meinem Anblick auf und klammerte sich an ihren Partner.
»Sind Sie mir etwa gefolgt?« zischte sie böse.
»Es tut mir leid, daß ich Sie enttäuschen muß, aber der Zufall allein lenkte meine Schritte.«
Ich wies auf ihren Partner, der linkisch herumstand und wartete, wobei er den anderen Paaren ständig im Weg war.
»Ich bitte Sie, tanzen Sie doch weiter. Es war wirklich sehenswert.«
Sie ließ ein müdes Lachen hören und setzte sich mir gegenüber. »Wahrscheinlich hätte mich dieser brutale Kerl sowieso bald in zwei Stücke gerissen, nur weil er sich für einen Argentinier hält.«
Der Mann stand noch immer mit verschränkten Armen vor uns und glotzte uns verdutzt an.
»Wonach riecht er?« fragte ich und zeigte auf die Elendsgestalt.
Sie verzog das Gesicht.
»Nach billiger Brillantine und nach Möbelpacker.«
»Also, kein Bedauern?«
»Nicht die Spur!«
Kaum hatte sie das gesagt, da stemmte der vierschrötige Kerl seine Fäuste auf den Tisch.
»Hören Sie mal, so können Sie aber nicht mit mir umspringen«, knurrte er.

Mir war klar, daß ich nun sehr diplomatisch vorgehen mußte, um eine Schlägerei zu vermeiden. Einfache Männer verstehen nun einmal keinen Spaß, wenn man ihnen ihre Tanzpartnerin abspenstig macht. Ich jedenfalls hatte keine Lust, mich zu prügeln, und man soll sich nicht prügeln, wenn man nicht besonders scharf darauf ist.
»Entschuldigen Sie, mein Alter, sehen Sie nicht, daß die Dame müde ist«, sagte ich deshalb erstmal einlenkend.
»Ach, wirklich?«
»Doch, sie kann kaum noch stehen«, fügte ich hinzu. »Suchen Sie sich eine andere. Sie werden wohl kaum eine besoffenere finden, aber sicher eine hübschere.«
Es gibt kaum etwas, womit man ein einfaches Gemüt so sehr schockieren kann wie mit Zynismus.
Ich griff der Frau mir gegenüber unter das Kinn und hob ihren Kopf.
»Schauen Sie nur, mein Alter, ihre Wangenknochen springen viel zu sehr vor! Die Augenbrauen sind viel zu breit, und ihre Nase ist zu spitz. Wenn man sie so insgesamt betrachtet, fällt es ja nicht besonders auf. Aber wenn man genau hinsieht, verfliegt der Reiz. Auch ihre Frisur läßt zu wünschen übrig. Wenn Sie ein bißchen näher herangehen, können Sie sehen, daß ihr Haaransatz eine andere Farbe hat als der Rest. Sie dachten sicher, Sie würden mit einer echten Blondine Tango tanzen, aber in Wirklichkeit hatten Sie nichts als eine ganz gewöhnliche Brünette in Ihren Armen.«
Er hörte mir wie betäubt zu und wartete gespannt, wie seine Partnerin wohl reagieren würde. Aber die Frau schloß nur ihre Augen und ließ ihren Kopf in meiner Hand ganz schwer werden. »Ich muß Ihnen etwas gestehen«, ergriff ich wieder das Wort. »Diese Frau hier ist meine Verlobte.«
Er schnaubte ungläubig und runzelte die Stirn.
»Ihre Verlobte?«
»Wir werden heiraten, wenn ihr Mann gestorben ist.

Sagen Sie«, fragte ich die blonde Frau, »wie alt war doch gleich Ihr Mann?«
Sie öffnete die Augen wieder, lächelte mich an und murmelte: »58 Jahre.«
»Ich hätte glatt wetten können, daß er eine ganze Ecke älter ist als Sie... Irgendwie wirken Sie so. Allerdings glaube ich nicht, daß Sie schon lange verheiratet sind, weil Sie noch einige interessante Reste von Koketterie zeigen. Aber vielleicht ist er ja auch noch gar nicht lange alt, he? Frauen verblühen langsam, während es bei Männern oft über Nacht geht.«
Ich redete, ohne zu wissen, was ich sagte. Der Alkohol. Es floß ganz von alleine. Irgend etwas Bitteres, das wie Eiter aus einer Wunde quoll. Ich wollte mich an dieser Frau rächen, die vorhin, ohne mich auch nur eines Blikkes zu würdigen, die Bar verlassen hatte.
Es dauerte einen Moment, bis ich bemerkte, daß uns ihr Tänzer völlig entmutigt verlassen hatte. Ich spürte ein schwaches Triumphgefühl in mir aufsteigen. Aber eigentlich war es wirklich keine besondere Heldentat, einen Streit mit einem wütenden Idioten ohne jedes Blutvergießen beendet zu haben. Man brauchte ihm bloß klarzumachen, daß man über seinem armseligen Horizont stand und daß man von anderen moralischen Gesetzen regiert wurde als er.
»Was darf ich der gnädigen Frau bringen?« fragte der Oberkellner, der in einem zerknitterten Smoking schlampig vor uns stand.
»Einen netten Witwen-Expreß«, antwortete ich. »Haben Sie nicht zufällig einen Killer unter Ihren Angestellten?«
Er lachte gezwungen und wartete, wobei er sich Mühe gab, sich seine Ungeduld nicht anmerken zu lassen. Wie der Barkeeper in dem letzten Lokal war auch er den Umgang mit Nachtschwärmern gewöhnt. Er hatte seine Erfahrungen mit diesen hilflosen Einzelgängern, die zu fortgeschrittener Stunde gegen die Riffe der Theke ankämpften.

»Bevor ihr selber etwas einfällt, können Sie ihr schon mal einen dreifachen Whisky bringen«, seufzte ich.
»Der würde gar nicht in ein Glas passen«, erklärte der Kellner. »Wir schenken nämlich gewöhnlich sehr gut ein.«
»Dann lassen Sie uns erst einmal mit einem Doppelten beginnen.«
»Welche Marke, mein Herr?«
»Kommen Sie uns doch nicht mit so etwas!« protestierte ich. »Wir sind einfache Leute. Unser Gaumen ist noch nicht so stark verfeinert, um einen guten Whisky von einem zu unterscheiden, den Sie hier normalerweise verkaufen.«
Erneut quälte er die Lippen zu einem gezwungenem Lachen auseinander, wobei er bemerkenswert gelbe Zähne zeigte und verzog sich dann.
»Machen Sie nur weiter so!« ließ sich meine Gefährtin auf einmal vernehmen.
»Womit denn?«
»Mit Ihrem Herumspinnen. Ich fing gerade an, Sie amüsant zu finden. Stimmt es, daß Sie mir nicht gefolgt sind?«
»Großes Ehrenwort! Es goß in Strömen, und ich suchte einen Unterschlupf. Bitte glauben Sie mir bei dem Respekt, den ich meinen Bügelfalten schulde! Sagen Sie, ist dieser Tangotrampler alles, was Sie bis jetzt aufreißen konnten?«
»Er hatte mich so überzeugend zum Tanzen aufgefordert.«
»Das nennen Sie Tanzen!«
»Es war immerhin noch besser als mit Ihnen, denn Sie tanzen ja überhaupt nicht.«
»Genaugenommen bin ich nur klug genug, mich zu beherrschen. Ich bin ein Mensch, der es aus moralischen Erwägungen ablehnt, schlecht zu tanzen, und allein deswegen genauso viel wert wie einer, der gut tanzt.«

»Vor allem sind Sie anscheinend jemand, der immer den Weg des geringsten Widerstands geht«, sagte sie verächtlich und zuckte die Achseln.
»Was soll denn das heißen?«
»Sie haben sich offensichtlich eine Philosophie zurechtgezimmert, die alles rechtfertigt, was gut oder schlecht an Ihnen ist. Und sicher haben Sie es auch zu einer wahren Meisterschaft darin gebracht, es in diesem Sumpf ständiger Schmeichelei auszuhalten.«
Sie musterte mich mit einem langen Blick und sagte dann herablassend: »Sie armer Irrer, hauen Sie doch endlich ab! Und behaupten Sie jetzt bloß nicht, daß Ihnen das noch nie jemand gesagt hätte!« Ohne meine Reaktion abzuwarten, fügte sie noch hinzu. »Ich würde es Ihnen ja doch nicht glauben.«
Ich dachte daran, daß sie sich gerade nicht im geringsten darüber aufgeregt hatte, als ich all die abfälligen Bemerkungen über ihr Aussehen gemacht hatte. Aber auch das gehörte nur zu dem schäbigen Spiel, auf das wir uns beide bewußt eingelassen hatten.
»Man hat mich in der Tat schon oft einen Idioten genannt«, gab ich zu. »Aber das hing eigentlich immer mehr damit zusammen, daß ich irgendeinen Autofahrer mit meinem Ferrari geärgert habe. Ich muß jedoch sagen, daß Sie die erste Frau sind, die sich diesen kleinen Scherz erlaubt.«
»Ich scherze nicht«, versicherte sie ernst, »und das wissen Sie auch ganz genau. Sie sind nun einmal ein armer Irrer . . . auf Ihre Art!«
»Danke für diese kleine Unterscheidung. Sie ändert alles, denn auch ich habe manchmal von mir den Eindruck, daß ich ein armer Irrer bin, aber AUF MEINE ART! Ist das der Grund, warum ich Sie heute abend um Ihren Zustand der Gnade gebracht habe? Ich frage Sie jetzt schon zum zweiten Mal, und langsam hätte ich, glaube ich, eine ehrliche Antwort verdient.«

Die doppelten Whiskys kamen. Sie waren wirklich so gut eingeschenkt, daß die Eiswürfel noch über das Glas hinausragten. »Ich habe Ihnen zufällig gleich noch eine Flasche Soda mitgebracht«, ließ uns der Kellner wissen.
Kaum hatte er sich zurückgezogen, hörte auch die Musik auf, und die Musiker verließen die Bühne, um Platz für die Show zu machen.
Die Frau machte sich über ihren Whisky her. Ich dachte bei mir, daß sie nach dieser Portion Scotch eigentlich zusammenbrechen müßte.
»Nach dem wievielten Whisky sinken Sie denn so normalerweise ins Koma?« fragte ich und legte ihr die Hand auf den Arm.
Sie schüttelte sie ab, ohne ihr Glas loszulassen, und brachte es fertig, dabei nicht einen Tropfen zu vergießen.
»Lassen Sie das mal meine Sorge sein. Ich habe eine kleine Alarmglocke in meinem Kopf, die mir genau anzeigt, wann ich genug habe«, antwortete sie und hob das Glas zum Mund.
»Trinken Sie jeden Abend so viel?«
Sie stellte ihr Glas ab, fischte einen Eiswürfel heraus und rieb sich damit den Nacken.
»Wo denken Sie hin! Normalerweise trinke ich nichts als Wasser. Ich bin keine Säuferin, wie Sie vielleicht denken. Ich habe einfach ab und zu eine Art Krise. Das ist mir noch aus meiner Zeit in Afrika geblieben. Dort unten muß man sich regelmäßig mit Alkohol und Pfeffer auffüllen, um zu verhindern, daß man verfault.«
»Was haben Sie denn in Afrika gemacht?«
»Ein Vermögen. Das heißt, mein Mann hat ein Vermögen gemacht.«
Jetzt verstand ich, warum ihre Ausdrucksweise manchmal etwas merkwürdig war. Sie hatte also ein rauhes Leben irgendwo in der Wildnis geführt, wo Worte ihre Wichtigkeit verloren.

Im purpurroten Licht der Bühne begannen jetzt ein paar barbusige schwarze Tänzerinnen die Hüften zu wiegen.
»Eine besondere Aufmerksamkeit des Hauses für Sie«, sagte ich grinsend.
Sie drehte sich um, um sich die Mädchen anzusehen.
»Die kommen aus Guinea!« stellte sie fest.
Wir wandten der Show wieder den Rücken zu, um diesen überschwenglichen Augenblick auszuleben und uns hingebungsvoll in unser bizarres Gespräch zu stürzen.
»Wie heißen Sie mit Vornamen?«
»Was geht Sie das an?«
»Einfach eine Frage der Bequemlichkeit. Sie haben doch schon selber festgestellt, daß ich eine Neigung dazu habe. Immer, wenn ich mit Ihnen rede, denke ich auch an Sie. Dabei nenne ich Sie dann ›diese Dame hier‹, ›diese falsche Blondine‹, ›dieses Mädchen mit den blauen Augen‹, ›diese Betrunkene‹, ›diese Neurotikerin‹ . . . Ein Vorname würde alles viel einfacher machen!«
»Gut, dann geben Sie mir einen. Irgendeinen, der Ihnen gefällt!«
»Wieso, taugt Ihrer nichts?«
»Er ist schon so oft benutzt worden, daß ich es ganz gern mal mit einem anderen probieren würde.«
»Abgemacht – was halten Sie von Marie?«
Sie zuckte zusammen.
»Können Sie nicht einen anderen nehmen?«
»Wieso?«
»Weil ich sowieso so heiße.«
Ich brach in Gelächter aus.
»Soll das etwa bedeuten, daß ich den richtigen Namen getroffen habe?«
»Allerdings!«
»Also, dann bleibe ich bei Marie, ob es Ihnen gefällt oder nicht. Zur Belohnung für meinen Scharfsinn. Ich heiße . . .«
Sie legte mir schnell die Hand auf den Mund. Ihre Geste

war so heftig gewesen, daß ich gleich darauf einen leichten Geschmack von Blut auf der Zunge spürte.
»Nicht nötig«, versicherte mir Marie, »denn ich denke noch nicht einmal an Sie, wenn Sie mit mir reden. Und wenn ich wirklich das Bedürfnis haben sollte, Sie zu benennen, dann tut es auch der ›arme Irre‹.«
Damit zog sie ihre Hand weg.
»Ich heiße Jean!« brüllte ich los.
Schlagartig drehten sich alle Köpfe in unsere Richtung, auch die der Tänzerinnen. Der Oberkellner kam mit der Miene eines beleidigten Aufsehers angehechtet, der sich durch die Unruhe seiner Zöglinge persönlich gekränkt fühlt, um nach dem Rechten zu sehen. Marie warf ihm einen verständnisvollen Blick zu, der ausreichte, ihn zu entwaffnen. Dann nahm sie ihr Glas, prostete dem Angestellten zu und trank den Rest ihres Whiskys.
»Bevor wir gleich gehen, werde ich Ihnen noch erklären, was es mit dem Zustand der Gnade auf sich hat. Nett von mir, nicht wahr?«
Ich antwortete nicht. Ich fühlte mich total betrunken und abgrundtief schlecht. Normalerweise wurde ich immer ganz gefühlvoll, wenn ich getrunken hatte, aber heute abend waren meine Nerven zum Zerreißen gespannt.
»Ein- oder zweimal im Monat habe ich sowas wie eine Krise... Jedesmal, wenn es wieder soweit ist, verlasse ich dann fluchtartig das Haus, um allein durch Paris zu streifen. Ich trinke so lange, bis ich mich wieder wie ein wundervolles Geschöpf fühle.«
»Und dann taucht irgend so ein Hampelmann auf, mit dem Sie abheben?«
»Haben Sie das von Oscar?«
»Da kommt sogar so ein armer Irrer wie ich von alleine drauf...«
Sie warf ihre Haare zurück und schob sie hinter die Ohren. Manchmal reicht sehr wenig, um das Gesicht

einer Frau zu verändern. Und Marie war plötzlich sehr schön.

»Das kommt tatsächlich von Zeit zu Zeit vor«, räumte sie ein. »Vorhin an der Bar dachte ich schon, auch heute wieder, denn Sie gefielen mir. Ich mochte die Art, wie Sie mit der Fliege spielten ...«

»Kurz, ich war also beinahe schon der glückliche Kandidat?«

»Ja, es hätte ganz an Ihnen gelegen. Aber dann haben Sie angefangen zu reden, und der Zauber ist so schnell verflogen wie Licht, wenn man auf den Schalter drückt und es ausmacht.«

Sie stand auf.

»Er verschwand so vollständig, daß ich wußte, Sie könnten es nicht sein.«

»Wohin gehen Sie?«

»Meine Handtasche holen, die ich am Tisch meines schönen Vorstadtargentiniers liegengelassen habe.«

»Warten Sie, wir können sie doch zusammen holen.«

»Ich möchte lieber allein gehen. Gute Nacht.«

Die schwarzen Tänzerinnen wackelten noch immer mit den Hüften. Marie ging zur gegenüberliegenden Seite des Raumes, und ich sah, wie sie sich an einen Tisch mit mehreren Männern setzte. Nach einigen Minuten stand sie auf und verließ das Lokal in Begleitung ihres Ex-Tänzers. Wut stieg in mir auf. Schnell drückte ich dem Kellner ein paar Scheine in die Hand und lief den beiden eilig hinterher.

Der untersetzte Kerl hatte ihr den Arm um die Taille gelegt. Diese Geste wirkte ungeheuer besitzergreifend bei ihm. Trotz meiner Wut konnte ich nicht umhin, seine Sicherheit zu bewundern. Dieser Trottel schleppte Marie ab, so wie ein Bauer ein Stück Vieh abschleppt. Er gab allen zu verstehen, daß er sie bereits besaß. Sie beschleunigten ihre Schritte, da der Regen wieder stärker wurde. Ich pfiff inzwischen auf meine sorgfältig gehüteten

Bügelfalten. An der Art, wie die junge Frau ging und wie sie den Kopf zwischen den Schultern einzog, konnte ich sehen, daß sie wußte, daß ich ihr folgte. Vielleicht fand sie es sogar aufregend, meine Gegenwart in ihrem Rükken zu spüren. Sie bogen in den Boulevard Raspail ein, verließen ihn aber gleich darauf wieder, um in einer kleinen Seitenstraße zu verschwinden.
Ich erreichte die Straßenecke gerade noch, um sie in ein Hotel treten zu sehen, dessen Leuchtreklame sich auf dem nassen Asphalt der Straße widerspiegelte.
Meine Wut fiel jäh in sich zusammen und wich einer merkwürdigen Trauer. Ich fühlte mich verlassen.

2

Mein Fuß brachte den Motor des Ferrari zum Singen. Ich liebte diesen satten Klang seiner edlen Mechanik, dieses Schnurren, das so viel Kraft verhieß. Vorsichtig rangierte ich den Sportwagen aus der engen Parklücke und gab dann kräftig Gas, so daß mich die Geschwindigkeit regelrecht an die Rückenlehne preßte. Ich konnte nie genug davon bekommen, wie ein Blitz durch die Straßen zu jagen. Wie jeder Mann hatte ich einen Hang zur Waghalsigkeit. Ich raste mit 150 den Boulevard bis zur Rue de Rennes hinunter, dann mußte ich eine Vollbremsung machen, um einem Lastwagen die Vorfahrt zu lassen. Der Geschwindigkeitsunterschied war so groß, daß sich der Wagen einmal um die eigene Achse drehte und auf der Gegenfahrbahn landete.
Vierzig Sekunden später parkte ich in zweiter Spur vor dem Hotel. In allen Stockwerken brannte noch Licht hinter den zugezogenen Vorhängen. Das Gebäude wirkte irgendwie verrucht. Ich mußte an all die Paare denken, die es in den zahlreichen Zimmern miteinander trieben, und fragte mich, welches der rosa Lichter wohl

gerade Maries niedrige Lust beleuchtete. Von Zeit zu Zeit sah man einen Mann und eine Frau verstohlen hineingehen und so schnell die helle Eingangshalle durchqueren, als loderte dort ein höllisches Feuer. Andere kamen heraus, waren noch verschämt, aber bereits in ein paar Metern Entfernung verschwand ihre Befangenheit, und sie fanden zu ihrem sicheren Schritt, zu ihren alltäglichen Bewegungen und ihren normalen Stimmen zurück, um wieder im Leben unterzutauchen.
Ich wartete fast eine Stunde und rauchte ein ganzes Päckchen Zigaretten, während ich mir dauernd den Nakken verrenkte, um den Eingang des Hotels im Auge zu behalten.
Endlich erschienen sie. Der Stutzer marschierte selbstzufrieden vorneweg. Er trat hinaus, ohne Marie, die ihm nur zögernd folgte, auch nur die Tür offenzuhalten.
Ich stieg aus dem Wagen.
»Na, war's schön?« fuhr ich sie an.
Sie hielten an und drehten sich zu mir um. Es war offensichtlich, daß diese gemeinsam verbrachte Stunde nicht ein Paar aus ihnen gemacht hatte.
»Sieh da, da ist ja wieder unsere Klette«, sagte der untersetzte Kerl und kam auf mich zu.
»Na, wär' das vielleicht ein Liebhaber nach deinem Geschmack?« fragte er zu Marie gewandt. »Oder soll ich ihm die Schnauze polieren?«
Nun kam auch Marie näher. Ich sah, daß sie tiefe Ringe unter den Augen hatte. Im schummrigen Licht der Leuchtreklame wirkte ihr Nerz auf einmal ganz räudig.
»Oh Mann, hauen Sie bloß ab. Sie hängen mir zum Halse heraus«, knurrte sie ihren Begleiter an.
Der zuckte zusammen.
»Ach? Na gut, dann...«, brummte er zuerst etwas mitgenommen, bis sich seine verletzte Manneswürde zu Worte meldete und er zurückgiftete: »Sag das nicht noch mal, du alte Schlampe!«

Marie senkte den Kopf und legte die Hand auf den Türgriff des Wagens.
»Darf ich einsteigen?« fragte sie.
Ohne eine Antwort abzuwarten setzte sie sich in meinen Ferrari. Unser pausbäckiger Tangotänzer schaute verdutzt von einem zum andern.
»Soll ich euch mal was sagen?« brüllte er schließlich los. »Ihr seid zwei Spinner, die sich gesucht und gefunden haben!«
Damit machte er auf dem Absatz kehrt und entfernte sich mit langen Schritten, die ein bißchen an seinen unmöglichen Tanzstil erinnerten.
Ich setzte mich wieder hinters Steuer und wandte mich Marie zu. Die blonde Frau glich einem Häufchen Elend.
Sie nahm mir die Zigarette aus dem Mund und rauchte sie zu Ende.
»Er hat recht«, seufzte ich. »Sie sind wirklich eine verdammte Schlampe.«
Sie nickte kleinlaut.
»Die allerletzte Hure!« grollte ich.
Sie kurbelte langsam das Fenster herunter, um die Asche abzuklopfen.
»Eine Hure läßt sich bezahlen«, wandte sie ein.
Auf einmal kam es über mich: ich gab ihr eine Ohrfeige. Ich schlug voll in das brennende Ende der Zigarette und spürte schmerzhaft den Widerstand ihrer Zähne. Marie ließ nicht den leisesten Klagelaut, nicht den geringsten Protest vernehmen. Hastig suchte sie in den Falten des Nerzes nach den Überresten der Zigarette, denn schon füllte ein leichter Geruch von verbranntem Pelz den Wagen. Ich entdeckte den Stummel auf der aufgesetzten Tasche ihres Mantels und warf ihn auf die Straße. »Sollen wir uns noch einen Schlummertrunk genehmigen?« fragte ich meine Begleiterin, als wäre überhaupt nichts Besonderes vorgefallen.

Sie nickte. »Mein Wagen steht vor der ›Coupole‹«, fügte sie hinzu.

*

Trotz der späten Stunde saßen noch zahlreiche Leute in der Wartesaalatmosphäre des Restaurants und aßen. Ein starker Geruch von Sauerkraut kam uns entgegen.
»Wünschen Sie zu speisen?« fragte ein geschäftig wirkender Kellner.
»Nein, wir wollen nur etwas trinken.«
»Dann seien Sie doch bitte so freundlich, auf der Terrasse Platz zu nehmen.«
Zu dieser Jahreszeit war die Terrasse selbstverständlich verglast. Wir setzten uns unter eine Reihe Infrarotstrahler, die als Heizung dienten. Marie schlug ihren Mantel auseinander. Ich sah, daß ihr Kleid total zerdrückt war. Sie schien sich noch nicht einmal die Zeit genommen zu haben, sich auszuziehen, um mit diesem Kerl zu schlafen.
»War er so ein Draufgänger?« fragte ich und zeigte auf den zerknitterten Stoff.
»Aber sicher«, antwortete sie.
In unserer Nähe saßen ein paar total dreckige junge Intellektuelle, die offensichtlich gerade dabei waren, eine neue Welt zu schaffen. Meiner Ansicht nach waren sie jedoch lange nicht unerschrocken genug.
Eine gewisse Schüchternheit senkte sich plötzlich über uns. Wir wagten weder uns anzusehen noch miteinader zu reden. Ich hatte das merkwürdige Gefühl, daß hier irgend etwas Wichtiges mit mir geschah. Ich bestellte zwei Scotch, aber der Whisky, den man in einem Café trinkt, hat nichts mit dem zu tun, den man in einer schummrigen Bar serviert bekommt. Hier wurde er allen zugänglich, wurde peinlich genau abgemessen. Marie trank ihren mit einem Schluck. Als sie ihr Glas wieder abgesetzt hatte, sah ich, daß sich Blut mit dem Rot ihres

Lippenstifts vermischt hatte. Endlich wagte ich, zu ihr aufzublicken, und erkannte, daß ihre Unterlippe aufgesprungen war. Sie war bereits so angeschwollen, daß ihr ganzer Mund verzerrt wirkte, und fing an, sich bläulich zu verfärben. Trotzdem hatte ich nicht die geringsten Gewissensbisse. Dazu war ich viel zu schockiert von ihrem Verhalten, und noch immer quälte mich das eigenartige Bedürfnis, sie zu bestrafen.
»Schämen Sie sich nicht?« fragte ich endlich leise.
»Weswegen sollte ich mich denn schämen?« gab sie lachend zurück.
»Ist das Ihr Ernst? . . . und was ist mit diesem schmierigen Kerl, der Sie Schätzchen nannte und vor Ihnen herlief, wie man vor seinem Hund herläuft? Was für eine Schande!«
»Ich habe Sie nicht nach Ihrer Meinung gefragt!« entgegnete Marie schlagfertig.
»Sie sind eben einfach nur eine alte Schlampe!«
»Von Zeit zu Zeit, aber auch wirklich nur von Zeit zu Zeit, so wie Sie dann sicher auch nur noch ein mieser Kerl sind.«
Sie hob ihr leeres Glas, als wollte sie mir zeigen, daß sie noch einen Drink vertragen könnte.
»Welches Recht haben Sie eigentlich, mir hier eine Szene zu machen?«
»Ich mache Ihnen keine Szene!«
»Sie verfolgen mich, Sie ohrfeigen mich, Sie nennen mich eine Nutte und ein Miststück, aber Sie machen mir keine Szene, was!«
Der Ober kam gerade bei uns vorbei, und sie hielt ihm ihr Glas hin.
»Ich habe fast den Eindruck, daß sie allen Haß, den Sie seit langer Zeit aufgestaut haben, auf mich abladen«, fuhr sie fort. »Warum sind Sie eigentlich geschieden worden?«
Ich dachte an Martine. An ihre Art, die Männer mit

einem Blick oder einem Lächeln zu ermuntern, um dann später mit fast dem gleichen Blick und dem gleichen Lächeln meine Eifersucht zu beruhigen. Meine Liebe zu ihr ließ mich in die gleiche Leichtgläubigkeit verfallen, die allen Eifersüchtigen eigen ist. Es war einfach meine Bestimmung, leichtgläubig zu werden. Und dann verflog eines Tages der eheliche Zauber, und eine Art Abscheu schlich sich, zuerst noch unbewußt, in unsere Zärtlichkeit ein. Ich dachte erst, daß es eine ganz normale Entwicklung unserer Beziehung wäre und daß jedes Ehepaar sich mit solchen fragwürdigen Problemen herumzuschlagen hätte. Aber dann kam der Moment, in dem mir eine Trennung genauso wertvoll zu sein schien wie das Zusammenbleiben. Warum nur hat die Kirche, die sich doch angeblich so dem Menschen und seinen Problemen verbunden fühlt, nicht auch das Sakrament der Scheidung erfunden?

»Antworten Sie mir nicht?« fragte meine Begleiterin leise.

»Entschuldigen Sie, aber bevor ich Ihnen antworte, muß ich die Frage erst einmal mir selber beantworten.«

Als der Kellner auftauchte, riß sie ihm das Glas Whisky vom Tablett und stürzte es hinunter, noch ehe er überhaupt Zeit hatte, auch nur den Verzehrbon auf unseren Tisch zu legen.

»Die Dame scheint durstig gewesen zu sein«, stellte er trocken fest.

»Die Dame ist noch immer durstig!« gab Marie zurück.

»Noch einen Scotch?« fragte der Mann zu mir gewandt.

»Noch zwei!« verbesserte ich ihn.

»Nein«, fuhr die junge Frau dazwischen. »Mir reicht's. Ich geh jetzt nach Hause.«

Also zahlte ich unsere Getränke, und wir verließen die überheizte Terrasse. Maries Wangen waren gerötet. An ihrer zerschundenen Lippe begann sich schwärzlicher Schorf zu bilden.

Kaum waren wir draußen, atmete sie erst einmal tief durch. »Ich hatte schon langsam das Gefühl, unter diesen verdammten Strahlern zu verschmoren.«
»Jetzt ist es wohl an der Zeit, sich Adieu zu sagen?«
Sie nickte zustimmend, schloß ihren Mantel und reichte mir nach kurzem Zögern die Hand.
»Dauernd sagt man sich mit irgend jemandem Adieu . . .«
Ich war überrascht, wie weich ihre Hand war, und konnte mich kaum entschließen, sie wieder loszulassen. Mein Blick fiel auf die Fassade eines Kinos auf der anderen Straßenseite, an der eine ins riesenhafte vergrößerte Fotografie eines amerikanischen Schauspielers befestigt war, an dessen Namen ich mich nicht einmal erinnerte.
»Werden wir uns wiedersehen?« fragte ich, obwohl ich die Antwort schon im voraus kannte.
»O nein!« entgegnete sie hastig.
»Warum?«
»Sie wissen doch selber ganz genau, daß es nicht möglich ist!«
Sie holte ihren Autoschlüssel aus der Manteltasche.
»Komischer Abend«, fügte sie versonnen hinzu und entzog mir ihre Hand.
Dann stieg sie in einen weißen Austin 100, der mitten auf einem Zebrastreifen stand. Sie setzte ein paarmal heftig vor und zurück, bis es ihr schließlich gelang, sich auf die Fahrbahn einzufädeln. Und genau in dem Augenblick, als sie ihre »Parklücke« verließ, gab es eine Art schrecklicher Explosion in mir. Mein ganzes Wesen wurde von einem ungeheuren Schrei geschüttelt, einem Entsetzensschrei, der aus der Tiefe meines Leibes zu kommen schien.
»Marie!«
Der Wagen beschleunigte bereits. Ich stürzte hinter ihr her. Die Frau am Steuer bemerkte es nicht sofort, denn Frauen schauen ja normalerweise nur in den Rückspiegel, um ihr Make-up zu kontrollieren.

Aber an der nächsten Kreuzung mußte sie bremsen, und mit einem gewaltigen Endspurt gelang es mir, sie einzuholen und trommelte mit der Faust auf das niedrige Dach des Austin. Sie bremste kurz und öffnete die Tür, um zu sehen, was los war. Nach Luft ringend, sank ich auf der nassen Fahrbahn in die Knie. Ich vergrub mein Gesicht in den Falten ihres Mantels und brach wie ein kleiner Junge in Tränen aus. Die Wagen hinter Marie begannen zu hupen, dann um sie herumzufahren. Sie legte ihre weiche Hand auf meinen Nacken und massierte ihn sanft.
»Ich weiß«, murmelte sie. »Ich weiß ...«
Sie beugte sich zu mir herunter und strich mit ihren Lippen über meinen Hals.
»Kommen Sie, stehen Sie auf! Man schaut schon zu uns herüber.«
Wie benommen richtete ich mich auf. Im Schein der Innenbeleuchtung des Wagens konnte ich sehen, daß sie ihre Schuhe zum Fahren ausgezogen hatte. Durch die hauchdünnen Maschen der Strümpfe konnte ich deutlich ihre Füße erkennen.
Mit einer entschlossenen Geste schob mich Marie auf einmal von sich. Sobald ich weit genug vom Wagen entfernt war, schlug sie die Tür zu. Bevor sie weiterfuhr, kurbelte sie ihr Fenster hinunter, schaute mich an und schenkte mir ein letztes mitleidiges Lächeln.
»Ich muß Ihnen etwas gestehen«, murmelte sie. »Du riechst gut!«
Mit diesen Worten gab sie Gas, und ich blieb allein mitten auf der Fahrbahn stehen, umgeben von einer gaffenden Menge.
Ich fühlte mich nackt und erstarrt wie ein toter Baum.

3 Ein unbestimmtes Gefühl von Schande spukte durch meinen Schlaf. Wie jeden Morgen brachte mir der Etagenkellner um acht Uhr mein Frühstück und schlug die Vorhänge zur Seite. Ich stellte fest, daß ich entsetzliche Kopfschmerzen hatte.

Seit meiner Kindheit zog ich hinter mir eine Kette beschämender Ereignisse her, die im Laufe der Jahre immer länger wurde. All die Augenblicke, in denen ich mich lächerlich, schändlich oder einfach nur schlecht benommen hatte, hafteten in meinem Gedächtnis wie Muscheln an einer Schiffswand. Sie sind die Grundlage meiner Bescheidenheit.

Diesen Momenten habe ich es zu verdanken, daß mir mein Erfolg nie zu Kopf gestiegen ist.

In der bläulichen Helle meines Zimmers wurde mir bewußt, daß sich auch dieses nächtliche Abenteuer in die scheußliche Reihe jener Erinnerungen einfügen würde, die ich eigentlich verfluchte. Ich hatte mir wirklich alle erdenkliche Mühe gegeben, sie aus meinem Gedächtnis zu tilgen, aber nichts machte sie ungeschehen. Nun würde auch diese neue Episode noch dazu beitragen, das schlechte Bild, das ich ohnehin schon von mir hatte, noch zu verstärken.

»Haben Sie schlecht geschlafen?« fragte Paul, während er das Tablett auf meinen Schoß stellte.

»Welche Jahreszeit haben wir jetzt eigentlich?« wich ich seiner Frage aus.

»So irgend etwas dazwischen. Aber was wollen Sie: März bleibt März, da kann man nichts machen.«

Ich bewunderte die Ruhe und Ausgeglichenheit des Angestellten und seine gelassene Art, die Dinge zu sehen.

»Sie haben recht«, gab ich zu. »März bleibt März, Paul, da kann man nichts machen.«

Der Kellner zog sich zurück.

Schlückchenweise trank ich meinen Orangensaft und gleich anschließend meinen Kaffee. Noch immer dröhnte mein Kopf, aber ich wußte aus Erfahrung, daß eine lange, kalte Dusche und danach ein kleiner Whisky mit reichlich Mineralwasser mich von meinen Leiden befreien würden. Mein Blick fiel auf das Oberhemd, das ich am Vorabend getragen hatte und das jetzt sorgfältig zusammengelegt über einer Stuhllehne lag, obwohl ich sowieso nie zweimal dasselbe Hemd hintereinander trug. Am Kragen war ein kleiner Blutfleck zu sehen, der von Maries Kuß auf meinen Nacken stammte. Ich mußte mir Mühe geben, meiner Gefühle wieder Herr zu werden, die dieser Anblick bei mir auslöste. Trotzdem gelang es mir nicht zu verhindern, daß ich dauernd an diese eigenartige Frau denken mußte ...

Das Telefon klingelte. Es war Barnaque, der Regisseur, mit dem ich seit einiger Zeit an einem neuen Film arbeitete.

»Habe ich Sie geweckt, Jean?«

»Nein, ich habe sogar schon gefrühstückt.«

»Ich wollte Ihnen nur sagen, daß uns Marcé gerne wegen des Drehbuchs sprechen würde.«

»Das heißt also, er hat etwas daran auszusetzen. Die Sache hat doch sicher einen Haken, oder?«

»Das hat er mir nicht gesagt. Aber Sie wissen ja, wir kurz angebunden er manchmal sein kann.«

»Ja, immer, wenn ihm etwas nicht paßt«, brummte ich. »Also, was steht auf dem Programm?«

»Da heute Samstag ist, erwartet er uns in seinem Landhaus.«

»Um wieviel Uhr?«

»So früh wie möglich. Wir werden dort auch zu Mittag essen.«

»Das wird also die große entscheidende Sitzung, was?«

Barnaque lachte nervös und legte auf. Ich war gekränkt, weil Marcé Barnaque damit beauftragt hatte, mir

Bescheid zu sagen, anstatt mich selber anzurufen. Für die, die ihn kannten, hieß das so viel wie, daß ich den Hut nehmen konnte.

*

Das weiße Portal der »Kommandozentrale« war weit geöffnet, und auf dem Besucherparkplatz sah ich bereits Barnaques dicken Jaguar stehen.
Ein alter Gärtner grub im Nieselregen ein Beet um. Ich parkte und begann mein Drehbuch zu suchen. Es war vom Beifahrersitz gefallen und lag auf dem Boden. Als ich es unter dem Sitz hervorholte, fühlte ich da noch etwas anderes, weiches. Ich zog es heraus und sah, daß es eine schwarze Wildledertasche war – Maries Tasche. Sie hatte sie in der Nacht in meinem Wagen liegengelassen.
Ich war überrascht über die Stärke meiner Gefühle. Mein Herz begann wie rasend zu schlagen, und einen Moment lang verschwamm mir alles vor den Augen. Dieses Ding, das sich in meinen Händen genauso weich anfühlte wie die Hände der jungen Frau, flößte mir Angst ein. Gleichzeitig verspürte ich eine unbändige Freude, ein regelrechtes Glücksgefühl. Mit zitternden Händen öffnete ich die goldene Schließe der Handtasche, um zu sehen, was sie in sich barg. Ich fand einen Lippenstift, eine Puderdose, ein Schlüsselbund, ein Päckchen Banknoten und Maries Führerschen.
Sie hieß gar nicht Marie, sondern Daniela. Die Lüge verletzte mich wie eine Beleidigung.
Daniela Carbon. Geburtsname: Derny. Unter der Rubrik »Wohnhaft« stand »Montfort-l'Amanry am See«.
Die Ironie des Zufalls wollte es, daß ich die Handtasche nur ein paar Kilometer von ihrem Wohnort entfernt entdeckt hatte.
Ich hörte Schritte auf dem Kies des Vorplatzes knirschen

und sah, daß Barnaque und Marcé mir entgegenkamen. Der Produzent trug einen zerschlissenen, alten Regenmantel und Holzpantinen. Er rauchte seine unvermeidliche Pfeife und zeigte eine Miene falscher Freundlichkeit, die typisch für schlechte Laune bei ihm war.
»Na, was ist denn mit Ihnen los, mein Alter? Schaffen Sie es nicht, die Tür aufzukriegen?«
Niemand konnte komischer oder liebenswürdiger sein als Marcé, wenn er gut gelaunt war, aber auch niemandem gelang es so gut wie ihm, einen mit beißendem Wohlwollen zu ersticken, wenn ihm gerade eine Laus über die Leber gelaufen war. Jede seiner Bemerkungen wurde dann auf einmal schneidend, ohne daß man ihm eigentlich vorwerfen konnte, unhöflich zu sein.
Er wirkte wie ein englischer Landlord, was er auch ganz genau wußte, und niemand konnte ihn, der mit seiner Kleidung in Paris immer höchst pingelig war, davon abhalten, uns auf dem Land in einer verbeulten Cordhose und einem mehr als einmal gestopften Pullover zu empfangen.
»Ich konnte mein Drehbuch nicht finden«, stammelte ich, während ich die Handtasche auf dem Rücksitz verschwinden ließ.
Wir gaben uns die Hände. Der säuerliche Blick Barnaques verhieß nichts Gutes.
»Sie sehen ja auch nicht gerade blendend aus«, bemerkte Marcé, während er sich seine Pfeife anzündete.
Wir gingen schweigend die Allee entlang, die zu dem alten Landhaus führte. Ein gesunder Geruch von feuchter Erde hing in der Luft dieses grauen Morgens.
»War viel los auf der Autobahn?«
»Ja, es war ganz schön voll.«
»Was meinen Sie, was erst an den Sonnabenden los sein wird, wenn das Wetter wieder schöner wird und alles, was Beine hat, Paris am Wochenende verläßt«, stöhnte Marcé und trat zur Seite, um uns eintreten zu lassen.

Im Kamin brannte ein lustiges Feuer, dessen tanzende Flammen sich in der Politur der alten Möbel widerspiegelten. Vor der Feuerstelle döste die betagte Hündin des Hausherrn. Normalerweise kam ich gerne in die »Kommandozentrale«, weil es hier immer so gemütlich war. Es war Yves Marcé und seiner Frau wirklich außerordentlich gut gelungen, die heimelige Atmosphäre eines alten Familienwohnsitzes zu schaffen. Kaum hatte man seinen Fuß über die Schwelle gesetzt, so fühlte man sich auch schon von Generationen von Marcés umgeben. An diesem Morgen jedoch spürte ich nichts von allem, schlimmer noch: ich empfand die Ausstrahlung des Hauses als feindselig.

Ein altmodisch gekleidetes dickes Dienstmädchen nahm uns unsere Regenmäntel ab, und wir setzten uns rund um den Kamin, in dem unser Gastgeber noch einmal liebevoll Feuer nachlegte.

»Möchten Sie ein Täßchen Kaffee?«, fragte der Produzent.

»Nein, danke.«

»Nun, und für einen Whisky ist es noch zu früh«, sagte er bestimmt und rieb sich die Hände, an denen noch ein paar Sägespäne klebten, an der Hose ab.

»Gut«, sagte er, »dann wollen wir mal.«

Barnaque betrachtete durch das bis zum Boden reichende Fenster den Garten. Meine Angst wuchs. Die gewisse Milde, die Marcé bis jetzt an den Tag legte, ließ ahnen, daß ich noch einiges über mich ergehen lassen mußte. Dabei war mir mein Drehbuch inzwischen völlig egal. Ich dachte nur noch an die Handtasche in meinem Wagen.

»Wir werden ganz offen zueinander sein, wenn es Ihnen recht ist, Jean?«

Gut umschrieben. Das sah nämlich immer so aus, daß Marcé ganz offen war, aber die anderen ihm nur Angenehmes sagen durften. Marcé jedoch liebte diese Formulierung. Sie zeigte, wie man in diesem verdammten

Gewerbe miteinander umging, obwohl man doch eigentlich nur mit gegenseitiger Ehrlichkeit etwas zustande bringen konnte.
»Ist es wirklich so schlimm?«
Er zuckte die Achseln.
»Nun, ich will auch nicht übertreiben.«
Er nahm mir mein Drehbuch aus der Hand, ließ die Seiten schnell durch die Finger gleiten, so als wäre es ein Buch voller Zeichnungen, die durch dieses blättern begannen, sich zu bewegen, und eine Art Trickfilm darstellten. Dann warf er es auf den Tisch.
»Es hat schon ein paar gute Stellen«, versicherte er. »Sogar ein paar sehr gute Stellen, aber ihm fehlt der Rhythmus.«
»Aber letztes Mal sagten Sie doch...«
Er runzelte die Stirn.
»Genau!« brachte er durch seine zusammengebissenen Zähne heraus; er hielt immer noch die Pfeife im Mund. »Letztes Mal war die Geschichte noch auf fünfundzwanzig Seiten zusammengefaßt, und ich war begeistert. Jetzt hat sie achtzig Seiten und ödet mich an. Dafür muß es doch irgendeinen Grund geben, oder?«
»Achtung, die Dialoge fehlen noch«, wandte Barnaque ein, ohne recht überzeugt zu klingen.
Marcé klopfte seine Pfeife im Kamin aus.
»Wenn die Dialoge auch noch dazukommen, wird es mich eben hundertfünfzig Seiten lang anöden – aber das wissen Sie ja selber ganz genau.«
Ich hörte ihnen zu, als ginge mich das alles überhaupt nichts an. Es erschien mir genauso unverbindlich, als wäre ich unfreiwilliger Zuhörer einer Unterhaltung im Café.
»Ich möchte Sie gerne etwas fragen«, wandte der Produzent sich nun an uns beide. »Gefällt Ihnen dieses Ding da eigentlich selber?«
Noch am Vorabend gefiel uns »dieses Ding da« ausge-

zeichnet, denn es hatte noch den Reiz des Neuen an sich, der uns nachsichtig, ja sogar euphorisch machte. Wenn zwei Filmleute zusammen an einem Projekt sitzen, sind sie schnell davon überzeugt, daß sie mal wieder den Kinohit ausbrüten.

Ich ließ meine Finger über das Manuskript gleiten. Erst hier bei Marcé wurde mir klar, wie erbärmlich, lahm und ohne Leben es war. Kaum hatte ich ein bißchen Abstand dazu gewonnen, sah ich mich im Geiste wieder in meinem Hotelzimmer sitzen und auf einer klapprigen Schreibmaschine, die sich niemand mehr außer mir zu benutzen traute, die alltäglichsten Phrasen dreschen. Unsere Ideen waren zweifellos nicht schlecht, nur der Stil, in dem ich sie hingehauen habe, war miserabel, ohne jede Wärme, wie ein Polizeibericht.

Der große Barnaque mit seinen buschigen Augenbrauen und seinem energischen Kinn mußte ganz schön sauer auf mich sein. In diesem Augenblick der Wahrheit war ich plötzlich allein für alles verantwortlich, jedoch mußte ich ihm zugute halten, daß er auch bereit war, einen Teil von Marcés beißendem Spott über sich ergehen zu lassen. Dieses Opfer brachte er nur, weil wir befreundet waren, und doch war da irgend etwas Eigenartiges in seinem Verhalten, und die Art, wie er meinem Blick auswich, weckte meine schlimmsten Befürchtungen.

»Das ist doch noch nicht die Endfassung«, sagte ich lahm.

»Glücklicherweise«, knurrte Marcé.

Er stopfte seine Pfeife, wobei er seine Finger mit der Geschicklichkeit eines Pianisten als Pfeifenstopfer benutzte.

»Aber Sie haben mir noch nicht geantwortet: gefällt es Ihnen selbst oder nicht?« nahm er nach einer Weile den Faden wieder auf.

»Ich muß jetzt leider einsehen, daß wir den falschen Weg eingeschlagen haben«, gab ich zu.

Aber mein Zugeständnis regte ihn nur noch mehr auf, anstatt ihn zu beruhigen.
»Also hat man da noch Töne: der falsche Weg! Alles ist falsch, grundfalsch: die Charaktere der Personen, die Situationen. Die Figuren scheinen selber nicht zu glauben, was ihnen da alles zustößt. So zum Beispiel Agnes. Entschuldigen Sie, mein Alter, aber mit dieser Sorte Frauen kenne ich mich aus. Deswegen ist es einfach unglaubwürdig, daß sie Roland so schnell nachgibt. Wollten Sie ein kleines Flittchen aus ihr machen oder eine etwas anspruchsvollere Person . . .?«
Und so redete er weiter und weiter. Ich hörte nicht mehr zu. Ein kleines Flittchen! Ich durchlebte noch einmal die Ereignisse der Nacht. Mein lächerliches Wachestehen vor dem Hotel. Ich sah den Regen auf der viel zu schrägen Windschutzscheibe meines Ferrari (sie war so schräg, daß das Regenwasser, wenn ich schnell fuhr, sogar von unten wieder hochlief) herunterprasseln. Ich dachte an die Ohrfeige, ihre aufgeplatzte Lippe, und wie ich hinter ihrem Austin hergelaufen war. Vor allem sah ich mich aber wieder mitten auf der Fahrbahn knien, angegafft von einer schaulustigen Menge.
Als ich aus meinen Gedanken wieder auftauchte, war auch Marcé verstummt. Er und Barnaque blickten mich an, als würde ich gerade aus einer tiefen Narkose erwachen.
Ich schaute verwirrt zu den beiden hinüber.
»Wo zum Teufel waren Sie gerade?« brummte Barnaque.
»Entschuldigen Sie, aber ich bin noch nicht wieder ganz auf dem Posten«, antwortete ich und versuchte meiner Stimme einen scherzhaften Ton zu geben. »Übrigens bin ich nicht ganz Ihrer Meinung, Yves.«
»In welcher Hinsicht?«
»Was Agnes betrifft. Eine Frau kann sich durchaus ganz brutal jemandem in die Arme werfen, ohne daß sie deswegen gleich ein leichtes Mädchen sein muß.«
Die Intensität, mit der die beiden mich anstarrten, ließ

mich langsam erröten. Ich stand auf, um meine Verwirrung etwas zu überspielen. Durch das Fenster konnte ich meinen Wagen auf der anderen Seite des Gartens erkennen. Der Regen hatte nachgelassen. In den tropfnassen Bäumen hörte man schon wieder die Vögel zwitschern. Die Wolkendecke riß auf, und es wurde plötzlich viel heller. Ich sagte mir, daß Marie (oder vielmehr Daniela) sich nur ein paar Minuten von hier entfernt befand. Vielleicht blickte auch sie in diesem Moment auf den aufklarenden Himmel. Der Gedanke an sie tat mir unsagbar weh.

Ich ging zu den beiden Männern zurück, die mich aufmerksam musterten. Offensichtlich wußten Sie nicht genau, was sie von meinem Benehmen halten sollten.

»Hören Sie, Yves«, erklärte ich, »ich glaube, ich bin wirklich ganz schön vom Thema abgekommen. Das kann ja schließlich jedem Autor mal passieren, oder? Man hängt sich so in eine Geschichte rein, daß man völlig den Abstand verliert und gar nicht merkt, wenn man anfängt Unsinn zu schreiben.«

Marcé nickte zustimmend.

»Ich weiß nicht, ob Edmond auch meiner Ansicht ist, aber ich finde, wir sollten die Geschichte ein paar Tage auf Eis legen und sie dann noch einmal in Angriff nehmen. Dann werden wir sicher klarer sehen.«

Der Produzent sah verärgert aus.

»Und was ist mit den Italienern, die nächste Woche kommen, um die Koproduktion zu besprechen? Ich muß ihnen doch irgend etwas zu lesen geben.«

»Geben Sie Ihnen doch die fünfundzwanzigseitige Zusammenfassung.«

»Die haben sie schon gelesen, und die war auch der Grund, daß sie überhaupt angebissen haben. Sie haben mir gesagt, daß sie sich endgültig entscheiden, sobald sie mehr gelesen haben. Aber wenn ich ihnen das da gebe . . .«

Er hob mein Manuskript mit Daumen und Zeigefinger hoch, so als sei es ein Stück Unrat.
»Wenn ich ihnen das da gebe, Jean, dann machen sie auf dem Absatz kehrt und fahren nach Rom zurück.«
»Gut, dann lassen Sie mir wenigstens noch einen Tag. Morgen werde ich mich mit Edmond noch einmal an die Arbeit machen, aber heute muß ich erst nochmal in mich gehen. Schließlich stehe ich ja jetzt vor einer ganz anderen Situation. Gestern glaubte ich noch, daß alles in Butter wäre, und heute morgen erfahren wir, daß das Ganze nichts taugt. Sie können sich sicher vorstellen, daß ich das erstmal verdauen muß.«
Marcé schien meine Einwände zwar einzusehen, schlug aber trotzdem vor: »Lassen Sie uns heute noch einmal alles ganz genau unter die Lupe nehmen und entscheiden, was vielleicht doch brauchbar ist. Morgen können Sie sich dann ausruhen und Montag...«
»Nein!«
Er verstummte und biß verdrossen die Zähne zusammen, so daß sich seine Pfeife einen Moment gefährlich den Augenbrauen näherte. Sein Blick wurde ganz stumpf, und sein aristokratisches Gesicht spiegelte nur noch kalte Verachtung. Er konnte es auf den Tod nicht ausstehen, daß sich ihm jemand widersetzte. Und ganz abgesehen von der Arbeit fühlte er sich jetzt sicher sitzengelassen. Er liebte es nämlich, die Sitzungen in der »Kommandozentrale« auszudehnen und den ländlich-gastfreundlichen Produzenten zu spielen. Fast immer kochte er selber, wobei er sich eine der albernen Grillschürzen umband, die ihm ein Schauspieler aus Amerika mitgebracht hatte, und geizte auch nicht mit den Schätzen seines Weinkellers.
»Wie Sie wollen, Jean. Aber ich finde es schade!« antwortete er, ohne besonders überzeugend zu klingen.
»Bleiben Sie denn wenigstens, Edmond?« fragte er den Regisseur.

»Selbstverständlich«, beeilte sich Barnaque zu versichern. Er warf mir einen reichlich vorwurfsvollen Blick zu, in dem auch etwas Zurückweisendes lag. Mir war klar, daß Edmond sich von mir distanzieren würde, wenn ich meine Meinung nicht noch ändern würde. In diesem Moment zu gehen, war das Dümmste, was ich tun konnte. Wer nicht dabei ist, hat immer unrecht und vor allem in einem so undurchsichtigen Gewerbe wie der Filmbranche. Aber ich kannte mich und wußte, daß, wenn ich blieb und mich auf ein Auseinandernehmen des Drehbuchs einließ, ich plötzlich Geschmack an der Sache finden würde. Angeregt von der Diskussion würde meine Fantasie sich bald wieder nur noch so überschlagen. In dieser Beziehung konnte ich wahre Wunder vollbringen. So war es schon öfters vorgekommen, daß mich ein Produzent angerufen hatte, um mich zu fragen, ob ich ein Thema auf Lager hätte, und ich zusagte und in seinem Büro erschien, ohne überhaupt zu wissen, was ich ihm erzählen würde.
»Ich habe da eine tolle Geschichte, es hängt allerdings ganz davon ab, was für eine Sorte Film Sie machen wollen . . .«, eröffnete ich in solchen Fällen vorsichtig das Gespräch.
»Wir würden gerne einen Action-Film machen, vielleicht auch einen Krimi. Es handelt sich darum, daß der ehemalige Assistent von Untel uns die Realisierung seines ersten eigenen Films anvertrauen will. Sie wissen ja, wie das immer lief, er hat Untels Filme praktisch alleine gemacht, aber wir wollen trotzdem das Risiko eines solchen Projekts so gering wie möglich halten.«
Es ist wirklich zu schlimm in der Filmbranche: alles steht und fällt nun einmal mit einem bekannten Namen! Aber egal. Ich hatte dann jedenfalls die Stirn, zu behaupten: »So ein Zufall! Wo ich Ihnen doch ausgerechnet gerade einen Krimi anbieten wollte!«
Danach fiel ich dann in einen Zustand, der einer Hyp-

nose nahekam. Wie ohne mein Zutun begann mein Geist zu arbeiten. Bilder liefen vor meinem inneren Auge ab. Ein Typ lief am Strand entlang. Ich beschrieb ihn, machte das Geräusch des Meeres und das Geschrei der Möwen nach. In einer Badekabine lag ein anderer Typ mit einem Gewehr, das mit einem Zielfernrohr ausgestattet war, auf der Lauer... Eine Stunde später sagte mir dann gewöhnlich der Produzent, daß er gerne alles schwarz auf weiß, aber so gerafft wie möglich haben würde, wobei er bemerkte: »Sie wissen ja, wie faul die Verleiher sind, wenn es darum geht, etwas zu lesen.«

Oh ja, ich hätte bleiben sollen. Ich liebte meinen Beruf, und wenn ich ging, kam das einem Verrat gleich. Als ich mich verabschiedete, war der Händedruck der beiden ohne Wärme und ihr »Auf Wiedersehen« kurz angebunden. Sie begleiteten mich nicht hinaus. Bedrückt ging ich zu meinem Wagen hinüber. Aber kaum hatte ich das Tor der »Kommandozentrale« hinter mir gelassen, überkam mich eine ungeheure Erleichterung. Erleichterung wie an dem Tag, an dem ich Martine verlassen hatte, mit meiner Schreibmaschine und meinem Adreßbuch als einzigem Gepäck.

Vergessen war der beißende Schmerz, der mir gerade noch zugesetzt hatte, und eine wilde Freude erfüllte meine Seele, wie Wind ein Segel füllt. Der Abschied war unheilverkündend, gnadenlos und irgendwie auch beschämend gewesen. Und doch konnte ich nicht anders, als am Steuer meines Wagens aus vollem Halse zu singen.

Niemals hatte ein Revolutionär glühender seinen Glauben an die Freiheit besungen.

Ich nahm die Straße nach Montfort und ließ mich ganz vom Geruch der feuchten Erde berauschen.

4

Montfort – l'Amanry am See! Dieser Name ließ mich an ein vornehmes Landhaus denken, das an einem kleinen Hügel lag und über den See blickte. Ich stellte mir dicke Natursteinmauern vor, ein hohes Giebeldach, bis zum Boden reichende Fenster, eine große Terrasse mit einem alten Brunnen davor und war natürlich entsprechend schockiert, als ich entdeckte, daß es sich um einen einfachen Betonklotz handelte, der von auffallend schlechtem Geschmack zeugte. Es war eins von diesen Häusern, die es fertigbringen, jede noch so schöne Landschaft zu verschandeln, und die die Schande der gesamten Nachbarschaft sind. Sicher führte es jeder der angrenzenden Hausbesitzer an, wenn er beschreiben wollte, wo er wohnte. »Nehmen Sie den ersten Weg links nach diesem gräßlichen Klotz, der wie eine tunesische Klinik aussieht.«
Denn vor allem paßte das Gebäude nicht in diese mittelfranzösische Landschaft. Wenn ich es das erste Mal versteckt zwischen Pinien an der Côte d'Azur gesehen hätte, wäre ich vielleicht nicht ganz so zusammengezuckt. Hier hingegen konnten seine fantasielose Form und seine häßlichen, rot lackierten Fensterläden so richtig zur Geltung kommen.
Der Name des Besitzers war mit protzigen schmiedeeisernen Lettern an der Grundstücksmauer befestigt und wirkte dort so auffällig, wie an manchen Hauswänden die Aufschrift »Plakate anbringen verboten!«
Das Haus lag inmitten eines riesigen Gartens, in dem kein einziger Grashalm aus der Reihe tanzte. Verblichene Gartenzwerge und Bambis zierten den Rasen und hätten jede Kitschsammlung enorm bereichert. Ich sagte mir, daß es wirklich etwas heißen wollte, so viele Scheußlichkeiten auf so knappem Raum unterzubringen.
Im Hintergrund konnte man ein großes Gebäude sehen, dessen gewölbtes Dach vollständig verglast war. Es erin-

nerte mich gleichzeitig an eine Fabrikhalle, an ein Gewächshaus oder ein gewaltiges Vogelhaus. Aber ich kam nicht dazu, mir weiter Gedanken darüber zu machen, wozu diese weitere Geschmacksverirrung wohl gut sein mochte, denn eine riesige dänische Dogge warf sich knurrend gegen das Holztor. Sie war so groß, daß sie noch darüber hinweggucken konnte, wenn sie sich aufrichtete. Ihre roten Augen funkelten bösartig. Ich zögerte zu klingeln, aber nicht etwa, weil ich Angst vor diesem monströsen Köter hatte, sondern weil ich nicht mehr die geringste Lust verspürte. In der vergangenen Nacht hatte mich Daniela (ich hatte immer noch Mühe, mich an ihren neuen Namen zu gewöhnen) beschuldigt, daß ich ihren Zustand der Gnade zerstört hätte. Nun war ich an der Reihe, denn der Zauber ließ so schlagartig nach, wie die Musik abrupt aufhört, wenn man den Tonarm des Plattenspielers abhebt. Der Anblick dieser neureichen Hutschachtel hatte ausgereicht, um die schreckliche Sehnsucht, die mich seit meinem Erwachen gequält hatte, in Luft aufzulösen. Die Dogge sah genauso blöde aus, wie – wenn man von dem Anwesen ausging – auch ihre Besitzer waren. Trotzdem näherte ich mich mit der Handtasche unter dem Arm der Pforte in der Mauer und klingelte. Noch vor einer Minute hätte ich es kaum erwarten können, Daniela wiederzusehen, und jetzt hoffte ich, daß sie sich gar nicht erst zeigen würde. Es war unmöglich, den Ton der Glocke im Haus zu hören, aber bereits nach kurzer Zeit erschien eine Hausangestellte an der Pforte. Es war eine junge Mulattin, deren blauweißgestreifte Bluse ihre Formen auf das angenehmste hervorhob und das zarte Kaffeebraun ihrer Haut noch betonte. Sie strich mit einer furchtlosen Bewegung der Dogge über den Rücken, die sich auch sofort wieder beruhigte. Dann wandte sie sich lächelnd an mich.
»Sie wünschen?«
Ich hielt ihr die Handtasche hin.

»Ich habe diese Handtasche gefunden und glaube, daß Sie der Frau gehört, die hier wohnt.«
»Oh ja, sie gehört der gnädigen Frau«, sagte sie und guckte mich so erfreut an, als wäre es ihre eigene Handtasche.
»Wo haben Sie sie gefunden?« fragte das Dienstmädchen.
Ich hatte mir schon eine Antwort zurechtgelegt.
»Auf der Straße.«
»In Paris?«
Sie sprach das ›r‹ anders aus als die meisten Farbigen, betonte es sogar noch, was ziemlich affektiert klang.
»Ja, in Paris.«
Während ich noch dort stand und mit meiner Unentschlossenheit kämpfte, kam ihr plötzlich der Gedanke, daß ich vielleicht eine Belohnung erwartete.
»Die gnädige Frau schläft noch. Wünschen Sie den gnädigen Herrn zu sehen?«
»Ach, das ist nicht nötig.«
»Aber ja. Außerdem kommt er da gerade vom Schwimmbad.«
Sie wies auf das Gebäude mit dem Glasdach. Es schien sich also um ein überdachtes Schwimmbad zu handeln.
Ich sah in der Ferne eine Gestalt auftauchen. Groß, massig, mit weißen Haaren und einem riesigen karierten Bademantel, sowie einem grünen Frotteehandtuch, das wie ein Schal um den Hals gelegt war. Die Beine des Mannes waren nackt. Er ging an Krücken. Er war eine beeindruckende Erscheinung und auf jeden Fall ganz anders, als ich ihn mir vorgestellt hatte. Dieser Mann machte mir Angst.
»Bitte entschuldigen Sie, ich habe es ziemlich eilig.«
Ich stieg schnell wieder in meinen Wagen und ließ hastig den Motor an. Der Zwischenfall mit der Handtasche konnte Daniela vielleicht Ärger einbringen, und es wäre wahrscheinlich besser gewesen, wenn ich sie ihr einfach

nur zugeschickt hätte. Aber irgendwie konnte ich mir auch ein höhnisches Grinsen nicht verkneifen. Sollte die falsche Marie doch sehen, wie sie damit fertig wurde! Nach dem, was ich von ihrem Lebenswandel wußte, mußte ihr Monstrum von einem Ehemann entweder sehr dumm oder sehr tolerant sein. Oder sie mußte ausgezeichnet lügen können.

*

Es wurde dann doch noch ein wolkenverhangener Tag, und für einen einsamen Mann, der nichts zu tun hat, sind die Wochenenden ohnehin schon etwas, woran er nur mit Grauen denkt. Ich trauerte der «Kommandozentrale» mit ihrem gemütlichen Kaminfeuer, dem dösenden alten Hund und den ironischen Bemerkungen von Yves Marcé nach. Bei ihm hielt die schlechte Laune nämlich nie lange an. Wie hätte es doch meine Nerven beruhigt, jetzt arbeiten zu können! Ich durfte gar nicht daran denken, in was für eine vertrackte Situation ich mich gebracht hatte.

Gegen Mittag trank ich zwei Campari in Fouquets Bar. Sie reichten zwar nicht aus, mich meinen Kummer vergessen zu lassen, aber sie richteten mich wenigstens wieder so weit auf, daß ich es fertigbrachte, noch einmal bei dem Produzenten anzurufen. Ich erkannte die zaghafte Stimme der alten Bauersfrau, die bei den Marcés im Haushalt half. Sie sagte, der Herr arbeite und dürfe nicht gestört werden.

»Sagen Sie ihm bitte, Jean Debise sei am Apparat.«

Sie ließ mich meinen Namen noch zweimal wiederholen, und ich wurde schon langsam sauer. Aber nicht, weil ich mir so viel auf meinen Namen einbildete und es nicht ertragen konnte, daß es Leute gab, denen er nichts sagte. Wenn man so wie ich zu den drei oder vier besten Drehbuchautoren Frankreichs gehört, ist man manchmal

ganz froh, nicht erkannt zu werden. Die Alte bat mich zu warten, und endlich hatte ich Marcé an der Leitung. Sein Ton verriet mir, daß sie anscheinend mit ihren Änderungen nicht besonders schnell vorankamen.
»Ja bitte?« fragte er knapp.
»Hier spricht Jean.«
»Ja und?«
Ich hätte auflegen sollen. Aber das wäre das Ende unserer Beziehungen gewesen.
»Na, wie läuft's denn so?« erkundigte ich mich und versuchte, meiner Stimme einen munteren Klang zu geben.
»Es geht so.«
»Hören Sie Yves, ich wollte mich bei Ihnen für gerade eben entschuldigen, ich hatte einfach... ziemlichen Ärger.«
Marcé wurde gleich umgänglicher, wohl auch, weil er Mitleid mit mir hatte. Er hatte meine ganze dumme Scheidungsgeschichte mit sehr viel Interesse verfolgt, um so mehr, als er sehr viel von meiner Exfrau hielt. Die meisten Leute meiner Umgebung hatten sich nicht weiter darüber aufgeregt, im Gegenteil: sobald ich ihnen erzählte, daß ich jetzt endgültig zu einer Trennung entschlossen sei, versicherten sie mir, wie recht ich hätte, Martine zu verlassen.
»Was für Ärger, Jean?«
Schließlich war ich nicht umsonst Meister im Drehbuchschreiben, und so improvisierte ich: »Ich habe gestern mein Scheidungsurteil zugestellt bekommen.«
Ich hätte gar nichts Besseres finden können, um ihn wieder für mich einzunehmen.
»Ja, ich verstehe«, murmelte er nach kurzem Schweigen. »Aber das hätten Sie doch sagen können.«
Ich begann mich in die Situation einzuleben.
»Was hätte ich sagen sollen, Yves? ...Daß ich mich gestern maßlos besoffen habe?«

»Warum sind Sie denn nicht bei uns geblieben?«
»Weil ich mich außerstande zu irgendeiner Arbeit fühlte. Ich hatte einen gewaltigen Kater, der jetzt aber glücklicherweise zurückgeht.«
Ich hoffte, daß er mir vorschlagen würde, jetzt doch noch mit ihnen weiterzuarbeiten, aber genau das Gegenteil war der Fall.
»Ich verstehe, Jean. In solch einem Zustand hat man nichts anderes im Sinn, als sich zurückzuziehen. Machen Sie sich mal keine Sorgen, mein Alter, dann müssen Sie sich eben später richtig ins Zeug legen. Ich rufe jedenfalls meine Italiener an und sage ihnen, daß sie die Reise verschieben müssen.«
Ich bedankte mich zerknirscht. Kaum hatte ich jedoch aufgelegt, konnte ich nicht anders, als einmal laut und deutlich »Scheiße« zu sagen, so daß die junge Frau, die sich gerade in der Telefonkabine neben mir befand, zu kichern anfing. Marcé hatte sicher mit Barnaque schon ausgiebig über meine zu erwartenden Gewissensbisse geredet, während er das Mittagessen bereitete.
»Alles in Ordnung, Herr Debise?« fragte mich Rene, der Telefonist.
Ich wich seiner Frage aus. Warum war eigentlich nicht mehr alles in Ordnung? Wegen dieser kleinen Nymphomanin oder wegen meiner Scheidung? Kam es vielleicht daher, daß ich nicht hart genug arbeiten mußte im Moment? Oder von der Einsamkeit hier im Hotel? Sicher hatte es auch etwas mit der Unmenge Alkohol zu tun, die ich gestern in mich hineingeschüttet hatte... Kurz, es kam schon einiges zusammen.
»Oh, ich langweile mich einfach nur irrsinnig.«
Er lächelte und zwinkerte mir zu.
»Wenn das alles ist, sollten Sie nicht alleine bleiben, Herr Debise.«
Ich lächelte zurück. »Sie haben recht. Rufen Sie für mich bitte bei Gravelle an.«

Er besaß ein erstaunliches Gedächtnis. Wenn ihm ein Hotelgast zwei- oder dreimal dieselbe Telefonnummer gegeben hatte, brauchte man ihm nur noch den Namen zu sagen, und er wählte auf Anhieb die richtige Nummer.
Geneviève meldete sich verschlafen und mit herzhaftem Gähnen, das mir sofort Lust machte, wieder ins Bett zu gehen.
»Na, du komischer Vogel, was gibt es denn?«
»Ich wollte dir nur sagen, daß ich mal schnell auf ein Glas bei dir vorbeikomme«, ging ich gleich zum Angriff über.
»Ach, das Lied kenne ich: vorher wirst du wieder versuchen, mich auf das nächste Sofa zu legen, und ich dumme Gans laß mir das auch noch immer gefallen.«
Sie war ein Filmsternchen und gab sich großzügig allen Männern hin, die nur irgendwie in Frage kamen, ihr zu einer Rolle zu verhelfen. Und bei mir war sie sogar meist besonders willig. Aber trotz all ihres guten Willens war ihr Erfolg beim Film bisher nur bescheiden zu nennen.
»Dieses Mal handelt es sich um ein sehr interessantes Projekt«, log ich.
»Eines, bei dem ich mehr als zehn Sekunden auf der Leinwand zu sehen sein werde?«
»Es handelt sich sogar fast um die wichtigste Nebenrolle. Darüber müssen wir uns mal unterhalten.«
»Natürlich bei dir auf dem Zimmer, was?«
»Dort kann man wenigstens in Ruhe reden, oder?«
Sie zögerte, aber an der Art, wie sie schwieg, merkte ich schon, daß sie nachgeben würde.
»Ich habe in zwei Stunden einen Termin beim Friseur. Wenn ich heute nicht gehe, ist morgen Sonntag und übermorgen Montag.«
»Und selbst wenn du dir die Haare machen läßt, kannst du nichts daran ändern, daß morgen Sonntag und übermorgen Montag ist, meine Schöne. Aber komm ruhig unfrisiert, denn ich kann frisch ondulierte Frauen sowieso nicht leiden.«

Damit legte ich auf, um sie gar nicht erst mit all ihren nutzlosen Einwänden zu Wort kommen zu lassen. Auch wenn Geneviève einen Termin im Elysée-Palast hätte, brauchte nur ein x-beliebiger Kameraassistent daherzukommen, und sie würde ihn absagen. Eine Stunde später war sie in meinem Hotel. Ich erwartete sie im Hausmantel neben einem Servierwagen, auf dem sich ein karges Mahl, bestehend aus Kaviar, Wodka und einem mit Trüffeln garnierten kalten Huhn befand.
Geneviève war eine dralle kleine Person mit einem fröhlichen Gesicht. Sie legte sehr viel Wert darauf, elegant zu wirken, und man konnte sich besser mit ihr unterhalten, als man auf den ersten Blick erwartete.
»Donnerwetter!« rief sie aus, als sie sah, was ich aufgetischt hatte. »Das sieht ja aus, als wolltest du mir die Rolle der Kameliendame anbieten. Soll ich mich gleich enthüllen?«
Ihr Chanel-Kostüm in verschiedenen Grüntönen paßte sehr gut zu dem tiefen Rot ihrer Haare.
»Nein, bleib angezogen.«
Sie zog erstaunt die Augenbrauen in die Höhe.
»Die ganze Zeit?«
»Ja.«
Geneviève strich behutsam das Revers ihrer Kostümjacke glatt.
»Entschuldige, aber es ist noch brandneu, und mit dem Geld, das ich dafür ausgegeben habe, hätte ich mindestens zehn Zeilen aus einem deiner Drehbücher kaufen können!«
»Ich werde mich vorsehen!«
»Das sagst du jetzt so! Aber wenn du erst einmal richtig in Fahrt kommst, dann habe ich immer den Eindruck, daß du gerade die Hauptrolle in »Wirbelsturm über Nagasaki« spielst. Sag mal, was ist denn eigentlich mit dir los, daß du willst, daß ich angezogen bleibe?«
Ich antwortete nicht. Vor meinem inneren Auge tauchte

Danielas zerknittertes Kleid auf der Terrasse des ›Coupole‹ auf. Und das erste Mal glaubte ich, ihren Duft wieder zu spüren. Es war ein Duft von atemberaubender Sinnlichkeit.
Wir aßen zusammen und tranken ein Glas Wodka nach dem anderen, so daß ich, als ich vom Tisch aufstand, ganz rote Ohren hatte.
»Du bist ja nicht gerade gesprächig gewesen«, beschwerte sich Geneviève. »Irgend etwas ist heute mit dir los.«
»Das stimmt. Es geht mir im Augenblick nicht besonders gut.«
»Soll ich dir mal was sagen? Das kommt von der Leber! Das Weiße deiner Augen sieht aus wie bei einem alten Säufer. Hast du schon mal den Namen Selter gehört und daß das gar nicht so übel schmeckt? Aber jetzt erzähl mir doch erst einmal was über diese Rolle.«
Ich machte eine unbestimmte Handbewegung.
»Wir wollen doch nichts überstürzen...«
»Ja, und zumal die Rolle noch gar nicht geschrieben ist, nicht wahr?« entgegnet sie verbittert. »Dauernd diese leeren Versprechungen. Es ist wirklich zum Kotzen. Ich möchte doch wirklich mal wissen, was sich die Männer dabei denken. Wenn du Lust auf mich hast, dann brauchst du dir gar nicht erst die Mühe zu machen, mir irgendwelche Geschichten aufzutischen. Ich gebe mich auch mit Kaviar zufrieden.«
Ich schämte mich und legte ihr den Arm um die Taille. Ein ungeheurer Drang nach Aufrichtigkeit erfaßte mich. Er dauerte nur einen Augenblick, aber er war mir ernst. Er bewirkte jedesmal, daß ich fest davon überzeugt war, all die Versprechen halten zu können, die ich den Schauspielern schon gemacht hatte.
»Na, und ist das vielleicht eine Art, mich anzuschnauzen, wo ich doch eine Rolle für dich habe? Auch nicht gerade nett, was?«

»Was für eine Rolle?« Im Geiste durchstöberte ich schnell das Drehbuch, an dem ich gerade schrieb.
»Die der Schwester«, entgegnete ich.
Sie lachte auf.
»Oh, ich werde sicher zu komisch mit einer Nonnenhaube aussehen. Meine Mutter wird ganz außer sich vor Freude sein.«
»Dummkopf, ich spreche doch nicht von einer Nonne. Ich spreche von der Rolle der Schwester des Helden.«
»Ah, gut. Und worin besteht die?«
»Er hat Kummer und will seinem Leben ein Ende machen. Du kennst aber seine geheimsten Absichten und versuchst, ihn davon abzuhalten.«
»Indem ich das Gas wieder abdrehe? Und so, wie ich Barnaque kenne, läuft es dann darauf hinaus, daß man nichts als eine Großaufnahme meiner Hand am Hahn sieht, immer frei nach der Theorie: laßt die Dinge für sich sprechen!«
»Würdest du mich bitte erstmal ausreden lassen, bevor du anfängst herumzuspinnen?«
Sie klimperte mit den Wimpern. »Na dann los, Mann! Ich hoffe, du hast nichts dagegen, daß ich meine Jacke ausziehe, denn nach diesem anregenden Mahl ist mir ganz schön warm geworden«, sagte sie und zwinkerte mir zu. »Aber keine Bange, ich werde sie schon wieder anziehen. Also, was ist nun mit meiner Rolle als achtsame Schwester?«
»Der Junge rennt verzweifelt in seinem Zimmer hin und her... Ungefähr so wie ich im Moment... Er ist völlig am Ende wegen der Frau, die er auf einem seiner nächtlichen Streifzüge kennengelernt hat. Er weiß gar nicht mehr so genau, was eigentlich passiert ist, denn er war ziemlich besoffen. Trotzdem bringt dieses Treffen sein ganzes Leben durcheinander. Er ist wie verhext, wie bezaubert, wenn du weißt, was ich meine.«
»Ja, nicht schlecht. Und dann?«

»Als er noch einmal richtig über alles nachdenkt, kommt er zu dem Schluß, daß er sich wie der letzte Idiot benimmt. Denn wenn man die betreffende Dame etwas näher betrachtet, scheint sie eine ziemlich kaputte Type zu sein – und trotzdem sehnt er sich nach ihr. Das geht doch, oder?«
»Das hängt ganz davon ab, wie du ihn die Suppe auslöffeln läßt, die er sich da eingebrockt hat.«
Es war natürlich nicht mein letztes Drehbuch, das ich ihr gerade erzählte, sondern mein eigenes Abenteuer. Es war meine indirekte Art, ihr mein Herz auszuschütten und mir über meine Gefühle klar zu werden.
»Wieso, findest du, es klingt ein bißchen verrückt?« fragte ich beunruhigt.
Geneviève setzte sich an den Rand meines Bettes und schleuderte ihre Schuhe von den Füßen, so daß sie am anderen Ende des Zimmers landeten.
»Allerdings, aber dafür ist es ja auch Kintopp. Da muß man den Leuten schon etwas Ungewöhnliches erzählen, wenn man sie von ihren Fernsehern weglocken will...«
»Komm, erzähl weiter«, seufzte sie nach einer Weile, in der ich beharrlich geschwiegen hatte. »Es fängt an, mich zu interessieren.«
»Es geht hier um einen Seelenzustand, verstehst du?«
»Das habe ich schon mitgekriegt. Aber es muß jetzt zu einem Wiederaufflackern kommen, damit sich die Zuschauer trotz dieser spannenden Seelenzustände nicht langweilen. Du mußt nämlich wissen, daß alle Welt Seelenzustände hat.«
»Dieser Typ...«
»Mein Bruder?«
»Ja, dein Bruder... Er ist wie hypnotisiert. Er denkt nur noch daran, wie er seine nächtliche Bekanntschaft wiedertreffen kann. Da kommt ihm der Zufall zu Hilfe. Stell dir vor, er findet die Handtasche dieser Frau in seinem Auto. Sie hatte sie dort in der Nacht vergessen.«

Geneviève verzog das Gesicht. »Stört dich irgendwas?« fragte ich nervös.
»Ich will dich ja nicht kränken, aber ich glaube, du machst es dir zu einfach. Ihre Handtasche in seinem Auto, das ist doch ein bißchen so wie ein Mörder, der seine Visitenkarte am Tatort vergißt. Die Zuschauer werden den Kopf schütteln und sagen, daß es mit dir bergab geht...«
»Hör doch erst einmal, wie es weitergeht. Er läßt seine Arbeit im Stich, um der Dame die Tasche zurückzubringen. Er kommt zu einem Haus, das an schlechtem Geschmack kaum noch zu überbieten ist. Da er aber nun mal ein ausgemachter Ästhet ist, erlischt in ihm beim Anblick dieser protzigen, neureichen Baracke jede Lust, die fragliche Dame wiederzusehen. Also drückt er die Tasche dem Dienstmädchen in die Hand und macht, daß er wegkommt.«
»Das hört sich schon besser an«, entgegnete Geneviève. »Und dann?«
»Es folgt ein Moment absoluter Ruhe. Mein Held fühlt sich erleichtert. Er beginnt, wieder Gefallen an seinem Leben zu finden. Aber dieser Frieden erweist sich als trügerisch. Kaum hat er ein paar Gläser Alkohol getrunken, als ihn auch schon wieder ein unstillbares Verlangen nach der Unbekannten übermannt.«
»Eigentlich ist sie ja jetzt gar keine Unbekannte mehr, denn er hat ja jetzt ihre Adresse. Und weiter?«
Ich schenkte mir ein Glas Wodka ein und stürzte es hinunter.
»In der folgenden Zeit beginnt er an allem zu zweifeln. Er weiß nichts mit sich anzufangen, alles erscheint ihm öde und ist ihm zuviel. Und rate, was dann passiert?«
Ich hatte mich gerade entschlossen, meinen Lebensüberdruß dem Schicksal zu überlassen und mich ganz dem anzuvertrauen, was meine kleine Freundin vorschlug.
»Nun«, sagte sie nachdenklich, »wahrscheinlich wird er

seine Angebetete anrufen, wo er doch jetzt weiß, wo sie wohnt.«
»Und was sagt er ihr?«
Geneviève betrachtete mich eine Weile aufmerksam, dann streckte sie sich auf dem Bett aus und zog ihren Rock herunter, aber sicherlich weniger aus Schamgefühl, als vielmehr aus Angst, daß er zerknittern könnte.
»Du gehst mir langsam auf die Nerven mit deiner Flamme«, seufzte sie. »Ruf sie endlich an und hör auf, mir irgendwelche Geschichten aufzuschwatzen. Dir wird schon etwas einfallen, was du ihr erzählen kannst!«
Es ist doch immer wieder erstaunlich für einen Mann, wenn er sieht, wie leicht eine Frau ihm auf die Schliche kommt. Scheinbar bleiben wir alle bis zu unseren Tod die linkischen kleinen Jungen, die rot werden, wenn sie lügen.
»Sag mal, wovon sprichst du eigentlich?« protestierte ich lahm.
»Ich? Von der Wahrheit! Ich spüre doch ganz genau, daß du in der Tinte sitzt. Hast du wenigstens schon mit deiner Traumfrau geschlafen?«
Ich gab auf und schüttelte zerknirscht den Kopf.
»Also, dann beeile dich, sie hierher zu bringen! Und ich versichere dir, hinterher wirst du alles in einem ganz anderen Licht sehen.«
Sie lächelte mich zärtlich an.
»Wie kann man nur so naiv sein? Sag mal, wie alt bist du eigentlich?«
»Neununddreißig.«
»Mein Gott, ein Mann in den besten Jahren und noch immer Jungfrau«, lachte Geneviève. »Hat deine Mami dich denn nicht aufgeklärt, bevor du geheiratet hast, mein Kleiner?«
Sie ließ sich mit der Geschmeidigkeit einer Katze vom Bett gleiten und lief im Zimmer umher, um ihre Sachen einzusammeln. Sie angelte mit den Füßen nach ihren

Schuhen, schlüpfte in ihre Kostümjacke und befestigte die goldenen Kettchen, die den Verschluß bildeten. Schließlich zog sie sich noch die Lippen nach.
»Was machst du?«
»Wenn ich jetzt gehe, komme ich gerade noch recht zum Friseur.«
»Sag mal, du willst mich doch jetzt nicht etwa alleine lassen, Viève! Du siehst doch, in welcher Verfassung ich bin!«
»Alles, was ich für dich tun kann ist, dir den guten Rat zu geben, sie anzurufen.«
»Aber wir haben doch noch gar nicht von deiner Rolle gesprochen.«
Sie kam zu mir herüber, nahm mein Gesicht in beide Hände und streifte meinen Mund mit einem zarten Kuß.
»Meine Rolle hier ist beendet, mein Lieber. Wenn du mal wieder eine für mich hast, schick sie mir doch einfach mit der Post zu.«
Sie ließ mich los und lächelte mich einen Moment mitleidig an. »Du bist trotz allem noch immer süß. Wenn die Leute, die deinen Namen auf den Kinoplakaten bewundern, wüßten, was du für ein Kindskopf bist, würden sie sicher ganz schön gucken.«
Sie warf einen letzten Blick in den Spiegel.
»Es gibt keine wirklich großen Männer«, sagte sie und ging zur Tür. »Es gibt sie einfach nicht!«
Eigentlich war ich jetzt doch ganz zufrieden, daß sie ging. Ich hatte keine Lust mehr auf sie. Ich ließ mich bäuchlings auf das Bett fallen und angelte nach dem Telefon.
»Stellen Sie mir bitte eine Verbindung mit einem Teilnehmer in Montfort-l'Amanry namens Carbon her«, bat ich den Telefonisten.
Ich legte auf.
Jetzt war es passiert und ließ sich nicht wieder rückgängig machen. Es begann mit ein paar bunten Drähten in

der Telefonzentrale. Mein Schicksal hing an einer Telefonleitung, auf der die Vögel saßen wie Noten auf ihren Linien.

*

»Ich verbinde Sie mit Montfort...«
Das Tuten am Apparat hörte sich anders an als gewöhnlich. Es war, als wenn mit dem tiefen noch ein schriller, hoher Ton mitschwang. Dadurch wurde mir der Unterschied zwischen dem Tuten und der nachfolgenden Stille noch viel bewußter. Jeder neue Schrillton gellte so stark in meinen Ohren, daß ich schon befürchtete, wieder Kopfschmerzen zu kriegen. Man schien bei den Carbons nicht besonders oft zu telefonieren. Ich stellte mir vor, daß der Apparat in einem Büro stand, das der behinderte Mann jedoch nur selten benutzte. Endlich nahm jemand den Hörer ab.
»Ja bitte?« meldete sich eine männliche Stimme.
Es war ihr Mann. Jedenfalls würde die tiefe Stimme zu ihm passen. All sein Gewicht schien auf diesem »Ja bitte?« zu lasten.
»Herr Dubois?« fragte ich hastig.
»Sie sind falsch verbunden.«
»Oh, entschuldigen Sie.«
Er unterbrach die Verbindung so unvermittelt, daß ich das Gefühl hatte, eine Ohrfeige bekommen zu haben.
»Scheißtyp«, brummte ich und donnerte meinerseits den Hörer auf die Gabel.
Vergiß es! wies ich mich selbst zurecht. »Heute ist offensichtlich einer von den Tagen, an denen aber auch gar nichts klappt. In so einem Fall ist es das beste, zwei «Merinax» zu schlucken und sich die Dinge von alleine weiterentwickeln zu lassen. So ist das Leben nun einmal: ein Tag Regen, ein Tag Sonnenschein. Wer weiß, vielleicht scheint ja morgen die Sonne wieder. Man darf nur nicht den Kopf verlieren.«

Ich gehörte nun allerdings entschieden zu den Leuten, die dauernd den Kopf verloren, und deswegen zog ich mich jetzt hastig an.

*

Ich wartete fast zwei Stunden in meinem Wagen, den ich etwa hundert Meter von ihrem Haus entfernt geparkt hatte. Ich genoß seine Scheußlichkeit...

Zu meiner Rechten befand sich eine lange Mauer aus grauen Feldsteinen, die mit mächtigen alten Efeuranken bewachsen war. Zu meiner Linken war die Mauer der Carbons, deren unverschämtes Weiß an einen frischen Gipsverband erinnerte. Sie nährte den instinktiven Haß, den ich für Danielas Ehemann empfand. Dabei nahm ich ihm gar nicht einmal übel, daß er ihr Mann war, sondern daß er so unmöglich war. Dieser neureiche Klotz zwang sie, in einer Umgebung zu leben, die überhaupt nicht zu ihr paßte. Ich ahnte, wie ihr zumute war, wenn sie in so einem Betonkasten leben mußte. Wie sie langsam darin erstickte. Ihre nächtlichen Ausflüge deuteten darauf hin, daß sie immer wieder versuchte zu fliehen. Daß sie unglücklich war.

Das Geräusch von Schritten riß mich aus meinen Grübeleien. Ich warf einen Blick in den Rückspiegel und erblickte die junge Mulattin von heute vormittag. Sie schien Samstag nachmittag frei zu haben, denn sie trug einen hübschen Mantel aus sandfarbenem Tuch mit einem Pelzkragen, der sicher einmal ihrer Herrin gehört hatte.

Ich zögerte kurz, aber ich war inzwischen in einem Zustand, in dem mir alles egal war.

»Hallo Fräulein!« rief ich hinter ihr her.

Sie hatte schon meinen Wagen erkannt. In diesem Ort konnte man mit solch einem Auto einfach nicht unbemerkt bleiben.

Das junge Mädchen kam gehorsam näher.

»Ich möchte Sie um einen Gefallen bitten...«, sagte ich und wühlte fieberhaft in meinen Taschen.
Sie sah den 50-Franc-Schein, den ich ihr hinhielt, und ihr Lächeln erstarb.
»Einen großen Gefallen«, fügte ich hinzu. »Hier, bitte nehmen Sie doch...«
Aber sie rührte sich nicht. Offensichtlich erschreckte sie die Höhe des Trinkgeldes.
»Ich möchte, daß Sie ihrer Herrin sagen, daß sie der Herr mit der Handtasche zu sprechen wünscht.«
Da sie noch immer keine Reaktion zeigte, wurde ich langsam unruhig.
»Bitte, tun Sie mir doch den Gefallen«, flehte ich schon beinahe.
Ich mußte mich richtig verrenken, um wenigstens einen Blick von ihr zu erhaschen. Das farbige Mädchen war wie eine dieser afrikanischen Masken, vornehm zurückhaltend und unergründlich. Endlich nahm sie den Schein.
»Vergessen Sie nicht, ihr zu sagen, daß ich auf sie warte!«
Ich folgte ihr mit den Augen. Bevor sie das Eingangstor erreicht hatte, drehte sie sich noch einmal um. Ich dachte schon, sie würde zurückkommen und mir das Geld wiedergeben. Aber dann verschwand sie doch.
Es begann schon dunkel zu werden. In der «Kommandozentrale» würde Barnaque jetzt wohl langsam Abschied von unserem Produzenten nehmen, die Taschen voller Notizen, die er mir sicher übermorgen haarklein auseinandersetzen würde. Man verließ Marcés Landhaus immer bei Anbruch der Dunkelheit, das heißt, es war eine feste Angewohnheit von Yves, seine Besucher zu diesem Zeitpunkt hinauszukomplimentieren, indem er es einfach unterließ, Lampen anzuzünden, Holz im Kamin nachzulegen und sogar weiterzureden. Statt dessen gab er sich damit zufrieden, seine alte Hündin zu streicheln und ab und zu seine Pfeife im Halbdunkel aufglimmen zu lassen. Dann wußte man, daß der

Moment gekommen war, sich zu verabschieden. Dabei bestand der Rausschmiß lediglich darin, daß er den Wunsch in einem weckte, woanders zu sein. Ich wünschte mir im Augenblick nichts sehnlicher, als Daniela wiederzusehen. Noch nie war dieser Wunsch in mir so stark und ausschließlich gewesen. Wenn sie käme, würde ich nicht aussteigen. Ich würde ihr nur die Beifahrertür öffnen. Gleichzeitig würde ich die Innenbeleuchtung des Wagens ausschalten, um ihr die Peinlichkeit des Wiedersehens zu ersparen.
Und dann! . . .
Plötzlich wurde eine Gestalt auf der anderen Seite sichtbar, und mein Herz begann schneller zu schlagen. Es war die Mulattin. Sie kam mit eiligen Schritten direkt auf mich zu. Sie lief so schnell, daß die Schöße ihres Mantels, der nicht zugeknöpft war, hinter ihr herflatterten. Schon von weitem konnte ich einen weißen Umschlag in ihrer Hand erkennen. Ich fing an, wieder Hoffnung zu schöpfen.
»Da, nehmen Sie«, sagte sie.
Ich griff gierig nach dem Umschlag. Er war nicht zugeklebt. In ihm befand sich mein zusammengefalteter 50-Franc-Schein und eine Visitenkarte mit dem Namen Julien Carbon.
Unter dem Namen stand in schwerfälliger Schrift nur ein einziger Satz:
»Hauen Sie ab!«
»Möchten Sie, daß ich meinem Herrn etwas ausrichte?« fragte das Hausmädchen und grinste unverschämt.
Ich strich mechanisch mit meinem Daumen über den Namen Carbon, aber er war so flach gedruckt, daß sich nicht die geringste Erhebung feststellen ließ.
»Sagen Sie ihm, daß er sich das nächste Mal Visitenkarten in einer Druckerei machen lassen soll«, antwortete ich. »Die, die er jetzt hat, sind wirklich reichlich primitiv.«

5

Ich war schon völlig betrunken, als ich die Tür zu der Bar aufstieß. Ich schob den Vorhang aus blauem Samt zur Seite, der den Vorraum vom eigentlichen Lokal abtrennte. Etliche Paare tanzten eng aneinandergeschmiegt. Mit schwankenden Schritten näherte ich mich der Theke und kletterte auf denselben Hocker wie in der Nacht zuvor. Durch wieviel Bars hatte ich mich eigentlich schon geschleppt, bevor ich hier gelandet war? In jeder hatte ich das gleiche bestellt: einen Campari und ein Ferngespräch. Aber die meisten hatten kein öffentliches Telefon, so daß ich meinen Campari hinunterstürzte und in das nächste Lokal zog, das mir groß genug schien, um eine Telefonzelle zu haben. Ich wählte jedesmal dieselbe Nummer. Das Freizeichen der Carbons war mir inzwischen schon richtig vertraut. Ebenso die laute, wütende Stimme des Mannes, die jedesmal aufs neue »Ja bitte?« fragte. Meine Hoffnung, irgendwann doch noch mal an Daniela zu geraten, sank, so sehr ich mich auch dagegen wehrte. Nach einer Weile hob Carbon nur noch den Hörer ab und wartete wortlos darauf, daß ich mich meldete. Ich benutzte noch immer denselben dummen Vorwand, indem ich fragte: »Bin ich hier mit Herrn Dubois verbunden?« Ein oder zweimal hatte er noch mit »Nein!« geantwortet. Schließlich legte er jedoch auf, ohne auch nur eine Silbe zu verlieren, und ich hörte nichts außer seinem schnaufenden Atem.

Was sollte nur diese sinnlose Hartnäckigkeit? Ich hatte bei den Carbons sicher ganz schön was angerichtet. Jedesmal, wenn ich anrief, sagte ich mir »Du bist ein Mistkerl«. Der alte Mann in dem karierten Bademantel träumte wahrscheinlich schon davon, mir eins mit seinen Krücken überzuziehen. Seine merkwürdige Gestalt ging mir nicht mehr aus dem Sinn. Ich sah ihn wieder vor mir, wie er aus dem Schwimmbad kam, in seinem riesigen Mantel, mit nackten Beinen und von den Krücken hoch-

geschobenen Schultern. Er wirkte trotz seiner Behinderung komisch. Aber vielleicht hätte er auch mein Mitleid erweckt, wenn er mir mit einer Hose zu Gesicht gekommen wäre?
»Sagen Sie, Oscar . . .«
»Ich heiße Georges, mein Herr. Oscar hat samstags frei.«
Ich hatte gar nicht gemerkt, daß der Barkeeper gewechselt hatte. Dieser Tag schien es ja wirklich in sich zu haben. Jetzt ertappte ich mich auch noch dabei, daß ich unbedingt mit diesem Nachtclubangestellten über sie reden wollte!
»Kann ich etwas für Sie tun?« fragte Georges beunruhigt. Er war dunkelhaarig wie Oscar, aber größer, dünner und nicht so verschmitzt wie der andere.
»Glauben Sie an Horoskope?«
Obwohl er offensichtlich weniger Sinn für Humor besaß als sein Kollege, hatte er doch auch den sicheren Instinkt für die Bedürfnisse eines Betrunkenen.
»Nicht ganz, aber es ist sicher etwas Wahres dran. Was für ein Sternzeichen sind Sie?«
Er redete weiter, während er seine Bar aufräumte. Seine Bewegungen hatten die Präzision eines Chirurgen, der sich für eine Operation vorbereitet. Er stellte die Gläser umgedreht auf weiße Geschirrtücher, legte den Shaker griffbereit, sortierte Flaschen ins Regal zurück und änderte ihre Anordnung, so wie es ihm praktischer erschien.
»Krebs!«
Er rümpfte die Nase.
»Intelligent, sensibel, neigt zu viel Phantasie«, antwortete Georges prompt. »Nur leider tendiert der Krebs dazu, sich das Leben nicht gerade leicht zu machen. Davon weiß ich ein Lied zu singen.«
»Wieso? Sind Sie auch Krebs?«
»Nein, aber meine Frau.«
»Wissen Sie zufällig, was heute für die Krebse im Horoskop steht?«

»Nein, keine Ahnung. Außerdem kann man das nicht verallgemeinern. Es kommt ganz darauf an, in welcher Dekade Sie geboren sind und wie da die Sterne standen, also was Ihr Aszendent ist. Ich bin zum Beispiel Fisch mit Aszendent Schütze, und ich kann Ihnen versichern, daß sich mein Horoskop total von dem meiner Schwägerin unterscheidet, die ebenfalls Fisch ist, aber mit Aszendent Zwilling.«

Mit derselben Mischung aus Sorgfalt und Gleichgültigkeit, mit der die Küchenhilfe eine Geschirrspülmaschine füllt, legte er eine neue Platte auf, und tatsächlich befand sich der Plattenstapel auch neben einem Stapel Untertassen.

»So, damit habe ich wieder eine Weile Ruhe«, murmelte er und fuhr fort, Orangen auszupressen. »Heute abend gibt es vor allem Tango und Slow. Mein Chef sagt immer, daß samstags unser Hauptkunde der Typ Fleischer aus Charenton ist. Diese Sorte Leute ergreift sofort die Flucht, wenn man etwas Modernes spielt. Sie kommen ja gerade hierher, weil sie solche Schmalzmusik hören wollen. Aber Sie können sich gar nicht vorstellen, was los ist, wenn ich dann nach Mitternacht Zigeunermusik auflege! Plötzlich brechen alle in Tränen aus und bestellen Champagner.«

Ein Tango ertönte, der mitreißend begann, aber schon bald langweilig wurde. Er erinnerte mich daran, wie Daniela gestern mit ihrem Vorstadtcasanova über die Tanzfläche geschoben war. Die süßliche Melodie steigerte in mir noch das vage Gefühl von Traurigkeit, ja ließ es richtig aufschäumen.

Ich trank noch ein Glas. In dieser Nacht war ich wirklich voll wie ein Eimer, und nur eine unerklärliche, grauenvolle Trägheit hinderte mich daran, wie ein Toter in mein Hotelbett zu fallen.

»Georges!«

»Ja bitte?«

»Gibt es hier ein Telefon?«
»Nur hier an der Theke«, antwortete der Barkeeper und zeigte auf den Apparat. »Welche Nummer wollen Sie denn?«
»0163 in Montfort... Nein, ich glaube, ich habe mich geirrt, es war... Warten Sie...«
Ich wühlte in meiner Jackentasche.
»Lassen Sie nur«, hörte ich plötzlich eine Stimme hinter mir. »Es wird sowieso niemand rangehen.«
Und da stand sie auch schon neben mir, mit ihrem Pelzmantel, von dem die Regentropfen herunterperlten. Sie trug dasselbe Kleid wie letzte Nacht und die schwarze Wildledertasche, die ich ihr vorhin zurückgebracht hatte. Ich hatte Mühe, ihr Gesicht, das wie zu einer Maske erstarrt war, wiederzuerkennen. Sie war nüchtern, und irgend etwas Hartes ließ ihr Gesicht auf einmal ganz eckig erscheinen. Der Zauber war verflogen, und meine Enttäuschung war noch größer als meine Überraschung.
»Einen Scotch für die Dame, Georges! Und das mit dem Telefonat hat sich erübrigt.«
Daniela kletterte auf den Hocker neben mir. Ich hielt ihr die Hand hin, um ihr behilflich zu sein, aber sie tat so, als würde sie sie nicht sehen.
»Nein, keinen Whisky«, sagte sie. »Geben Sie mir ein Selter mit irgendwas dazu.«
Georges' Miene verdüsterte sich.
»Selter führen wir nicht«, antwortete er pikiert.
»Aber Sie werden doch irgendein Sodawasser haben!«
»Ja, Sodawasser haben wir«, entgegnete er und wandte sich hilfesuchend an mich. »Aber nur mit was dazu...«
Daniela zuckte resigniert die Achseln.
»Also gut, dann geben Sie mir einen Whisky-Soda, aber das Soda bitte extra.«
Der Barkeeper zeigte wieder sein professionelles Lächeln. Kaum hatte er jedoch das Glas mit dem Alkohol

und die Sodaflasche vor sie hingestellt, da schüttete sie auch schon den Whisky in den Abfluß hinter der Theke, in den ich gestern meinen Ehering geworfen hatte. Danach goß sie sich seelenruhig das Wasser ein, und Georges' Gesicht verzog sich erneut.

»Das hat Sie wohl schockiert?« fragte ich ihn.

Er schüttelte den Kopf.

»Ich kann nur nicht sehen, wenn das Zeug einfach so vergeudet wird.«

»Denken Sie etwa an die vielen kleinen Negerlein, die noch nicht einmal Whisky haben, um ihren Hunger zu stillen?«

Er spürte meine Verachtung und zog es vor, sich zurückzuziehen. Ich wandte mich zu Daniela.

»Na, wollen Sie heute enthaltsam bleiben?«

»Nein, ich will mich nur etwas mäßigen.«

»In jeder Beziehung? Wollen Sie heute abend niemanden abschleppen?«

Ihre Finger verkrampften sich um das Glas, das von dem kalten Sodawasser ganz beschlagen war.

»Ich bin heute abend hierher gekommen, weil ich Sie sehen wollte.«

»Woher wußten Sie denn, daß ich hier sein würde?«

»Das war nicht besonders schwer zu erraten.«

»Gut, dann legen Sie mal los, und machen Sie Ihrem Herzen Luft. Ich bin ganz Ohr!«

Sie warf mir einen kalten Blick zu und schwieg.

»Verdammt nochmal, Marie, los jetzt!« knurrte ich. »Ihr Frauen gebt doch wirklich nichts als Lügen von euch. Ich höre noch ganz deutlich, wie Sie mir sagten, ich sollte Ihnen einen anderen Vornamen suchen, weil ich Ihren angeblich erraten hatte! Sie sind wirklich eine Lügnerin, weil Sie ohne Grund, nur so zum Spaß lügen . . .«

Sie ließ sich nicht aus der Ruhe bringen.

»Das habe ich gesagt, weil Marie der Vorname meiner Mutter war.«

»Damit ich Ihnen das glaube, müssen Sie mir schon Ihre Geburtsurkunde zeigen. Soll ich Ihnen mal was sagen, Daniela? Ich finde Marie viel schöner.«

»Ich weiß.«

»Woher wollen Sie das wissen?«

»Ich habe es in Ihren Augen gelesen.«

»Was soll man denn in den Augen eines Typs lesen können, der so sternhagelvoll ist wie ich?«

»Alles, aber vor allem Ihre Enttäuschung.«

»Welche Enttäuschung?«

»Die Sie empfunden haben, als Sie mich wiedersahen. Ich entsprach nicht mehr dem Bild, das Sie von mir behalten hatten. Und wissen Sie, warum?«

»Da bin ich aber gespannt...«

»Als wir uns gestern das erste Mal trafen, hatten wir beide schon ganz schön einen sitzen. Dann haben wir zusammen weitergetrunken, so daß unsere kurze Beziehung sich immer weiter von der Realität entfernte. Und im Augenblick bin ich ich selber. Ich zeige Ihnen die Kehrseite der Medaille, und sie gefällt Ihnen nicht.«

»Das stimmt«, entgegnete ich, »ich kann zynische Frauen nicht ausstehen. Auch jetzt nicht, wo ich noch viel betrunkener bin, als gestern nacht...«

»Und es hat fast den Anschein, als wenn Sie noch immer nicht genug hätten.«

»Wollen Sie es nicht auch mit einem Gläschen versuchen, damit wir uns wieder näherkommen?«

»Nein.«

»Schade. Aber wollten Sie nicht eigentlich Ihrem Herzen Luft machen?«

»Nicht nötig. Wenn ich Ihnen heute mittag selber die Tür geöffnet hätte, hätten Sie sich auch nicht wie ein verliebter Oberschüler aufgeführt.«

»Sind Sie mir böse?«

»Nein. Ich fühle mich in gewisser Weise sogar geschmeichelt.«

»Hat Ihnen Ihr Alter keinen Ärger gemacht?«
Sie schien beinahe überrascht über meine Frage.
»Wie kommen Sie denn auf die Idee?«
»Ich kann mir vorstellen, daß ein Ehemann es nicht gerade schätzt, wenn ihm ein anderer Mann wegen seiner Frau das Haus und das Telefon belagert.«
»Das ist ihm tatsächlich ziemlich auf die Nerven gegangen, und deswegen hat er mich auch gebeten, zu Ihnen zu gehen. Ihm ist nämlich nichts heiliger als seine Ruhe.«
Ich wäre fast vom Hocker gefallen.
»Er hat Sie gebeten, zu mir zu gehen?!«
»Ja, weil Sie so hartnäckig waren. Er hat zu mir gesagt: »Wenn du diesem Verrückten jetzt nicht endlich die Meinung sagst, bringt er es fertig, uns noch tagelang auf den Wecker zu fallen.«
»Haben Sie ihm denn von ... von uns erzählt?«
»Was blieb mir denn anderes übrig?«
»Und was haben Sie ihm gesagt?«
»Die Wahrheit!«
»Was soll das heißen, die Wahrheit?«
»Na, daß wir uns hier kennengelernt haben.«
»Haben Sie ihm auch vom Hotel und danach erzählt?«
»Nein. Julien ist ein sehr rücksichtsvoller Ehemann.«
»Ich würde das eher Nachgiebigkeit nennen.«
»Nennen Sie es, wie Sie wollen ...«
»Weiß er, daß Sie bei Ihren Ausflügen irgendwelche Kerle abschleppen?«
»Ich glaube, er kann es sich denken.«
»Will er denn niemals eine Erklärung von Ihnen?«
Sie runzelte gereizt die Stirn.
»Niemals. Aber eigentlich wollte ich gar nicht über ihn reden.«
»Sie haben recht. Rücksichtnahme sollte immer auf Gegenseitigkeit beruhen. Jedenfalls ist Ihr Dienstmädchen ein richtiges kleines Biest.«
Sie lächelte.

»Weil sie mir Ihre Nachricht nicht überbracht hat? Das dürfen Sie ihr nicht übelnehmen, denn sie ist ganz sein Geschöpf.«
»Wollen Sie mich auf den Arm nehmen?«
»Nein. Sie ist das Kind von ihm und einer Schwarzen, mit der er zusammen war, bevor er mich kennengelernt hat. Er hat so an ihr gehangen, daß er sie mit nach Frankreich genommen hat, als wir zurückkehrten.«
»Etwa als Dienstmädchen?«
Sie zuckte die Achseln.
»So ist er nun einmal!«
»Aber sie scheint für ihn doch viel mehr eine Sklavin als sein eigen Fleisch und Blut zu sein, oder? Und dann regt man sich darüber auf, wenn irgendwelche wildgewordenen Schwarzen ihrem guten Herrn die Hoden abbeißen! Schämen Sie sich eigentlich gar nicht, Ihre Stieftochter als Hausmädchen arbeiten zu lassen?«
»Wenn Sie Theresa sagen würden, daß sie meine Stieftochter ist, würde sie sich halbtot lachen.«
»Wieso? Weiß sie denn nichts davon?«
»Doch, aber diese Bezeichnung bedeutet ihr nichts. Dort unten läßt man der Natur ihren Lauf. Die Gefühle von Töchtern und Müttern sind anders als bei uns. Sie ist stolz darauf, einen weißen Vater zu haben, das ist alles!«
»Das hört sich ja fast so an, als wenn es ein Geschenk für sie wäre! Georges, gießen Sie mir noch einen ein! Ich bin ganz durstig geworden vom Zuhören.«
Ich betrachtete Daniela im Spiegel an der Rückwand der Bar. Wenn man jemanden im Spiegel beobachtet, wirkt er immer ein bißchen verzerrt. Die Gesichtszüge schienen auf einmal ganz unregelmäßig zu werden. Und auch ich fand die Frau neben mir plötzlich überraschend häßlich, als ich sie so betrachtete. Was für ein Wahn hatte mich nur geritten, daß ich wegen ihr einen ganzen Tag meines Lebens vertan hatte? Es war schade um jede Stunde, die ich so sinnlos vergeudet hatte. Ich trauerte

meiner Arbeit, Geneviève und dem Kaviar von heute nachmittag nach und ärgerte mich über mein albernes Wachestehen vor dem Haus der Carbons.

»Sie haben ja wirklich ein umwerfendes Haus!« sagte ich, übertriebene Bewunderung heuchelnd.

»Finden Sie?«

Eine kleinbürgerliche Zufriedenheit leuchtete in ihren Augen auf. Sie war tatsächlich auch noch stolz auf diesen Betonklotz. Also gab es noch eine weitere Enttäuschung für mich: Daniela besaß nicht den geringsten Sinn für Ästhetik. Wenn ich mir vorstellte, daß ich sie letzte Nacht noch rassig gefunden hatte – wahrscheinlich wegen ihres Nerzes und des Schmucks. Hatte mein Vater nicht immer gesagt: »Traue nie deinem ersten Eindruck . . .«

»Ja, es sieht so algerisch aus!«

Sie lief dunkelrot an.

»Jeder nach seinem Geschmack«, entgegnete Daniela gereizt.

»Aber ich bitte Sie! Man kann Afrika doch nicht einfach nach Europa verpflanzen, meine Kleine! Stellen Sie sich doch einmal vor, wie wohl ein Schweizer Chalet in Dakar oder Cotonou wirken würde.«

»Ich frage mich zuweilen, ob Sie es eigentlich schick finden, so gehässig zu sein«, antwortete sie ruhig.

»Kann man es wirklich gehässig nennen, wenn ich finde, daß Ihr Haus wie ein Kontrollturm aussieht?«

Ich begann zu lachen.

»Wahrscheinlich wird sich unser lieber Julien bald noch einen Radarschirm auf das Dach installieren lassen!«

»Uns gefällt dieses Haus«, erklärte Daniela. »Wir leben gerne darin.«

»Mit Schneewittchens Zwergen, die sich auf der Wiese tummeln, und einem Schwimmbad, das aussieht, wie der Bahnhof St. Lazare, muß man sich ja auch wie im Paradies fühlen.«

»Jeder gibt seinem Glück den Rahmen, der zu ihm paßt!«

»Ein Glück, das zweimal im Monat in einem Stundenhotel stattfindet!«
Sie glitt von ihrem Barhocker.
»Ich glaube, das Wichtigste wäre jetzt gesagt«, bemerkte die junge Frau bestimmt.
»Haben Sie es eilig?«
»Ja, und zwar habe ich es eilig, Sie zu verlassen.«
»Gehen Sie noch ein bißchen bummeln?«
»Nein, ich fahre zu meinem Kontrollturm zurück.«
Sie streckte mir die Hand hin.
»Irgend etwas sagt mir, daß Sie nicht besonders glücklich sind«, murmelte sie nach einer kurzen Pause.
Schlagartig wurde mir klar, was diese unglaublich starke Sehnsucht bei mir ausgelöst hatte, die ich seit dem Wachwerden für sie empfunden hatte. Es war etwas scheinbar ganz Unbedeutendes: der leicht veränderte Klang ihrer Stimme, als sie sagte »Ich weiß«, während ich mitten auf dem Boulevard vor ihr kniete und weinte und sie mir den Hals streichelte. Es war etwas unendlich Zärtliches, fast Mütterliches. Eine außerordentliche Sanftheit, nach der sich alle Männer sehnen. Ein zärtliches Mitleid. Eine unglaubliche Nachsichtigkeit.
Und genau wie letzte Nacht spürte ich, daß mir Tränen in die Augen schossen. Ich wollte etwas sagen, aber meine Lippen zitterten so stark, daß ich nur noch den Kopf schütteln konnte. Sie blickte mich aufmerksam abwartend an, so als wollte sie sicher gehen, daß ich ihr keine Komödie vorspielte und kletterte dann wieder auf ihren Hocker zurück.
»Es geht Ihnen wohl wirklich nicht besonders gut, was?«
»Es wird schon wieder vorübergehen«, stammelte ich. »Ich befinde mich einfach momentan in einer schwierigen Phase. Wenn man sein Leben wieder zusammenflikken will, muß man alles neu überdenken: sich selbst und die Vorstellungen, die man von den anderen hat.«
»Wie leben Sie?«

»Ich habe ein sehr schönes Zimmer im Hotel George V. Das Bett ist aus Kirschholz mit Einlegearbeiten, die Wände sind mit zartblauem Stoff bespannt, die Vorhänge sind cremefarben, und das Badezimmer ist ganz in Grau und Rosa gehalten. Es ist wirklich eine sehr schöne Unterkunft. Außerdem habe ich noch ein Ankleidezimmer, das ich aber so gut wie nie benutze. Ich brauche nur auf den Knopf zu drücken, wenn . . .«
»Leben Sie dort allein?« unterbrach sie mich.
»Ja, ganz allein, meine Liebe.«
»Und was ist mit Ihrer Frau? Oder bin ich zu neugierig?«
»Man ist niemals neugierig genug, Daniela. Die Nächstenliebe beginnt damit, daß man neugierig ist. Was mit meiner Frau los ist? Das weiß ich nicht. Wahrscheinlich hatte sich unsere Beziehung abgenutzt. Ich werde vielleicht klarer sehen, wenn ich älter bin. Mit diesen Dingen ist es so wie mit historischen Ereignissen: man kann sie erst einschätzen, wenn genügend Zeit verflossen ist.«
»Trauern Sie ihr nach?«
Ich war so dermaßen abgefüllt, daß ich wirklich eine Weile nachdenken mußte.
»Ich trauere der Vorstellung nach, die ich von uns hatte, meinen Träumen vom trauten Heim und von dem, was zwischen uns hätte sein können. Ich trauere der Zeit nach, bevor alles befleckt wurde, der Zeit der Unschuld, der Zeit der mageren Kühe. Wir hatten eine ganze Weide voller unglaublich magerer Kühe, bei denen man jede Rippe zählen konnte, Daniela, um sich die Zeit zu vertreiben. Oscar!«
»Georges, mein Herr!« berichtigte der Barkeeper.
»Gießen Sie mir noch einen ein, und geben Sie der Dame einen Scotch. Ja, ja, Daniela, Sie bringen mich ein Stück weiter auf den verschlungenen Pfaden der Trunkenheit. Und Sie haben nicht das Recht, mir zuzuhören und dabei nur Wasser zu trinken.«
»Also gut, aber nur einen«, seufzte sie.

»Wenn es bei einem bleiben soll, muß es wenigstens ein Doppelter sein. Ein Doppelter, Georges!«
Sie hatte die Ellenbogen auf die Mahagoniplatte der Theke gestützt, den Kopf in die Handflächen gelegt und blickte mich an. Ihre Augen sagten »du armer Narr«. Ich versuchte, den wachsamen Glanz ihres Blickes abzuschätzen und entschied mich für amüsiertes Mitleid.
»Na sowas!« hörte ich plötzlich eine laute Stimme. »Was machst du denn hier?«
Ich sah Pierre Rossel näherkommen, den alten, ewig jungen Filmstar. Obwohl er schon die Fünfzig überschritten hatte, spielte er noch immer den jugendlichen Liebhaber. Aus der Nähe konnte man sehen, daß er jede Menge Falten hatte, aber eine Schicht von Make up ließ sein Gesicht gleich zwanzig Jahre jünger aussehen und setzte es ins rechte Licht.
»Hallo, Pierrot, hast du heute deinen Zwillingsbruder mitgebracht?«
»Wieso?« fragte er augenzwinkernd.
»Weil ich dich doppelt sehe. Liegt das an mir oder an deiner Mutter?«
»Das liegt an der Firma Campari, Milano«, neckte Rossel und wies auf mein volles Glas.
Ich stellte meine Begleiterin vor. Daniela wirkte verblüfft. Sie wußte gar nicht, wo sie hinschauen sollte, und sie wurde ganz rot vor Verlegenheit, weil ein berühmter Filmstar ihr die Hand gegeben hatte.
»Ich habe gehört, du bereitest gerade einen Film für Barnaque vor?« fragte mich der alte Herzensbrecher.
»Für und mit Barnaque«, stöhnte ich. »Kennst du ihn eigentlich? Er ist genauso schwul wie du, nur mit dem kleinen Unterschied, daß er es meistens mit Fliegen treibt.«
Mein kleiner Scherz schien ihn nicht gerade zu begeistern. Rossel haßte es, wenn man auf seinen Lebenswandel anspielte.

»Du glaubst wohl auch, daß jeder Dialog von dir filmreif ist, was?« brummte er. »Schönen Abend noch, mein Alter!«
Er nickte meiner Gefährtin zu und ging zu einer Gruppe junger Leute hinüber, die sich am anderen Ende des Lokals niedergelassen hatten.
»Sie haben mir gar nicht gesagt, daß Sie beim Film sind«, bemerkte Daniela mit vorwurfsvoller Stimme.
»Sie wollten ja noch nicht einmal meinen Vornamen wissen«, wandte ich ein.
»Sind Sie Regisseur?«
»Nein, Drehbuchautor. Ich heiße Jean Debise.«
»Oh!« rief sie mit kindlicher Überraschung, »dann kenne ich Sie natürlich. Erst letzte Woche habe ich einen Film von Ihnen im Fernsehen angeschaut, und zwar »Die Pforten der Leidenschaft«.
»Eine Jugendsünde«, entschuldigte ich mich. »Er ist zu einer Zeit gemacht worden, als der Hunger mich noch zwang, egal was für egal wen, für egal welchen Preis zu schreiben. Seitdem ist viel Zeit verstrichen. Ich dachte, er sei inzwischen in der Versenkung verschwunden, aber dieses verdammte Fernsehen ist ein Aasfresser, das noch die letzten Leichen ausbuddelt, um sie noch einmal zu fleddern.«
Sie leerte ihr Glas. Ihr Gesichtsausdruck begann sich zu verändern. Als sie das nächste Mal zu Rossel hinüberschielte, nutzte ich die Gelegenheit, dem Barkeeper ein Zeichen zu geben, ihr einen weiteren Scotch einzuschenken.
Als sie sah, was geschehen war, begnügte sie sich diesmal damit, »Verräter« zu murmeln.
Und obwohl ich so betrunken war, wußte ich, daß jetzt alles von vorne beginnen würde.

6

»Würden Sie ihn um ein Autogramm für mich bitten? Würden Sie ihn darum bitten?« Sie hatte weniger getrunken als in der Nacht zuvor und war doch zehnmal mehr betrunken. Was mich betraf, so merkte ich erst, was los war, als ich von meinem Barhocker steigen wollte.

»Und was wollen Sie mit dem Namen dieses Idioten auf einem Fetzen Papier anfangen? Ihn sich einrahmen?«

»Es wäre etwas ganz Besonderes für mich. Oh, wie war ich in ihn verliebt, als ich jung war! Wie sehr habe ich davon geträumt, ihm nahe zu sein, mit ihm zu sprechen ... Und nun ist er da, er hat mir die Hand gegeben, er ...«

»Ach Scheiße, Sie sind entweder besoffen oder verrückt!« fiel ich ihr wütend ins Wort. »Verliebt in diesen alten Halbstarken! Nun bleiben Sie aber mal auf dem Teppich. Nur weil er sie berührt hat, brauchen Sie ihn doch noch nicht gleich als Heiligen anzusehen!«

Mein Ausbruch machte überhaupt keinen Eindruck auf sie.

»Ich habe Angst, daß er gleich gehen könnte. Kommen Sie, lassen Sie uns zu ihm gehen.«

»Na gut ...«

Ich umklammerte mit aller Kraft das Geländer, das rund um die Theke lief und tastete mit unsicherem Fuß ins Leere.

Es gibt wirklich nichts Schlimmeres für einen Betrunkenen als einen hohen Barhocker. Sowohl das Raufklettern als auch das Runterkommen ist für ihn ein gefährliches Unternehmen. Und auch ich konnte nicht verhindern, obwohl ich mir die größte Mühe gab, vorsichtig zu sein, daß der Hocker mit großem Getöse umfiel, natürlich gerade in einem Moment, in dem die Musik besonders leise war.

Die Tänzer schauten zu uns herüber. Ich beschloß, die

Rechnung zu verlangen, um das Lokal, gleich nachdem ich das Autogramm hätte, fluchtartig verlassen zu können. Ich schämte mich unbeschreiblich, mit Danielas Bitte zu Rossel zu gehen. Ich fand es albern, wenn ein Mann in meiner Stellung sich wie ein Teenager aufführte und sich dazu herabließ, diesen eingebildeten Affen um ein Autogramm zu bitten. Ich legte meiner Freundin den Arm um die Schulter und näherte mich schwankend seinem Tisch, an dem mächtig gelacht wurde. Ein halbes Dutzend Jünglinge in Edelblazern und Seidenschals rahmte den Schauspieler ein.

»Pierrot, würde es dir was ausmachen, der Dame hier ein Autogramm zu geben?«

Da er mich kannte, dachte er, ich wollte mich über ihn lustig machen, aber Daniela warf ihm einen dermaßen schmelzenden Blick zu, der vor Bewunderung nur so triefte, daß Rossel ein Foto (von denen er zufällig immer einige dabei hatte) aus der Tasche zog und mit einem Filzschreiber seinen Namen darauf malte.

»Bitte sehr, meine Dame!« sagte er und reichte es ihr mit großartiger Gebärde.

»Oh, danke« stammelte Daniela.

Ich beugte mich über das Bild.

»Nein, was war er doch hübsch, als er noch jung und knackig war!« lästerte ich. »Du kannst dir gar nicht vorstellen, was für eine Freude du der Dame gemacht hast, Pierrot. Sie wird es ihrer Großmutter schenken, die schon in ihrer Jugend für dich geschwärmt hat.«

Niemand lachte. Ich schleppte Daniela, die vor Scham am liebsten im Erdboden versunken wäre, zum Ausgang der Bar.

Draußen fiel derselbe leichte Nieselregen wie am Vortag. Trotz der bunten Neonreklamen sah Montparnasse trostlos aus. Die kühle Luft ernüchterte mich ein bißchen.

»Sie haben aber wirklich einen bösen Humor«, bemerkte Daniela. »Mögen Sie Rossel nicht?«

»Er ist mir scheißegal.«
»Wenn man Sie so hört, könnte man denken, daß Sie ihn verachten. Ist es wegen... wegen seines Lebenswandels?«
»Wollen Sie sich über mich lustig machen? Acht von zehn meiner besten Freunde sind schwul, waren es oder werden es noch! Er ist mir heute abend so auf die Nerven gegangen, weil ich eifersüchtig auf ihn war. Oder, besser gesagt, weil ich eifersüchtig auf die Bewunderung war, die Sie ihm entgegenbrachten.«
Sie betrachtete die Fotografie im rosa Licht der Leuchtreklame.
»Es stimmt«, murmelte sie, »es war dumm von mir. Aber ich gehöre nun einmal zu der Sorte Leute, die das Kino noch beeindrucken kann. Das hängt vielleicht damit zusammen, daß ich so lange in Afrika war. Dort verließen wir ab und zu unseren Holzhof im Busch, um nach Abidjan zu fahren. Wir blieben immer ein paar Tage. Während mein Mann sich um seine Geschäfte kümmerte, machte ich eine regelrechte Kinokur. Ich sah mir oft bis zu drei Filmen hintereinander an... Mit all dem, was ich gesehen hatte, konnte ich mich dann beschäftigen, bis wir das nächste Mal fuhren...«
Ich hatte soviel getrunken, daß ich schon wieder durstig war. Ich sagte mir, daß das Gelage sicher weiterginge, wenn wir uns jetzt in ein Café setzten, und daß ich damit ganz den Boden unter den Füßen verlieren würde. Noch ein paar Gläser, und ich würde nicht einmal mehr wissen, wie ich hieß.
»Kommen Sie«, sagte ich schließlich.
Sie ließ sich am Arm fortziehen, ohne groß Fragen zu stellen. Wir liefen den Boulevard Raspail entlang und bogen dann in die kleine Seitenstraße ein. Der Globus am Hoteleingang tauchte die Gasse in ein fahles Licht. Die schwarze Schrift, mit der er einmal bemalt gewesen war, war so weit abgeblättert, daß man nur noch ein paar

vereinzelte dunkle Flecken erkennen konnte. Seitdem wir die Bar verlassen hatten, schien Daniela zu wissen, daß wir hier landen würden. Sie zeigte keinerlei Widerstand und ging ohne Aufforderung hinein. Der Eingang roch nach Bohnerwachs und Bügelwäsche. In einem winzigen Büro saß eine würdig aussehende alte Dame und überprüfte einen Stoß Rechnungen. Ohne sich auch nur die Mühe zu machen, uns anzusehen, verlangte sie von mir 35 Franc und rief einer unsichtbaren Rosy zu, daß sie uns in Zimmer 14 unterbringen sollte. »Zweite Etage!« fügte sie hinzu.
Wir nahmen den Fahrstuhl. Daniela sah mit ihrem nassen Nerz und den zerzausten Haaren ziemlich mitgenommen aus. Mit der einen Hand hielt sie ihre Handtasche, mit der anderen Rossels Foto umklammert und vermied es, mich anzusehen. Ich dachte daran, daß sie vierundzwanzig Stunden zuvor schon einmal in dieser engen Fahrstuhlkabine gestanden hatte – an einen anderen gedrängt. Ich verspürte nicht das geringste Verlangen nach ihr. Ich hatte sie in dieses Hotel geführt, weil ich gehofft hatte, die unerträglichen Bilder von der letzten Nacht durch meine eigene Version von »Daniela im Hotel« auszulöschen. Jetzt mußte ich jedoch feststellen, daß meine merkwürdige Pilgerschaft meine Qual nur vergrößerte, weil ich mir alles nun noch viel besser vorstellen konnte.
Ein jämmerliches Wesen von undefinierbarem Alter und ebensolcher Gestalt erwartete uns am Fahrstuhlschacht, um uns das Zimmer Nummer 14 zu zeigen. Der ganze Flur hallte von Schreien und Stöhnen.
»Möchten die Herrschaften etwas zu trinken?« fragte unsere Lakenwechslerin.
Ich konnte es kaum erwarten, mit Daniela allein zu sein. »Im Augenblick nicht, meine Schöne«, gab ich deshalb zurück und stopfte ihr einen Geldschein in die Tasche ihrer weißen Schürze.

Ich verriegelte die Tür und blickte mich um. Mit seinen fleckigen Spiegeln, dem durchgelegenen Doppelbett, seinem unappetitlichen Klo und dem abgewetzten Teppich hatte das Zimmer etwas von dem Elend früher realistischer Filme. Daniela hing ihren Pelzmantel an einen Haken und ließ sich dann in einladender Pose auf dem niedrigen Bett nieder. Sie wartete auf mich mit einer Schicksalergebenheit, die schon fast an Gleichgültigkeit grenzte. Ich blieb an die Tür gelehnt stehen, denn von dort hatte ich die beste Übersicht über die gesamte Szene und ihre Dekoration. Die Zeit verstrich. Sie rührte sich nicht. Endlich ging ich zu ihr hinüber und holte einen zerknitterten 100-Franc-Schein aus der Tasche, den ich ihr hinhielt.

»Ein kleines Geschenk für dich!« bemerkte ich. »Ist das genug?«

Sie ließ sich auf den Rücken fallen, verschränkte die Hände im Nacken und begann unverwandt die Decke anzustarren. Ihr Blick war von erstaunlicher Reinheit.

»Du bist eine Hure, Daniela«, murmelte ich und setzte mich auf einen zerschlissenen Sessel.

»Eine arme, kleine Nutte. Sag, bist du auf den Strich gegangen, bevor du diese alte Krücke geheiratet hast? Man muß schon eine Prostituierte sein, um so auf den ersten besten hereinzufallen . . .«

Ich war so wütend, daß ich zu stottern begann. Alles, was ich mich nie getraut hatte, meiner Frau in den schlimmsten Momenten unseres Dramas an den Kopf zu werfen, schleuderte ich jetzt diesem Mädchen entgegen, das ich kaum kannte.

»Du widerst mich an, Daniela! Du erweckst nicht das geringste Verlangen in mir. Es ist mir unmöglich, mit dir zu schlafen, hörst du, unmöglich! Eher würde ich mich an dieser Jammergestalt vergreifen, die uns das Zimmer aufgeschlossen hat!«

Ihr Schweigen und ihre Bewegungslosigkeit brachten

mich langsam zur Weißglut. Ein letzter Rest von Klarheit hielt mich gerade noch davon ab, sie zu schlagen. Noch nie hatte ich bisher eine Frau geschlagen. Warum spürte ich jetzt nur das schreckliche Verlangen, sie windelweich zu prügeln? Die Spuren meiner gestrigen Ohrfeige waren noch deutlich unter ihrem Lippenstift zu erkennen. Ihr Mund war noch immer ein bißchen geschwollen. Und eben dieser kleine Bluterguß war es, der mich davon abhielt, mich auf sie zu stürzen. Zu viel Alkohol im Blut! Wenn ich so weiter machte, würde ich bald anfangen, weiße Mäuse zu sehen.

Sie schloß die Augen.

»Spar dir die Tränen«, sagte ich argwöhnisch. »Nutten heulen nicht.«

»Ich heule nicht«, gab sie zurück, ohne die Augen zu öffnen.

Ich fuhr fort, sie mit Beschimpfungen zu überschütten. Ich leierte sie mit tonloser Stimme herunter, wobei ich krampfhaft die Sessellehne umklammert hielt. Ich suchte nach noch beleidigenderen Ausdrücken, noch ausgefalleneren Vergleichen, noch gemeineren Bildern.

Als mein Zorn verraucht war und ich schwieg, weil mir nichts mehr einfiel, sah ich, daß Daniela eingeschlafen war.

Ihre Brust hob und senkte sich in regelmäßigen Abständen. Ihr Kleid, das hochgerutscht war, gab den Blick auf ein paar anbetungswürdige Beine frei. Ich ging zum Waschbecken und ließ mir eine Ewigkeit kaltes Wasser über den Kopf laufen, aber auch der Lärm meiner Reinwaschung konnte sie nicht aufwecken. Wenn man sie so ruhig da liegen sah, konnte man denken, daß sie schon stundenlang, ja vielleicht schon tagelang schlief. Ich stellte mir vor, daß sie, wenn sie aufwachte, eine ganz neue Frau sein würde.

Ich ging zu ihr zurück und setzte mich wieder auf den Sessel neben dem Bett. Einer ihrer Schuhe fiel auf den

Boden. Ich hob ihn auf, schob ihn unter meine Jacke und drückte ihn an meine Brust. Sicher, das war das Verhalten eines Betrunkenen, aber es drückte mein heftiges Verlangen aus, dieses schlafende Wesen zu wärmen und das fieberhafte Schlagen meines Herzens mit ihm zu teilen.
Ich mußte lange so in meinem Sessel gekauert gesessen haben, denn schließlich hatte ihr Schuh einen tiefen Abdruck in meinem Fleisch hinterlassen, so tief, daß ich kaum noch atmen konnte. Ich holte den Lackpumps unter meiner Jacke hervor und stellte ihn auf den Boden. Dann riß ich eine Seite aus meinem Terminkalender und schrieb:
Daniela, ich habe die Ehre, dich mit folgender Tatsache bekannt zu machen: ich liebe dich.

Jean.

Ich steckte den Zettel in den Schuh und machte mich auf den Weg.

*

Ich machte einen weiteren Anlauf, in mein Hotel zurückzukehren. Ich schämte mich, Daniela in diesem trostlosen Hotelzimmer zurückgelassen zu haben. Es war eine weitere Schandtat in der langen Liste meines Daseins! Trotzdem war ich mir irgendwie sicher, daß sie notwendig gewesen war und daß man sie in der geheimnisvollen Buchhaltung meines Schicksals schon auf der richtigen Seite eintragen würde.
Es war gut, daß ich sie beschimpft hatte und daß sie eingeschlafen war. Es gibt Momente im Leben, da hat man das Gefühl, nur die Taten auszuführen, die einem eine höhere Macht eingegeben hat. Genau dieses Gefühl hatte ich jetzt. Es war, als hätte ich ein Opfer gebracht, indem ich Daniela auf dem schäbigen Bett, das von

tausend flüchtigen Abenteuern befleckt war, zurückgelassen hatte. Ich machte mich auf die Suche nach meinem Wagen, aber scheinbar war ich doch weniger nüchtern, als ich dachte, denn ich konnte ihn nicht finden. Vielleicht hatte man ihn mir auch noch zu allem Überfluß gestohlen! Resigniert nahm ich endlich ein Taxi und ließ mich ins George V. bringen.

7

Ich bin krank, war mein erster Gedanke beim Aufwachen. Und schlief gleich darauf wieder ein, irgendwie zufrieden in dem Bewußtsein, daß es mir nicht gut ging.

Und dann begannen die Glocken zu läuten! An allen Ecken des Viertels gleichzeitig, wie ich verwundert feststellte. Aber da fiel mir auch schon ein, daß ja Sonntag war. Und damit erneut zufriedengestellt, sank ich in einen ohnmachtsähnlichen Zustand, den man eigentlich nicht mehr Schlaf nennen konnte. Vereinzelte Bilder zogen durch meinen Kopf. »Sonntag im Hotel!« Das würde einen guten Filmtitel abgeben. Die Sonntage waren wirklich eine Plage. Wo man auch hinfuhr, sie holten einen ein. Ich versuchte, mich an Sonntage zu erinnern, die ich unbeachtet gelassen hatte, aber es fiel mir keiner ein. Auf einer Kreuzfahrt, in einer einsam gelegenen Berghütte, in einem Zimmer im Krankenhaus, überall schafften sie es, sich bemerkbar zu machen. Genau! Ich hatte zuerst gedacht, heute wäre ein Tag wie jeder andere, aber unversehens war ich wieder in meinen altbekannten »Sonntagszustand« geraten.

Ich machte eine kurze Bestandsaufnahme.

Ich bin krank. Heute ist Sonntag. Ich habe mein Auto irgendwo verloren. Was noch? Ich hatte irgend etwas vergessen, forschte aber nicht weiter nach. Ich war außer

Reichweite. Hatte mich von allem zurückgezogen. Es genügte mir, zusammengerollt in meinem Bett zu liegen, um die Welt um mich herum zu vergessen. »Bitte nicht stören!« Es war meine letzte bewußte Handlung in der vergangenen Nacht gewesen, dieses Schild an meinen Türgriff zu hängen.
Ich hatte heftige Kopfschmerzen. Sie gesellten sich zu einem hartnäckigen Brennen in der Magengrube. Ich fühlte, daß es mir noch viel schlechter gehen würde, sollte ich versuchen, mich aufzurichten. Auterdem hatte ich ein Halskratzen. Ich war ganz schön voll heute nacht, überlegte ich. Diesmal habe ich das kritische Maß reichlich überschritten. Mir war klar, daß mich ein unerfreulicher Vormittag erwartete. Ich hatte nämlich vor einigen Jahren, zu einer Zeit, als ich mich regelmäßig jeden Abend vollaufen ließ einen grauenvollen Leberanfall bekommen, der mir, wenn ich nur daran dachte, noch immer eine dicke Gänsehaut machte. Damals hatte ich vier Tage hintereinander zusammengekrümmt im Bett gelegen, mit höllischen Schmerzen in der Magengegend, einem krebsroten Kopf, bleiernen Lidern und den schlimmsten Anfällen von Übelkeit, die ich je in meinem Leben erlebt hatte. Martine hatte mich gut gepflegt. Mit genau dem richtigen Maß an Nachdruck und liebevoller Fürsorge. Ich hatte noch fast den schrecklichen Geschmack der Lauchsuppe auf den Lippen, die sie mir dauernd eingeflößt hatte.
Diesmal mußte ich mit meinem Leid so fertig werden. Allein den schmerzensreichen Weg gehen. Und die beste Therapie war ohne Zweifel mein Bett. Ich sah Marcés alte, kranke Hündin vor mir, wie sie sich mit der Wärme des Kamins vollsaugte. Sie gab sich ganz der Hitze hin, und man ahnte an ihrer Regungslosigkeit und einem gelegentlichen Augenzwinkern, wie sehr sie diese genoß. Ich döste weiter, irgendwo im Hinterkopf ganz froh, noch einmal so gut davongekommen zu sein. Das Schnarren

des Telefons riß mich allerdings schon wenig später wieder aus dem undeutlichen Bann eines Traumes. Instinktiv wehrte ich mich gegen diesen Anruf. Welcher aufdringliche Mensch wagte es da, mein empfindliches Wohlergehen zu stören? Natürlich, Barnaque oder Marcé. Sie würden mich wieder mit diesem blöden Projekt vollschwatzen wollen, das mir seit zwei Tagen so fremd geworden war. Ich nahm einfach nicht ab. Es klingelte unverdrossen weiter. Ich zog mir mein Kopfkissen über die Ohren. Endlich hörte es auf. Man mußte schon ganz schön geduldig sein, wenn man sich vor solchen Angriffen schützen wollte. Ich merkte, wie aus der Tiefe meines Bauches die Übelkeit hochstieg. Ich schloß die Augen und gab mir Mühe, sie zu vergessen. Vielleicht würde es mir gelingen, sie abzuwimmeln, wie ich gerade den Anruf abgewimmelt hatte. Es war alles eine Frage des Willens und der Ausdauer. Merkwürdige Gedanken zogen mir durch den Kopf. Was war eigentlich der Unterschied zwischen einer Leber und dem Telefon?
Kurz darauf begann das Telefon schon wieder zu läuten. Wahrscheinlich war mein Anrufer schlau genug gewesen, den Telefonisten zu bitten, beim Empfang nachzufragen, ob mein Schlüssel dort hing. Ich mußte all meine Kraft aufbringen, um den Hörer von der Gabel zu heben. Die kleine Bewegung verstärkte das Gefühl von Übelkeit bis zum Brechreiz. Das Knurren, das aus meinen Eingeweiden drang, war so laut, daß ich mit jedem Wachhund hätte konkurrieren können.
»Jean! Habe ich dich geweckt? . . .«
Ich brauchte mehrere Sekunden, bis ich die scharfe, bissige Stimme Martines erkannte. Mein Gott, es war schon wieder Monate her, daß ich sie nicht mehr gehört hatte. Und jedesmal, wenn das Telefon läutete, hatte ich gefürchtet, sie hören zu müssen. Aber heute morgen ließ sie mich völlig kalt. Man kann einfach nicht normal reagieren, wenn man dermaßen verkatert ist. Meine ein-

zige Sorge galt momentan sowieso meiner Übelkeit. »Hör mal, Jean, ich bin gerade von einer kurzen Reise aus Deutschland zurückgekehrt. Und da finde ich hier dieses ... nun dieses schreckliche Papier. Das Scheidungsurteil ... Das war's dann wohl?«
Diesen Anruf hatte ich schon geahnt, ja, ich hätte fast aufs Wort genau aufschreiben können, was Martine sagen würde. Komisch, wie gut und wie schlecht ich sie doch kannte.
»Entschuldige, Jean. Ich würde dir gerne eine Frage stellen. Eine ganz einfache Frage.«
»Oh nein«, stöhnte ich, »du wirst mir wenigstens sechsunddreißig Fragen stellen!«
»... und wie würde das auf dich wirken, Jean?«
»So, daß ich mich übergeben müßte«, ächzte ich.
»Ja, ich auch«, entgegnete sie mit einem leicht tragischen Unterton.
»Ich aber tatsächlich, weil ich mich nämlich letzte Nacht sinnlos besoffen habe«, gab ich mir Mühe, genauer zu werden.
Aber es brauchte schon mehr, um Martine aus der Fassung zu bringen.
»Und warum hast du dich dermaßen vollaufen lassen, Jean?«
Obwohl ihr Verhalten gewöhnlich alles andere als logisch war, versteifte sich Martine in solchen Fällen immer auf logische Fragen. Es war die reinste Marotte!
»Entschuldige ...«, murmelte ich gerade noch.
Ich schoß aus dem Bett und rannte in Schlangenlinien ins Badezimmer, wo ich mich übergab. Der Brechreiz beruhigte sich auch sofort ein bißchen, jedoch verstärkte sich dafür das Schwindelgefühl. Aus dem Telefonhörer auf meinem Kopfkissen drang von Zeit zu Zeit ein leises Schnaufen. Zwischendurch konnte man immer wieder Martines Stimme hören. Ich legte mich vorsichtig wieder hin. Auch Martine schien zu merken, daß ich wieder im

Bett lag, denn ihr »Jean, kannst du mich hören?« klang gleich viel weniger energisch.
»So, da bin ich wieder«, meldete ich mich. »Was hattest du nochmal gerade gesagt?«
»Bist du krank?«
»Normalerweise reicht ein Alka Selzer, um einen von dieser Sorte Krankheit zu heilen.«
»Möchtest du, daß ich . . .«
»Nein!«
Eigentlich hatte sie eher ein leicht aufbrausendes Temperament, aber in gewissen Situationen – zum Beispiel, wenn sie im Unrecht war – konnte sie die Geduld in Person sein.
»Meinst du, weil ich jetzt nicht mehr Debise heiße, brauche ich mich nicht mehr um dich zu kümmern? Hast du denn jemanden, der nach dir sieht?«
»Ja, und zwar jemand ganz Ausgezeichnetes: mich selber!«
»Hör mal, Jean . . . War denn wirklich alles so schrecklich mit uns? Denk doch mal an die Zeit, als wir uns kennenlernten . . .«
»Hör auf!« unterbrach ich sie barsch. »Ich habe das schon nicht vergessen. Aber was du jetzt versuchst, ist vergebliche Liebesmüh: ich kann mir uns beide schon gar nicht mehr zusammen vorstellen, so sehr haben wir uns, glaube ich, seit unserer Trennung verändert. Und damit wären wir also wieder bei unserem bekannten Thema: meine und deine Lebensanschauung!«
Ich sprach mit geschlossenen Augen, weil mir noch immer ungeheuer schwindlig war. Im Dunkel gab es wenigstens nur mich, der schwankte, wenn ich jedoch die Augen öffnete, begann gleich das ganze Zimmer sich um mich zu drehen, und zwar in entgegengesetzter Richtung zu mir.
»Gut, ich habe verstanden. Aber dann beantworte mir doch bitte folgende Frage ganz offen: haben DEINE

Erinnerungen noch irgendeine Bedeutung für dich?«
»Sie haben die Bedeutung, die ich ihnen gebe, und nicht die, von der du glaubst, daß ich sie ihnen gebe.«
»Aber Jean, egal, wie ich mich auch verhalten haben mag, ich habe dich geliebt, ich liebe dich und ich werde dich immer lieben.«
»Also auch, wenn du eine deiner kleinen Reisen machst?«
Sie schien etwas aus der Fassung gebracht.
»Ja Jean, auch dann«, sagte sie schließlich leise.
Ich war zugegebenermaßen ganz entwaffnet von ihrer Ehrlichkeit und merkte, wie mich eine leichte Wehmut beschlich.
»Komm, wir benehmen uns wie zwei Idioten, Martine. Es war bei uns genauso wie bei allen anderen: wir kamen nicht damit zurecht, daß wir älter wurden. Egal, wie sehr man sich auch an das Ideal klammert, das man von einem anderen hatte, er wird sich doch in die Richtung entwickeln, die seinem Leben vorgezeichnet ist. Nichts ist so zermürbend wie das Leben selber. Man müßte jeden Morgen den Zähler auf Null zurückstellen können, wie bei einem Taxi. Du glaubtest, deiner Pflicht genüge zu tun, wenn du dir die Finger an den Schwarzwurzeln dreckig machtest, die ich so gerne esse, und ich glaubte, meiner Pflicht Genüge zu tun, indem ich meine Hand unter deinen Rock schob, wenn wir vor dem Fernseher saßen, aber dabei wurde alles nur noch schlimmer, meine Liebe! Noch viel schlimmer!«
»Aber hätten wir dann nicht auch gemeinsam den Weg zu Ende gehen müssen? Jetzt haben wir es geschafft, daß der eine mal ohne den anderen wird sterben müssen. Du bist gemein, Jean!«
Eine Träne lief mir die Wange hinunter. Ich wischte sie mit einer heftigen Bewegung meines Unterarms weg. Ich war schon immer viel zu anfällig für Gefühle dieser Art gewesen.

»Laß nur, Martine. Du und ich, wir werden uns schon beide Mühe geben, lange zu leben. Die Zeit hat uns getrennt, und sie wird uns auch langsam vergessen lassen, was wir voneinander Schlechtes in Erinnerung haben. Und eines schönen Morgens wirst du von meinem Ableben erfahren, so wie du das von Paul, deinem Jugendfreund, erfahren hast. Und das wird dich noch nicht einmal dazu bewegen, deinen Termin beim Friseur zu ändern, falls du an diesem Tag einen hast. Niemand versteht es besser als du, jemanden aus seinem Gedächtnis zu streichen.«
»Woher willst du das wissen?«
»Ich weiß es. Könnten wir vielleicht ein anderes Mal weiterreden, denn mir ist hundeelend.«
»Du hast mich noch gar nicht gefragt, ob ich Neuigkeiten von Mauricette habe!«
»Wie geht es Mauricette?« fragte ich seufzend.
»Im Grunde genommen ist sie dir wohl auch egal, was? Wahrscheinlich hast du sie damals ebenfalls verlassen. Dieses Kind soll wohl einfach keinen Vater bekommen. Wie kommst du nur dazu, ein kleines Mädchen im Stich zu lassen, das du selber adoptiert hast?«
»Ich habe sie nicht verlassen. Ich komme für ihren Unterhalt auf und besuche sie jeden ersten Donnerstag im Monat in ihrem Internat, wie wir es vereinbart hatten.«
»Aber du kommst immer nur auf einen Sprung vorbei, hat sie mir erzählt.«
»Nun, die Kleine findet es doch sicher besser, mit ihren Freundinnen spielen zu können, als mit mir in irgendeinem mit Grünpflanzen vollgestopften Zimmer zu sitzen.«
Ich öffnete die Augen wieder, denn meine Wut begann langsam stärker zu werden als mein Schwindelgefühl.
»Ich flehe dich inständig an, mir keine Moralpredigten zu halten, Martine. Wenn du ein Kind von mir hättest, dann bräuchtest du jetzt vielleicht nicht aus Deutschland

zurückzukommen und ich nicht im George V. zu wohnen.«

»Das ist doch wohl die Höhe«, gab sie empört zurück. »Ist es vielleicht meine Schuld, daß ich unfruchtbar bin?«

»Du bist nicht unfruchtbar!« brüllte ich zurück. »Jetzt, wo wir getrennt sind, brauchst du mir nichts mehr zu erzählen. Die Mühe kannst du dir jetzt sparen! Ich weiß alles, hörst du, alles! Ich weiß, daß deine sogenannte Unfruchtbarkeit eine Lüge war. Damit wolltest du mir nur Sand in die Augen streuen, wie auch sonst so oft. Du wolltest dich einfach nicht den Qualen einer Schwangerschaft aussetzen, die dich unförmig werden läßt, und dabei auch noch riskieren, ein Kind in die Welt zu setzen, das dir dann vielleicht nicht ähnlich sieht.«

Sie antwortete nicht. Ich glaube, ich hatte sie ganz schön aufs Kreuz gelegt. Aber Martine gehörte zu der Sorte Frauen, die sich sehr schnell von solchen Angriffen erholen, und ich zog es vor, gar nicht erst so lange zu warten, bis sie wieder auf der Höhe war.

»So, ich laß dich jetzt, wenn ich so sagen darf. Viel Glück, meine Liebe, und du sollst wissen, wenn es mal ganz schlimm kommt, kannst du mich jederzeit wieder anrufen.«

Und schon setzte auch der Brechreiz wieder ein, diesmal nur noch heftiger als das letzte Mal.

Ich drückte auf die Gabel, um die Verbindung zu unterbrechen und behielt den Hörer gleich in der Hand, um nach dem Etagenservice zu telefonieren.

»Einmal Aspirin in Form von Brausetabletten und Zitronensaft!« Ich hatte kaum noch Zeit ins Badezimmer zu stürzen.

*

Gibt es ein erbärmlicheres Schauspiel als ein Mann, der vor dem Klobecken kniet? Ich konnte mich in dem Spiegel, der schräg hinter mir an der Badezimmertür ange-

bracht war, sehen und verachtete mich. Mein Gesicht war blaurot angelaufen. Meine Augen quollen hervor, und mein Magen schien mir bis in die Kehle hochgerutscht zu sein.
Es klopfte an der Zimmertür.
»Herein!« schrie ich, so laut ich konnte.
Ich mußte einmal tief durchatmen, bevor ich dem Etagenkellner zurufen konnte: »Stellen Sie bitte einfach alles auf den Tisch.«
Erneut drehte sich mein Magen um, und ich mußte mich nochmals übergeben. Als der Brechreiz endlich nachließ, hatte ich plötzlich das Gefühl, daß jemand hinter mir stand. Ich glaube, es war ein Schatten, der mich alarmiert hatte. Ich wandte den Kopf und erblickte Daniela, die ans Waschbecken gelehnt stand. Ich haßte sie dafür, daß sie in diesem Augenblick hier war und mich bei dem scheußlichsten aller Zusammenbrüche ertappte! Ich tastete nach der Wasserspülung, drückte drauf und wünschte mir nichts sehnlicher, als ebenfalls von ihr mit runtergespült zu werden.
»Ich habe am Empfang nach Ihnen gefragt. Entschuldigen Sie, aber ich habe gedacht, man hätte mich angemeldet...«
Ich erhob mich mehr schlecht als recht. Dann scheuchte ich Daniela mit einer Handbewegung zur Seite, drehte den Kaltwasserhahn auf, bis das Waschbecken vollgelaufen war und tauchte meinen Kopf hinein.
»Sie sind ziemlich krank, nicht wahr?«
Ich hörte sie durch das Wasser hindurch reden. Ihre Stimme klang, als würde sie durch einen Schnorchel sprechen. Ich tastete nach meinem Kölnisch Wasser, um mich damit einzunebeln, aber sie hielt mir sanft die Hand fest.
»Nein, Parfüm ist gar nicht gut, wenn man einen Leberanfall hat! Man verträgt es nicht gut. Legen Sie sich doch wieder hin.«

Sie half mir bis zum Bett. Es klopfte erneut, und diesmal war es endlich der Etagenkellner mit meiner kärglichen Medizin. Daniela nahm ihm das Teblett ab und begutachtete, was darauf stand.
»Ich rate Ihnen von der Zitrone ab«, sagte sie.
Sie trug ein Kostüm, das dem von Geneviève ähnelte, nur nicht so elegant war.
Ich hatte mich immer noch nicht richtig von meinem Schrecken erholt. Trotzdem wurde es langsam Zeit, daß ich auch mal was sagte.
»Wie spät ist es eigentlich?« fragte ich.
Als ob mich die Antwort auch nur im geringsten interessiert hätte! In meinem Zustand war es einem wirklich völlig egal, wie früh oder spät es gerade war.
»Fast drei Uhr nachmittags!«
Merkwürdigerweise überraschte mich Danielas Besuch gar nicht so sehr. Irgendwie paßte er zu meinem unmöglichen Benehmen letzte Nacht. Wenn ich sie nicht in diesem Stundenhotel alleingelassen hätte, hätte sich unsere Beziehung sicher anders entwickelt. Nun bekam ich den Lohn für meine Gemeinheit.
Sie reichte mir das Aspirin.
»Legen Sie sich auf die Seite und ziehen Sie die Beine an.«
Ich gehorchte und fühlte, wie sich wirklich mein Innenleben bald darauf ein wenig beruhigte.
»Sie scheinen sich ja ganz gut auszukennen«, murmelte ich. Daniela antwortete nicht. Sie saß am Fußende und lehnte sich an den Bettpfosten. So blieben wir lange schweigend im Halbdunkel des Zimmers, ohne uns auch nur anzusehen. Ich befürchtete ein neues Anschwellen der Übelkeit, aber der Sturm in meinem Inneren schien sich gelegt zu haben. Als das Telefon läutete, merkte ich, daß ich sogar ein wenig eingedöst war. Ich gab nur ein kurzes Knurren von mir, ohne meine angenehme Lage zu verlassen.

»Soll ich rangehen?« fragte die junge Frau.
Ich nickte.
»Es ist eine gewisse Geneviève«, sagte sie, wobei sie den unteren Teil des Hörers zuhielt.
»Sagen Sie ihr, sie soll sich zum Teufel scheren!«
»Herr Debise fühlt sich augenblicklich nicht wohl. Er wird morgen bei Ihnen zurückrufen«, ließ sich Daniela vernehmen.
Sie legte auf. Wieder senkte sich eine wohltuende Stille über uns. In dem Maße, wie die Minuten verstrichen, wich nicht nur meine Übelkeit von mir, sondern auch meine Beschämung darüber, beim Brechen überrascht worden zu sein. Es war eine vollständige Heilung, langsam und schön wie ein Tagesanbruch. Man hörte keinerlei Lärm von draußen, mal abgesehen von dem schwachen sonntäglichen Verkehrslärm auf der Avenue George V.
»Eigentlich ist das richtig phantastisch«, sagte ich plötzlich.
»Was denn?«
»Sie, in meinem Zimmer, diese Ruhe...«
»Ja, sie ist wunderbar«, antwortete sie.
»Warum sind Sie gekommen?«
»Wissen Sie es wirklich nicht?...«
»Sagen Sie es trotzdem...«
Sie schüttelte den Kopf.
»Wegen gestern natürlich. Ich habe nämlich gar nicht geschlafen, müssen Sie wissen!«
Ich fühlte mich gekränkt.
»Also lügen Sie sogar noch mit geschlossenen Augen und ohne ein Wort zu sagen!«
»Es war keine Lüge, sondern eine Zuflucht. Ich war fasziniert von Ihrem Benehmen. Und als Sie dann meinen Schuh an Ihre Brust drückten, hätte ich mich Ihnen zu Füßen werfen können. Diese Geste hat mich noch viel mehr berührt als die Worte, die Sie mir hinterließen...«

Sie schlug beide Hände vors Gesicht.
»Weinen Sie nicht, Daniela!«
Sie ließ die Hände wieder fallen.
»Ich weine nicht. Ich glaube, ich bin einfach glücklich, Jean.«
»Was haben Sie denn gedacht, als ich mich aus dem Staub gemacht habe?«
»Ich war erleichtert. Wir konnten einfach nicht mehr miteinander reden oder uns auch nur ansehen nach ... nach all dem. Ich fürchtete schon, daß Sie zurückkommen würden. Ich blieb noch mindestens eine Stunde so liegen, bis ich mich endlich auf den Weg machte.«
»Ist es das erste Mal, daß Sie allein am Sonntag weggefahren sind?«
»Ja.«
»Haben Sie keine Probleme gehabt?«
»Das geht Sie gar nichts an. Das ist mein Problem, und nicht Ihres.«
Sie streckte sich quer auf dem Bett aus. Ich hörte, wie ein Schuh nach dem anderen auf das Parkett fiel – wie in der Nacht zuvor ...
»Bitte legen Sie sich nicht auf mein Bett«, flehte ich.
»Warum?«
»Es muß doch schrecklich stinken. Ich fühle mich wie ein altes Dreckschwein, das sich auf einem Misthaufen wälzt.«
Sie rührte sich nicht.
»Die Männer sind doch wirklich zu dumm«, gab sie nur zurück. »Ihr Leben besteht aus lauter Nebensächlichkeiten.«
»Wissen Sie, woran Sie mich erinnern?« fuhr sie nach einer Weile fort. »An eine Meeresschildkröte. Die Fischer dort unten an der Elfenbeinküste haben die Angewohnheit, die Schildkröten nachdem sie sie gefangen haben, auf den Rücken zu legen, damit sie ihnen nicht wieder weglaufen. Und weil diese Tiere sehr gut mit ihren

Schwimmflossen umgehen können, sticht man ihnen die Augen aus, damit sie sie nicht benutzen können, wenn sich ihnen jemand nähert. Und genauso wirken Sie auf mich, Jean, wie eine auf dem Rücken liegende Schildkröte, der man die Augen ausgestochen hat. Können Sie sich vorstellen, was ich damit meine?«

Ich richtete mich auf. Das Zimmer hatte aufgehört, sich um mich herum zu drehen. Ohne weiter nachzudenken, stand ich auf und riß mir hastig meinen Pyjama vom Leib. Ich hatte gerade noch Zeit, mich in dem Louis-XV-Spiegel zu betrachten, der mir gegenüber an der Wand hing.

Ich sah mein bleiches, unrasiertes Gesicht, und mein Anblick erinnerte mich an einen Menschen, den man gerade unter den Trümmern seines Hauses hervorgezogen hat.

Man konnte sagen, daß ich ganz schön lange gebraucht hatte, um Daniela zu erobern. Es war, als würde ich nach einer langen Wanderung bei ihr ankommen. Und ich nahm sie langsam, mit leidenschaftlicher Unnachgiebigkeit.

8

»Heute tu ich so, als ob ich schlafe, während du dich auf Zehenspitzen davonschleichst...«

»Und ich werde mehrere Tage fortbleiben, ohne Sie wiederzusehen«, sagte sie. Sie sprach diesen Satz ruhig, fast fröhlich.

»Ich verbiete dir, mich zu quälen, Daniela.«

Aber noch mehr als ihre Worte regte mich ihr friedlicher Gesichtsausdruck auf.

»Aber Jean, ich habe jetzt drei Tage hintereinander das Haus verlassen, ich, die ich sonst höchstens ein- bis zweimal im Monat losziehe...«

»Vielen Dank, daß du mich an diese Ausflüge erinnert hast«, seufzte ich verstimmt.
»Das müssen Sie doch verstehen«, gab sie zurück und verzog ärgerlich das Gesicht.
Ich hielt sie am Rockzipfel fest.
»Ist es nicht etwas zu viel verlangt von einem verliebten Mann, das zu verstehen? Ich habe einen solchen Heißhunger auf dich, daß mir bei der bloßen Vorstellung, daß du in wenigen Minuten durch diese Tür entschwinden wirst, schon ganz anders wird. Wenn ich mir dann erst ausmale, wie es sein wird, mehrere Tage ohne dich leben zu müssen, überkommt mich gleich die Lust zu sterben. Oh nein, komm mir jetzt bloß nicht mit deinem Ehemann, seinen Krücken und Euren kleinen Vereinbarungen! Sonst hätte er dich nicht einfach gehen lassen sollen, Daniela!«
»Seien Sie nicht so gemein«, rief sie empört. »Seien Sie nicht genauso gemein wie er, der den Leuten dauernd vorhält, wie glücklich sie sind.«
Sie begann sanft an den Haaren auf meiner Brust zu knabbern. »Die Schildkröte verteilt trotz ihrer ausgestochenen Augen ganz schön kräftige Hiebe ins Leere, was? Warum wollen Sie gleich wieder alles zerschlagen? Sie müssen eben auch mal eine Weile leiden.«
»Aber ich bin nun mal kein Masochist und habe keinen Spaß daran zu leiden! Und deshalb werde ich dich morgen wiedersehen!«
»Unmöglich!«
»Ich werde nach Montfort kommen, wenn es nötig ist.«
»Das wäre töricht.«
Ich stieß sie heftig zurück.
»Nennst du mein Bedürfnis, dich zu sehen, töricht? Ich habe das Gefühl, daß ich dir offensichtlich schon zum Hals heraushänge, oder? Ich bin für dich schon wieder irgendeiner deiner nächtlichen Gefährten, nicht wahr? Eine Eroberung mehr! Hab doch wenigstens den Mut, es zuzugeben, verdammt noch mal!«

Sie schien zutiefst erschüttert.
»Sagen Sie so etwas nicht, Jean. Und außerdem glauben Sie ja selber kein Wort davon.«
»Ich schwöre dir, daß es mein voller Ernst ist!«
»Dann ist es ein Meineid! Wir Frauen können abwarten. Bei uns geht das von ganz allein. Schließlich ist doch auch die Kindheit nichts als ein einziges langes Warten.«
»Sag mal, hast du Kinder?«
»Nein.«
»Freiwillig?«
Sie zögerte einen Moment und schien sich zu fragen, ob jetzt der rechte Moment sei, eine solche Frage zu diskutieren.
»Als ich Julien geheiratet habe, haben wir beschlossen, mit dem Kinderkriegen zu warten, bis wir wieder in Frankreich sind. Und dann hatte er diesen Unfall...«
»Was für einen Unfall?«
»Ein schlecht befestigter Baumstamm... Ein Mahagonibaum hat ihm den vierten Lendenwirbel zertrümmert, und nur durch das Wunder seiner Willenskraft kann er sich jetzt überhaupt noch ein bißchen bewegen.«
Ich begann zu verstehen. Ja, damit wurde einiges klar: Danielas nächtliche Ausflüge, die Nachsicht ihres Mannes... Carbon war impotent geworden – das war des Rätsels Lösung!
»Er hat ein Stück von sich aufgegeben, als er begann, mich weggehen zu lassen, und ich einen Teil von mir, als ich auf ein Kind verzichtete.«
Eigentlich war ich der Meinung, daß Bewunderung und Mitleid zwei Dinge waren, die nicht gut zusammenpaßten. Aber genau das empfand ich für Julien Carbon. Er hatte es geschafft, seine Beine und seine Ehe wieder in den Griff zu bekommen. Das war tatsächlich ein Wunder der Willenskraft.
»Nächste Woche kann ich es wieder einrichten, Jean, das verspreche ich Ihnen.«

»Die nächste Woche beginnt morgen und deshalb werden wir uns auch morgen sehen. Ich will es so!«
Überwältigt stieß sie einen verzweifelten Seufzer aus. Ich sah sie zum Fenster hinübergehen und die Vorhänge ein wenig zur Seite schieben. Ein Schein des sich bereits neigenden Tages fiel ins Zimmer.
»Warum antwortest du nicht?«
»Ich überlege.«
»Bereitest du deine Lügen vor?«
»Ja, aber diesmal zu Ihren Gunsten. Kennen Sie ›Les Mousseau‹?«
»Ja, das kenne ich.«
»Wissen Sie, wo dort der Friedhof liegt?«
»Wenn man von Pontchartrain kommt, gleich links nach der Dorfeinfahrt.«
»Dort also, morgen um siebzehn Uhr . . .«
Ich zog sie aus dem Licht des Fensters, um sie leidenschaftlich an mein Herz zu drücken.
»Danke, mein Schatz, das ist lieb von dir . . .«
Sie machte ein Gesicht wie ein kleines Mädchen, das gerade gelobt worden ist. Ich ließ meine Hand in ihren Ausschnitt gleiten und schob sie in die Mulde zwischen ihren Brüsten, diesen warmen Platz, der ihrem Herzen so nahe war.
»Ich würde dir gerne ein Kind machen, Daniela.«
»Danke«, murmelte sie traurig und ließ mich dann meine Hand zurückziehen.
»Ich muß jetzt gehen. Und Sie sollten sich wieder hinlegen und weiterschlafen.«
»Ist dir schon aufgefallen, daß du mich nicht duzt?«
»Ich habe bisher noch nicht das Bedürfnis gehabt.«
»Aber du hast es trotzdem schon mal gemacht, damals, in der ersten Nacht, auf dem Boulevard . . .«, wandte ich ein und sagte ihre Worte auf wie ein Gedicht: »Ich muß Ihnen etwas gestehen: Du riechst gut.«
Sie lächelte.

»Oh ja, das stimmt.«
»Und?«
»Ich finde, das kann man nicht vom Kopf her bestimmen. Das Duzen muß kommen wie ein Reflex.«
Sie nahm ihre Handtasche vom Sofa und ging zur Tür.
»Bis morgen, aber ich werde nicht lange bleiben können.«
Sie verließ das Zimmer, ohne sich noch einmal zu verabschieden. Ich stand einen Augenblick wie vom Donner gerührt durch die plötzlich wieder auf mich einstürzende Einsamkeit. Dann begann sich etwas in mir zu regen. Ich rannte zur Tür.
Daniela wartete mit einer kleinen Gruppe Touristen auf den Fahrstuhl.
»Daniela!« brüllte ich.
Sie drehte sich mit ängstlichem Gesicht um.
»Ich wollte dich nur fragen, ob du diese Typen für eine Nacht hinterher geduzt hast?«
Obwohl die ganze Länge des Korridors zwischen uns lag, konnte ich doch sehen, wie sie sich schämte. Sie war ganz blaß geworden. Die Leute starrten uns entgeistert an, wie einige Nächte zuvor auf dem Montparnasse, als ich mich vor ihr auf die Knie fallen ließ. Aber da kam auch schon der Fahrstuhl, und alle drängten sich hinein. Daniela war mutig genug, mit ihnen zu fahren, nachdem sie mir noch ein klägliches Lächeln zugeworfen hatte.

*

Ich schlief gut und wachte schlecht auf. Die Erinnerung an mein unmögliches Benehmen ließ die Angst in mir aufsteigen, alles verdorben zu haben. Bis zu welchem Punkt wohl konnte eine Frau – selbst eine verliebte Frau – einem Mann seine Anmaßungen verzeihen?
Am liebsten hätte ich sie angerufen und mich bei ihr entschuldigt. Aber das hätte ihr statt dessen nur wieder neue Probleme zu Hause eingebracht.

»Wenn sie heute abend nicht zu dem vereinbarten Treffen kommt, dann ist das ganz allein meine Schuld«, sagte ich mir düster. »Woher kommt nur dieses Bedürfnis, dermaßen scheußlich zu sein und damit die wunderbarsten Gefühle aufs Spiel zu setzen?«
Eine lange, kalte Dusche stellte mich wenigstens körperlich wieder weitgehend her. Ich hatte Hunger, und das war schon einmal ein gutes Zeichen.
Während ich ein paar Rühreier hinunterschlang, rief mich Marcé an und fragte, ob ich mich schon an die Arbeit gemacht hätte. Aber sein Ton ließ bereits durchklingen, daß er ahnte, daß das nicht der Fall war.
»Ich werde mich dahinterklemmen«, versicherte ich ihm. »Ich werde gleich heute morgen loslegen.«
»Bravo! Ich zähle auf Sie, Jean! Ich habe meinen Italienern Bescheid gesagt, und sie machen nicht den Eindruck, als wenn sie sich mit irgendwelchen Hindernissen abfinden würden.«
Nachdem ich aufgegessen hatte, rief ich bei Barnaque an, um mit ihm einen neuen Termin zu machen. Er war noch ziemlich sauer auf mich. Einmal konnte er mir nicht verzeihen, daß ich sie Samstag einfach so sitzengelassen hatte, aber noch weniger konnte er darüber hinwegsehen, was für ein dürftiges Drehbuch ich ihm da vorgelegt hatte. Schon lange hatte man in beruflicher Hinsicht nicht mehr so an mir gezweifelt. In den Augen der anderen macht einen Erfolg scheinbar unfehlbar. Und auch ich selber war nicht mehr gewohnt, kritisiert zu werden. Normalerweise nahm man alles von mir hin, bis zum letzten Komma. Und noch bei den abgelegensten Vorstadtkinos kam es vor, daß mein Name auf den Plakaten in noch größeren Buchstaben stand als der des Regisseurs. Meine Kollegen hatten allen Grund zum Neid. Um mein Können herabzusetzen, behaupteten sie, ich hätte einfach Glück gehabt, ohne zu begreifen, daß Glück in diesem Beruf eine der wichtigsten Vorausset-

zungen überhaupt war. Man konnte ohne Talent beim Film Erfolg haben, aber niemals ohne Glück. Mein Ruf als Glücksbringer nutzte mir dabei oft mehr als meine beruflichen Fähigkeiten.
»Nun, wann sollen wir uns noch einmal über die Sache hermachen, Edmont?«
»Ich hätte ja am liebsten die gröbsten Stellen Ihres Drehbuchs schon an diesem Wochenende in Angriff genommen!«
Wegen der Kritik des Produzenten war das Drehbuch plötzlich wieder ganz und gar zu meiner Sache geworden. Außerdem irritierte mich natürlich seine Bemerkung über die »gröbsten Stellen«.
»Nun gut, wir werden sehen.«
»Ich habe schon damit begonnen, dieses Monstrum wieder aufzubauen, und das würde ich auch gern erst zu Ende bringen, bevor wir uns wieder treffen.«
Es war schon ein gutes Dutzend Jahre her, daß man mir das letzte Mal so mitgespielt hatte. Barnaques Absichten lagen offen auf der Hand. Er versuchte, das Drehbuch so zusammenzuschustern, wie Marcé es haben wollte, um in dessen Augen wieder an Ansehen zu gewinnen. Er war ein Kriecher, der Marcé um den Bart ging, wie ein Schüler seinem Lehrer. Aber wir Männer sind nun einmal alle noch nicht ganz erwachsen gewordene Kinder.
Mein Schweigen war ihm wohl nicht ganz geheuer.
»Sie haben doch nichts dagegen, nicht wahr, Jean?« fragte er mit besorgter Stimme. »Ich darf doch, oder?«
»Von mir aus dürfen Sie hingehen, wo der Pfeffer wächst«, sagte ich und legte auf.
Während ich gerade meinen Regenmantel aus dem Wandschrank holte, klingelte das Telefon erneut. Sicher war es Barnaque, der plötzlich gemerkt hatte, daß er zu weit gegangen war, und mich jetzt um Verzeihung bitten wollte.

Ich verließ das Zimmer ohne abzunehmen.
Es war klar und kalt auf den Champs-Elysées. Ich liebte diese ersten sonnigen Tage in Paris; sie hatten etwas von dem Lächeln eines jungen Mädchens. Ich fühlte mich wie in den Ferien, und dieses Gefühl ließ einen leichten Schauer über meine Haut laufen. Wenn Daniela heute abend nicht zu unserem Rendezvous käme, dann würde ich ihrem Alten wieder so lange auf die Nerven fallen, bis er sie völlig entnervt erneut zu mir schicken würde. Eine verrückte Situation. Sie hätte fast aus meiner Feder stammen können. Und gerade, weil sie so wenig normal waren, mochte ich die Hauptpersonen dieser Geschichte so sehr.
Ich ging zu meinem Friseur, wo ich Vater Klassmann traf, einen der großen alten Herren unseres Fachs, dem das Kino mindestens ein halbes Dutzend Meisterwerke verdankte.
Die Krise in der Filmkunst hatte ihn übervorsichtig gemacht. Die Filme, die er produzierte, erschienen in größeren Abständen und waren noch umsichtiger gemacht. Manchmal dauerte es Monate, bevor er sich überhaupt entschließen konnte, einen neuen Film in Angriff zu nehmen. Im Gegensatz zu seinen Kollegen ließ er sich nicht vom Erfolg der anderen beeinflussen und verachtete die jeweiligen Modeströmungen. Er behauptete zu Recht, daß es auch eine Form von Verzicht sei, sich vom Erfolg inspirieren zu lassen.
Er streckte mir zur Begrüßung die Hand entgegen, während sich sein Friseur voller Eifer den vier weißen Haaren widmete, die noch im Nacken des alten Mannes sprossen. Ich hatte nie für Klassmann gearbeitet, weil er mich noch nie darum gebeten hatte. Seine Geringschätzung lastete auf mir wie die Abwesenheit eines Grand-Prix-Siegers bei der Preisverleihung nach dem entscheidenden Rennen.
»Guten Tag, Herr Klassmann!«

»Hallo, Kleiner.«
Mit neunundddreißig Jahren hat man es nicht mehr so besonders gerne, wenn man vor einem Dutzend Leute Kleiner genannt wird. Jacqueline, meine Maniküre, lächelte mich an.
»Na, wie läuft Ihr Film für Marcé?« erkundigte sich Klassmann ohne große Umschweife in seinem schönen jiddischen Akzent, den die Schauspieler so gerne nachmachten.
»Ich habe Barnaque gerade dahin geschickt, wo der Pfeffer wächst!«
In solchen Dingen war es immer besser, den anderen zuvorzukommen. Falls Barnaque und ich uns wirklich überwerfen sollten, dann würde er überall herumlaufen und erzählen, daß es mit mir bergab ginge. Ich zog es vor, mich um seinen Ruf zu kümmern, bevor er sich um meinen kümmerte.
»Nicht möglich!« krächzte der Alte unter seinem heißen Handtuch hervor, das man ihm gerade auf seine rundlichen Wangen gelegt hatte.
»Doch, er hat einen Anfall von Größenwahn erlitten«, versicherte ich und faltete meine Hände hinter dem Kopf. »Er hält sich jetzt nämlich auch noch für einen großartigen Drehbuchschreiber, obwohl es bei ihm ja kaum zum Regisseur reicht.«
Der ganze Frisiersalon gröhlte los, Klassmann als erster.
»Ich glaube, er denkt, ein schlechter Kapitän auf einem Schiff ist besser als zwei gute. Also habe ich ihm das Ruder überlassen.«
»Dann sind Sie jetzt also gewissermaßen frei?« schloß Klassmann.
Aus der Art, wie er mir diese Frage hinwarf, witterte ich die Andeutung eines Vorschlags und wurde ganz rot.
»Es hängt jetzt alles davon ab, wie sich Marcé verhält«, wandte ich ein. »Schließlich habe ich einen Vertrag.«
»Verträge sind dazu da, gebrochen zu werden«, entgeg-

nete der alte Produzent. »Und Marcé ist ja schließlich nicht dumm. Er weiß, daß zwei Eheleute, die sich zerstritten haben, kein Kind zustande bringen.«
Einen Moment legte sich Schweigen über den Salon. Sein Friseur hatte sein Werk inzwischen beendet. Klassmann kam mit einem Kopf, der von all den Wohltaten, die er über sich hatte ergehen lassen, hochrot war, zu mir herüber. Er trug seinen ewigen schwarzen, ein bißchen altmodisch wirkenden Anzug, ein schlecht gewaschenes Hemd und eine perlgraue, fettige Krawatte. Eine dicke goldene Uhrkette war an einem seiner Westenknöpfe befestigt. Sie beschrieb einen großen Schnörkel und verschwand schließlich in der oberen Westentasche. Es war eine bekannte Angewohnheit des Alten – vielleicht aber auch ein erstes Anzeichen von Vergeßlichkeit – daß er dauernd seine Uhr herauszog und nach der Zeit sah.
»Sagen Sie mal, mein kleiner Debise, hätten Sie nicht Lust, einmal in Ihrem Leben einen richtig großen Film zu machen?«
Mir stockte der Atem. Mein Friseur blickte starr zu Boden und verkniff sich ein Grinsen. Ich jedoch lachte, als hätte Klassmann einen guten Witz gemacht, um meine Verlegenheit zu verbergen.
»Mit Ihnen würde ich jeden nur erdenklichen Film machen, Herr Klassmann.«
»Ich hoffe, Sie haben ein wenig Geld zur Seite gelegt«, fuhr er fort. »denn ich zahle nicht viel. Ich finde, daß gerade die überhöhten Honorare unserem Gewerbe schaden. Keiner wird so bezahlt, wie er es verdient.«
Er warf einen Blick auf seine große Taschenuhr.
»Können Sie morgen ... sagen wir um elf Uhr, zu mir kommen?«
»Abgemacht.«
Er klopfte mir auf die Schulter und trabte mit noch immer reichlich rotem Kopf zur Kasse.
Klassmanns Vorschlag ließ mein Herz vor Freude hüp-

fen, während meine Liebe zu Daniela gleichzeitig wieder etwas abzuklingen schien. Ich war sowieso der Überzeugung, daß das wahre Glück eines Künstlers in seiner Arbeit liegt. Der Beginn unserer Liebelei erschien mir plötzlich nebensächlich, und alles in mir war in Aufruhr. Der Gedanke an Daniela beherrschte mich nicht mehr, und prompt verflog auch wieder der Zauber, der von ihr ausging. Auf einmal war sie nur noch irgendeine kleine Spießbürgerin. Ihre Armseligkeit stach mir grell in die Augen. Ich dachte daran, wie sie um Rossels Autogramm gebettelt hatte, wie sie neben diesem Vorstadtcasanova hergehastet war, als er sie zum Hotel führte, dachte daran, wie schlecht sie sich auszudrücken wußte . . . und wie reizlos sie im Grunde war. Ihr Bild begann langsam in mir zu verblassen und in die Anonymität zurückzusinken.

Ich verließ den Frisiersalon und nahm mir ein Taxi, um mich auf die Suche nach meinem Wagen zu machen. Ich fand ihn ohne große Schwierigkeiten wieder, geschmückt mit zwei Strafzetteln. »Ich werde aufhören zu trinken«, gelobte ich mir, als ich mich ans Steuer setzte. »Das ist doch wirklich zu idiotisch: man weiß nicht mehr, wo sein Auto steht, man verliert seinen Geschmack an der Arbeit, macht aus jeder Frau eine Traumfrau und ruiniert sich die Leber.«

Ich fuhr durch das Viertel und versuchte dem Zustand verliebter Raserei nachzuspüren, in dem ich gewesen war, aber umsonst. Diese Straßen und Boulevards ließen mich völlig kalt, und im Tageslicht verlor sogar die Fassade von »unserer« Bar alles von ihrem Geheimnis.

Ich fühlte mich nun wieder ruhig und stark und war sicher, daß ich jetzt nicht mehr so schnell die Kontrolle über mich verlieren würde.

Ein großer Film für Vater Klassmann! Er würde mich wahrscheinlich ziemlich hart rannehmen, der alte Fuchs! Mich dauernd alles noch einmal schreiben lassen. Er galt

als ausgemachter Tyrann, der seine Drehbuchautoren mitten in der Nacht anrief, um sie zusammenzustauchen. Einem Autor, der mit der Bemerkung, wie schlecht Klassmann schließlich selber französisch spreche, sich dessen Kritik zu erwehren suchte, hatte er geantwortet: »Stellen Sie sich mal vor, mein Französisch ist immerhin gut genug, um zu merken, daß sie Sch... bauen. Und darauf kommt es schließlich an!«
Ich hatte Lust, meine Freude mit irgend jemandem zu teilen. Geneviève kam mir in den Sinn. Sie lebte mit ihrer Mutter in einem kleinen Kalksteinhaus in La Varenne. Die Mutter regte sich nicht im geringsten über den merkwürdigen Lebenswandel ihrer Tochter auf, sondern machte gute Miene zu den zahlreichen Herren, die sie besuchten und gab ihrer Zustimmung Ausdruck, indem sie für Geneviève und den jeweiligen Herrn Kaffee kochte, während die beiden »über die Arbeit redeten«.
»Sie schläft noch, Herr Debise«, verkündete die gute Frau, nachdem ich geklingelt hatte. »Sie ist erst im Morgengrauen nach Hause gekommen. Aber gehen Sie sie doch wecken, das wird eine nette Überraschung für sie sein.«
In ihrem halbdunklen Zimmer lag Geneviève nackt bäuchlings auf ihrem niedrigen Bett. Ich verspürte plötzlich eine ungeheure Lust auf sie und weckte sie auf die delikateste Weise.
»Wer ist da?«, brummte sie in einem Moment, in dem andere Frauen keine Fragen mehr gestellt hätten.
»Rate!« antwortete ich, ohne unser Spiel zu unterbrechen.
»Oh, ich weiß schon«, murmelte sie höflich und wachte vollends auf, was sie mir auch gleich bewies. Als ich befriedigt war, leuchtete sie mir ins Gesicht.
»Ach, sieh mal an«, rief sie blinzelnd. »Für einen Kranken warst du wirklich nicht schlecht! War das deine Krankenschwester, die mir gestern geantwortet hat?«
»Nein, das war meine Krankheit.«

»Die geheimnisvolle Bekannte, die ...«
»Genau die.«
»Ich sehe, daß du meinen Rat befolgt und gleich gehandelt hast. Gehe ich richtig in der Annahme, daß das Schlimmste ausgestanden ist?«
»Absolut. Darf ich dich um einen Gefallen bitten, Viève?«
»Na klar!«
»Ich habe heute abend eine Verabredung mit ... dieser Person, die ich gerne absagen würde. Da immer ihr Alter ans Telefon geht, wäre es besser, wenn eine weibliche Stimme nach ihr fragt. Du könntest zum Beispiel sagen, daß du ihre Schneiderin bist.«
»O.K. Wie heißt deine Flamme?«
Ich gab ihr Danielas Namen und die Telefonnummer. Der Apparat stand gleich neben dem Bett, da Geneviève lieber aus der Horizontalen als aus der Vertikalen telefonierte.
Wie immer mußte man ziemlich lange durchläuten lassen, bevor jemand heranging.
»Niemand da«, sagte Geneviève.
Ich nahm den Nebenhörer.
Das langgezogene Tuten des Freizeichens beunruhigte mich irgendwie.
»Bleib dran!«
»Ja bitte?« ertönte endlich Carbons dröhnende Stimme.
»Ich würde gerne Frau Carbon sprechen. Hier ist ihre Schneiderin.«
»Sie ist ausgegangen. Soll ich ihr etwas ausrichten?«
Ich machte schnell eine ablehnende Handbewegung.
»Nicht nötig, ich werde später noch einmal anrufen. Kommt sie bald zurück?«
»Das weiß ich nicht.«
»Vielen Dank«, sagte Geneviève schnell und legte auf.
Sie schnitt mir eine Grimasse.
»Du hattest recht, als du von einem alten Griesgram sprachst.

Ich habe den Eindruck, daß sie gute Gründe hat, ihn zu betrügen.«

»Die besten Gründe der Welt«, seufzte ich.

»Soll ich später noch einmal anrufen?«

Ich überlegte. Eine unbestimmte Eifersucht ergriff von mir Besitz.

Daniela hatte gesagt, sie würde nicht noch einmal weggehen können, und jetzt war sie um die Mittagszeit nicht zu Hause.

»Nein, laß nur, ich werde hinfahren!«

Geneviève sprang aus dem Bett und lief zur Tür.

»Bringst du uns bitte etwas zu trinken hoch«, rief sie nach unten. Dann nahm sie einen kimonoähnlichen Hausmantel vom Haken, mit einem furchterregenden Drachen auf der Rückseite, der mir die Zunge herausstreckte. Sie schlüpfte hinein und setzte sich wieder auf den Rand des Bettes, um sich eine Zigarette anzuzünden.

»Willst du auch eine?« fragte sie.

»Ich habe keine Lust zu rauchen, da ich immer noch nicht meinen letzten Kater überwunden habe.«

»Und deinen Liebeskummer wohl auch noch nicht, was? Du scheinst im Moment ja überhaupt nicht zu wissen, was du willst. Erst hat dir die Vorstellung, zu dieser Verabredung gehen zu müssen, eine Heidenangst eingejagt, und jetzt kannst du dir plötzlich gar nichts Schöneres mehr vorstellen.«

»Ich glaube, ich bin ein bißchen durcheinander«, gab ich zu.

»Wie alle Männer, die allein sind, mein Lieber. Als du dich von deiner Frau getrennt hast, hast du dein inneres Gleichgewicht zerstört. Jetzt ist dein Leben wie ein Seiltanz, aber ohne Netz und doppelten Boden. Geht deine Scheidung voran?«

»Sie ist bereits über die Bühne!«

Sie lachte, aber ihr Lachen klang eher traurig.

»Dann könntest du mich jetzt also heiraten! Mit mir könntest du ein ruhiges Leben führen, denn ich habe schon mit allen deinen Freunden und Bekannten etwas gehabt. Mädchen wie ich geben die besten Ehefrauen ab. Sobald sie verheiratet sind, treten sie zum Treusein über wie andere von einer Religion zur anderen übertreten.«
Ich spürte durch ihren Schmerz hindurch die Traurigkeit und begann leidenschaftlich ihren Hintern zu streicheln.
»Dann laß uns jetzt wenigstens meine neuerworbene Freiheit genießen.«
»Aber du genießt sie ja nicht, Jean. Entweder läßt du dich vollaufen oder du spielst den Romeo und hängst dich an die erste beste Julia, die dir über den Weg läuft.«
Maguerite kam mit einem Tablett herein, das einen wundervollen Kaffeeduft verströmte. Sie fand es ganz natürlich, daß ein nackter Mann im Bett ihrer Tochter saß.
»Sie sind ja noch richtig braun vom letzten Sommer«, sagte die alte Frau anerkennend. »Sicher haben Sie eine Haut, die Sonne gut verträgt. Apropos Sonne: ich glaube, wir werden diesmal einen frühen Frühling haben, denn im Garten blühen schon überall die Schneeglöckchen ...«
»Dann geh sie pflücken und laß uns in Ruhe«, schlug Geneviève liebenswürdig vor.
Maguerite schüttelte den Kopf.
»Was halten Sie nur von der heutigen Jugend, Herr Debise?«
»Er hält gar nichts von ihr«, bemerkte Geneviève bissig, »und wenn er das Gegenteil behauptet, ist er ein Heuchler.«
Leise vor sich hinbrummend, zog sich die Mutter zurück.
»Du könntest sie ruhig etwas respektvoller behandeln«, sagte ich vorwurfsvoll.
»Ach, bei uns beiden denkt man immer, wir würden uns sonst was an den Kopf werfen, dabei bewundern wir uns beide rückhaltlos.« Sie groß den Kaffee ein und kniff

dabei ein Auge zu, weil sie noch immer die Zigarette zwischen den Lippen hatte.
»Sag mal, warum arbeitest du eigentlich heute nicht?«
»Ich habe mich mit Barnaque überworfen.«
»Oh Gott, dann ist ja auch meine fabelhafte Rolle flöten. Ich habe es doch gleich geahnt, daß es nicht gutgehen würde, und trotzdem habe ich dauernd daran denken müssen. Man braucht eben immer irgend etwas, worauf man hoffen kann.«
»Nun sei mal nicht gleich so verzweifelt, denn ich werde eine Superproduktion mit Klassmann machen und dir eine Perle von einem Text schreiben. Ich hätte mal wieder Lust, mir so richtig etwas auszudenken.«
Sie reichte mir eine Tasse Kaffee.
»Warst du es, Jean, der den Kaffee immer ohne Zucker nahm?«
»Nein, Geneviève, das war ich nicht!«
Sie rührte heftig in ihrer Tasse herum und schien zu überlegen. »Soll ich mal ehrlich sein?«
»Aber das hängt doch gar nicht von meiner Meinung ab. Du bist es, und das macht einen Teil deiner Anziehungskraft aus.«
»Ich glaube, mein Lieber, du bist in jeder Hinsicht auf dem Holzweg. Wenn du nicht zusiehst, bald alles in Ordnung zu bringen, wirst du in nicht langer Zeit vor einem Scherbenhaufen stehen.«
»Willst du mir auch sagen, wie ich das anstellen soll?«
»Ja. Erstens zieh aus dem Hotel aus und such dir eine nette kleine Wohnung in einem angenehmen Stadtviertel. Daß du in einem Hotel wohnst, macht dich nämlich schon verdächtig. Es erweckt den Anschein, als wärst du nur auf der Durchreise. Ein Mann in deinem Alter muß ein Zuhause haben, wo er sich mit seinen Sachen umgeben kann. Er braucht eine brummige alte Haushälterin und feste Angewohnheiten. Vor allem fehlen dir feste Angewohnheiten. Zweitens«, fuhr Geneviève fort, »reiß

dich zusammen und hör auf, dermaßen viel zu trinken, bevor du noch zum Alkoholiker wirst. Drittens sei wählerisch mit deinen Freunden und such dir eine nette ältere Dame, die . . .« Ich hörte nicht mehr zu. Mein ganzes Wesen sehnte sich nach Daniela. Meine Liebe hatte wieder die Überhand gewonnen. Wie hatte ich nur jemals an ihr zweifeln können!

9

Eine doppelte Reihe nackter Bäume, übersät von Mistelbüschen, die wie kleine Puderquasten aussahen, säumten die schnurgerade Straße. Am Horizont hob sich wie eine schwarze Masse das Dorf undeutlich gegen den Abendhimmel ab. Ich beschleunigte, und mein ungestümer Ferrari schien die letzten hundert Meter, die mich noch von dem Dorf trennten, in einem Satz zurückzulegen. Der Wind hörte gerade auf, durch die Pappeln zu streichen, als ich den biederen Landfriedhof mit seinen grauen Mauern und dem schmiedeeisernen Tor, von dem die Farbe schon abblätterte, entdeckte. Ich bog links ab und warf einen verzweifelten Blick auf den leeren Weg, der vor mir lag. Daniela war also noch nicht hier. Auf meiner Uhr war es zehn Minuten vor fünf. Obwohl ich etwas zu früh war, hatte ich doch gehofft, daß sie mich erwarten würde. Ich hielt und stellte den Motor ab. Sofort war ich von lauter ländlichen Geräuschen umgeben. Auf einem Feld in der Nähe verteilte ein Bauer Mist auf die frisch gepflügte Erde. Sein wackeliger Karren quietschte jedesmal, wenn er ihn wieder in Bewegung setzte. Unsichtbare Vögel pfiffen dem Tag ein Lebewohl hinterher. Meine innere Unruhe ließ mich zu Eis erstarren, und ich hatte das Gefühl, so kalt zu werden wie die Toten auf der anderen Seite der Mauer. Es hatte genügt, daß Daniela nicht

zu Hause gewesen war, um sie sofort wieder mit dem Zauber zu umgeben und meine Liebe und mein Leid wieder voll aufleben zu lassen.
Mit der ganzen Kraft meiner Gedanken rief ich sie herbei. Ich drängte sie, doch endlich zu erscheinen. Doch eine Minute nach der anderen verstrich, und mir wurde immer kälter.
Der letzte Rest Tageslicht verschwand hinter den Bäumen. Um Viertel nach fünf war ich mir sicher, daß sie nicht mehr kommen würde. Meine gemeine Frage, die ich gestern quer über den Hotelkorridor gebrüllt hatte, hatte also alles verdorben. Warum konnte sie mich nicht so akzeptieren, wie ich war? Warum gab sie sich keine Mühe, mich wirklich zu verstehen?
Die Scheiben meines Wagens beschlugen, und ich fühlte mich wie eingeschlossen. Und wie alle Eingeschlossenen überfiel mich in diesem Augenblick eine tiefe Resignation. Plötzlich hatte ich den Eindruck, völlig am Ende zu sein. Ich merkte, daß das grausame Versteckspiel mit meinen Gefühlen mir mehr zugesetzt hatte als das Übermaß an Alkohol.
Um zwanzig nach fünf tauchten endlich die tanzenden Lichter von zwei Scheinwerfern in meinem Rückspiegel auf. Sie hielten hinter meinem Wagen und verlöschten dann. Obwohl meine Scheiben jetzt ganz beschlagen waren, erkannte ich doch, daß sie zu einem kleinen weißen Austin gehörten. Ich wollte aus dem Wagen springen, aber meine Beine waren vor Erregung wie gelähmt und blieben wie angenagelt unter dem Armaturenbrett stehen. Es war ein einzigartiges Gefühl, sie nur ein paar Meter entfernt zu wissen und nichts tun zu können, um zu ihr zu gelangen. Ich wartete darauf, sie endlich auftauchen zu sehen, aber es schien ihr ähnlich zu ergehen. Ich weiß nicht mehr, wie lange wir so dasaßen, ein Mann und eine Frau, die das grausame Spiel spielten, sich gegenseitig ihre Gegenwart vorzuent-

halten. Die Trunkenheit der Liebe entsteht nicht nur in den Momenten des Zusammenseins, sondern liegt vor allem darin, sich den wundervollen Augenblick des Wiedersehens auszumalen und ihn deswegen vielleicht sogar noch hinauszuzögern.

Sie brach als erste den Bann. Ihr Schatten kam über den schlammigen Weg gerannt. Daniela roch nach der feuchten Kühle des Abends. Wir sagten kein Wort. Ich ließ den Motor an und wendete. »Fahren Sie nicht zu weit«, murmelte sie. »Ich habe nur sehr wenig Zeit.«

»Wo warst du heute mittag?«

»Zu Hause.«

»Du lügst!«

»Ich schwöre es Ihnen!«

»Du lügst; ich habe eine Freundin bei dir anrufen lassen, und dein Mann hat gesagt, daß du nicht zu Hause wärst.«

»Ah, dann waren Sie das also, als so gegen Mittag das Telefon ging. Ich habe es schon fast geahnt, als ich das Läuten hörte. Er muß an der Glaubwürdigkeit Ihrer Freundin gezweifelt haben, denn er hat mir nichts gesagt.«

Ich wollte ihr glauben. Ich hatte nicht mehr die Kraft, eifersüchtig zu sein. »Warum geht er immer noch ans Telefon, obwohl er so behindert ist?«

»Er hat es so beschlossen.«

»Seit wann?«

»Seitdem wir wieder in Frankreich sind. Das Telefon gehört ihm, genauso wie das Schwimmbad und die Krücken. Für jemanden, der so lange wie er im Busch gelebt hat, ist es mehr als ein Gebrauchsgegenstand.«

Ich kam an die Nationalstraße und bog in Richtung Paris ein.

»Wohin fahren Sie?« fragte Daniela beunruhigt.

»Ich weiß nicht.«

»Ich habe höchstens eine Viertelstunde Zeit. Ich habe

Theresa gesagt, daß ich den Hund ausführen würde, während mein Mann sein abendliches Bad nimmt...«
»Er lebt wohl hauptsächlich in seinem Schwimmbad?«
»Einzig im lauwarmen Wasser kann er sich einigermaßen bewegen. Das Baden gehört zu seinem Rehabilitationsprogramm.«
»Und der Hund?«
»Er wird wahrscheinlich gerade an den Scheiben meines Wagens herumschnuppern.«
»Bei einem Tier von seiner Größe bleibt ja wohl in einem Austin nicht mehr viel Platz...«
Wir befanden uns mitten im Berufsverkehr.
»Warum nehmen Sie diese Straße, wo all' diese Leute unterwegs sind. Ich dachte...«
»Du dachtest wohl, wir würden uns ein bißchen an der Friedhofsmauer befummeln, damit die, die dahinter liegen, mal wieder merken, wie das Leben ist, was?«
Sie zuckte zusammen.
»Kehren Sie um, Jean!« sagte sie nach einer Weile einfach.
Statt ihr zu antworten, trat ich das Gaspedal durch und überholte auf einen Schlag mindestens ein Dutzend Autos.
Ich war mir der Dummheit meines Verhaltens voll bewußt. Wahrscheinlich fand ich selbst es noch beängstigender als sie.
»Was zum Teufel treibt mich eigentlich...?«
Jedesmal, wenn ich den Eindruck hatte, nicht mehr so ganz zurechnungsfähig zu sein, sagte ich diesen Vers von La Fontaine auf. Schon trauerte ich dem weiten Himmel über dem Land und der Einsamkeit des Friedhofs nach. Dort hätte ich sie in der Enge meines Wagens an mich drücken können, ich hätte ihre Lippen verschlingen und ihren Schoß streicheln können, hätte meiner Lust freien Lauf und mich an ihrer Lust berauschen können. Ich hätte meinen Kummer laut herausschreien,

ihr meine Tränen schenken und sie anbetteln können, mich glücklich zu machen. Statt dessen saß ich in diesem offenen Sarg mitten auf einer Autobahn. Nach und nach verwüstete ich alles, was in mir und in ihr noch übrig geblieben war. Tat ich das aus Sadismus oder aus Verzweiflung?
»Wenn ich den Mut hätte, würde ich hinausspringen, Jean.«
»Dann spring doch!«
»Mir fehlt der Mut dazu.«
»Mach ich dir Angst?«
»Nein.«
»Liebst du mich?«
»Ja.«
»Wünschst du dir manchmal, daß ich anders wäre?«
»Ich weiß nicht.«
»Wenn du mich liebst, muß dir alles andere egal sein.«
»Ich brauche Zeit, um das zu begreifen.«
»Wir haben keine Zeit!«
Ich ging ein bißchen mit der Geschwindigkeit herunter. Sie sah den Leitplanken nach, die die Autobahn zu beiden Seiten einfaßten.
»Wir können ja gar nicht mehr wenden«, fiel ihr plötzlich auf.
»Nicht vor Paris.«
»Doch, beim Abzweig vor Versailles. Versprechen Sie mir, daß Sie diese Ausfahrt nehmen?«
»Mal sehen. Das hängt ganz davon ab, wie ich dann darüber denke. Aber das ist ja noch so lange hin!«
»Mit ihrem Rennwagen zehn Minuten.«
»Also genauso lange, wie ich sagte. Eine Ewigkeit! Du bist schön wie die Ewigkeit, Daniela . . .«
Sie wartete ab. Ich war mir sicher, daß sie an ihren Mann dachte, der da in seinem Schwimmbad herumplanschte, und an die dänische Dogge, dessen Speichel jetzt wahrscheinlich schon an den Scheiben ihres Austin hinunter-

lief. Sie wagte nicht mehr zu reden, weil sie befürchten mußte, mich dadurch noch zu verleiten, dieses Abenteuer immer weiter auszudehnen. Ich war zu einem Menschen geworden, den man vorsichtig behandeln mußte, genau wie ein völlig Unberechenbarer.
Wir kamen zu dem beleuchteten Teil der Autobahn. In der Ferne tauchten die Hinweisschilder für die Abfahrt nach Versailles und Saint-Germain-en-Laye auf. Ich mußte lächeln, als ich fühlte, wie ihre Angst wuchs. Ich wußte immer noch nicht, wofür ich mich entscheiden sollte. Aber es gibt Momente, in denen nicht mehr das Gehirn entscheidet, sondern der Instinkt, und der Instinkt ist die Vernunft des Körpers. Vielleicht würden meine Hände das Lenkrad nach rechts steuern? Vielleicht würden sie sich auch nicht rühren und den Wagen weiter geradeaus fahren lassen?
Die Schilder sausten vorbei, und das Auto schoß unter der Brücke her, zu der die Auffahrt führte und hatte sie auch schon wieder hinter sich gelassen. Daniela drückte sich noch ein wenig tiefer in ihren Sitz.
»Bist du mir böse?« entfuhr es mir zerknirscht.
»Nehmen Sie die nächste«, sagte sie, ohne besonders überzeugt zu klingen.
»Ich denke nicht daran.«
Sie blickte auf ihre Uhr. Es war die Zeit, wo in Montfort Carbon sich wie ein alter Seelefant aus dem lauwarmen Wasser seines Schwimmbades stemmte und sich zu seinen Krücken hinschleppte. Als die nächste Abfahrt kam, verlief alles genauso wie bei der vorhergehenden. Nur, daß Daniela diesmal versuchte, mich umzustimmen.
»Jean, ich bitte Sie . . .«
»Ich liebe dich!«
Ich jagte über das Gaspedal einen weiteren Schwall Benzin in den Motor meines Rennwagens, und schon hatten wir die weiße Masse der Autobahnbrücke hinter mir gelassen.

»Weißt du denn nicht, wie es ist, wenn man unsterblich in jemanden verliebt ist, Daniela?«
»Es macht das Leben nicht gerade einfacher.«
»Wer hat denn gesagt, daß das Leben einfach sein soll?«
»Ich mag Ihre Gemeinheiten nicht. Und Sie sind auf dem besten Wege, wieder eine zu begehen, so wie neulich nachmittag, als Sie meinen Mann mit Ihren ständigen Anrufen zur Verzweiflung brachten. Sie riskieren nichts, denn Sie sind ungebunden. Aber ich wette, daß Sie nie so gehandelt hätten, als sie noch verheiratet waren. Wenn eine Frau auf einen wartet, zügelt man ein wenig seine Fantasie.«
»Verachtest du mich?«
»Nein, Sie tun mir leid.«
»Was hältst du überhaupt von mir? Sei ehrlich . . .«
Sie überlegte eine Weile, während ich den Fuß vom Gaspedal nahm, weil wir uns dem Tunnel von St. Cloud näherten.
»Ich weiß nicht, ob Sie sich darunter etwas vorstellen können, aber ich halte Sie für einen Filmbesessenen.«
»Ich denke zwar anders über mich, finde aber sehr interessant, was du da sagst.«
Sie wollte mich trotzdem weiterbeschreiben.
»Sie sind durch Ihre Rollen verdorben worden. Die haben Sie ausschweifend gemacht, weil Sie sich einbildeten, das Kinoleben auch im Alltag fortsetzen zu können. Sie meinen, Sie müßten immer den Helden spielen. Damit wollen Sie andere verblüffen, sich interessant machen und sich beweisen, daß es ›all das‹ auch wirklich gibt. Schließlich sind Sie weder dazu gemacht, allein zu leben, noch dermaßen zügellos zu sein. Ihre Freiheit bekommt Ihnen nicht besonders gut . . .«
Ihr Befund stimmte erstaunlich gut mit dem von Geneviève überein.
»Am Abend, als wir uns kennenlernten, hast du mich einen armen Irren genannt. Wie ich sehe, hat sich deine

Meinung bis jetzt noch nicht geändert«, bemerkte ich bitter.
»Das Scheitern Ihrer Ehe hat Ihrer Liebe einen Hang zur Grausamkeit gegeben, Jean. Und deshalb schließt es auch nicht aus, daß Sie glauben, mich zu lieben, denn ich kann mir nicht vorstellen, daß ein wirklich verliebter Mann seine Angebetete sonst freiwillig in Schwierigkeiten bringt.«
Es war wie eine kalte Dusche, und ich fühlte mich wie ein kleiner Junge, der gerade ausgescholten worden ist.
»Wahrscheinlich werde ich dir nach dieser Sache heute gestohlen bleiben können, oder?«
Sie zuckte die Achseln.
»Antworte!«
»Ich weiß nicht. Wollen Sie mich jetzt nicht zu meinem Wagen zurückbringen?«
»Nein, wir fahren zu meinem Hotel. Ich brauche dich bei mir, in meinem Zimmer. Ich muß zuerst mit dir schlafen ... Danach können wir versuchen, all das zu verstehen und ein bißchen klarer zu sehen ...«
»Wenn Sie glauben, daß ich Lust habe, jetzt mit Ihnen zu schlafen ...«
Wieder fühlte ich Wut in mir aufsteigen.
»Warum denn nicht? Vielleicht wegen deines Alten? Wenn er dir das nicht erlaubt, hat er niemals Verständnis für dich gehabt!«
Ich interpretierte ihr Schweigen als ein Zeichen ihrer Verachtung und sah zu ihr hinüber. Sie starrte auf die Avenue de la Reine, die hellerleuchtet vor uns lag. Obwohl sie mir das Profil zuwandte, merkte ich doch ihre verstohlenen Tränen.
»Weinst du wegen ihm?«
»Wegen allem.«
»Auch wegen mir?« beharrte ich, dämpfte aber verlegen die Stimme.
»Vor allem wegen Ihnen.«
»Wieso?«

»Ich kann nicht . . .«
Ich hielt vor dem Hotel. Der Portier beeilte sich, Daniela zu helfen, sich aus dem engen Ferrari zu zwängen, und ich glaube, es lag auch an seiner behandschuhten Hand, daß sie sich entschied, zu bleiben.
Im hellen Licht der Empfangshalle sah ich, wie schlecht sie angezogen war. Sie trug einen Rock aus dunkelblauem Tuch, einen weißen Pullover, Schuhe mit flachen Absätzen und einen alten, sandfarbenen Regenmantel ohne Gürtel. Ihre Schuhe waren noch ganz schlammverschmiert von dem Friedhofsweg.
Ich schubste sie schnell zum Fahrstuhl hinüber. Der Liftboy lächelte mir zu und schätzte sie aus den Augenwinkeln ab. Und auch ich fuhr fort, sie mit den Augen eines solchen Mannes zu begutachten. Ich sah, daß ihr Haar zerzaust war, daß sie ungeschminkt war, und daß die Tränen trotzdem Spuren auf ihrem blassen Gesicht hinterlassen hatten . . . Meine Verlegenheit wuchs, und ich schämte mich, daß ich mich schämte!
Wenn man eine Gemeinheit begangen hat, ist das größte Problem immer, wie man hinterher miteinander umgehen soll. Als wir endlich im Zimmer waren, mußte ich mir Mühe geben, nicht sofort vor Zerknirschung zusammenzubrechen.
»Du wirst jetzt deinen Mann anrufen und dir irgendeine Ausrede einfallen lassen«, sagte ich.
Sie betrachtete gedankenverloren das Telefon.
»Damit du ungestört sprechen kannst, werde ich ins Badezimmer gehen und den Wasserhahn aufdrehen. Dann bist du sicher, daß ich nichts höre, denn die Niagarafälle machen garantiert weniger Lärm, als wenn in meine Badewanne Wasser einläuft . . .«
Bevor ich mich zurückzog, verlangte ich noch bei dem Telefonisten die Nummer der Carbons. Dann ging ich, wie versprochen, ins Badezimmer und drehte den Hahn voll auf.

Ich stützte mich auf das Waschbecken und betrachtete mich eine Weile im Spiegel. Großaufnahme des Helden. Zoom auf seinen Blick! Aus dem Off hörte man seine Stimme . . .
Und wie in einem meiner Drehbücher, sah ich im Geiste vor mir auf der rechten Spalte stehen, was der Held zu sich selbst sagt:

Jean Debise

> Obwohl du so auf die Pauke haust, wirst du doch immer ein mittelmäßiger Typ bleiben, Jean! Die Mädchen haben recht, wenn sie sagen, daß du deiner Freiheit nicht gewachsen bist . . .

Ich drehte dem Spiegel, der mir meine ganzen Schuldgefühle wieder bewußt gemacht hatte, den Rücken zu und schaute dem hinuntersprudelnden Wasser nach. Ich versuchte meine Gewissensbisse zu vertreiben. Obwohl ich den Badewannenabfluß offengelassen hatte, begann die Wanne sich allmählich zu füllen. Wenn man davon ausging, daß soundsoviel Liter pro Minute aus dem Hahn kamen . . .
Ich drehte ihn zu und lauschte. Aus meinem Zimmer drang nicht das geringste Geräusch. Ich stürzte hinein: es war leer. Daniela hatte sich in Sicherheit gebracht. Daraus schloß ich, daß sie sich als meine Gefangene gefühlt hatte, und niemand liebt seinen Kerkermeister. Um ganz sicher zu gehen, öffnete ich die Tür, aber der Korridor war genauso leer wie meine Seele. Ich ging zum Bett zurück und ließ mich in voller Kleidung darauffallen.
Vage Gedanken an Selbstmord regten sich in mir und erschienen mir überaus verlockend. Ich fühlte mich nicht mehr in der Lage weiterzuleben. Ein großer Streit ist nie richtig dramatisch, kritisch wird erst der Augenblick, an dem ein Mensch sich seiner Stärke oder seiner Schwäche bewußt wird, oder wenn er sich seine eigenen Grenzen

eingestehen muß. Jean Debise, der große Drehbuchautor, hatte sein Leben verpfuscht.
Da öffnete sich ganz vorsichtig die Tür, und Danielas aufgewühltes Gesicht erschien in dem Spalt. Sie betrachtete mich einen Moment zögernd, bevor sie sich entschloß, hereinzukommen und die Tür hinter sich zu schließen.
Mir fielen vor lauter Erleichterung die Augen zu. Ihre Rückkehr war doch noch viel besser als der Tod.
»Liebst du mich denn alles in allem?«
Sie stieß einen Seufzer aus.
»Ich glaube schon.«

10

Daniela zog ihren Mantel aus.
»Würden Sie bitte noch einmal ins Badezimmer gehen? Diesmal werde ich wirklich anrufen.«
»Ich ziehe es vor, im Flur zu warten. Der Schreck von eben sitzt mir nämlich noch immer in den Knochen.«
Ich ging hinaus und lief einige Schritte auf dem weichen Teppich hin und her. Geräuschlos glitten die Aufzüge nach oben und unten, nur ab und zu unterbrochen durch ein leises metallisches Klicken. Der Etagenkellner kam mit einem Tablett voller Getränke vorbei. Ich machte ihm ein Zeichen.
»Paul, würden Sie mir bitte eine Flasche Champagner, eine Flasche Scotch und ein paar Appetithäppchen bringen . . .?«
»Sofort, mein Herr.«
Als er sah, daß ich meine Runden wieder aufnahm, fragte er beunruhigt: »Haben Sie Ihren Schlüssel verloren?«
Ich zwinkerte ihm zweideutig zu.
»Nein, es ist die Diskretion, die mich hier festhält. ›Man‹ telefoniert gerade mit dem Ehemann.«

Er grinste und klopfte an eine Tür, hinter der ein paar Amerikaner einen Höllenlärm machten. Ich hatte scheinbar meine Schlagfertigkeit und meinen Zynismus zurückgefunden.
»Jean!«
Sie trat in den Flur und war womöglich noch etwas blasser als zuvor. Ich ging zu ihr hinüber und breitete die Arme aus, um sie an mich zu drücken. Aber statt sich in meine Arme sinken zu lassen, ging sie ins Zimmer zurück und setzte sich auf einen Sessel. Sie wollte nicht gleich den Lohn für ihre Lügen ernten.
»Wie hast du dich herausgeredet?«, fragte ich gespannt.
Sie warf die Beine über die Sessellehne, zog ihren Rock, der heruntergerutscht war, wieder hoch und schien zu schmollen.
»Hast du Schwierigkeiten gehabt?« fragte ich.
»Na ja, ich kann mir wirklich Schöneres vorstellen!«
»Was hat er gesagt?«
»Nichts.«
»Was nichts?«
»Er hat mich angehört und dann aufgelegt.«
»Und was hast du ihm erzählt?«
»Haben Sie denn immer noch nicht begriffen, daß ich nicht gerne über diese Dinge rede? Sie gehören zu einem Teil meines Lebens, von dem Sie nichts wissen und der Sie auch nichts angeht.«
»Alles, was dich angeht, betrifft mich genauso sehr!«
»Ich glaube nicht.«
»Du hast jetzt sicher das Gefühl, mir ein großes Opfer gebracht zu haben, nicht wahr?«
»Ja, es scheint so.«
»Soll ich dich zurückbringen?«
Sie schüttelte den Kopf.
»Nicht mehr nötig. Glauben Sie, daß mein Hund . . .«
Die Vorstellung, wie das riesige Tier ungeduldig in dem kleinen Auto auf sein Frauchen wartete, amüsierte mich.

»Wahrscheinlich hat er sich inzwischen auf der Rückbank zusammengerollt und schläft. Du solltest dir jetzt wirklich nicht mehr wegen eines eventuellen Hundepipis den Kopf zerbrechen!«
Es klopfte. Paul brachte die bestellten Getränke. Er grüßte Daniela respektvoll und nickte mir mit Kennermiene zu. Dann arrangierte er geschickt alles auf dem Tisch und zog sich zurück.
»Haben Sie vor, sich zu betrinken?«
»Nicht unbedingt, aber ich denke, daß ein bißchen Alkohol uns ganz guttun wird.«
»Eine blendende Idee«, gab sie zu. »Endlich habe ich mal wirklich einen Grund, etwas zu trinken.«
»Champagner oder Whisky?«
»Mal zur Abwechslung Champagner.«
Ich goß zwei Gläser ein.
»Auf unsere Liebe, Daniela!«
»Die reichlich verrückt ist!«
Sie trank ihr Glas in einem Zug aus. Ich konnte leider nicht mithalten, weil sich mir schon beim bloßen Geruch des Champagners der Magen umdrehte. Meine Leber verdammte mich offensichtlich eine Zeitlang zur Enthaltsamkeit. »Na, werde ich heute abend die einzige sein, die sich vollaufen läßt?« fragte sie, als sie sah, daß ich mein Glas sofort wieder absetzte.
»Wenn ich jetzt etwas trinke, gibt es eine Katastrophe. Mein Körper hat die vorletzte Nacht scheinbar noch nicht verdaut.«
»Dann werde ich also alleine trinken.«
Sie goß meinen Champagner hinunter. In ihren Augen trat ein aufgekratztes Glänzen, das ich mittlerweile schon so gut kannte.
»Hast du nicht Lust, daß wir uns heute abend ein bißchen unterhalten, Liebling?«
»Schon, nur nennen Sie mich nicht Liebling. Das macht mir Angst.«

»Bist du schon lange verheiratet?«
»Ich weiß nicht... Zwölf oder dreizehn Jahre. Welches Jahr haben wir jetzt? Ja, dreizehn Jahre.«
»Wo bist du geboren?«
Sie hielt mir schüchtern ihr Glas hin.
»Vor einigen Jahren wurde meine Geburtsstadt durch fünf Nullen berühmt, Ahnen Sie, welche ich meine?«
Ich überlegte eine Weile. Fünf Nullen...
»Grenoble, wegen der olympischen Spiele?«
»Bravo, Sie sind wirklich nicht auf den Kopf gefallen.«
»Willst du mich auf den Arm nehmen?«
Da ich ihr noch immer nicht nachgeschenkt hatte, griff sie sich selber die Flasche und goß beide Gläser voll.
»Na, du scheinst ja reichlich Durst zu haben«, bemerkte ich und zeigte auf die beiden Gläser, an denen der Champagnerschaum herunterrann.
»Ich trinke, um zu vergessen.«
Sie nahm ein Glas in jede Hand und nahm einen Schluck aus dem ersten.
»Das war für Julien.«
Dann nahm sie einen Schluck aus dem zweiten Glas.
»Das war für Hamlet.«
»Wer ist Hamlet?«
»Mein Hund. Eine dänische Dogge braucht schon einen Namen, der ihrer würdig ist, finden Sie nicht auch?«
»So, du bist also in Grenoble geboren?«
»In derselben Straße wie Stendhal, in nur drei Häusern und hundertfünfzig Jahren Entfernung. Komischerweise hieß meine Mutter auch noch wie seine Gagnon. Daraus könnte man doch fast schließen, daß etwas von seinem Blut in meinen Adern fließt, nicht wahr...?«
»Und dann?«
»Nach meiner Geburt?«
Sie leerte das Glas in ihrer linken Hand.
»... da habe ich mich entschlossen zu leben.«
»Und deine Eltern?«

»Sie hatten eine Drogerie. Manchmal glaube ich, noch immer den schrecklichen Geruch von Mottenkugeln wahrzunehmen.«
Sie streckte mir ihren rechten Arm hin, so daß etwas von dem Champagner auf mich schwappte, was sie allerdings gar nicht zu merken schien.
»Rieche ich immer noch nach Mottenkugeln, Jean?«
»Du solltest nichts mehr trinken!«
»Oh, hätten Sie mich heute abend gerne nüchtern? Oder ärgern Sie sich nur darüber, daß Sie nicht mittrinken können?«
Sie leerte den Rest Dom Pérignon, der sich noch in dem zweiten Glas befand.
»Sie sind ja nicht gerade logisch: erst befehlen Sie mir zu trinken, und dann raten Sie mir, nüchtern zu bleiben!«
»Gut«, fiel ich ihr ins Wort. »Grenoble, die Drogerie ... und dann?«
»Hatten Sie nicht gesagt, daß wir uns unterhalten wollten? Und jetzt unterziehen Sie mich einem Verhör, das überhaupt nichts damit zu tun hat. Oder könnte man etwa sagen, daß ein Vernehmungsrichter und ein Angeklagter sich unterhalten?«
Ich beugte mich zu ihr hinüber und rieb meine Lippen an den ihren, was sogar noch besser als ein Kuß war: es war das Versprechen eines Kusses.
»Ich will alles über dich wissen!«
Sie biß mich in die Unterlippe und starrte mich dabei voll an. Es tat so weh, daß ich vor Schmerz aufheulte, also ließ sie von mir ab und begutachtete die Spuren ihrer Zähne.
»Man kann ganz genau den Abdruck meiner Zähne erkennen«, verkündete sie schließlich und ließ ihren Zeigefinger sanft und zart über meine Lippe streichen.
»Wissen Sie, was ich noch an Ihnen mag, Jean? Daß Sie so zum Anbeißen sind. Nach der Drogerie kam das Gymnasium. Ich war immer die beste unter den schlech-

testen Schülern meiner Klasse. Meine Mutter starb an dem Tag, an dem ich achtzehn wurde. Happy birthday to you! Papa heiratete wieder am Vorabend zu meinem neunzehnten Geburtstag. Ich mag außerdem Ihren angsterfüllten Blick, Jean! Er ist ganz von alleine traurig, egal, ob Sie nun versuchen, traurig zu wirken oder nicht. Die zweite Frau meines Vaters war nicht etwa eine Rabenmutter, so wie es sich für eine Stiefmutter gehört, sondern eine kleine Idiotin, die den ganzen Tag vor sich hinplapperte. Sie versuchte, sich bei mir beliebt zu machen. Das hätte sie auch geschafft, wenn sie mir nur nicht so schrecklich auf die Nerven gegangen wäre. Ich mag Wellensittiche nun einmal nur, wenn sie Federn haben, und Mathilde hatte leider keine. Warum lächeln Sie, Jean?«

»Ich bete dich an. Und weiter?«

»Ich habe mich gar nicht erst aufs Abitur eingelassen, um ein Unglück zu vermeiden. Papa hat erlaubt, daß ich mir Arbeit suchte, denn er brauchte mein Zimmer für das Kind, das sein Wellensittich von ihm erwartete. Ich fand eine Stelle als Hostess in einem Hotel in Val d'Isère. Ich machte einen guten Eindruck, und außerdem dachte der Besitzer, daß ich Englisch könnte ... In diesem Hotel habe ich auch meinen Mann kennengelernt, Herr Kommissar. Soll ich mein Geständnis noch unterschreiben?«

»Hattest du vor deinem Mann schon andere Abenteuer?«

»Ach, darauf wollten Sie hinaus! Es hat ja lange gedauert, bis wir endlich zu dieser Frage gekommen sind. Was soll ich nun machen? Lügen oder die Wahrheit sagen? Geben Sie mir noch ein bißchen Champagner, während ich überlege.«

Ihre Selbstsicherheit amüsierte mich und schüchterte mich zugleich ein. Gehorsam goß ich ihr noch einmal beide Gläser voll.

Die Flasche leerte sich zusehends.

Daniela trank noch ein Glas in einem Zug aus, feuchtete ihren Finger an und ließ ihn auf dem Rand des Glases entlangstreifen, bis es zu singen begann.
»Roussin sagt in einem seiner Stücke, daß die Wahrheit immer das ist, was einem Spaß macht. Was würde Ihnen denn Spaß machen, Jean? Daß ich jungfräulich in die Ehe gegangen bin oder nicht?«
»Das kannst du selbst entscheiden.«
»Gut: ich hatte ein Abenteuer, wie man so sagt, bevor ich Julien heiratete.«
»Mit wem?«
»Die meisten Mädchen werden von dem aufs Kreuz gelegt, der am schnellsten ist, und das war in meinem Fall einer der Angestellten des Hotels, ein Oberkellner aus Italien namens Luigi. Er konnte seinen Gästen einfach alles schmackhaft machen! Schon am zweiten Abend kam er in mein Zimmer. Um Mitternacht wollte ich ihm die Augen auskratzen, um zwei Uhr nachts flehte ich ihn an, mich nicht zu verlassen. Aber für ihn war es nur ein Gastspiel gewesen, er konnte seine Tournee meinetwegen nicht einfach unterbrechen. Wo es doch all' diese einsamen Damen gab . . . Ich fragte mich manchmal, wann er überhaupt noch Zeit zum Schlafen fand. Und dann begann ich zu glauben, daß es irgendwo im Hotel noch einen Zwillingsbruder von ihm geben mußte, denn er verausgabte sich für zwei.«
»Und nach ihm?«
»Julien!«
»Was hatte denn dein Afrikaner in Val d'Isère zu suchen?«
»Er wollte Ski fahren! Sie müssen nämlich wissen, daß man etwas an der Elfenbeinküste ganz besonders vermißt: – Schnee!«
Ich versuchte, mir die massige Gestalt des Invaliden vorzustellen, wie sie gerade einen Hang hinuntersauste, aber es gelang mir nicht.

»Jedes Jahr gönnte er sich drei Wochen Schnee, obwohl der Februar einer der angenehmsten Monate in Zentralafrika ist.«
»War er Junggeselle?«
»Fast, wenn man davon absieht, daß er unten in Afrika zwei Frauen hatte.«
»Erzähl weiter.«
»Über uns beide? Na gut, wenn Sie wollen . . . Er hat mir nur sehr kurz den Hof gemacht, und das bestand hauptsächlich darin, daß er mich intensiv anstarrte, wahrscheinlich so, wie er im Busch die Bäume anstarrte, um herauszufinden, ob es sich lohnte, sie zu fällen. Ein- oder zweimal hat er mich auf ein Glas an der Bar eingeladen, bevor er zum Abendessen ging. Ich war es dann meist, die das Gespräch in Gang brachte. Ich fragte ihn über Afrika aus. Dann blühte er richtig ein bißchen auf und konnte sogar ganz zärtlich werden, wenn die Sprache auf Elefanten kam. »Weil er so riesig ist, vergißt man meist, daß er Pflanzenfresser ist«, pflegte er zu sagen. »Nichts als ein riesiger Sack Heu!« Am Vorabend seiner Abreise ließ er mich in sein Zimmer rufen. Er war gerade dabei, seinen großen, abgewetzten Koffer zu schließen.
»Ich glaube, Sie werden bald nach Afrika kommen, meine kleine Daniela«, murmelte er, ohne mich anzuschauen, »und dabei weiß ich noch nicht einmal Ihren Familiennamen. Schreiben Sie ihn mir doch bitte zusammen mit Ihrer Privatadresse in das schwarze Heft, das Sie da auf dem Tisch liegen sehen.«
»Ich konnte es gar nicht fassen. Trotzdem schrieb ich meinen Namen in das Heft, dessen Seiten voller Fettflekken waren.«
»Sehr gut, ich danke Ihnen«, sagte er.
»Sonst nichts. Und er hatte mich immer noch nicht ein einziges Mal angesehen! Er schien sich tatsächlich nur für das widerspenstige Schloß seines Koffers zu interessieren. Da bin ich dann gegangen. In der folgenden Woche

bekam ich einen großen Briefumschlag, der in Abidjan abgestempelt war. Er enthielt ein Hin- und Rückflugtikket Paris–Abidjan, zwei 100-Dollar-Noten und ein paar Worte, die auf die Rückseite eines zerknitterten Prospekts gekritzelt waren:

»Kommen Sie! Wenn Sie mich heiraten wollen, können wir die Rückreise stornieren lassen.

Mit freundlichen Grüßen
Julien Carbon«

»Eine wundervolle Geschichte. Und bist du gleich gefahren?«

»Ja, und zwar wegen des Prospekts. Es zeigte einen im Busch erlegten Büffel und einen schwarzen Jäger, der hinter ihm stand und den Fuß auf den Kopf des Tieres gestellt hatte.«

»Und als du dann unten warst?«

»Wir haben einen Monat später geheiratet. Wenn man sich auf ein Abenteuer eingelassen hat, muß man es auch bis zum Ende auskosten.«

»Bist du gleich seine Geliebte geworden?«

»Ja, gleich nachdem ich in Abidjan angekommen bin. Das war zu einer Zeit, als man noch achtzehn Stunden für den Flug brauchte. Ich war total erschöpft. Er hatte mich ins Parkhotel gebracht, und ich bekam einen kleinen Verzweiflungsanfall. Ich fühlte mich allein und schrecklich weit von Zuhause weg. Er war plötzlich alles, was ich hatte, verstehen Sie, alles.«

»Gut gemacht«, spottete ich. »Dein Mann scheint ja ein richtiger Herzensbrecher gewesen zu sein. Alle Achtung!«

Sie nickte zustimmend, blickte mich dabei aber mißtrauisch an.

»Könnte ich noch einen Scotch bekommen? Mir wird plötzlich ganz schlecht von diesem Champagner.«

»Hüte dich vor dieser Mischung . . .«

Daniela brach in schallendes Gelächter aus.

»Vorgestern haben Sie mich gezwungen, mich vollaufen zu lassen, und dann kommt so ein kleiner Leberanfall, und auf einmal benehmen Sie sich wie der Vorsitzende eines Abstinenzlervereins!« Sie nahm sich die Flasche Haig's.

»Tun Sie mir bitte erst ein Stück Eis hinein, dann sieht man nicht mehr so genau, wieviel man sich eingeschenkt hat. Und dann erzählen Sie endlich auch mal was, verdammt noch mal.«

»Heute abend bin ich nur Zuhörer.«

»Strengen Sie sich gefälligst an. Erzählen Sie mir etwas, egal was. Der Sinn einer Unterhaltung besteht doch nicht darin, interessant zu sein, sondern darin, die Leute vergessen zu lassen, daß sie sich eigentlich nichts zu sagen haben.«

»Gut, Daniela, dann werde ich dir jetzt ein Geständnis machen. Ich ließ heute mittag bei dir anrufen, weil ich dir absagen wollte. Ich hatte plötzlich überhaupt keine Lust mehr, dich zu sehen. Ich war gerade mit einem Filmsternchen im Bett gewesen und war mir in diesem Augenblick ziemlich sicher, daß ich dich nicht liebte.«

Sie senkte den Kopf.

»Dann sagte dein Mann, daß du ausgegangen seist. Das hat mich ganz verrückt vor Eifersucht gemacht. Aber eifersüchtig ist man nur, wenn man liebt. Also ergab sich daraus ganz klar, daß ich dich liebe. Was sagst du dazu?«

Sie schleuderte mir den Inhalt ihres Glases ins Gesicht. Es kam so plötzlich, daß ich den Whisky voll in die Augen bekam.

Wahnsinnig vor Schmerzen stürzte ich ins Badezimmer und riß dabei alles um, was mir im Wege stand. Lange hielt ich meinen Kopf unter den kalten Wasserstrahl, bis ich endlich das Gefühl hatte, wenigstens wieder einigermaßen sehen zu können und das Brennen nachließ. Als ich ins Zimmer zurückkam, hatte Daniela sich bereits einen weiteren Whisky eingeschenkt. Der Eiswürfel, der

vorhin mit aus ihrem Glas geflogen war, schmolz langsam auf dem Kissen eines Sessels. Meine Freundin wirkte ein wenig bedrückt, jedenfalls hatte sie die Stirn in tiefe Falten gelegt und sah sehr unzufrieden aus.
Ich kniete vor ihr hin und umschlang ihre Beine.
»Ich bitte dich, verzeih mir, Daniela!«
»Und ich bitte dich nicht darum.«
Sie fuhr sich mit dem Glas über die Stirn, als wollte sie so die Falten glätten.
»Ich glaube, ich werde mich nie an Ihren Sadismus gewöhnen«, erklärte sie. »Glauben Sie ernsthaft, daß man seine Liebe durch seelische Grausamkeit ausdrükken kann? Außerdem, was heißt das schon, daß Sie mich lieben? Das Gefühl, das Sie mir entgegenbringen, ist doch nichts als eine Episode in Ihrem Leben.«
»Während es bei dir der ganz große Treffer ist, was?«
Verärgert erhob ich mich.
»Komm jetzt, laß uns losfahren.«
»Wie Sie wollen.«
»Wir wollen deinen Meisterschwimmer doch nicht schon wieder bis aufs Blut reizen.«
Ich half ihr in den Regenmantel. Als sie in die Ärmel geschlüpft war, umschlang ich ihre Schultern und faltete die Hände vor ihrer Brust. Ich schnupperte an ihrem Hals, um ihren Geruch in mich einzusaugen. Sie roch feucht und warm, und ihr Duft schlug wie eine Woge über mir zusammen.
»Warte, ich bin so unglücklich«, flüsterte ich ihr zu.
Es traf mich wie ein Messer zwischen den Rippen. Ich sah Daniela, das Bett, das Zimmer... Mein Gefühl der Bitterkeit war so intensiv, daß es schon beinahe körperlich zu spüren war.
»All das Theater für einen Abend, der total in die Hose gegangen ist«, jammerte ich.
Sie lächelte mich an, während sie ihren Regenmantel zuknöpfte.

»Sie gehören wohl auch zu den Leuten, die vor allem in der Vergangenheit leben, was? Sie laufen neben der Gegenwart her, ohne in sie eindringen zu können. Vielleicht werden Sie morgen oder auch schon heute nacht den Sinn von unserem wirren Gerede erfassen.«
Daniela trat in den Flur. Ich folgte ihr mit gesenktem Kopf, verlegen und mit noch immer vom Whisky brennenden Augen.
Als wir unten im Auto saßen, brach sie erneut in schallendes Gelächter aus.
»Schauen Sie mal«, schrie sie, »mein erster kleiner Diebstahl!«, und zog die Flasche Whisky aus der Tasche ihres Mantels. »Haben Sie nichts gemerkt?«
»Nein.«
»Also scheine ich ja Talent zu haben, denn ich habe sie eingesteckt, während Sie zu mir herüberschauten. Ich glaube, stehlen macht Spaß. Haben Sie schon einmal gestohlen?«
»Ja, zwei oder dreimal, als ich noch Student war, aber dabei ging es mir eigentlich nur darum, auf meine Kommilitonen Eindruck zu machen. Warum hast du diese Flasche mitgehen lassen?«
»Für den Heimweg. Alkohol macht mutig. Es ist mir egal, ob dieser Mut nur eingebildet ist oder nicht, jedenfalls wird er mir helfen, es bis in mein Zimmer zu schaffen.«
»Habt Ihr ein gemeinsames Schlafzimmer?«
»Ja, aber kein gemeinsames Bett. Er braucht ein Spezialbett, mit Seilzügen und verstellbarer Matratze.«
Sie schraubte die Flasche auf und nahm unter den fassungslosen Blicken des Portiers einen langen Schluck. Schnell ließ ich den Wagen an und sah zu, daß ich wegkam.
»Bist du sicher, daß du nicht Alkoholikerin bist, Daniela?«
»Aber selbstverständlich. Bevor wir uns kennenlernten,

habe ich, wie gesagt, nur ein- oder zweimal im Monat einen über den Durst getrunken.«

»Langsam beginne ich zu verstehen. Du trinkst nicht, weil es dich anregt, sondern um später das Nachhausekommen ertragen zu können. Oder sehe ich das falsch?«

»Sie machen schon ganz nette Fortschritte in Psychologie, Jean!«

Die Atmosphäre zwischen uns war jetzt völlig entspannt, wozu der Gag mit der Whiskyflasche entschieden beigetragen hatte.

»Sollen wir uns noch ein bißchen ›Paris by night‹ leisten?«

»Wie Sie wollen.«

»Vielleicht mal zur Abwechslung Montmartre? Warte, ich werde dir was Komisches zeigen, was du sicher noch nie gesehen hast.«

Und ich fuhr mit ihr mitten in den Trubel von Pigalle und brachte sie zu einem Tätowierer, den ich mal während eines Filmprojekts kennengelernt hatte.

Der Mann und seine Höhle waren an sich schon sehenswert. Eine riesige Fotografie des Königs von Dänemark mit nacktem Oberkörper füllte das ganze Schaufenster. Der Monarch, der am ganzen Körper tätowiert war, diente Jeannot einerseits als Firmenzeichen, andererseits zu Reklamezwecken.

»Herr Debise! Na, das ist aber eine Überraschung!«

Er legte das lötkolbenähnliche Instrument zur Seite, das er benutzte, um einen Anker in das Fleisch eines unruhig herumzappelnden kleinen Kerls zu ritzen. Ich stellte ihm Daniela vor, die ungeheuer fasziniert zu sein schien. Sie betrachtete eingehend die Motive, die dem Kunden die Wahl erleichtern sollten und sämtliche Wände bedeckten. Da gab es alle möglichen Wahrzeichen, wie etwa den Anker, Tierkreiszeichen, Herzen, die von Pfeilen durchbohrt waren, Totenköpfe, Adler und gefährlich aussehende Schlangen.

»Entschuldigen Sie mich bitte noch einen Moment«,

sagte Jeannot und wandte sich wieder seinem Arbeitstischchen zu, auf dem sich die unterschiedlichsten Tätowierspitzen und Tintenfläschchen häuften. »Ich bin gleich fertig.«
Er ließ das Instrument über die Haut seines Patienten hüpfen, wobei jedes Mal eine winzige Menge Tinte unter die Haut gejagt wurde, und gleichzeitig ein kleiner Blutstropfen an der Oberfläche erschien. Die Tinte, die in die Haut des Jungen einzog, und das Blut, das aus ihr hervorquoll, vermischten sich und bildeten nach und nach einen störenden Fleck, den Jeannot immer wieder mit einem Schwämmchen wegwischen mußte, um sehen zu können, wo die nächsten Stiche hingehörten. Daniela sah ihm aufmerksam zu.
»Tut es weh?« fragte sie den jungen Mann.
Der zog ungeschickt, weil seine Hände so stark zitterten, an einer Zigarette. Wahrscheinlich wollte er sich damit Mut machen und ablenken, denn er vermied es peinlich, dem »Künstler« auf die Finger zu schauen.
»Es geht so«, antwortete er nach einer Weile.
»Es piekt ein bißchen, nicht?« sagte Jeannot verständnisvoll.
Wenig später wischte er ein letztes Mal mit dem Schwamm über die Zeichnung.
»Na, gefällt es dir?« fragte er.
Der Typ bewunderte den Anker in dem großen Spiegel, der hinter dem Arbeitstisch angebracht war. Ein kindliches Lächeln erhellte sein kränkliches Mausegesicht.
»Allerdings.«
Jeannot bedeckte sein Meisterwerk mit einem Papiertaschentuch und befestigte es mit Leukoplast.
»So, und das nimmst du nun die nächsten 48 Stunden nicht wieder runter, ist das klar, Kleiner? Ich lass dir den Anker für dreißig Mäuse!«
Als das Kerlchen gegangen war, bot Jeannot uns etwas zu trinken an. Er war ein liebenswürdiger und geistrei-

cher Geselle, der seinen Beruf liebte und fest davon überzeugt war, mit seiner Arbeit der Menschheit einen Dienst zu erweisen. Er steckte voll der unglaublichsten Geschichten und wußte sie auch zu erzählen. »Tätowieren Sie auch Frauen?«, unterbrach ihn Daniela plötzlich.
»Selbstverständlich«, gab Jeannot lachend zurück, »vor allem Nutten. Ich hatte mal eine, der nach irgendeiner Krankheit alle Haare ausgegangen waren. Sie können sich sicher schon denken, wo. Statt der Haare tätowierte ich ihr an diese Stelle einen Korb voller Blumen. Sie können sich gar nicht vorstellen, wie sich die Leute hier an der Tür drängten, um einen Blick darauf werfen zu können. Schließlich sah ihr ganzer Unterleib aus wie ein zweiter Louvre.«
Aber mir blieb das Lachen im Halse stecken, denn Daniela hatte sich inzwischen auf dem Sessel niedergelassen, der für die Kunden bestimmt war.
»Tätowieren Sie mich!«
Jeannot wußte nicht, was er antworten sollte, und warf mir einen fragenden Blick zu.
»Daniela, das kann doch wohl nicht dein Ernst sein, was?« protestierte ich.
»Es ist mein voller Ernst. Ich möchte, daß der Herr mir unsere Anfangsbuchstaben auf den Oberschenkel tätowiert.«
So sittsam wie möglich schob sie ihren Rock hoch, das heißt, sie enthüllte gerade nur die Außenseite eines Schenkels und löste einen der Strumpfhalter, um ein Stück Haut freizumachen.
»Nur ganz wenig«, flehte sie. »Einfach J. D.«
»Aber das ist doch töricht. Denk doch nur an die Konsequenzen, wenn . . .«
»Gerade Sie müssen mir etwas von Konsequenzen erzählen. Lassen Sie das mal meine Sorge sein, Jean!«
Der Tätowierer schaute unsicher abwechselnd zu mir und zu ihr herüber.

»Was soll ich denn jetzt tun, Herr Debise?«
»Das kann ich doch wohl wirklich selber entscheiden, oder?« empörte sich Daniela. »Schließlich gehört meine Haut mir allein!«
»Du wirst es bereuen, wenn du das nächste Mal einen Badeanzug anziehen willst!«
»Warum denn? Vielleicht werde ich damit sogar eine neue Mode kreieren!«
Jeannot wartete das Ende unserer Diskussion ab, während er sich schon mal seine Utensilien zurechtlegte. Er wußte, wie sie ausgehen würde. Einige Minuten später machte er sich mit seiner elektrischen Nadel über Danielas zarte Haut her.
Ich setzte mich hin, um der Verstümmelung – ich war überzeugt, daß es eine war – aus der Nähe folgen zu können. Ich sah diesen rosigen Schenkel, den heruntergezogenen Strumpf, den hochgeschobenen Rock, das weiße Band des Strumpfhalters . . ., und ein ungeheures Verlangen überkam mich. Eine Art erotischer Rauschzustand. Das Blut perlte über ihre Haut, und das ›J‹ meines Namens fraß sich immer deutlicher in Danielas Fleisch.
»Ich glaube, das ›J‹ alleine reicht«, erklärte sie schließlich.
»Tue ich Ihnen etwa weh?«, fragte Jeannot mißtrauisch.
»Nein. Aber ich finde zwei Anfangsbuchstaben eigentlich doch etwas übertrieben. Wollen Sie sich nicht ein ›D‹ tätowieren lassen, Jean?«
»Kommt gar nicht in Frage. Ich finde, daß Initialen nur etwas auf Hemden und Koffern zu suchen haben.«
Ich konnte deutlich sehen, daß sie Schmerzen hatte. Leichter Schweiß bedeckte ihre Schläfen. Für einen kleinen Augenblick, als Jeannot gerade mit dem Schwamm das Blut abwischen wollte, spreizte Daniela ihre Beine, weil ein paar Wassertropfen an der Innenseite ihres Oberschenkels hinunterliefen. Aber der kurze Blick auf das mit Spitze eingefaßte Dreieck ihrer Unterhose reichte schon, um mich vollends zur Raserei zu bringen.

Jeannot legte einen Wattebausch auf das ›J‹ und befestigte ihn mit Hansaplast.
»Gehen Sie jetzt bitte die nächsten 48 Stunden nicht da dran . . .«
»Wieviel schulde ich Ihnen, Jeannot?«
»Sie scherzen wohl, Herr Debise. Für so eine Kleinigkeit!«
Ich brachte es nicht über mich, mich zu bedanken. Ich nahm Daniela am Arm und schob sie auf die Straße. Auf der gegenüberliegenden Seite gingen ein paar Strichmädchen vor der trostlosen Fassade eines Hotels ihrem Gewerbe nach. Ohne weiter nachzudenken, führte ich meine Begleiterin zum Eingang, wo ein paar weitere Mädchen die Zeit mit einem kleinen Schwätzchen totschlugen. Zuerst wehrte sich Daniela, aber ich verstärkte daraufhin nur den Griff um ihren Arm. Also unterwarf sie sich völlig und ließ sich mitten durch die Prostituierten hindurchführen, ohne sich weiter um ihre feindseligen Blicke oder anzüglichen Bemerkungen zu kümmern.
Und es war alles noch viel intensiver als beim ersten Mal.

11

Es war elf Uhr, als wir das Hotel verließen. Sie wollte nicht mit mir zu Abend essen. »Bring mich zu meinem Wagen«, bat sie statt dessen.
Ich war erfüllt von einem Glücksgefühl, wie ich es bisher nur selten erlebt hatte. Es gibt nur wenige Männer, die glücklich sind, nachdem sie mit einer Frau geschlafen haben, aber ich fühlte mich äußerst zufrieden, und zwar körperlich und auch seelisch.
Während ich fuhr, legte sie ihren Kopf an meine Schulter.
»Schläfst du?« flüsterte ich.

»Oh nein!«
»Glaubst du, wir könnten zusammenleben?«
»Ich weiß nicht.«
»Hättest du Lust dazu?«
»Ich denke an nichts anderes mehr.«
»Seit wann?«
»Seit dem ersten Abend.«
»Ich schwöre dir, daß ich dich niemals mehr quälen werde!«
»Wahrscheinlich kannst du gar nichts dafür. Du wirst einfach grausam, wenn du dich verloren fühlst. Ich habe fast den Eindruck, daß du hoffst, weniger einsam zu sein, wenn du gemein zu anderen bist.«
»Warum hast du dich tätowieren lassen?«
»Weil eine liebende Frau keine Möglichkeit ausläßt, um ihre Hingabe zu beweisen.«
»Findest du es nicht unmenschlich, daß wir uns jetzt trennen müssen?«
»Ich trenne mich jetzt von dir, weil ich nicht unmenschlich sein will...«
»Ist dir bewußt, daß du mich nun auch duzt?«
»Ich weiß...«
Hinter der Brücke von St. Cloud hielt ich an einer Tankstelle. In dem Augenblick, als ich aus dem Auto steigen wollte, hielt Daniela mich am Arm fest.
»Bitte warte! Sag mir erst auf Wiedersehen!« flehte sie.
»Was ist denn in dich gefahren?«
»Ich flehe dich an!«
Wir umarmten uns lange unter den spöttischen Blicken eines jungen, rothaarigen Tankwarts, dem ich nach diesem leidenschaftlichen Ausbruch meiner Begleiterin kaum in die Augen zu sehen wagte. Als er mich bedient hatte, merkte ich, daß Daniela eingeschlafen war. Sie hatte die Beine ein wenig angezogen und ihren Kopf auf den Arm gelegt. Als ich losfuhr, verlor sie das Gleichgewicht und fiel gegen mich. Sie stieß einige unartikulierte

Klagelaute aus, die mich beunruhigt unter der nächsten Laterne anhalten ließen.
»Daniela, ist alles in Ordnung? Hast du Schmerzen?«
Statt einer Antwort kippte ihr Kopf nach hinten. Ihre Augen waren halboffen, aber so verdreht, daß man nur das Weiße sehen konnte. Ich begann, mir ernsthaft Sorgen zu machen.
»Daniela, was ist passiert? Antworte mir!«
Sie versuchte, ein paar Worte auszustoßen, die jedoch mehr dem Gelalle eines Säuglings ähnelten. Ich ließ meine Hand in den Spalt neben ihrem Sitz gleiten und zog die Whiskyflasche hervor. Sie war halbleer, und nun wurde mir auch klar, warum sich Daniela so aufgeführt hatte, bevor ich aus dem Auto stieg. Ihr halbbewußtloser Zustand beunruhigte mich. Ich konnte sie doch nicht einfach so allein lassen... Ich hob die Flasche, um noch einmal etwas genauer nachzusehen, wieviel sie zu sich genommen hatte. Aber meine zweite Überprüfung bestätigte nur die erste: es war eine halbe Flasche! Das war zwar mehr als reichlich, aber eigentlich auch nicht wesentlich mehr, als sie zum Beispiel in der Nacht getrunken hatte, in der wir uns kennengelernt hatten. Ihre Ohnmacht rührte wohl eher daher, daß sie alles auf einmal und außerdem noch pur hinuntergeschüttet hatte.
»Hörst du mich, Daniela, du kleiner Dummkopf?«
»Hmmm!«
»Wäre es nicht besser, du würdest deinen Mann so schnell wie möglich verlassen, anstatt dich dermaßen abzufüllen, nur um ihm unter die Augen treten zu können?«
»Ich will...«
»Was willst du?«
»Nach Hause...«
Sie brachte jede Silbe so mühsam hervor, daß man denken konnte, es sei ihre letzte.

»Ich werde dir einen starken Kaffee besorgen... Warte...«

Auf der anderen Straßenseite sah ich die Lichter einer Kneipe zwischen zwei dunklen Gebäuden hervorleuchten. Ich rannte hinüber. Ein paar betrunkene alte Männer hingen um den Tresen herum, während die Jugend sich im Hintergrund an einer Reihe Flipper die Zeit vertrieb. Ich sah die Metallkugel durch den beleuchteten Gang schießen und dann in den seltsamsten Zickzacklinien ihren Weg nach unten nehmen, wobei der Zähler des Spielautomaten heftig klickerte.

»Ich hätte gerne einen doppelten, extrastarken Kaffee für meine Frau, die krank draußen im Auto sitzt...«, wandte ich mich mit leiser Stimme an den Wirt.

Er setzte seine Kaffeemaschine in Gang. Manchmal gibt es Situationen, wo man sich ganz unbewußt auf die sogenannten alten Hausmittel besinnt. Selbst wenn man nicht von ihrer Wirksamkeit überzeugt ist, hat man doch wenigstens das Gefühl, etwas getan zu haben. Mich selber hätte ein starker Kaffee in einem solchen Zustand eher noch kränker gemacht. Dennoch brachte ich Daniela eine große Tasse davon. Sie trank einige Schlucke und drehte dann den Kopf zur Seite.

»Genug«, stammelte sie. »Das Haus...«

»Willst du dich nicht erst ein paar Stunden bei mir im Hotel ausruhen?«

»Nein...«

Ich brachte die Tasse zurück. Ich war noch immer ganz ratlos, was ich jetzt mit ihr machen sollte. Es war völlig ausgeschlossen, daß sie alleine ihren Wagen fuhr. Also mußte ich sie nach Montfort bringen. Blieb nur die Frage, was mit ihrem Auto geschehen sollte... und mit der großen Dogge...

»Willst du wirklich nach Hause zurück?«

»Ja. Ich muß...«

Offensichtlich. Und hatte sie sich nicht gerade deshalb so

mit Alkohol vollaufen lassen, weil sie wieder nach Hause wollte? Ich setzte mich wieder hinters Steuer.

*

Hinter einem Fenster im ersten Stock war noch Licht. Ich hielt dicht vor der Gartenpforte.
»Wir sind da, Daniela.«
»Danke.«
Sie gab sich große Mühe, ihren Kopf zu heben und schenkte mir ein blindes Lächeln.
»Du bist so lieb ...«
»Ich will unbedingt, daß du mich morgen anrufst und mir sagst, wie es dir geht. Hast du verstanden?«
»Ja.«
»Ich muß dich wiedersehen, Daniela, und zwar so bald wie möglich! Ich liebe dich. Vergiß das nicht ... Schwörst du mir, daß du das nicht vergißt? Ich liebe dich! Du bist von nun an mein Leben. Meine Insel! Meine Wunde!«
Ich umarmte sie zwischen jedem Satz. Sie ließ es widerspruchslos über sich ergehen, hatte sie doch noch nicht einmal die Kraft, ihren Kopf zu heben. Endlich stieg ich aus und läutete am Tor. Ich drückte mehrmals lange auf den Klingelknopf ... Ein zweites Fenster am anderen Ende des Hauses wurde erleuchtet. Dann öffnete sich ein Fensterladen.
»Wer ist da?« fragte eine beunruhigt klingende weibliche Stimme.
Ich glaubte, sie gehörte der Mulattin.
»Ich bringe Ihnen Frau Carbon. Es geht ihr nicht gut. Könnten Sie bitte mal herunterkommen?«
Es verging eine ganze Weile. Dann flammte erst ein Licht im Erdgeschoß und gleich darauf im Garten auf, und das farbige Mädchen erschien in einem weißen Bademantel. Sie verdrehte die Augen, als sie mich erkannte.
»Oh, Sie schon wieder!«

»Helfen Sie mir!«
Ich öffnete vorsichtig die Tür auf der Beifahrerseite, wobei ich mit einer Hand Daniela zu halten versuchte, die sich mit ihrem ganzen Gewicht gegen die Tür gelehnt hatte.
»Was hat sie?« fragte Theresa.
»Ein Glas zuviel!«
Mühsam zogen wir die junge Frau heraus. Die kalte Nachtluft schien sie etwas zu ernüchtern, denn es gelang ihr gleich schon viel besser, sich aufrecht zu halten.
»Kannst du laufen?«
Die Mulattin zuckte sichtlich zusammen, als sie hörte, daß ich ihre Herrin duzte.
»Wir werden sie auf beiden Seiten stützen«, schlug ich vor.
»Nein, lassen Sie nur«, entgegnete Theresa barsch. »Ich mach' das schon.«
Dieses Mädchen war wirklich erstaunlich kräftig. Mit festem Griff hielt sie Daniela und schlug mir gleichzeitig das Tor vor der Nase zu. Ich sah den beiden schwankenden Gestalten nach, die bald darauf im Haus verschwanden. Mein Herz klopfte wie wild. Diese unverschämte kleine Schwarze hatte mir wieder einmal deutlich zu Bewußtsein gebracht, daß ich ganz allein auf der Welt war!

*

Der Austin schien sich im Licht des Mondes zu bewegen. Schon seit der Kurve merkte ich, daß sogar sein Schatten an der Friedhofsmauer zitterte.
Als ich näherkam, sah ich, daß es die große knurrende Masse des Hundes war, die den ganzen Wagen zum Schwanken brachte.
»Hamlet!« flötete ich.
Er hielt einen Moment in seinen rastlosen Bewegungen

inne und starrte mich mit seinen roten Augen an. Aber so regungslos sah das Tier sogar noch gefährlicher aus. Der Autoschlüssel steckte noch im Zündschloß, aber bevor ich den Wagen zu den Carbons zurückbringen konnte, mußte ich erst einmal versuchen, den Hund zu zähmen.

»Hamlet, mein liebes Hündchen!«

Es war einfach lächerlich. Ich zitterte vor Furcht. Das Tier belauerte mich weiter mit seinem durchdringenden Blick. Langsam näherte ich meine Hand der Scheibe, die ein wenig heruntergelassen war, damit der Hund Luft bekam, und murmelte irgendwelchen Schwachsinn vor mich hin. »Mit einem bösen Hund muß man sprechen«, hatte mein Vater immer gesagt. »Man muß ihm irgend etwas erzählen, egal was ... Das einzig Wichtige ist der Tonfall.« Und so redete ich auf Hamlet ein und hoffte, daß er sich beruhigen würde.

»Alle warten schon auf unseren großen Hund«, gurrte ich.

Meine Hand war nur noch wenige Zentimeter von der Tür entfernt. Noch schien er sie nicht zu sehen. Aber dann begann er heftig zu knurren und versuchte, seine Schnauze durch den Fensterspalt zu zwängen. Glücklicherweise war ich auf der Hut und zog meine Hand so schnell ich konnte zurück. Ich begriff, daß er mir sofort an die Gurgel springen würde, wenn ich versuchen würde, in den Wagen zu steigen. Ich wollte schon aufgeben, als ich plötzlich eine Idee hatte. Um sie auszuführen, brauchte man den Mut und die Reaktionsfähigkeit eines erfahrenen Stuntman, aber irgend etwas in mir trieb mich dazu, das Unternehmen zu wagen.

Ich stellte mich auf die Fahrerseite mit dem Rücken zum Wagen. Mit der linken Hand hielt ich den Griff der Hintertür und mit der rechten den der Vordertür, die ich nun beide gleichzeitig aufriß. Ich wollte versuchen, vorne in den Austin zu schlüpfen, während hinten der

Hund heraussprang. Um mich aus seiner Reichweite zu bringen, mußte ich mich blitzschnell auf den Vordersitz fallen lassen und die Tür hinter mir zuschlagen. Dabei mußte ich mir den Bruchteil der Sekunde zunutze machen, die der Hund brauchen würde, um zu begreifen, was los war.

Doch genau bei diesem Punkt ging meine Rechnung nicht auf, denn die Dogge schoß mit solcher Wucht heraus, daß ich gar keine Zeit mehr hatte, mich in Sicherheit zu bringen. Schon schlossen sich ihre stahlharten Kiefer um meine linke Wade, und ich spürte, wie ihre Zähne in mein Fleisch drangen.

»Verdammter Mist!«

Ich ließ mich mit einer Pobacke auf die Rückbank sinken. Der Hund schien zu überlegen. Wenn ich versuchte, ihm mein Bein wegzuziehen, würde er mich sicher in Stücke reißen. Also zog ich vorsichtig meinen rechten Schuh aus, angelte ihn mir und ließ mit aller Kraft den Absatz auf den Schädel der Dogge niedersausen. Es gab ein merkwürdiges dumpfes Geräusch, und aufheulend gab der Hund mich frei. Ich sprang auf, stürzte mich hinters Steuer und knallte die Tür zu. Als das Tier wieder etwas zu sich kam, hatte ich bereits gestartet. Er rannte noch eine ganze Strecke hinter mir her und versuchte immer wieder, hinten auf den Sitz zu springen, denn ich hatte es natürlich in meiner Aufregung nicht mehr geschafft, die Hintertür zuzuschlagen.

Es gelang mir jedoch jedesmal, ihn davon abzuhalten, indem ich mit dem Wagen einen wilden Schlenker machte. Endlich hatte ich genug Tempo gewonnen, um ihn abzuschütteln.

Es war das reinste Rodeo gewesen!

Aber es hatte wenigstens dazu beigetragen, mich auf andere Gedanken zu bringen.

*

Als ich das Haus erreichte, lag es völlig im Dunkeln. Ich schloß daraus, daß sich Danielas Zustand nicht weiter verschlechtert hatte, und machte mich auf den Weg ins Dorf, wo ich hoffte, ein Taxi zu finden, das mich zu meinem eigenen Wagen zurückbringen konnte.
Ich schlief sehr schlecht in dieser Nacht. Der Biß der Dogge hatte sechs kleine blaurote Löcher in meiner Wade hinterlassen. Diese Stellen, die kaum größer als Insektenstiche waren, hatten begonnen, heftig zu brennen. Bald war mein ganzes Bein von Schmerzen durchzogen. Gegen Morgen döste ich endlich ein wenig ein, aber mein Schlaf war unruhig, und mich plagten die schrecklichsten Alpträume.

12

»Sie sollten besser zum Arzt gehen«, sagte der Etagenkellner, nach dem ich wegen einer Wundsalbe geläutet hatte, als ich ihm mein geschwollenes Bein gezeigt hatte. »Das sieht gar nicht gut aus!« Es sah sogar sehr schlecht aus. Meine Wade war fast doppelt so dick wie normalerweise, und die Haut war von häßlichen, blaugrünen Flecken übersät.
»War der Hund denn wenigstens sauber?«, fragte der Angestellte.
»Er hat noch einen viel edleren Stammbaum als ich und ernährt sich ausschließlich von Hühnerbrüstchen«, antwortete ich sarkastisch. »Ich möchte lieber noch etwas warten, bevor ich einen Medizinmann rufe. Geben Sie vor allem meine Hose zum Stopfen, die ist, glaube ich, noch viel kränker als ich.«
»Sie sollten mit so etwas nicht scherzen, Herr Debise!«
Ich beendete die Unterhaltung und wandte mich dem Brief zu, der mit auf dem Frühstückstablett lag. Er war von Barnaque. Ich hatte ihn schon erwartet. Ich hätte ihn

aufsagen können, ohne ihn auch nur aus dem Umschlag holen zu müssen, er enthielt einen Haufen Allgemeinplätze über alte Freundschaften... über die Probleme unseres Berufs, der...
Ich brauchte ihn gar nicht zu Ende zu lesen, denn ich hatte mich schon vorher entschlossen, diesen Schwall von Ausflüchten mit stolzem Schweigen zu beantworten. Wenn ich Marcé jetzt einen Brief schickte, würde er das nur als ein Zeichen meines guten Willens deuten, und von dem konnte nicht die Rede sein.
Das Filmprojekt war für mich gestorben. Es war von mir abgefallen, wie eine überreife Frucht vom Baum. Ich hatte ja sowieso den ganzen Plan abgelehnt und dachte schon seit einiger Zeit nicht mehr daran.
Mein ganzes Wesen sehnte sich hin zum Telefon. Ich wartete verzweifelt darauf, daß sich Daniela endlich melden würde. Ich brauchte ihre Stimme. Sekunde um Sekunde erlebte ich im Geiste noch einmal die Ereignisse des Vorabends: die von mir inszenierte Entführung, ihre Resignation, die Art, wie sie aus meinem Zimmer geflüchtet war – und wie sie wieder zurückkam... Aber der absolute Höhepunkt blieb der Besuch beim Tätowierer. Diese freiwillige Verstümmelung, nun unauslöschlich in ihre Haut geritzt. »Eine liebende Frau läßt keine Möglichkeit aus, ihre Hingabe zu beweisen.« Und dann dieses Stundenhotel, wo sie sich mir tatsächlich völlig hingab, und das allein schon dadurch, daß sie mitgekommen war. Gestern hatte mir Daniela zwei ungeheure Liebesbeweise erbracht. Deswegen vertraute ich auch jetzt darauf, daß sie irgendwann anrufen würde. Und meine Geduld nahm ich als Zeichen meiner Genesung.
Ich bereitete mich auf das Treffen mit dem alten Klassmann vor, das ich die ganze Zeit im Hinterkopf gehabt hatte. Doch als Daniela um halb elf immer noch nicht angerufen hatte, ließ ich mich mit dem Produzenten

verbinden und bat ihn, unser Treffen zu verschieben. Ich erzählte ihm, daß mich ein Hund gebissen hätte und daß ich deshalb im Bett bleiben müsse. Der Grund meiner Verhinderung schien ihn etwas zu wundern, und er wünschte mir gute Besserung in einem Ton, den man eigentlich nur anschlägt, wenn man jemanden vor die Tür setzen will, der gerade versucht hat, einen anzupumpen. Während ich noch dabei war, ihm zum x-ten Mal zu versichern, wie leid es mir tat, nicht zu ihm kommen zu können, hatte er bereits aufgelegt.
Ich fuhr fort, das Telefon zu bewachen, und mußte mich inzwischen zwingen, ruhig zu bleiben, denn ich bekam allmählich Fieber. Gegen Mittag war ich schließlich so am Ende mit meinen Nerven, daß ich es riskierte, bei den Carbons anzurufen. Ich wollte wenigstens mit ihrem Mann sprechen, ihn fragen, wie es Daniela ging, mich entschuldigen ... Die Tatsache, daß ich zur Untätigkeit verdammt war, machte mir noch mehr zu schaffen als das Warten selber. Ich ertrug es einfach nicht mehr, tatenlos in meinem Zimmer zu liegen und den Dingen ihren Lauf zu lassen.
Ausnahmsweise hatte ich mal eine weibliche Stimme am Telefon. Ich wollte schon erleichtert aufseufzen, da erkannte ich den süßsäuerlichen Tonfall der Mulattin.
»Herr Carbon ist in Paris.«
»Dann geben Sie mir bitte seine Frau ...«
»Die ist mit ihm gefahren.«
»Wie ging es ihr denn heute morgen?«
Nach dieser Frage wußte sie, wer ich war, und legte sofort auf. Diese jähe Abfuhr war nun auch nicht gerade geeignet, meine Stimmung zu verbessern. Ich hätte vor Kummer aufheulen mögen und rang verzweifelt die Hände. »Daniela, mein Liebling, ich flehe dich an, verlaß mich nicht!« Und ich, der ich immer fest davon überzeugt gewesen war, nicht an Gott zu glauben, ich begann zu beten. Ich kniete vor dem Telefon wie vor einem

Kruzifix und murmelte: »Bitte, lieber Gott, mach, daß sie anruft! Mach, daß sie anruft!«
Sie rief zehn Minuten später an. Sie sprach hastig, wie jemand, der befürchtet, überrascht zu werden.
»Jean, ich muß Sie sehen . . .«
Es tat mir weh, daß sie mich wieder siezte.
»Ich warte schon die ganze Zeit auf nichts anderes!«
»Wir sind in Paris und werden im Schwedenhof zu Mittag essen. Dort werde ich um Punkt dreizehn Uhr auf die Toilette gehen. Können wir uns da treffen?«
»Aber natürlich!«
»Ich flehe Sie an, erregen Sie kein Aufsehen! Versprechen Sie mir das?«
»Ich schwöre es dir!«
»Dann bis bald.«
»Daniela, liebst du mich?«
Doch sie hatte schon eingehängt.
Ich fühlte eine tiefe Angst in mir aufsteigen. Es mußte sich irgend etwas Schreckliches ereignet haben. Ich spürte, daß man versuchte, eine Mauer zwischen uns aufzurichten. Endlich von der Warterei in meinem Zimmer erlöst, verließ ich das Hotel, obwohl ich wegen meiner Verletzung ziemlich humpelte. Es war zwar gerade erst halb eins, aber ich ging trotzdem direkt zum Schwedenhof. Ein Blick genügte, um festzustellen, daß die Carbons noch nicht da waren. Ich setzte mich an einen Tisch, von dem aus ich den Eingang überwachen konnte. Die Schmerzen in meinem Bein wurden langsam immer heftiger. Außerdem dämpfte die Aussicht, Daniela an der Seite ihres Mannes sehen zu müssen, meine Freude auf ein Wiedersehen erheblich. Ich bestellte ein Glas Aquavit, um mich ein bißchen aufzumuntern. Er rann wie flüssiges Feuer durch meine Kehle. Plötzlich stürzte ein Kellner zu der gläsernen Eingangstür und riß sie auf. Carbon erschien. Er hing zwischen seinen metallenen Krücken wie ein Walroß. Er

trug einen Mantel, eine schwarze Ledermütze und einen weißen Schal, der die Blässe seines Gesichts, das von einem Netz feiner Fältchen überzogen war, noch unterstrich. Daniela folgte ihm mit kleinen Schritten. Sie trug seinen Aktenkoffer aus Kroko. Dadurch wirkten sie wie ein Generaldirektor mit Sekretärin auf dem Weg zu einem Arbeitsessen. Mit Hilfe der Garderobenfrau befreite der Oberkellner Carbon von seinem Mantel und setzte ihn auf eine weichgepolsterte Bank aus rotem Leder. Er saß so, daß mir eine Säule die Sicht auf ihn versperrte.

Alles, was ich noch von ihm erkennen konnte, waren seine Krücken, die dicht an der Bank an die Wand angelehnt waren. Auch Daniela konnte ich nicht mehr sehen. Sie hatte noch gar nicht mitbekommen, daß ich schon auf sie wartete.

»Noch ein Glas bitte ...«

Was machte es schon aus, daß das Zeug in meinen Eingeweiden wie höllisches Feuer brannte? Ich brauchte jetzt einfach noch ein Glas. Der Kellner sah mich schräg an, und ich verstand auch, warum, wenn ich mein leicht verzerrtes Spiegelbild an der Wand gegenüber betrachtete. Ich kämpfte mit den Tränen... Konnte sie kaum zurückhalten.

Da saß Daniela nun in Rufweite, so nah und doch unerreichbar. Daniela in einem schwarzen Kleid, das ich noch nicht an ihr kannte. In einem schwarzen Mantel mit Hermelin am Kragen...

Ich betrachtete die Krücken und den Krokokoffer, der an die Rückwand der Bank gelehnt stand. Diese Sachen... Sie erzählten von Carbon. Für mich waren sie Carbon. Ich wartete eine halbe Stunde, während ich an meinem Tisch immer mehr in mich zusammensank und mit einem Seufzer nach dem anderen meiner Qual Ausdruck zu geben versuchte. Ich fühlte mich zutiefst gedemütigt. Um fünf vor eins erhob ich mich von meinem Sitz. Mein

schmerzendes Bein, das vom langen Sitzen ganz eingeschlafen war, knickte unter mir weg. Ich biß die Zähne zusammen, um nicht aufzuheulen, da es sich augenblicklich in einen wildgewordenen Ameisenhaufen zu verwandeln schien. Nach ein paar Sekunden legte sich der Aufruhr, und ich spürte nur noch das pulsierende Stechen der Bißwunde. Ich humpelte zu den Toiletten und mußte mir alle Mühe geben, nicht zu ihrem Tisch herüberzusehen, um mich nicht zu verraten.
Neben den Toiletten befand sich auch die Telefonzelle des Restaurants. Ich warf ein paar Münzen ein, wählte die Zeitansage und tat so, als würde ich versuchen, eine Verbindung zu bekommen, während ich auf Daniela wartete.
Sie erschien ein paar Minuten später. Sie kam direkt auf die Telefonzelle zu und preßte sich heftig an mich. Das junge Mädchen in skandinavischer Tracht, das für die Garderobe und die Toiletten zuständig war, starrte uns verblüfft an, aber wir kümmerten uns nicht weiter um sie. Ich zog Daniela noch näher an mich heran, ließ meine Hand unter ihren Rock gleiten und meine Lippen mit den ihren verschmelzen. Noch immer konnte man etwas von der Schwellung spüren, die meine Ohrfeige in der ersten Nacht hinterlassen hatte. Wir küßten uns so wild, daß unsere Zähne aneinanderschlugen. Der Schmerz brachte uns wieder etwas auf den Boden der Wirklichkeit zurück.
»Daniela, ich kann nicht mehr ohne dich leben. Seit ich dich verlassen habe, bin ich jede Minute einen kleinen Tod gestorben ...«
Sie antwortete nicht. Ich blickte über ihre Schulter zur Treppe hinüber. Obwohl ich wußte, daß der Invalide niemals alleine herunterkommen könnte, erwartete ich doch jeden Moment, ihn wie einen kaputten Roboter auftauchen zu sehen.
»Jean, wenn du wüßtest ...«

»Hat er dir gestern abend eine Szene gemacht?«
»Nein, viel schlimmer ... Wir fahren fort!«
»Nicht möglich! Wohin wollt ihr denn fahren?«
»Nach Afrika. Aber beruhige dich: nur für vierzehn Tage.«
»Vierzehn Tage«, wiederholte ich wie betäubt. »Und da hast du die Stirn zu sagen: nur vierzehn Tage!«
Sie entschuldigte sich damit, daß sie sich noch mehr an mich schmiegte.
»Wir wollten die Reise eigentlich erst nächstes Jahr machen, aber nun hat er sich entschlossen, sie vorzuverlegen.«
»Wann reist ihr ab?«
»Freitag.«
Sie schien noch unter den Folgen ihrer Wahnsinnstat vom Vorabend zu leiden. Man ahnte, wie blaß sie unter ihrem Make-up sein mußte, und ihre Augen wirkten wie erloschen.
»Er hat es mir heute morgen angekündigt, gleich nachdem ich mit irrsinnigen Kopfschmerzen aufgewacht war. Er hat gesagt: ›So, meine Kleine, der Moment ist gekommen, in dem wir nach Afrika zurückkehren!‹«
»Wohin genau werdet ihr fahren?«
»Nach San Pedro, an die Elfenbeinküste.«
»Ich werde dir dorthin postlagernd schreiben.«
Sie lächelte.
»Du kennst San Pedro nicht. Dort gibt es weder eine Post noch Elektrizität. Es ist einfach ein Dorf am Strand, an der Mündung eines Flusses. Wir werden in einem kleinen Jagdhotel wohnen, das mein Mann noch von früher kennt.«
»Fahr nicht dorthin«, flehte ich. »Oh, mein Liebling, fahr nicht dorthin! Bedenke doch, daß ich schon wahnsinnig werde, wenn du mich nur einen Vormittag ohne jede Nachricht von dir läßt. Und das nun vierzehn Tage, das halte ich einfach nicht aus!«

Wieder umarmten wir uns leidenschaftlich.
»Hör zu, Jean«, erklärte sie schließlich, »ich habe lange, lange darüber nachgedacht. Ich glaube, daß diese Prüfung ganz gut für uns sein wird.«
»Solche Prüfungen taugen nichts.«
»Doch. Denn nach vierzehn Tagen werden wir beide besser wissen, was wir einander wirklich bedeuten!«
»Aber das weiß ich doch schon! Zweifelst du denn etwa noch?«
Ich schüttelte sie. »Gib es schon zu, um Gottes Willen! Du zweifelst, nicht wahr?«
»Nicht an mir, aber an dir, Jean«, gestand Daniela. »Nach dieser Reise, wenn wir uns wiedersehen, werde ich es wissen ... Ein Blick wird genügen ... Egal, was du auch tust, ich kann an deinem Gesicht ganz genau erkennen, wie es um deine Liebe steht. Und jetzt muß ich dich verlassen, damit er nicht mißtrauisch wird.«
»Nein, Daniela, du hast nicht das Recht dazu! Wir werden zusammen durchbrennen! Laß ihn allein in seinem Afrika selig werden!«
»Sei doch vernünftig, Jean. Ich habe den Eindruck, daß Kummer manchmal ganz hilfreich sein kann, die Dinge klarer zu sehen. Wenn wir eines Tages zusammenleben, werden wir einen langen, dornigen Weg hinter uns haben. Das wahre Glück will verdient werden, es fällt einem nicht einfach so in den Schoß!«
»Amen! Ich wußte gar nicht, was für fromme Theorien du vertrittst.«
»Du hattest mir doch versprochen, nicht mehr zynisch zu sein.«
Ich rieb sanft meine Stirn an der ihren.
»Entschuldige, Daniela.«
»Ich schwöre dir, daß ich dich anrufen werde, sobald ich wieder zurück bin. Aber in der Zwischenzeit vergiß mich, denk einfach nicht mehr an mich, Jean! Man sollte seine Erinnerungen nicht zu sehr pflegen, das

führt zu nichts. Sie sind tot oder lebendig, ganz, wie es sich von selbst ergibt. Sie wollen selbst darüber entscheiden.«

Sie streichelte mich an einer ziemlich gewagten Stelle, aber es schockierte mich überhaupt nicht. Dann fragte sie mich wieder in einem ganz nüchternen Ton: »Hast du Probleme mit deinem Bein? Ich hatte vorhin den Eindruck, daß du gehumpelt bist?«

»Dein Hund hat mich gestern gebissen, als ich den Wagen holen wollte.«

»Er ist seitdem verschwunden«, gab sie zurück. »Mein Mann hat deswegen schon eine Anzeige aufgegeben, denn er hängt sehr an ihm.«

Meine Verletzung schien sie nicht weiter zu beunruhigen. Wir mußten uns trennen. Ich sah sie zu einem Spiegel hinübergehen, um ihr Make-up herzurichten und die Lippen nachzuziehen. Dann stieg sie die Treppe empor, winkte mir aber vorher noch einmal kurz zu. Dieser flüchtige Gruß wirkte seltsam lieblos auf mich.

Überhaupt fand ich plötzlich alles lieblos. Ich war gewissermaßen das Opfer einer unbeschreiblichen Lieblosigkeit geworden.

»Mein Herr«, hörte ich jemanden hinter mir sagen. »Entschuldigen Sie, wenn ich störe, aber ich glaube, Sie haben mir noch nicht das zusätzliche Geld für Ihr Telefonat gegeben.«

»Oh, es ist an mir, Sie um Verzeihung zu bitten.«

Ich hielt ihr einen Geldschein hin. Sie starrte mich beunruhigt an, während sie das Wechselgeld heraussuchte.

»Würden Sie zusagen, wenn ich Sie bäte, heute abend mit mir auszugehen?« fragte ich sie.

Sie errötete.

»Natürlich nicht, mein Herr.«

»Und morgen?«

»Morgen auch nicht!«
»Schade. Ich hätte mich gerne mit Ihnen unterhalten, nachdem Sie uns hier zusammen gesehen haben. Nun gut! Da Sie nicht mit mir ausgehen wollen, bleibt mir gar nichts anderes übrig, als ebenfalls nach Afrika zu fahren!«

Zweiter Teil

Julien

1

Eine Reihe von Kokospalmen säumte den Strand. Alle Farben wirkten hier viel ausgeprägter: das Blaugrün des Meeres, das Weiß der Wellenkämme, das Goldgelb des Sandes und das Dunkelgrün des Waldes, der sich rechts genauso unendlich weit erstreckte wie links der Ozean.
Der Pilot redete schon die ganze Zeit auf mich ein, so glücklich war er, einen Passagier aus der Hauptstadt zu haben. »Jemanden aus Paris!« Für ihn, der gleich vor den Toren der Stadt, in Levallois geboren war!
»Diese kleinen Flugzeuge sind einfach toll! Sie sind noch leichter zu bedienen als ein Moped. Sehen Sie nur: ich lasse jetzt mal alles los, und beginnt es da etwas zu trudeln?«
Es trudelte nicht, aber ich fand es trotzdem beruhigender, seine Hände auf dem Halbrund des Lenkrads zu sehen.
Ich stellte mir vor, was wohl passieren würde, wenn uns eine unerwartete Luftströmung träfe, unter der die Maschine sich aufbäumen würde. Dann hätte er sicher nicht mehr die Zeit, um . . .
»Und dann diese Antriebskraft! Schauen Sie nur: jetzt nehme ich total das Gas weg!«
Plötzlich umgab uns eine beängstigende Stille. Das Flugzeug wich nicht einen Zentimeter von der Bahn ab, aber verlor merklich an Geschwindigkeit und allmählich auch an Höhe.
Ich stellte mich schon seelisch darauf ein, daß der Motor vielleicht nicht wieder auf Touren kommen würde und daß wir dann in dieses wundervoll klare Wasser eintauchen würden, durch das man bis auf den Meeresgrund sehen konnte, aber gehorsam brummte die Maschine weiter und beschrieb nun eine steile Kurve nach oben, wobei sich seine silbrige Nase direkt in das Stahlblau des Himmels zu bohren schien.

»Würde es Ihnen Spaß machen, auch mal das Steuer zu übernehmen?«
Ich schielte auf das verwirrende Armaturenbrett vor mir und kämpfte mit der geheimen Versuchung, das Kommando zu übernehmen, um mich in der prachtvollen Weite auszutoben, die mich umgab.
»Nein, lassen Sie nur...«
»Doch, kommen Sie!«
Ich riskierte es, meine Hände um den schwarzen Halbkreis zu legen. So wie ein besonders sensibles Pferd, das nur die Zügelführung seines Reiters anerkennt, machte das Flugzeug eine plötzliche Drehung nach rechts. Der Wald stand nun wie eine Wand neben uns.
»Sachte, sachte«, sagte der Pilot lachend. »Diese Maschinen sind ganz schön empfindlich. Es reicht schon eine ganz leichte Berührung...«
Ich nickte zustimmend und überließ ihm gerne wieder das Steuer.
»Fahren Sie das erste Mal nach San Pedro?«
»Es ist sogar das erste Mal, das ich an die Elfenbeinküste komme.«
»Nettes Land, müssen Sie wissen! Eines der angenehmsten Afrikas. Hätten Sie mal Lust, Elefanten zu sehen?«
Er schlug mir das mit den Elefanten mit derselben Selbstverständlichkeit vor, mit der ein Pariser Fremdenführer die Sainte-Chapelle oder den Eiffelturm nennen würde.
»Kommen wir denn an welchen vorbei?«
Der Pilot sah auf seine Uhr.
»Es ist fast Mittag, also schon bald Zeit für die Siesta, aber vielleicht haben wir Glück.«
»Halten denn auch Elefanten Siesta?«
»Abgesehen von ein paar Vögeln hält hier alles, was lebt, mittags Siesta.«
Er ließ den Ozean hinter sich und flog ein Stück landeinwärts. Das Flugzeug schien nun weniger durch die Luft zu gleiten, als vielmehr über den Baumwipfeln zu tan-

zen. Wenig später überflogen wir eine sumpfige Ebene, die sich in der riesigen Waldfläche wie eine Lichtung ausnahm. Wir verloren an Höhe. Ich hatte das Gefühl, daß die Räder unseres Flugzeugs gleich die Wipfel streifen würden. Ich erblickte ein Stück rötlicher Steppe, die immer wieder von kleinen, morastigen Tümpeln unterbrochen wurde. Die Erde raste unter uns hin wie ein merkwürdig gemusterter Teppich. Ich wußte gar nicht, wo ich Danielas Bild in dieser Sturzflut von Eindrücken einordnen sollte.

»Da unten!« schrie der Pilot.

Er riß das Flugzeug herum, so daß mir schon fast wieder das Herz in die Hose sank.

Lieber Gott, werde ich hier etwa wegen eines Elefanten abkratzen, von denen ich mehr als genug im Zoo einer jeden französischen Kleinstadt sehen kann? dachte ich bei mir.

Nachdem sich die Maschine wieder beruhigt hatte, und ich es wieder wagte, die Augen zu öffnen, sah ich den angekündigten Dickhäuter. Er näherte sich uns mit Riesenschritten. Er hielt seinen Rüssel hoch erhoben, und seine Ohren flatterten wie zwei Segel.

Der Pilot zog das Flugzeug etwas höher.

»Wir werden jetzt noch einmal über ihn hinwegfliegen«, versprach er. »Ich hoffe, sie werden nicht luftkrank.«

»Absolut nicht.«

»Denn es gibt Passagiere, denen dabei ganz anders wird. Schauen Sie nur, er läuft auf den Wald zu.«

Wir jagten im Sturzflug dem Elefanten hinterher. Das Tier wirkte nicht im geringsten ängstlich, sondern schien sich eher von uns belästigt zu fühlen. Ich war betroffen von der Würde und Kraft, die dieser Riese ausstrahlte. Und dann erblickte ich den Wald mit seinen gewaltigen Bäumen, der sich unmittelbar vor uns erhob. Der Pilot zog am Steuerknüppel, und wir sausten mit einem gewaltigen Satz über das Blattwerk hinweg. Ich drehte

mich noch einmal um, aber der Elefant war schon wieder auf die Größe eines Spielzeugtieres geschrumpft, das sich in der Unendlichkeit des Busches verlor.
»Vielen Dank.«
»Nicht der Rede wert. Wollen Sie während Ihres Aufenthaltes hier eher fischen oder eher jagen?«
»Ich weiß noch nicht. Ich will mich vor allem erstmal ein bißchen ausruhen . . .«
»In diesem Fall hätten Sie gar kein ruhigeres Plätzchen wählen können als gerade San Pedro. Diese Kiste hier ist die einzige Verbindung, die die Burschen da unten mit der zivilisierten Welt haben. Ich diene gleichzeitig als Autobus, als Briefträger und Gemischtwarenhändler.«
»Sind Sie an dem Flugunternehmen beteiligt?«
»Nein, ich bin Lehrer am Gymnasium von Sassandra. Wir haben einen Flugclub gegründet, um alles, was wir brauchen, verteilen zu können. Wir sind mehrere, die nach einem Flugkurs ständig in der Luft sein müssen, damit wir unsere vorgeschriebenen Flugstunden vollkriegen. Und heute, am Donnerstag, treffen wir uns wie jede Woche, um zusammen zu essen.«
Er lachte. Das Flugzeug hatte inzwischen wieder das Meer erreicht und seinen Weg in einer ruhigeren Luftschicht wieder aufgenommen.
Heute ist also Donnerstag! dachte ich. Und dazu noch der erste Donnerstag im Monat! Also würde ich diesmal nicht zu Mauricette fahren können. In der Aufregung meiner überstürzten Abreise hatte ich völlig vergessen, der Kleinen zu schreiben, und sie würde nun den ganzen Nachmittag auf diesem grauen Schulhof des Internats umsonst auf mich warten. Ich sah sie förmlich vor mir, in ihrer blauen Bluse mit dem weißen Kragen, ihren kleinen, unruhigen Augen und den schwarzen, glatten Haaren, die immer genau in Ohrenhöhe abgeschnitten waren. Erstaunlicherweise hatte sie sogar ein wenig Ähnlichkeit mit Martine, so daß niemand überrascht

war, wenn wir sie als unsere Tochter vorstellten. Ich bedauerte jetzt, daß wir dieses Kind adoptiert hatten. Wir waren ihrer nicht würdig. Sie lebte schon bei uns, als ich begriff, daß die Unfruchtbarkeit meiner Frau einzig darin bestand, daß sie nicht Mutter werden wollte. Martine hatte es ihrer besten Freundin anvertraut. Die beiden Frauen saßen gerade beim Tee und sprachen darüber, als ich unerwartet nach Hause kam. Sie hatten mich nicht eintreten hören. Ihr Gespräch war wirklich sehr aufschlußreich für mich. Ich kann gar nicht sagen, wie unendlich traurig ich hinterher war, so sehr, daß ich es körperlich spürte. Es war eine Mischung aus Trauer und Wut, und am liebsten wäre ich auf der Stelle ins Wohnzimmer gestürzt und hätte meine Frau geohrfeigt. Das war doch wirklich die gemeinste Lüge, die man sich vorstellen kann! Der schlimmste Vertrauensbruch, der durch nichts mehr zu kitten war! Aber statt mich auf sie zu stürzen, zog ich mich leise in Mauricettes Zimmer zurück.

Die Kleine saß an ihrem Schreibtisch und war in ihre Hausaufgaben vertieft. Während sich ihre von der Tinte blau gefärbten Finger um den Füller klammerten, spielte ihre Zunge vor lauter Konzentration mit der Unterlippe. Ich blieb ganz still stehen, noch erschlagen von der Ungeheuerlichkeit dessen, was mir eben zu Ohren gekommen war, und starrte lange das kleine Mädchen an, dessen dunkle Haare damals bis auf die Seiten ihres Heftes herunterhingen.

»Warum siehst du mich so an, Papa?« fragte sie.

Ich fand noch nicht einmal die Kraft, sie anzulächeln.

Mauricettes Gesicht war völlig oval, mit einer hohen Stirn und mandelförmigen Augen. Man wußte nichts über ihren Vater. Ihre Mutter war eine Nymphomanin, die Tochter eines Rechtsanwalts, aber von ihrer Familie verstoßen. Nach Mauricette schien sie mindestens noch ein halbes Dutzend Kinder in die Welt gesetzt zu haben.

»Ich habe in der Schule ein Fleißbildchen bekommen, weil ich so gut in Kopfrechnen war.«
»Wie schön!«
Dann ging ich, noch immer vernichtet von der Entdekkung, die ich gemacht hatte. Merkwürdig, wie mich das alles auch jetzt noch mitnahm ...
»So, da unten liegt San Pedro. Weiß man im Hotel, daß Sie ankommen?«
»Nein, ich habe mich nämlich erst in allerletzter Sekunde entschlossen zu verreisen. Gestern war ich noch nicht einmal gegen Fleckfieber geimpft.«
»Also werde ich mal eine kleine Ehrenrunde drehen, um Sie anzukündigen.«
In der Ferne hob sich vom Blau des Horizonts die Mündung eines Flusses ab, dessen Wasser viel dunkler war als das des Atlantiks. Leicht bewaldete Hügel säumten die Küste. Auf einem war die Ruine eines Hauses zu erkennen. Und plötzlich tauchte hinter den Hügeln das Dorf San Pedro auf, wenn man diese Ansammlung von Lehmhütten auf dem leuchtend roten Boden überhaupt als Dorf bezeichnen konnte. Dann sah ich die Landebahn, die sich zwischen Hügeln und Meer erstreckte. Eigentlich handelte es sich dabei aber nur um eine gerade, ungepflasterte Straße, die man an einer Stelle etwas verbreitert hatte und an deren einem Ende eine weiße, rot gesäumte Fahne im Wind flatterte.
Wir schossen über das Dorf hinweg. Die Schwarzen winkten, und die Kinder hüpften vor Vergnügen ... Das Flugzeug folgte nun der Straße, die zu einem schier endlosen Strand führte. Ab und zu ragte ein Felsen aus dem Wasser, auf dem ganze Kolonien von Seevögeln nisteten.
Ich entdeckte eine Reihe von afrikanisch aussehenden Hütten, die aber zweifellos von Europäern gebaut worden waren. Das konnte man sogar noch aus zweihundert Meter Höhe erkennen, da sie überaus regelmäßig ausgerichtet und sorgfältig angestrichen waren.

Der Pilot flog eine Kurve über dem Meer, dann klappte er die Plexiglasscheibe an der Seite des Cockpits herunter, steckte zwei Finger in den Mund und gab einen gellenden Pfiff von sich.

Ich fand es reichlich kindisch, sich auf diese Art bemerkbar zu machen.

»Glauben Sie etwa, daß ihr Pfiff den Motorenlärm übertönt?« fragte ich grinsend.

»Und wie! Nicht hier oben. Aber dort unten hört man nichts als den Pfiff.«

Ehe wir uns versahen, hatten wir die Siedlung bereits wieder hinter uns gelassen.

Sie liegt ja wirklich am Ende der Welt, dachte ich bei mir und war ganz gerührt, daß Daniela all' das, was nun unter uns lag, schon kannte.

Die Maschine beschrieb hoch über den Wellen eine weitere Kurve. Mein Pilot schien inzwischen seine Sorglosigkeit völlig eingebüßt zu haben.

»Die sollen sich endlich mal einen vernünftigen Flugplatz anlegen«, knurrte er. »Wenn wenigstens nicht diese gemeinen Hügel wären! Man muß jedesmal höllisch aufpassen, daß man nicht in den Ästen hängenbleibt.«

Er flog dicht an den Ruinen vorbei, die über der imposanten Landschaft thronten und raste dann hinunter, ungefähr so, wie die Wagen auf einer Achterbahn von der höchsten Stelle aus runtersausen.

Wir setzten hart auf und ließen eine große Wolke rötlichen Staubes hinter uns.

Das Flugzeug rollte lange über den unebenen Boden. Inzwischen rannten die ersten schwarzen Kinder neben uns her und winkten uns begeistert zu.

»So, Feierabend für heute«, sagte mein Begleiter, der seine gute Laune wiedergefunden hatte, und öffnete die Tür.

Kaum hatte ich das Flugzeug verlassen, da hüllte die Hitze mich auch schon wie feuchte Watte ein. Die senk-

recht stehende Sonne knallte mit voller Wucht auf den Platz. Es war wie in einem Studio, das sich am Ende eines Drehtages bei voller Beleuchtung in einen Ofen verwandelt hatte.
Ich half dem Piloten, mein Gepäck aus dem engen Laderaum zu zerren. Als wir es endlich draußen hatten, sah ich einen alten 2CV über die holprige Piste auf uns zuschaukeln. Der Wagen war mächtig verbeult und über und über mit rotem Schlamm bespritzt. Ihm entstieg ein großer, dünner junger Mann, mit einer offenbar gebrochenen Nase. Er trug abgelaufene Sandalen, kurze Shorts, ein Hemd, das bis zum Bauchnabel offen war und eine grünliche Mütze mit einem riesigen Schirm, wie man sie manchmal bei amerikanischen GIs sieht.
Er begrüßte mich mit fragender Miene.
»Ein Kunde für Euch!« verkündete mein Lehrer-Pilot.
»Alain Lombard«, stellte sich der junge Mann vor. »Wir haben Sie nicht erwartet.«
Der Pilot holte aus seiner Kombination einen Stapel Briefe. »Hier ist die Post. Es ist ein Telegramm dabei, das wahrscheinlich die Ankunft von Herrn ... ankündigt.«
Wir packten mein Gepäck in den Wagen, aus dem die Hinterbank entfernt worden war. Diese Ente war die reinste Rumpelkammer und dermaßen heruntergekommen, daß sie schon fast wieder etwas Tragisches an sich hatte.
Ich bezahlte den Flieger.
»Bleiben Sie lange in San Pedro?« fragte er.
»Ich weiß noch nicht genau. Wahrscheinlich an die vierzehn Tage.«
»Benachrichtigen Sie uns früh genug, wenn Sie zurückwollen. Wir landen hier zwei- bis dreimal in der Woche.«
Das Blech des alten 2CV wirkte so dünn, daß man sich fragte, wie es das Auto überhaupt noch zusammenhalten konnte. Ich ließ mich vorsichtig auf dem Beifahrersitz nieder und war auf der Stelle schweißgebadet.

»Macht es irgendwelche Probleme, daß ich unangemeldet gekommen bin?« erkundigte ich mich beunruhigt, als ich mit dem dürren Typen alleine war.
»Überhaupt nicht. Wir machen nur normalerweise immer ein kleines Büffet, wenn ein neuer Gast ankommt.«
»Oh, ich bin nicht wählerisch, wenn es ums Essen geht.«
»Sind Sie mit der U. T. A. geflogen?«
»Nein, ich habe ganz normal in einem Reisebüro auf den Champs-Elysées gebucht... Die hatten da so einen verlockenden Prospekt.«
»So verlockend wie alle Reiseprospekte, was?« fragte der junge Mann lächelnd.
»Sind Sie hier der Wirt?«
»Der Stellvertreter des Wirts! Außerdem bin ich Jagdführer! Sind Sie zum Jagen oder zum Fischen gekommen?«
»Ich bin hergekommen, um hier ein paar Sommertage zu genießen. Wenn man in Paris lebt, hat man spätestens im März das Gefühl, daß es die Sonne überhaupt nicht mehr gibt.«
»Also eine Foto-Safari?« hackte Lombard nach.
Sein Drang, die Absicht meines Aufenthalts hier irgendwie einzuordnen, begann mich langsam zu belustigen. Was er wohl für ein Gesicht machen würde, wenn ich ihm erzählte, daß ich nur in diesen gottverlassenen Winkel gekommen war, weil ich eine Frau sehen wollte?
Seit unserem kurzen Treffen in der Telefonkabine vom »Schwedenhof« hatte ich nichts mehr von Daniela gehört. Ich erinnerte mich noch gut daran, wie ich damals an ihnen vorbei durch das Lokal geschlichen war. Carbon saß bei seiner Vorspeise. Er hatte die Ellenbogen aufgestützt und hielt seine Gabel so, wie Mauricette immer ihren Füller hielt... Er unterhielt sich mit vollem Mund und wirkte ganz entspannt. Daniela hörte ihm zu und nickte von Zeit zu Zeit zustimmend. Als ich direkt an ihnen vorbeikam, hatte sie die Augen fest auf ihren

Teller geheftet, aber ich sah an einem kaum wahrnehmbaren Erschaudern, daß sie meine Gegenwart gesprürt hatte.

»Nein, ich hasse es, Fotos zu machen, denn ich arbeite beim Film. Wenn ich Ferien mache, meide ich alles, was mit Film zu tun hat, auch wenn es sich nur um einen ganz schlichten Farbfilm handelt. »Sind Sie Regisseur?«

»Nein, nur Drehbuchautor. Ich zerbreche mir den Kopf, um all' die schönen Geschichten zu erfinden, die dann von den anderen ausgeplündert werden.«

Lombard zuckte die Achseln.

»Ja«, sagte er, »das ist wohl alles gar nicht so komisch. Ich könnte nicht mehr in Paris leben. Das einzige, was ich davon hier vermisse, sind die Restaurants. Man glaubt es kaum, wenn man mich so sieht, dünn wie ein Strich, aber ich esse für mein Leben gern. Es überläuft mich jedesmal ein Schauer, wenn ich nur daran denke ...«

Wir fuhren durch eine Art Allee, die von Bananenstauden gesäumt war, und gelangten schließlich auf einen riesigen Platz, auf dem das Jagdhotel lag. Dort, wo die Auffahrt zum Grundstück begann, erhob sich etwas, was wie ein Triumphbogen aus Bambusrohr aussah und auf dem in monumentalen Lettern ›Jagdhotel‹ stand. Im Hintergrund konnte man den blendend weißen Strand erkennen.

Die senkrecht stehende Sonne brannte erbarmungslos auf die Hütten des Hotels hinunter. Ein ovales Gebäude, das deutlich größer war, diente als Gemeinschaftsraum. Man hatte zwischen den Mauern aus Lehm und dem mit Palmblättern gedeckten Dach einen großen Zwischenraum gelassen, damit der Wind ungehindert durch das Gebäude streichen konnte. Das Halbdunkel im Inneren des Raumes verstärkte das leuchtende Blau des Meeres noch, das man hier und da durch einen Spalt in der Mauer blitzen sah. Das Mobiliar bestand aus zwei langen

Tischen, diversen Sesseln und einer mit Schilf verkleideten Bar. Die Wände waren von Jagdtrophäen bedeckt. Da gab es Geweihe, ausgestopfte kleine Krokodile und Tukane, ganze Schlangenhäute, Schmetterlinge und Bälge von Vögeln, die ich noch nie gesehen hatte. Das Tollste jedoch war ein Elefantenkopf, den man irgendwie präpariert hatte und der nun als Tisch diente. Allerdings konnte ich mir praktischere Tische vorstellen.
Ein halbes Dutzend Weißer saß schweigend beim Mittagessen und lauschte der Musik, die aus einem Kassettenrecorder tönte. Als wir eintraten, erhob sich eine robust wirkende blonde Frau und kam herüber, um mich zu begrüßen. Es war die Wirtin. Ich stellte mich ihr vor und sagte, daß mir ihre Herberge von meinem Reisebüro empfohlen worden sei. Genau wie der Jagdführer bedauerte sie, nicht früher von meiner Ankunft erfahren zu haben.
»Haben Sie augenblicklich noch andere Gäste?« erkundigte ich mich und zeigte auf die Runde.
»Nein, niemanden. Die Herren, die Sie dort sehen, gehören zu der Bauleitung einer Firma, die hier in der Nähe einen neuen Hafen anlegen will. Ja, auch bei uns beginnt man allmählich damit, die Landschaft zu verschandeln. Aber ich erwarte zwei weitere Gäste für Samstag: ein Ehepaar ... Möchten Sie gleich etwas essen oder sich erst einmal Ihr Zimmer ansehen?«
Ein Ehepaar! Der Ausdruck riß mich etwas aus dem Glücksgefühl, das mich seit dem Beginn der Reise umgab. Waren Daniela und ihr Mann denn wirklich ein Ehepaar zu nennen? Ich weigerte mich, das anzuerkennen. Sie und ich, wir waren wirklich ein Paar gewesen, neulich abend in dem Stundenhotel am Pigalle.
»Ich würde gerne etwas Kühles trinken und mich dann zurückziehen. Ich bin nicht hungrig.«
Lombard servierte mir ein Bier, das er aus einem alten Petroleumkühlschrank holte. Am Tisch, an dem die Wirtin inzwischen wieder Platz genommen hatte, bedienten

ein paar junge Schwarze. Die Männer, die bei meiner Ankunft neugierig aufgeblickt hatten, begannen nun, sich auf italienisch zu unterhalten. Alain Lombard musterte mich unter seiner Schirmmütze hervor mit gespielter Gleichgültigkeit. Wahrscheinlich wußte er überhaupt nichts mit mir anzufangen. Normalerweise stieg man hier ab, weil man etwas ganz Bestimmtes vorhatte: Angeln, Jagen oder Fotos machen. Außerdem gehörte zu einer solchen Reise eine gewisse Portion Abenteuerlust. Und da kam ich nun daher, mit meinen eleganten Schweinslederkoffern, in einem frisch gebügelten Blazer, mit einer Krawatte, aber ohne genaue Vorstellungen. Er ahnte, daß mich irgendein Geheimnis umgab.

Mein Blick fiel auf den Panzer einer Schildkröte, der an der Wand befestigt war. Er erinnerte mich an das, was Daniela über mich gesagt hatte: »Du bist wie eine Schildkröte, die man auf den Rücken gelegt hat.«

Und das hatte sie nicht gesagt, weil ich mich nicht zur Wehr setzen konnte; nein, das schaffte ich ja meistens ganz gut, auch wenn ich dabei nicht immer sehr wählerisch in der Wahl meiner Mittel war. Vielmehr meinte sie damit, daß ich wie eine Schildkröte mit den Flossen in der Luft herumfuchtelte und jeden zu treffen versuchte, der sich in meine Nähe wagte.

Ich schlürfte genußvoll das kühle Bier.

»Möchten Sie auch eins?« fragte ich Lombard.

»Gerne.«

Er bediente sich. Ich sollte mich besser noch ein bißchen mit ihm unterhalten, überlegte ich. Dabei könnte ich mich dann gleich etwas über meine neue Umgebung informieren und würde nicht sofort Carbons Verdacht erregen. Plötzlich schoß mir siedendheiß ins Bewußtsein, daß Daniela ihm vielleicht meinen Namen genannt hatte und daß dann alles verdorben wäre . . .

»Frißt so ein Elefant viel?«

Ich hörte mich reden und fand meine Frage selbst lächer-

lich und unangemessen. Ein Typ, der gerade in Afrika angekommen war, hatte doch wahrscheinlich andere Probleme, als die Nahrungsmenge, die ein Elefant zu sich nehmen konnte. Es war jedenfalls die denkbar ungünstigste Frage, um die Atmosphäre zwischen mir und Lombard zu entspannen, und wie nicht anders zu erwarten, starrte mich der junge Mann auch irritiert an.
»Er frißt ungefähr fünfhundert Kilo Blätter pro Tag!«
Wie stieß man doch gleich diesen erstaunten kleinen Pfiff aus? Mit welchem Tonfall sagte man jetzt: »meine Güte«? Ich blieb stumm und schwitzte weiter vor mich hin, an dieser elenden Holztheke, auf der anstelle von Aschenbechern ein paar große Muscheln standen.
»Ich bin ganz schön erledigt«, murmelte ich entschuldigend, als das Schweigen peinlich zu werden begann. »Können Sie sich vorstellen, daß ich gestern nachmittag noch auf den Champs-Elysées war . . .«
»Wie war denn das Wetter in Paris?«
»Nicht zum Aushalten. Könnten Sie mir jetzt bitte meine Zimmer zeigen?«
»Oh, das haben Sie aber vornehm ausgedrückt!«
Er klatschte in die Hände. Ein Junge mit weißen Shorts und einem Nylonhemd, dessen Muster an Leopardenpunkte erinnerte, kam angerannt.
»Cyprien, bring bitte das Gepäck des Herrn in die hinterste Hütte.«
Wir folgten dem Schwarzen und traten in die sengende Hitze hinaus. Auch der Sand, der in meine Wildlederschuhe drang, war höllisch heiß. Um so verlockender erschien das Rauschen des Meeres. Ich konnte es kaum erwarten, meine Badehose anzuziehen und die Wellen über mir zusammenschlagen zu lassen.
»Sie humpeln?«
»Ja, eine Dogge hat mich in die Wade gebissen, und die Wunde ist immer noch nicht verheilt . . . Ich glaube, daß ihr das Meerwasser ganz guttun wird.«

»Passen Sie auf, wenn Sie hier baden: die Brandung hat es in sich...«

Eine bläulich schimmernde Eidechse, die sich auf der Schwelle zu meiner Hütte sonnte, brachte sich hastig in Sicherheit, als wir uns näherten. Cyprien öffnete die Tür, indem er mit der Schulter dagegendrückte. Das von der Feuchtigkeit verzogene Holz kratzte über den Estrich des Bodens. Ein Kleiderschrank aus weißem Holz, ein Sessel und zwei mit Moskitonetzen ausgestattete Betten stellten die gesamte Einrichtung dar. Ein Plastikvorhang verbarg Waschbecken und Dusche. Als WC diente eine sogenannte chemische Toilette, so wie man sie für Wohnwagen nimmt.

»Wenn man gerade angekommen ist, denkt man, daß wirklich nur das Allernotwendigste drin ist«, bemerkte Lombard. »Aber nach ein paar Tagen im Busch erscheint einem diese karge Einrichtung schon geradezu als Luxus. Cyprien, bring dem Herrn bitte noch ein Stück Seife und eine Rolle Klopapier.«

Der junge Schwarze grinste uns an und zeigte dabei eine Reihe strahlend weißer Zähne. Ich begann automatisch, wie ich es von den Grandhotels gewohnt war, in meinen Taschen nach einem Trinkgeld zu kramen, aber der Jagdhüter schüttelte den Kopf, als er sah, was ich vorhatte.

»Verderben Sie nicht die Preise«, murmelte er. »Es ist ohnehin schon schwer genug, hier Arbeitskräfte zu finden. Wieviel wollten Sie ihm denn geben?«

Ich zog einen zerknitterten 100-Franc-Schein der Landeswährung hervor.

»Sonst geht es Ihnen gut, ja? Soviel verdient er in einer ganzen Woche. Wenn Sie ihm jetzt das Geld geben, denkt er, daß er morgen nicht zur Arbeit kommen muß. – Ich überlasse Sie nun erstmal sich selbst, damit Sie sich einrichten können«, fuhr er nach einer kleinen Pause fort. »Heute abend werde ich Ihnen noch eine Lampe

geben. Selbstverständlich gibt es kein warmes Wasser. Was für einen Rasierapparat haben Sie denn?«
»Einen elektrischen«, gestand ich kläglich.
»Ja, ja, immer dasselbe. Ich werde Ihnen später einen Naßrasierer borgen.«
Kaum war er gegangen, schmiß ich meine Jacke auf den Sessel und hob das Moskitonetz über einem Bett hoch, um mich ein bißchen hinzulegen. Der schleierartige weiße Stoff roch muffig. Eigentlich roch die ganze Hütte vermodert, wie in einer Gruft. Ich versuchte herauszufinden, warum dieser Geruch eine solche Vorstellung in mir weckte, kam aber nicht dahinter.
In dieser trostlosen Umgebung machte mir mein Gepäck besonders deutlich, wie überstürzt ich aufgebrochen war.
Ich trauerte meinem gemütlichen Zimmer im George V. nach. Ein widerliches langes, gelbes Insekt spazierte durch meine Hütte, als wäre es der rechtmäßige Bewohner und ich der Eindringling. Ich zeigte es Cyprien, als er wiederkam.
»Was ist das?«
»Ein Tausendfüßler, Herr«, antwortete er, nachdem er einen kurzen Blick darauf geworfen hatte.
»Du wolltest wohl sagen, ein Zehntausendfüßler?«
Der Junge zertrat das Insekt mit seinem nackten Fuß.
»Nun, diese Hütte scheint jedenfalls ein Fall für sich zu sein«, murmelte ich.
»Was hast du gesagt, Herr?«
»Nichts.«
Ich holte den 100-Franc-Schein hervor und hielt ihn ihm hin.
»Nimm, Cyprien!«
»Was ist das?« erkundigte er sich beunruhigt.
»Ein Versuch! Nimm schon!«
Sein ganzes Wesen schien sich in ein einziges Strahlen zu verwandeln – vor allem aber seine Augen.

»Versprichst du mir, daß du morgen wieder zur Arbeit kommen wirst?«
»Ja Herr, ich werde kommen!«
»Du wirst mich in Schwierigkeiten bringen, wenn du nicht kommst.«
Er stopfte den Schein in seine Hosentasche und betrachtete mich liebevoll.
»Du sein ein feiner Kerl, Herr!«
Er stand noch immer am Fußende meines Bettes.
»Danke. Ich glaube, ich habe jetzt alles, was ich brauche.«
Ich setzte mich auf. Wie hatte der Junge doch gleich gesagt: »Du sein«? Wahrscheinlich hatte ihm irgend ein Kolonialbeamter oder sonst ein weißer Dummkopf diese Wendung beigebracht.
Cyprien war noch immer nicht verschwunden.
»Der Herr sein aus Paris?«
»Ja.«
»Ist gut, Paris?«
»Ja, es ist gut...«
Vor allem, wenn man Daniela neben sich hatte. Daniela im Regen. Daniela mit ihrem hochgezogenen Rock beim Tätowieren. Daniela, die sich ergeben hatte und in mein Zimmer zurückgekommen war, so wie ein Entflohener zurückkommt, der mit seiner Freiheit nichts mehr anzufangen weiß. Was war eigentlich das Bedeutungsvollste, was sich in der kurzen Zeit seit unserem Kennenlernen Freitagnacht ereignet hatte? Meine Ohrfeige? Meine Tränen? Oder vielleicht auch einfach nur diese gewagte Zärtlichkeit einer besitzergreifenden Frau neulich in der Telefonzelle?
Morgen war der erste Gedenktag. Der erste Tag von acht weiteren, die mir wie eine Ewigkeit erscheinen würden...
»Verstehst du, Cyprien: für euch Sterblichen dauert die Ewigkeit manchmal nur eine Sekunde. Die Zeit spielt mit

uns, und am besten würden wir auch mit ihr spielen. Das wäre doch nur logisch, oder?«
Seine Zähne blitzten auf. Er lachte über seine eigene Verständnislosigkeit, und meine hochtrabenden Worte regten ihn nicht weiter auf. Er nahm mich so, wie ich war. Und er fand mich NORMAL!
»Sehe ich aus wie eine Schildkröte, die man auf den Rücken gedreht hat?«
»Nein Herr.«
»Wie sehe ich denn aus?«
»Wie ein Weißer!«
»Kann man hier auch Schildkröten sehen?«
»Bei den Leuten aus Guinea, Herr.«
»Was sind das für Leute?«
»Fischer am Rand von San Pedro. Dort gibt es immer Schildkröten.«
»Gut, du kannst jetzt gehen...«
Er verließ hüpfend mein Zimmer. Ich machte mich daran, meine Koffer auszupacken. Als ich alles mehr schlecht als recht in dem kleinen Schrank verstaut hatte, kleidete ich mich aus, um mir meine Badehose anzuziehen. Ich hatte seit mindestens dreißig Stunden die Kleidung nicht mehr gewechselt und erschrak ganz schön, als ich sah, wie meine Wunde sich verändert hatte. Mein Unterschenkel war nun vom Knöchel bis zum Knie angeschwollen. In dem aufgedunsenen Fleisch traten die Venen schwärzlich wie Krampfadern hervor. Aber verrückterweise hatte ich jetzt weniger Schmerzen als zuvor.
Ich humpelte durch den brennenden Sand und überquerte den Strand. Gelbe, fast durchsichtige kleine Krebse retteten sich vor meinen Füßen und flüchteten in winzige Sandlöcher. Eine ganze Weile beobachtete ich amüsiert ihren eiligen seitlichen Abgang. Jeder der Krebse hatte sein eigenes Loch. Wenn ich ihm den Weg dorthin versperrte, stürzte er sich völlig verwirrt ins Meer.

Als ich es leid wurde, sie zu ärgern, lief ich ins Wasser, um mich der unendlichen Weite des Ozeans zu überlassen.

2

Sie kamen am Samstag gegen ein Uhr mittags an, als ich gerade mit den italienischen Baustellenleitern am Tisch saß.
Schon seit dem Morgen lauerte ich auf jedes ungewöhnliche Geräusch und erwartete, jeden Moment das Brummen des kleinen blauen Flugzeugs zu hören. Ich hatte zwei Tage nahezu regungslos am Strand verbracht und wie ein Stück Strandgut im warmen Sand gelegen. Obwohl meine Wunde von Tag zu Tag beunruhigender aussah, fühlte ich sie jetzt fast überhaupt nicht mehr. Dafür hatte ich mir einen mächtigen Sonnenbrand geholt. Eigentlich war ich nur noch eine einzige lebende Wunde. Frau Garcin, die Wirtin, hatte mich zwar fürsorglich mit Sonnenschutzcreme eingerieben, mir immer wieder eingeschärft, wie notwendig dieser Schutz war, und versichert, daß ich schon viel zu lange in der Sonne gewesen sei.
Aber mir bereitete es ein perverses Vergnügen, mich zu röten, zu pellen und am Strand vor mich hinzuschrumpeln. Ich war der einzige, der ihn überhaupt benutzte, wenn man mal von den Italienern absah, die jeden Tag nach Feierabend ein kurzes Bad nahmen. Der ganze afrikanische Kontinent schien mir zu gehören. Ebenso das Meer, die Sonne und der Himmel, dessen unglaubliche Klarheit mir manchmal beinahe wehtat.
Alain, mit dem ich mich nun doch ein bißchen angefreundet hatte, schlug mir vor, doch auch mal zum Fischen zu fahren oder wenigstens spazierenzugehen. Er fuchtelte mit dem Hotelprospekt vor meiner Nase herum, auf dem man einen toten Büffel und Baracudas

groß wie Walfische sehen konnte. Doch ich lehnte jedesmal ab ...

»Später, lassen Sie mich erst noch ein wenig in der Sonne schmoren.«

»Wissen Sie nicht, daß die Sonne wie Chili ist und daß man beides nur in geringen Mengen zu sich nehmen sollte? Möchten Sie nicht wenigstens mal mit ins Dorf kommen?«

»Ich habe doch noch Zeit ... Was sind das eigentlich für weiße Flecken, die man dort oben auf dem Hügel sieht?«

»Gräber.«

»Kann man hier etwa auch sterben?«

»Man kann. Bedenken Sie, daß diese Anlage hier schon seit dem letzten Jahrhundert besteht. Zwei Engländer, ein Franzose, ein paar Soldaten ...«

»Soll das heißen, daß man kämpfen mußte, um dieses Gebiet hier zu erobern?«

»Finden Sie etwa nicht, daß sich die Mühe gelohnt hat?«

Ab und zu kamen kleine Gruppen von Schwarzen am Strand entlang. Sie waren von ihren weitentfernten Dörfern nach San Pedro gereist, um etwas zu verkaufen oder sich mit dem Allernotwendigsten zu versorgen. Dabei war der Strand für sie nicht mehr als eine natürliche Straße. Da gab es hochaufgerichtete Frauen, die auf ihren Köpfen große Emailleschüsseln mit Fisch oder Körbe mit Maniok balancierten. Am ersten Tag blieb eine zahnlose Alte, die ein gelbes Lendentuch trug, vor mir stehen und fragte mich, ob ich Wäsche zu waschen hätte. Am zweiten Tag schickte sie aus ihrer Gruppe ein junges Mädchen mit einer umwerfenden Figur zu mir herüber, die mir erzählte, daß sie wie eine Weiße Liebe zu machen wüßte und daß sie völlig zu meiner Verfügung stände.

»Du willst Liebe machen?« fragte ich die junge Schönheit.

Das Mädchen, das vor mir stand wie die Ebenholzfigur

einer schwarzen Venus, schüttelte den Kopf. Sie zeigte auf die Alte, die nicht weit von uns entfernt auf sie wartete und zu uns herübergrinste.

»Nicht ich Liebe, sie!«

»Du ja, wenn du magst.«

Sie schien es nicht weiter unschicklich zu finden, daß ich ihr so etwas vorschlug.

»Muß erst meinen Vater fragen.«

»Wie alt bist du denn?«

»Ich weiß nicht. Muß erst meinen Vater fragen.«

Sie entfernte sich. Ihr Gang war stolz und geschmeidig zugleich. Ich sah noch lange den wiegenden Bewegungen ihres Hinterteils nach. Hatte ich wirklich Lust auf sie? Ich glaubte, nicht. Also, warum hatte ich ihr dann diesen Gegenvorschlag gemacht? Aus Spaß? Um ihr zu imponieren? Es war doch einfach nicht totzukriegen in mir, dieses scheußliche Bedürfnis, gegen mich selbst zu handeln. Ich ließ mich auf mein Badetuch zurücksinken. Mein verletztes Bein war inzwischen so schwer wie ein nasser Sandsack. Ob es wohl eitern würde? Diese Vorstellung beunruhigte mich nicht im geringsten. Ich sah ohne Furcht der Möglichkeit entgegen, an diesem Strand hier zu verrecken, um mich dann auf dem Hügel dort oben zu den Gerippen der gefallenen Soldaten zu gesellen.

*

Einer der Italiener hatte sich so reichlich Chilisoße über sein Gericht getan, daß er beim Essen vor Tränen fast zerfloß. Er stopfte es trotzdem weiter in sich hinein, weil er gehört hatte, daß das Gewürz Mikroben abtöten sollte. Meist unterhielten sich die Männer nicht viel miteinander. Ihnen schien der Aufenthalt in Afrika nicht besonders gut zu bekommen. Und es gibt wirklich nichts Traurigeres als einen traurigen Italiener. Ich versuchte, sie etwas aufzuheitern, und fragte sie über ihre Heimat aus. Sie kamen aus Venetien, kannten aber erstaunlicherweise die schöne Hauptstadt ihrer Provinz nur flüchtig. Also erzählte ich ihnen etwas von Venedig, seinen kleinen Gäßchen, die voll' der verschiedenartigsten Essensgerüche waren, seinen unvergeßlichen Palazzos, die sich über den dunklen Wassern des Canale Grande erhoben, und von der Fahrt mit einer Gondel an einem friedlichen Sonntagmorgen. Aber damit erreichte ich nur, daß sie noch viel trauriger wurden.

*

Das Brummen, das ich zu hören glaubte, kam näher und wurde immer lauter.
»Das werden unsere Gäste sein«, bemerkte Frau Garcin.
Alain fluchte leise vor sich hin. Er haßte es, beim Essen unterbrochen zu werden.
Das Flugzeug kreiste dicht über den Dächern der Hütten. Lombard schmiß seine Serviette auf den Tisch und trank schnell seinen Wein aus. Die Maschine beschrieb jetzt eine Kurve über dem Wasser. Einen Augenblick später sah ich es durch den Spalt zwischen Wand und Decke. Ob sich Daniela wohl tatsächlich in diesem funkelnden Spielzeug befand?
»Bist du dir auch sicher?« befragte ich mich selbst. »Bist du nicht nur hierher gekommen, um ihr und dir zu imponieren?«
Meine Ruhe, die schon fast an Gleichgültigkeit grenzte, überraschte mich selber. Ich aß seelenruhig weiter mein geschmortes Büffelfleisch. Gut, gleich würde sie an der Seite ihres Krüppels erscheinen. Und dann? Sie würde zusammenzucken, sobald sie mich erkennt, und wahrscheinlich würde ihr alle Farbe aus dem Gesicht weichen. Nun gut, es würde sicher eine gelungene Überraschung werden, aber was wollte ich mir damit beweisen? Ich

konnte es mir nicht vorstellen, schlimmer noch: es interessierte mich nicht einmal. Der Pfiff des Piloten erreichte die Hütte wie ein Pfeil. Er kündigte die Landung des Flugzeugs an.
»Beeilen Sie sich, Alain«, trieb ihn Frau Garcin an.
Der Jagdführer stülpte sich seine grüne Schirmmütze über den Kopf. Er sah wirklich zu komisch aus mit seinen dünnen Beinen, seiner schiefen Nase und dem Hemd, dessen Zipfel er sich über dem Bauch zusammengeknotet hatte.
Bevor er ging, erzählte er uns noch, daß vor einiger Zeit mal ein Schwarzer auf der Landepiste gewesen war und die tollsten Luftsprünge aufführte, gerade als das Flugzeug landen wollte.
Als schließlich die Leute aus dem Hotel herübergelaufen kamen, um zu sehen, warum das Flugzeug noch immer über dem Platz kreiste, hatte ihnen der Schwarze treuherzig erklärt, daß sein Herr in der Cessna säße und er hier sei, um ihn abzuholen.
Endlich machte sich Lombard auf den Weg.
»Möchten Sie noch ein bißchen Büffel, Herr Debise?«
»Nein danke.«
»Sie essen ja fast überhaupt nichts. Schmeckt Ihnen unser Essen etwa nicht?«
»Im Gegenteil, liebe Frau Garcin. Ich glaube, es liegt an der Hitze, daß ich so wenig Appetit habe . . .«
In diesem Augenblick war das Flugzeug auf der holprigen Piste ausgerollt. Langsam sank die rötliche Staubwolke, die es aufgewirbelt hatte, wieder auf den Boden zurück. Nun würde der Pilot Daniela die Hand reichen, um ihr beim Aussteigen zu helfen. Und Carbon? Es würde gar nicht so einfach sein, seine massige Gestalt aus der kleinen Maschine herauszuhieven.
»Sie wirken so gedankenverloren«, stellte meine Wirtin fest.
»Sie haben doch hoffentlich keinen Sonnenstich?«

Ich lächelte entschuldigend.
»Ich verbiete Ihnen ausdrücklich, wieder in die Sonne zu gehen. Sie sehen ja jetzt schon aus wie ein Hummer.«
Nun mußte Lombard auf dem Landeplatz angekommen sein und würde helfen, Carbon aus dem Flugzeug zu holen.
»Cyprien!« donnerte Frau Garcin. »Du verdammter Idiot hast ja schon wieder den Camembert angeschnitten!«
Sie wandte sich wütend zu uns.
»Manchmal frage ich mich, was wohl in seinem Kopf vorgehen mag. Seit Monaten sage ich ihm nun schon, daß er die Finger vom Camembert lassen soll . . . Leg noch zwei Gedecke für unsere neuen Gäste auf, Cyprien!«
»Kommen sie aus Frankreich?« erkundigte sich einer der Italiener.
»Ja, aus Paris. Ich kenne sie vom Namen her. Vater Carbon hat hier an der Elfenbeinküste sein Glück mit einer Holzexportfirma gemacht. Wahrscheinlich hat er jetzt einiges gutzumachen.«
Sie schien noch nichts von seiner Gebrechlichkeit zu wissen.
»Wer möchte diesen angeschnittenen Camembert?« fragte die Wirtin scherzhaft.
Die Leute von der Baustelle nahmen ihn schließlich. Ich schenkte mir noch ein Glas Wein ein. Er war aus Spanien importiert. Er berauschte mich ein bißchen, aber das war mir nur recht. Mir wurde nämlich unter meinem Sonnenbrand immer kälter. Niemals, bevor ich Daniela kennengelernt hatte, hatte ich mich so kraftlos und so wie ein Stück totes Fleisch gefühlt!
Offensichtlich hatte Frau Garcin weiter auf mich eingeredet, denn ich bemerkte, daß sie mich anstarrte und die Lippen bewegte. Aber nicht ein einziges Wort drang an mein Ohr.
Der 2CV erschien mit heruntergerolltem Verdeck und hielt vor dem Eingang des Hotels. Der Wagen stand

direkt gegenüber der Tür zu unserer Gemeinschaftshütte und drückte sich in den kaum wahrnehmbaren Schatten eines großen Dornenbusches. Ich erblickte Carbon, der hinten im Wagen stand und sich krampfhaft an den Karosserierahmen zu beiden Seiten des Daches festhielt. Seine Krücken glänzten in der Sonne. Er trug ein kurzärmliges braunes Hemd mit Schulterklappen. Er wirkte wie ein verletzter alter Haudegen, den man gerade vom Schlachtfeld geholt hat.

Dann bemerkte ich auf der anderen Seite des Fahrzeugs eine weiße Gestalt. Daniela!

Sie ging schnell um den 2CV herum und näherte sich unserer Hütte. In ihrer Hand schwenkte sie fröhlich den Aktenkoffer aus Krokoleder. Sie kümmerte sich nicht weiter um ihren Mann. Ich dachte einen Moment, daß ihr vielleicht die Sonne so unerträglich war, daß sie sich erst einmal in den Schatten flüchten mußte. Aber kaum hatte sie die Hütte betreten, schaute sie sich um, als suchte sie jemanden, und mir wurde klar, daß aus meiner »Überraschung« nun doch nichts wurde.

Sie hatte gewußt, daß ich sie erwartete.

*

Sofort trafen sich unsere Blicke, und auf einmal schien alle Spannung von Daniela zu weichen. Die Bewegung, mit der ihr Körper das ausdrückte, war gewissermaßen das Gegenteil von einem erfreuten Hochschrecken, das heißt, sie sank vor lauter Erleichterung etwas in sich zusammen. Ein Lächeln glitt über ihr schweißbedecktes Gesicht, verschwand aber gleich darauf wieder.

»Guten Tag«, sagte sie schüchtern.

Frau Garcin beeilte sich, ihr einen Sitz anzubieten und sich zu erkundigen, ob die Reise . . .

Daniela schaute nicht mehr zu mir herüber. Ich leerte mit kleinen genüßlichen Schlucken mein Glas. Der Versuch war gelungen. Ich durchlebte einen Moment der Glückseligkeit. Ich blickte sie an und begehrte sie. Ich dachte nicht mehr an den Gelähmten, den Lombard gerade mühsam aus der Ente befreite. Nichts zählte mehr für mich außer diesem weißgekleideten Mädchen, das da mit übergeschlagenen Beinen ruhig saß und auf die höflichen Fragen der Wirtin antwortete und dabei achtlos in einer alten Illustrierten blätterte, die hier jeder schon mindestens zehnmal gelesen hatte.

Signor Luigi, der neben mir saß, und der als einziger aus der Gruppe der Italiener etwas Wert auf sein Äußeres legte, beugte sich zu mir herüber.

»Hübsch, die Dame, was?«

»Umwerfend«, gab ich zurück. »Die könnte ich auf der Stelle vernaschen.«

Er lachte mit Kennermiene und begann sie mit seinen Blicken auszuziehen. Ich mußte mächtig an mich halten, um ihm nicht eins mit der Weinflasche über den Schädel zu geben.

Plötzlich verdunkelte sich das helle Rechteck des Eingangs.

»Guten Tag, die Herrschaften!« dröhnte es durch den Raum. Carbons Stimme war in ihrer Lautstärke irgendwo zwischen einer Sirene und einem Opernsänger anzusiedeln, denn sie war einerseits durchdringend und andererseits erstaunlich hoch. Er füllte die ganze Öffnung des Türrahmens aus. Mit seinen Krücken sah er aus wie ein Frachter im Trockendock. Er löste seine rechte Hand von dem lederbezogenen Griff seiner Stütze und streckte sie der Wirtin hin.

»Guten Tag, kleine Frau!«

Mann, der ist ja echt noch schmieriger als ein Autoverkäufer, dachte ich. Sie hat einen Autoverkäufer geheiratet! Wenn man sah, wie er auftrat, aber vor allem, wenn man seine Stimme hörte, verstand man plötzlich das klotzige Haus in Montfort mit seinen roten Fensterläden,

dem Schwimmbad in Form eines riesigen Gewächshauses und die Gartenzwerge auf dem Rasen ... Und so, wie er das Besteck in die Hand nahm, konnte er unmöglich schon einmal was von Van Gogh oder Flaubert gehört haben. Wie viele Schwarze hatte er wohl während seines langen Aufenthaltes in Afrika getötet? Er wirkte trotz seiner Krücken nicht etwa hilflos. Im Gegenteil, noch immer war er ein Abbild brutaler Kraft.
»Ich bin entzückt, Sie kennenzulernen, Herr Carbon. Ich habe schon soviel von Ihnen gehört«, flötete Frau Garcin.
»Ist denn Ihr lieber Mann nicht zu Hause?«
»Nein, er begleitet gerade einen englischen Bankier auf einer Safari nach Obervolta.«
»Hat er noch immer seinen unfehlbaren ›Präsident‹?«
»Noch immer«, rief die Wirtin lachend. »Sie scheinen ihn ja wirklich ganz gut zu kennen.«
»Der ›Präsident‹ ist das Gewehr, das mein Mann zur Elefantenjagd benutzt«, wandte sie sich erklärend an Daniela. »Möchten Sie sich gleich in Ihre Hütte zurückziehen?«
»Nein, ich muß erstmal was essen«, dröhnte Carbon. »Ich fühle mich wie zerschlagen. Es gibt nämlich kaum etwas Schlimmeres für mich, als diese engen Flugzeugsitze.«
Er kam geradewegs zu uns herüber, und ich war erneut erstaunt, wie überschäumend vor Kraft und Lebensfreude er wirkte.
»Guten Appetit, die Herren!«
Ich malte mir aus, wie er wohl gucken würde, wenn ich jetzt das berühmte Zitat von Götz von Berlichingen aussprechen würde, das mir auf der Zunge lag.
Offensichtlich hatte ihn seine Rückkehr nach Afrika mächtig aufgemöbelt.
Frau Garcin trat zu uns, um uns einander vorzustellen. Carbon radebrechte eine Begrüßung auf italienisch. Zu mir sagte er »angenehm«, aber es klang ziemlich iro-

nisch. Scheinbar machte ich keinen besonderen Eindruck auf ihn, aber was noch viel wichtiger war: mein Name schien ihm nichts zu sagen. Er streckte mir die Hand über dem Tisch entgegen, nachdem er sich wieder ganz auf eine Krücke gestützt hatte. Die Hand war riesig. Sie ging in einen muskulösen Arm über, der dicht mit grauen Haaren bedeckt war.

»Komm mal her, Kindchen!« rief er zu Daniela hinüber.

Gehorsam erhob sich die junge Frau.

Alle Hände streckten sich zu ihr hin. Sie drückte eine nach der anderen und lächelte artig. Als ich an der Reihe war, veränderte sich ihr Verhalten nicht im geringsten. Unsere Finger berührten sich nur flüchtig.

»Es ist mir eine Ehre, gnädige Frau!«

Dann setzten sie sich an den Tisch, und man brachte ihnen etwas zu essen. Daniela hatte sich, von mir aus gesehen, am anderen Ende des Tisches niedergelassen. Jedesmal, wenn ich sie anschauen wollte, mußte ich mich vorbeugen. Sie vermied es, in meine Richtung zu blikken, und lauschte der Unterhaltung ihres Mannes. Carbon wandte sich vor allem an Lombard und Frau Garcin. Er fragte sie über den geplanten Hafen aus, der einen wichtigen Impuls für bessere Handelsbeziehungen mit der Elfenbeinküste abgeben konnte. Auch würde man das Holz dann nicht mehr bis Abidjan transportieren müssen. Und schließlich konnte man dann die ganze Waldzone des Hinterlandes mit geringem Aufwand ausbeuten. Er erzählte von seinen Anfängen, seinen Lagern im Busch, den dürftigen technischen Möglichkeiten und wie die Baumstämme den Fluß hinuntergetrieben wurden ... Ein Pionier.

Afrika hatte sein Gesicht zerfurcht, seine Haut gegerbt und ihn jeglicher Lebensart beraubt. Egal, mit wem er sprach, es klang immer, als würde er gerade einem seiner schwarzen Arbeiter einen Befehl geben. Ebenso aß er auch nicht, er fraß! Die Ellenbogen auf den Tisch gestützt, den Oberkörper weit über den Teller gebeugt und sein eigenes Messer benutzend. Es war ein abgewetztes altes Jagdmesser, dessen Schneide sich vom häufigen Schleifen schon um die Hälfte verringert hatte. Damit schnitt er sein Brot in Stückchen, die er dann eines nach dem anderen in seinen Mund stopfte, um sie mit seinen gewaltigen Kiefern so zu zermahlen, wie ein Hund einen Knochen zermalmt. Seine Gegenwart brachte das Glücksgefühl, in dem ich gerade noch geschwelgt hatte, wieder zum Schwanken. Wegen dieses ungehobelten Riesen konnte ich jetzt Danielas Gegenwart nicht genießen, konnte mich nicht dem Glück hingeben, sie bei mir zu wissen.

Die Italiener standen auf, denn sie mußten zu ihrer Baustelle zurück, und Lombard schloß sich ihnen an. Wir waren jetzt nur noch vier am Tisch: die Carbons, Frau Garcin und ich. Scheinbar war der Invalide völlig ausgetrocknet gewesen, denn während er ein Glas Wein hinunterstürzte, hielt er bereits die Flasche in der Hand, um sich sofort nachschenken zu können.

Zwischen zwei Gängen schaute er zu mir herüber.

»Na, Mahomed hat Ihnen ja ganz schön zugesetzt!«

»Wie bitte?«

»Die Sonne! Sie haben sich doch offensichtlich voll in die Sonne gelegt, oder? Es ist immer das gleiche, wenn man es nicht gewohnt ist. Man denkt sich nichts Böses, wenn man hier im Winter ankommt und träumt davon, knakkig braun wie ein Praliné zurückzukommen. Doch ehe man sich versieht, hat man mehr Ähnlichkeit mit einem rohen Steak.«

Er stürzte ein weiteres Glas hinunter und wischte sich mit dem Unterarm über den Mund.

»Du wirst schön aufpassen, nicht wahr, meine Kleine?« wandte er sich an Daniela. »Du weißt doch, wie empfindlich deine Haut ist!«

Ich begriff jetzt, warum er so an der Dogge hing, denn

irgendwie paßte der Hund zu ihm. Zusammen gaben die beiden sicher ein hervorragendes Paar ab.
»Kommen Sie aus Paris?«
»Herr Debise ist ein berühmter Drehbuchautor«, schaltete sich Frau Garcin ein. »Eigentlich müßten Sie den Namen Jean Debise schon mal gehört haben.«
Ich spürte, wie mir das Blut zu Kopfe stieg. Wenn Daniela ihm nur irgend etwas von meinem Beruf erzählt hatte, dann konnte die Situation jetzt reichlich brenzlig werden. Aber als ich sah, daß meine Geliebte ganz ruhig blieb, regte ich mich wieder ab.
»Ach, wissen Sie, ich und das Kino . . .«
Er stocherte mit dem Nagel des kleinen Fingers in seinen Zähnen herum.
»Aber dann müßtest du ihn eigentlich kennen, Dany.«
Mir wurde ganz anders, als ich diesen Kosenamen hörte.
»Ja«, gab sie ungerührt zurück. »Ich habe ihn schon mal irgendwo gehört.«
Ich hatte genug von dieser unerquicklichen Situation. Der Anblick dieses Mannes war mir unerträglich. Ich stand auf und trat ins Helle. Zwischen ein und zwei Uhr mittags erreichte die Hitze ihren Höhepunkt. Ich entfernte mich, mein krankes Bein hinter mir herziehend.
Jedesmal wenn ich in meine Hütte kam, wirkte sie auf mich mehr wie eine Gruft. Man ging hier vor Hitze fast ein, weil die Luftfeuchtigkeit so hoch war. Sie zerstörte im Laufe der Zeit einfach alles. Sie ließ die Stoffe vermodern, das Holz aufquellen und die Metalle rosten. Die Wäsche, die ich aus dem Schrank holte, hatte nichts mehr mit der frischen Wäsche gemein, die ich gewohnt war. Sie war klamm und hatte den Geruch der Hütte angenommen.
Ich schlüpfte aus meinen Sandalen und streckte mich auf dem Bett aus. Dann verschränkte ich die Hände im Nacken und starrte die dünnen Holzbalken an, an denen das aus Binsen geflochtene Dach befestigt war. Ich

konnte deutlich zwei beachtliche Termitennester erkennen, die ich förmlich unter dem Druck der heranwachsenden Larven anschwellen zu sehen glaubte. Außer seinen Artgenossen sind die einzigen wahren Feinde des Menschen die Insekten. Insekten, egal, ob sie fliegen oder krabbeln; die sich unaufhaltsam vermehrten und sich jeder Situation anpassen konnten.

Es gelang mir nicht zu schlafen, denn auch die Siesta ist eine Gewohnheitssache. Ich hatte mich niemals richtig mit ihr anfreunden können. Schlief ich nämlich tatsächlich einmal ein, dann war ich nach dem Aufwachen für den Rest des Tages nicht mehr zu gebrauchen.

Ich hatte meine Tür weit offengelassen und betrachtete nun ein Stück Strand, auf dem ein paar kümmerliche Pflänzchen wuchsen.

Du bist ein alleingelassener Mann, Jean! dachte ich. Und von dir selber bist du noch viel mehr als von allen anderen alleingelassen. Warum war ich nur schon wieder so enttäuscht? Daniela hatte es doch gar nicht erwarten können, zu mir in die Gemeinschaftshütte zu eilen, so sicher hatte sie mit ihrem weiblichen Instinkt gewußt, daß ich hier sein würde. Und war ihre Erleichterung, als sie mich entdeckt hatte, nicht der schönste Liebesbeweis gewesen? Trotzdem war ich noch immer unzufrieden. Nicht eigentlich unglücklich, sondern eher einfach nicht glücklich. Ich glaube, es hing damit zusammen, daß ich mich für Carbon schämte. Ich schämte mich, daß sie die Frau von so einem ungehobelten Klotz war.

Die beiden waren inzwischen dabei, die grün angestrichene Hütte gleich neben meiner zu beziehen. Carbon sang aus vollem Hals »Die lauen Nächte in den Gärten der Alhambra«. Er jedenfalls schien rundrum zufrieden zu sein und keinen Gedanken mehr an die Eskapaden seiner Frau zu verschwenden.

Ich hätte niemals in ihr Privatleben eindringen sollen, und genau das tat ich, da ich nun hier neben ihnen lebte.

Carbons Donnerstimme schallte mühelos bis zu mir herüber. Jedesmal, wenn er loslegte, hatte ich das Gefühl, daß jemand eine Schubkarre voller Steine über mir ausgoß.

»Stell die Koffer hierhin, Schneewittchen. Wie heißt du denn?«

». . .«

»Cyprien. Das paßt gut zu dir. Hilf mir mal, mich aufs Bett zu setzen. Mein Gott, ist das niedrig! Halt mich ja gut fest, mein Schneeball! Wenn du mich losläßt, zieh ich dir eins mit meinen Krücken über! Uff! Geh noch nicht weg, mein Junge. Du mußt mir noch die Hosen ausziehen. Lege erst meine Beine hier aufs Bett und dann . . .«

Ich zog mir mein Kopfkissen über die Ohren, damit ich ihn nicht mehr hören mußte. Ich fand ihn trotz seiner Lähmung einfach grotesk und verweigerte ihm jedes Mitleid. Ich döste unter den Federn etwas vor mich hin, obwohl ich mir ganz fest vorgenommen hatte, wach zu bleiben. Ich mußte wahrscheinlich aus lauter Sauerstoffmangel einen Alptraum gehabt haben, denn ich wachte davon auf, daß ich mir das Kissen vom Gesicht riß. Meine Haare waren schweißverklebt. Ich hatte Durst, zögerte aber, zur Bar zu gehen. Sicher schliefen augenblicklich alle hier im Hotel. Und um uns herum, im Wald . . . Ich stellte mir vor, wie die Tiere dort betäubt vor Hitze auf den Ästen der Bäume hockten.

Sobald man darauf achtete, konnte einem das Rauschen des Meeres ziemlich schnell auf die Nerven gehen. Aber jetzt, durchgeschwitzt wie ich war, dachte ich voller Sehnsucht an das Tosen der Brandung, an seine kühlen Wellen, die sich über den Strand ergossen und den Sand dunkel färbten.

Eine blaue Eidechse mit weißem Kopf ließ sich auf der Schwelle meiner Tür nieder. Ich hatte sie schon öfter in der Hütte gesehen. Obwohl sie so wachsam wirkte,

verzog sie sich erstaunlicherweise immer erst, wenn meine Sohle sie schon fast berührte.
Sie blieb eine ganze Weile regungslos auf dem heißen Zement liegen. Auf einmal schrak sie zusammen und huschte davon. Gleich darauf kam verstohlen Daniela hereingeschlichen. Sie trug einen Badeanzug und ein korallenfarbenes, durchsichtiges Strandkleid. Sie flüchtete sich gewissermaßen ins Dunkel der Hütte, legte den Finger auf die Lippen und schaute mich erwartungsvoll an.
Ich stürzte mich nicht sofort auf sie, sondern weidete mich erst einmal an ihrem Anblick. Was für schöne Beine sie hatte! Nichts ist süßer, als so die Lust herauszuzögern. Als ich dann allerdings durch ein Stück Pflaster auf ihrem Oberschenkel an die Tätowierung erinnert wurde, hielt ich es nicht mehr aus. Ich stand auf. Wie schön war es, sie wieder zu riechen! Meinen Atem mit ihrem zu verschmelzen ... Die Hitze ihres Körpers zu spüren ...
Wir wechselten nicht ein einziges Wort. Ich zog ihr den Badeanzug aus und nahm sie aufrecht an der Mauer stehend.

3

Lange blieben wir so umarmt stehen, mit zitternden Knien, einer gegen den anderen gepreßt. Endlich hatten wir das Glück wiedergefunden, das wir damals in dem miesen Hotel gegenüber von dem Tätowierstudio das erste Mal erlebt hatten.
»Wußtest du, daß ich hier sein würde?« fragte ich am Ende eines langen Kusses.
»Ja.«
»Wann hast du es gewußt?«
»Vorgestern abend. Ich hatte in deinem Hotel angerufen, und man sagte mir, daß du verreist seist. Da habe ich begriffen.«

»Und was hättest du gemacht, wenn ich nicht in San Pedro gewesen wäre?«
»Ich wäre außer mir gewesen.«
Überrascht durch diesen starken Ausdruck wiederholte ich: »außer dir?«
»Oh ja, Jean!«
Ich rieb meine Wange an ihrer feuchten Schläfe.
»Also liebst du mich wirklich?« fragte sie. »Du liebst mich so sehr, daß du sogar hierhergekommen bist, um mich zu erwarten?«
»Ich könnte nicht mehr ohne dich leben.«
Sie nickte versonnen.
»Hat er schon Verdacht geschöpft?«
»Nein, nicht im geringsten.«
»Ich wußte nicht, daß er so ist«, murmelte ich.
»Was verstehst du unter ›so‹?«
Sie schien verstimmt!
»Er ist so anders als du«, entgegnete ich ausweichend.
»Er ist gewissermaßen aus Ton, während du aus feinstem Porzellan bist. Wie ist es dir nur gelungen, nicht an ihm zu zerbrechen?«
Daniela antwortete nicht. Sie umarmte mich und verließ dann meine Hütte, ohne sich darum zu kümmern, ob sie jemand sehen konnte. Ich warf einen Blick nach draußen und stellte befriedigt fest, daß unser kleines Dorf noch immer unter der Mittagssonne schlief. Ich lief zum Meer hinunter. Meine Wunde sah inzwischen so häßlich aus, daß ich es nicht mehr wagte, in der Badehose herumzulaufen. Meine heftigen Umarmungen mit Daniela hatten ihr auch nicht gerade wohlgetan, und ich hatte das Gefühl, daß eine Horde ausgehungerter Ratten mein Bein bei lebendigem Leib auffraß. Ich bedauerte nun, nicht doch einen Arzt aufgesucht zu haben, bevor ich Paris verließ. Stöhnend vor Schmerzen ließ ich mich neben einem Pfahl nieder, der tief in den Sand getrieben war. Mit jeder siebten Welle gelang es dem Meer, an

mich heranzukommen, so daß das Wasser meine nackten Füße umspülte. Wenn es sich zurückzog, spürte ich, wie jedesmal der Sand unter meinen Fersen nachgab und meine Füße etwas mehr einsanken.

»Sind Sie denn von allen guten Geistern verlassen. Sie können doch nicht ohne Hut hier in der prallen Sonne sitzen!«

Carbon stand auf seine Krücken gestützt vor seiner Hütte.

Er trug einen großen Panamahut mit einem roten Hutband.

»Haben Sie denn nicht irgendeinen Deckel?«

»Nein!«

»Kindchen! Bring dem Herrn doch meine Leinenmütze«, rief der massige Mann.

Das ist ja wohl der Gipfel! Jetzt soll ich auch noch seine Sachen tragen!

»Nicht nötig!« schrie ich zurück.

»Aber ja!«

Daniela kam den sandigen Hügel hinunter. Sie hielt einen weißen Tennishut in der Hand. Während sie sich mir näherte, warf sie mir Küsse zu und zwinkerte mich schelmisch an.

»Nimm!« murmelte sie und reichte mir die Mütze.

»Das ist doch lächerlich! Ich will sie nicht!«

»Laß ihm doch das Vergnügen. Und außerdem hat er recht. Du wirst noch einen Sonnenstich kriegen. Glaubst du, momentan sei der geeignete Zeitpunkt, um krank zu werden?«

Widerwillig nahm ich die Kopfbedeckung und mimte den Überraschten.

»Bist du sicher, daß es seine Mütze ist? Sie hat ja gar keine Löcher für die Hörner, die wir ihm aufgesetzt haben!«

»Findest du es anständig, so etwas zu sagen, Jean?«

»In der Liebe gibt es keinen Anstand. Ich verbiete dir,

weiter mit diesem Kerl zusammenzuleben. Ich finde es einfach unglaublich!«

»Paßt er Ihnen?« erkundigte sich Carbon lautstark von seiner Hütte her.

Wütend stülpte ich mir die Mütze auf den Kopf, die jedoch so groß war, daß sie mir bis über die Ohren rutschte. Daniela brach in Gelächter aus, und mit einem Schlag war meine Wut wieder verflogen.

»Dein Mann ist schon ein Schatz«, murmelte ich. »Ich bin sicher, daß wir uns bald anfreunden werden. Sagt man nicht, daß es ein Band der Sympathie zwischen zwei Männern knüpft, gemeinsam ein und dieselbe Frau zu lieben . . .?«

Sie drehte sich auf dem Absatz um. Am liebsten hätte ich hinter ihr hergerufen, sah aber ein, daß jetzt vielleicht doch nicht der geeignete Augenblick dafür war.

Ich verbrachte den ganzen Nachmittag damit, die beiden zu beobachten. Carbon blieb bis zum Abendessen in einem Korbstuhl vor seiner Hütte sitzen und betrachtete das Meer. Langsam begann mich seine Ausgeglichenheit zu beeindrucken. Im Laufe des Nachmittags schickte er seine Frau zweimal zur Bar, um ihm etwas zu trinken zu holen.

»Wollen Sie auch etwas zu trinken, mein Herr vom Film?« fragte er mich beim zweiten Mal.

»Danke, jetzt nicht.«

Als die Sonne unterging, kam Daniela zum Strand herunter, um ein Bad zu nehmen. »Ich liebe dich!« flüsterte sie, als sie an mir vorbeilief.

»Paß auf, die Brandung ist hier sehr stark. Geh nicht zu weit hinein.«

»Ich bin eine gute Schwimmerin!«

»Dem Meer ist es völlig egal, ob man gut schwimmen kann oder nicht!«

Sicher genossen Carbon und ich es gleichermaßen, ihr beim Baden zuzuschauen. Ihre Bewegungen waren so fließend, daß sie wie ein Fisch im Wasser wirkte. Gleich einem Delphin tauchte sie aus einer Welle auf, um unter der nächsten hinwegzugleiten, und ihr nasser, in der Sonne glänzender Leib erschien immer da, wo wir es nicht erwartet hatten. Schließlich gab sie sich ganz der Brandung hin und ließ sich von ihr ans Ufer zurückspülen.

Während sie so im Meer herumtollte, merkte ich, wie mein Verlangen nach ihr wieder wuchs. Am liebsten hätte ich mich zu ihr hingeschleppt, sie gepackt und mich mit ihr noch im Wasser vereinigt, das mit abnehmendem Tageslicht immer grüner wurde.

Ich bin hier, um ihren Anblick zu genießen, sagte ich mir. Ich bin Tausende von Kilometern hierhergeeilt, nur um diesen denkwürdigen Anblick hier im Schatten ihres Ehemannes zu erleben. Trotzdem hat mein zielloses Umherstreichen von nun an einen Sinn: ich muß Daniela diesem ordinären Kerl entreißen! Ich dachte an Mauricette, die den ganzen Donnerstag nachmittag auf mich gewartet hatte. Sie war nicht gerne im Internat. Martine hatte sie gleich, nachdem ich ausgezogen war, dort hineingesteckt, und zwar unter dem Vorwand, daß sie nun nicht mehr in der Lage wäre, dieses Kind allein großzuziehen. Tatsächlich wollte meine Ex-Frau aber nur ihre uneingeschränkte Freiheit haben. Vielleicht hatte sie es aber auch getan, weil sie wußte, wie sehr sie mich damit kränken würde. Schließlich kannte sie meine wunden Punkte nur allzu gut... Sicher hatte Mauricette nachts in ihrem Schlafsaal geweint. Sie wußte, daß wir nicht ihre richtigen Eltern waren und zeigte schon jetzt eine Fähigkeit, ihr Schicksal hinzunehmen, wie sie nur Menschen zu eigen ist, die überzeugt sind, unter einem schlechten Stern geboren zu sein. Martine und ich hätten ihr da auch nicht helfen können, denn eigentlich waren wir beide noch viel mehr Waisenkinder als sie.

Als Daniela aus dem Wasser kam, senkte sich die Nacht

über dem orangefarbenen Horizont, und in der Gemeinschaftshütte wurden bereits die Gaslampen angezündet. Sie blieb einen Moment neben meinem Pfahl stehen, wie sie es schon auf dem Hinweg gemacht hatte.

»Langweilst du dich, Jean?«

»Nein, ich begehre dich, und das ist wunderbar.«

Das Wasser perlte von ihren Schenkeln ab. Das Pflaster über ihrer Tätowierung hatte sich etwas gelöst und gab den oberen Teil des ›J‹ frei, das noch immer nicht ganz verheilt war.

»Du gehörst zu mir«, sagte ich zu ihr.

»Ich weiß.«

»Erkälte dich nicht, Kleine!« rief Carbon aus dem Hintergrund. »Es kühlt mächtig ab, wenn die Sonne weg ist!«

»Alter Idiot!« brummte ich.

Ich wußte genau, daß ich nicht so über ihn in Gegenwart seiner Frau reden sollte. Es war nicht nur taktlos, sondern warf auch kein gutes Licht auf mich, aber ich konnte es mir trotzdem nicht verkneifen.

Wenig später trafen wir uns bei dem zum Tisch umfunktionierten Elefantenkopf. Eine junge Schwarze, schön und schüchtern zugleich, half an der Bar aus.

»Eine nette kleine Biene«, bemerkte Carbon und stupste mich mit dem Ellenbogen an. »Die sollten Sie sich für Ihren Aufenthalt hier kaufen, mein Herr vom Film.«

»Kaufen? Ich dachte, in Afrika sei die Sklaverei schon lange abgeschafft?«

»Gott sei Dank gibt es noch immer die Möglichkeit, einem Vater seine Tochter abzukaufen. Die da schätze ich auf etwa dreißigtausend Franc in der Landeswährung. Wenn Sie noch ein paar Flaschen Öl drauflegen, können Sie sie sicher haben.«

Er tätschelte Danielas Knie.

»Bevor ich meine Frau heiratete, habe ich mir jedes Jahr zwei bis drei Negerinnen gekauft. Das einzige, worin die Mädchen wirklich gut sind, ist die Liebe. Ich habe mir

soviel Mühe gegeben, sie zu erziehen und ihnen etwas beizubringen, aber sie haben einfach keine Veranlagung dazu.«
Er schockierte und ängstigte mich gleichermaßen. Er war einfach widerlich! Er war ein ungehobelter Klotz, aber darin hatte er Format, das mußte ich ihm lassen.
Lombard kam mit bekümmerter Miene herein. Er schien immer irgendwelche Sorgen zu haben, und selbst wenn er mal kurz lachte, klang das noch traurig.
»Hallo, Großer!« dröhnte Carbon. »Ich hätte Lust, morgen mal einen kleinen Ausflug in den Busch zu machen.«
Alain runzelte die Stirn. Ein kleiner Ausflug in den Busch bedeutete Jagd, und er hatte wahrscheinlich Mühe, sich vorzustellen, wie der Gelähmte mit seinen Krücken durch das Unterholz schlich. Aber sein Gesichtsausdruck löste bei Carbon nur Gelächter aus.
»Schauen Sie mich nicht so groß an, Junge. Sie brauchen keine Angst zu haben, daß ich mich mit meinen gelähmten Beinen durch den Busch schleppen will, aber man könnte doch den San Pedro bis zu einer Lichtung hochfahren und sich dort auf die Lauer legen, oder?«
»Ja, das ließe sich machen, Herr Carbon.«
»Könnten Sie das für morgen arrangieren, so daß wir vor Tagesanbruch losfahren können?«
Ich blickte zu Daniela hinüber und malte mir bereits einen leidenschaftlichen Tag mit ihr in meiner Hütte aus.
»Du kommst natürlich mit, Kindchen«, riß mich Carbons Stimme aus meinen Träumen.
»Ich würde mich morgen lieber etwas ausruhen«, gab Daniela zurück.
»Das sagst du jetzt, weil du noch ganz geschafft von der Reise bist. Aber warte nur, wenn du erst einmal ein paar Stunden geschlafen hast, wirst du wieder voll in Form sein. Weißt du noch, wie gerne du immer auf die Jagd gegangen bist? Sie kann nämlich hervorragend mit einem Gewehr umgehen«, bemerkte er zu uns gewandt.

»Mal sehen«, antwortete sie ausweichend.
Sie errötete unter meinem eindringlichen Blick und schien auf einmal ganz verunsichert.
»Aber es ist doch wohl klar, daß du mitkommst!« beendete Carbon die Diskussion in einem Ton, der keinen Widerspruch duldete.
Dann wandte er sich zu mir.
»Na, mein Herr vom Film, schlägt Ihr Herz da nicht auch schneller?«
»Ich bin kein Jäger!«
»Wenn Sie uns begleiten, werden Sie sicher einer werden. Wenn Sie erst einmal eine Flinte in der Hand halten und den Braten vor sich sehen, wird sich Ihr Zeigefinger plötzlich von ganz alleine krümmen.«
»Das würde mich aber erstaunen. Ich hasse es nämlich zu töten!«
Männer seines Schlages konnten mit solchen Erklärungen nichts anfangen. Carbon zuckte die Achseln.
»Er haßt es zu töten! Was soll das schon heißen? Sie essen doch auch Ölsardinen, oder? Und Fasan und Steak! Daß ich nicht lache! Wir leben in einer Welt, in der jeder jeden tötet. Streicheln Sie etwa die Mücke, die auf Ihrer Wange sitzt? Also, wo ist denn der Unterschied zwischen einem Büffel und einer Mücke? Der Büffel blutet nur mehr als die Mücke, das ist aber auch schon alles.«
Ich las das stumme Flehen in Danielas Augen.
»Also gut. Ich komme mit.«

*

»Cyprien, bring Champagner, damit wir die Ankunft unserer Gäste feiern können«, befahl Frau Garcin. »Und Sie, Alain, machen bitte etwas Musik. Ich muß es ausnutzen, daß eine andere Frau hier ist, um mal wieder das Tanzbein zu schwingen. Wenn ich allein bin, gestatte ich mir das nie, denn ich möchte schließlich nicht den Ein-

druck einer Animierdame machen... Dabei tanze ich leidenschaftlich gerne!«
»Ich kann aber gar nicht tanzen«, warf Daniela kläglich ein.
»Das können Sie mir doch nicht antun!« protestierte unsere Wirtin. »Und außerdem gibt es das gar nicht, Frauen, die nicht tanzen können. Vor allem bei einem so hervorragenden Tänzer wie unseren Luigi!«
Lombard legte eine Kassette ein. Ein schmachtender Slow erklang. Er drehte das Gerät noch ein wenig lauter und machte sich dann daran, den Champagner einzuschenken.
Ich wollte Daniela auffordern, aber Luigi war mir schon zuvorgekommen und hatte meine Geliebte bereits in die Mitte der Hütte geschleppt. Nun hätte ich eigentlich Frau Garcin auffordern müssen, blieb jedoch wie gelähmt sitzen. Daniela in den Armen dieses Kerls... Ich sah sie wieder vor mir, wie sie an dem Abend, an dem wir uns kennengelernt hatten, in der Bar Tango tanzte. Luigi hatte denselben schmierig erfahrenen Stil wie der andere. Sie bewegten sich Wange an Wange, Bauch an Bauch... Ein zweiter Italiener verbeugte sich vor Frau Garcin.
»Zum Wohl, mein Alter«, sagte Carbon fröhlich und reichte mir ein Glas herüber.
Als ich es nahm, sah ich, daß meine Hand zitterte.
»Ach ja, schwofen«, seufzte der Kranke, »das würde mir jetzt auch Spaß machen. Früher haben wir oft im Busch unseren Plattenspieler aufgebaut und in die Nacht hineingetanzt, Daniela und ich.«
Diese Schilderung war nicht gerade dazu angetan, meine Eifersucht zu dämpfen. Und Luigi übertrieb wirklich. Er zerschmolz fast beim Tanzen und hielt die Augen genüßlich geschlossen, wie eine Katze am Kamin.
Ich wies ihren Mann darauf hin.
»Finden Sie nicht auch, daß dieser Herr etwas zu sehr rangeht?«

Verräter! Nach und nach traten immer mehr all' meine erbärmlichen Charakterzüge in Erscheinung. Wenn Carbon nicht dagewesen wäre, hätte ich mich einfach dazwischengestürzt.
Er betrachtete das engumschlungene Paar, ohne besonders verärgert zu wirken.
»Wahrscheinlich ist unser Spaghettifresser etwas auf dem Braten eingeschlummert«, entgegnete Carbon anzüglich.
Der Slow erschien mir unendlich lang. Daniela ahnte wohl, wie es mir erging, denn sie gab sich Mühe, kühl zu bleiben, während diese Krake von einem Italiener sie mit seinen Tentakeln umschlang, sie herumschwenkte und aus dem Gleichgesicht brachte, damit er, unter dem Vorwand, sie zu halten, sie noch enger an sich ziehen konnte. Als die Musik endlich verklungen war, blieben sie noch einen Augenblick bewegungslos stehen. Dann hatte Luigi, der äußerst erregt wirkte, sogar noch die Frechheit, sie um die Taille zu fassen, als er sie zum Tisch zurückführte.
Gelbgrün vor Wut wartete ich darauf, daß er sich von Carbon entfernte, damit ich ihm ein Glas Champagner bringen konnte.
»Oh, danke ...«, sagte er und lächelte mich an.
»Wenn Sie noch einmal mit ihr tanzen, schlage ich Ihnen sämtliche Zähne aus!« knurrte ich.
Sein Lächeln erlosch augenblicklich. Aber als er mein zuckendes Gesicht und meinen zornerfüllten Blick sah, zog er es instinktiv vor, nicht darauf zu reagieren. Ich ließ ihn stehen und ging zu Daniela hinüber. Ein Tango hatte den Slow abgelöst.
»Erlauben Sie?« fragte ich Carbon steif.
»Na klar«, seufzte er.
»Man kann doch schließlich nicht jemand anderem etwas verbieten, nur weil man es selber nicht mehr kann«, hörte ich ihn halblaut vor sich hinbrummen.

Es machte mich irgendwie traurig, was er da gesagt hatte. Ich entfernte mich mit meiner Partnerin von der Gruppe.

»Weißt du, daß ich am liebsten eine Szene gemacht hätte, als ich sah, wie der Italiener mit dir tanzte?«

»Das habe ich gemerkt. Du wirkst sowieso die ganze Zeit so, als seist du kurz vorm Explodieren, Jean. Jedesmal, wenn ich mit dir zusammen bin, fühle ich mich wie auf einem Vulkan.«

Wir machten einige Tanzschritte, die allerdings durch meine Schuld reichlich ungeschickt ausfielen.

»Bist du krank?« fragte sie plötzlich. »Wenn du dich nur sehen könntest: du bist leichenblaß, und deine Stirn ist schweißbedeckt.«

»Mein Bein!« erklärte ich.

Es tat wirklich höllisch weh.

»Was, noch immer wegen Hamlets Biß?«

»Es hat sich entzündet. Scheinbar ist euer Hund doch nicht so sauber, wie ihr denkt!«

»Komm, laß uns aufhören, Jean. Du siehst aus, als würdest du jeden Augenblick ohnmächtig werden.«

»Mach dir keine Sorgen, Liebling. Es ist schön, wegen dir Schmerzen zu haben.«

Luigi forderte Frau Garcin auf und kam ostentativ mit ihr zu uns herüber.

»Ich hatte gehofft, daß du morgen früh nicht mit auf die Jagd gehen würdest«, sagte ich, als ich sie zum Tisch zurückbrachte, »und daß wir den Tag zusammen verbringen könnten.«

»Das ist unmöglich, denn er hat beschlossen, daß ich mitkomme!«

»Ich habe auch etwas beschlossen!«

»Was denn?«

»Daß du ihn verlassen wirst!«

»Noch nicht, Jean ... Bitte quäl mich nicht.«

»Also liebst du mich nicht.«

Sie hatte nicht mehr die Zeit, dagegen zu protestieren, denn schon waren wir bei den anderen angelangt.
»Das hätte mir auch Spaß gemacht«, erklärte Carbon. »Tango habe ich immer besonders gerne getanzt, und der gerade war sogar meine Spezialität. Erinnerst du dich noch, Dany, damals im Busch? An die Nächte... Der Plattenspieler war schon kurz davor, seinen Geist aufzugeben. Außerdem hatten wir keine Nadeln zum Wechseln, so daß die Platte schließlich dermaßen verkratzt war, daß die Musik einen eher an den Lärm einer Straßenbahn erinnerte!«
Frau Garcin spulte die Kassette ein Stück zurück, um den Tango noch einmal zu spielen.
»Erlauben Sie«, sagte Luigi und verbeugte sich vor Daniela.
Er wandte sich kurz zu mir um und lächelte mich boshaft an.
»Nein, lieber nicht«, gab die junge Frau zurück.
»Doch nicht etwa wegen dem, was ich gerade erzählt habe«, schaltete sich ihr Mann ein. »Sieh mal, Kindchen, es macht mir doch Spaß, dich tanzen zu sehen. Also geh nur, geh!«
Daniela zögerte noch.
»Ich bin schon ziemlich müde...«
»Das Tanzen wird dich schon wieder aufmuntern«, versicherte der Alte. »Komm, laß dich nicht so bitten!«
Gehorsam erhob sie sich. Luigi zog sie erneut an sich, ließ mich diesmal aber nicht aus den Augen. Sie tanzten.
»Gefalle ich Ihnen nicht, Herr Debise?« fragte die Wirtin halb scherzhaft.
Ich war so blind vor Wut, daß ich ihr noch nicht einmal antwortete. Sie folgte der Richtung meiner Blicke, und mit ihrem weiblichen Instinkt ahnte sie bestimmt undeutlich meine Eifersucht. Wahrscheinlich erriet sie jetzt auch die Wahrheit, denn sie wurde auf einmal ganz

nachdenklich. Inzwischen gab sich Luigi auf der improvisierten Tanzfläche ganz seinem Vergnügen hin. Sein Tanzstil war haarscharf an der Grenze zur Schamlosigkeit, und obwohl sich Daniela alle Mühe gab, gelang es ihr nicht, ihn auf Distanz zu halten.
»Sie geben Ihren Spaghettis zu viel Pfeffer zu fressen«, bemerkte Carbon. »Sehen Sie nur, wie sie sich erregen, wenn sie tanzen.«
»Sie bekommen hier nur selten eine Frau zu Gesicht«, entgegnete Frau Garcin entschuldigend.
Der Gelähmte machte noch ein paar plumpe Scherze bezüglich der erzwungenen Keuschheit der Baustellenleitung.
Entmutigt wandte ich mich zur Tür. Die Nacht war milde und sternenklar. Ich wartete das Ende des Tangos ab, obwohl mir sein Rhythmus inzwischen unerträglich geworden war. Während der letzten Takte kreuzte sich mein Blick mit dem von Luigi. Ich machte dem Italiener ein Zeichen, daß er nach seiner Vorstellung zu mir kommen sollte und verließ die Gemeinschaftshütte in der Hoffnung, daß ich mich wieder etwas beruhigen würde, wenn ich ein paar Schritte spazierenginge.
Aus dem nahegelegenen Wald hörte man den Klagegesang eines Nachtvogels, dessen Echo bis zum Meer hinausschallte. Wenn sich Daniela entscheiden würde, mit mir zu kommen, dann würde ich mit ihr in irgendeinen abgelegenen Winkel Europas fahren, am besten in die Schweiz, damit die Berge unsere Liebe beschützen könnten. Wären wir erst einmal dort, dann würde ich sie einsperren, damit sie nur noch mir gehörte und kein anderer Mann sie auch nur berühren konnte. So von allem abgeschirmt, würde sie dann ihre Reinheit wiedergewinnen können.
»Nun?« erklang eine singende Stimme hinter mir.
Ich drehte mich zu Luigi um. Ein heftiger Schmerz in meinem Bein dämpfte meine Wut ein bißchen.

»Was ist denn los mit Ihnen? Sie ist doch nicht Ihre Frau!« fügte er hinzu.
»Doch!« würgte ich hervor. »Doch, sie ist meine Frau. Und ich verbiete dir, sie noch einmal zu berühren, du Miststück! Ihr seid alle Schweine!«
Luigi stand mit dem Rücken zum Licht, und deshalb sah ich seine Faust nicht kommen. Sie landete auf mir mit der Wucht einer Explosion. Ich hatte das Gefühl, daß er mir sämtliche Zähne ausgeschlagen und den Kiefer ausgerenkt habe. Eigentlich hatte ich mich immer zu pazifistischen Gefühlen bekannt und eher eine Politik der »linken Backe« betrieben. Aber das änderte nichts daran, daß ich, wenn ich jetzt eine Waffe gehabt hätte, meinen Gegner ohne das geringste Zögern getötet hätte. »Wir leben in einer Welt, in der jeder jeden tötet«, hatte Carbon behauptet. Halb wahnsinnig vor Schmerz stürzte ich mich auf den Italiener. Es war mindestens zehn Jahre her, daß ich mich zum letzten Mal geprügelt hatte. Damals schlug ich mich wegen Martine. Wir waren auf einer Hochzeit gewesen. Dort hatte der Leiter der kleinen Tanzkapelle sie nicht mehr aus den Augen gelassen, so daß es schon allen auffiel. Am nächsten Tag entdeckte ich den Musiker hinter einem Busch in der Nähe unseres Hauses, wo er meiner Frau auflauern wollte. Ich hatte ihn wutentbrannt hervorgescheucht und ihm eine solche Ohrfeige verpaßt, daß ich meinte, noch heute das Brennen in meiner Handfläche spüren zu können.
Unser Kampf hatte nicht lange gedauert. Wir wechselten ein paar Hiebe... Die Leute blickten zu uns herüber, und ihre Neugier besänftigte uns nach und nach, so daß wir uns bald wortlos und ohne nennenswerte Schrammen trennten.
Heute jedoch war der Kampf Ernst. Die Heftigkeit, mit der ich auf Luigi einstürmte, ließ ihn das Gleichgewicht verlieren. Wir wälzten uns im Sand, der noch immer warm war, und versuchten ungeschickt, immer weiter

auf den anderen einzuschlagen. Ein lauter Paso doble übertönte unseren Kampfeslärm. Ich schlug ihm mit aller Kraft auf den Kopf und trat ihm gegen das Knie, zum Glück, ohne größeren Schaden anzurichten. Ein dunkles Bedürfnis ihn zu zerstören, hatte von mir Besitz ergriffen. Ich spürte seine Fäuste nicht mehr. Meine Wut ergoß sich in einem Hagel von Schlägen auf ihn. Er atmete schwer und fluchte heftig auf italienisch. Auf einmal merkte ich, daß ich über ihm kniete. Sein Polohemd war zerrissen, und ich sah den weißen Fleck seines halbnackten Bauches. Meine Faust hieb in das weiche Fleisch, Luigi stieß ein Röcheln aus. Bevor er Zeit hatte, wieder hochzukommen, hatte ich ihm schon in den Magen getreten. Er zuckte schnaufend im Sand. Als ich das sah, gewann ich augenblicklich meine Ruhe zurück. Ich streckte Luigi die Hand hin.

»Es ist ja wirklich zu lächerlich«, stammelte ich. »Verzeihen Sie!«

Er massierte sich vorsichtig den Unterleib, wobei sein Körper noch immer von Schluchzern geschüttelt wurde.

»Scheißkerl!« knurrte er.

Ich hielt ihm noch immer meine Hand hingestreckt. Er spuckte sie an. Also verpaßte ich ihm noch eine Ohrfeige, wischte seine Spucke an seinem Hemd ab und richtete mich wieder auf. Eine unsägliche Traurigkeit überkam mich.

Ich erinnerte mich an die Tränen in seinen Augen, als ich ihnen von Venedig erzählt hatte. Er lebte sechstausend Kilometer von zu Hause entfernt und arbeitete hart in einem Land, in dem er sich nicht wohlfühlte. Und dann kam plötzlich auch noch einer daher, der sich blind vor Eifersucht auf ihn stürzte ... Sollte ich jetzt eigentlich alle Männer zusammenschlagen, die es wagten, Daniela anzuschauen?

»Es tut mir wirklich sehr leid, Luigi. Aber Sie müssen wissen, daß diese Frau meine Geliebte ist, die ich über alles verehre. Ich bin nur nach San Pedro gekommen, um sie zu sehen. Oh, begreifen Sie doch . . .«

Er blickte mich an. Seine Nase blutete. Im Dunkel der Nacht wirkte sein Blut ganz schwarz. Es rann um seinen Mund, lief ihm über das Kinn und tropfte schließlich auf sein weißes Polohemd.

Er stieß etwas in seiner Sprache hervor. Ich verstand ihn nicht, meinte aber, aus dem Tonfall schließen zu können, daß es sich nicht um eine Beleidigung handelte. Er erhob sich stöhnend. Er würde morgen auf der Baustelle das ganze Gesicht voller blauer Flecken haben. Er arbeitete hart. Abends, nach dem Essen, saß er normalerweise im Licht einer Lampe und schrieb lange Briefe auf ein gelbliches Papier. Seine Schrift wies dieselben geschlungenen Linien auf, die man auch bei manchen italienischen Nudeln findet. Und irgendwo in einem Dorf in Venetien saß eine Frau, die von zahlreichen Schwangerschaften aus dem Leim gegangen war, und wartete auf diese Briefe . . . Luigi erzählte ihr sicher von seiner Arbeit, von den Hotelgästen, dem Wetter, den unberechenbaren Launen der Schwarzen . . . Ich schämte mich ihm gegenüber vor allem, weil ich es mir leisten konnte, den ganzen Tag zu faulenzen.

»Haben Sie schmerzen?«

»Va bene!«

Er entfernte sich in Richtung seiner Hütte.

Alain Lombard tauchte aus dem Schatten auf. Er ließ sich auf einem Einbaum nieder, der in einen Blumenkübel umfunktioniert worden war. Von meinem Gefühl her hatte unser Kampf ungeheuer lange gedauert, aber jetzt merkte ich, daß noch immer der Paso doble von vorhin lief.

»Waren Sie die ganze Zeit hier?«

Er steckte eine Hand in den Ausschnitt seines Hemdes und kratzte sich heftig die Brust.

»Diese Intellektuellen wissen wirklich nicht, wie man

sich prügelt, aber dafür waren Sie gar nicht so schlecht«, erklärte er. »Sie waren so wütend, daß Sie Ihren Gegner völlig überrumpelt haben.«
»Sie sollten jetzt noch ein bißchen unsere Wirtin bewegen«, fügte er nach einer kurzen Pause hinzu, »sonst ärgert sie sich schwarz.«

4

Die Nacht war wie ein nicht endenwollender Alptraum. Wegen der Bißwunde, des Sonnenbrands und der Schlägerei gab es so ziemlich keine Stelle mehr an meinem Körper, die mir nicht wehtat. Außerdem hatte mir Luigi tatsächlich einen Zahn ausgeschlagen, und ich konnte nicht damit aufhören, mit der Zunge über die Lücke im Kiefer zu fahren.
Ein lautes Klopfen an meiner Tür riß mich aus einem Traum, in dem ich gerade unter merkwürdigen Umständen ums Leben kam.
»Aufstehen«, rief Lombard trocken. »Es ist Zeit!«
Ich murmelte eine Antwort und versuchte, etwas klarer im Kopf zu werden. Es war noch dunkel. Durch die Ritzen in meinen Fensterläden konnte ich sehen, daß in der Nachbarhütte schon Licht brannte. Die Carbons waren also bereits dabei, sich für diesen schrecklichen Jagdausflug vorzubereiten. Wenn ich mir die beiden als Ehepaar vorstellte, hörte Daniela auf, »meine« Daniela zu sein und wurde zu einer wildfremden Person für mich. Ich gähnte und beschloß aufzustehen ... Es war gar nicht einfach für mich, mich nach all' diesen Attacken überhaupt noch zu bewegen. Im Moment fühlte ich mich jedenfalls noch erheblich mehr wie ein Invalide als Carbon.
Ich bemerkte einen schmalen Lichtstrahl auf meinem Kopfkissen. Zuerst dachte ich, er käme aus der Nachbarhütte. Ich hielt meine Hand über den Lichtstreifen, um

ihn zum Verschwinden zu bringen, aber nun schien er im Gegenteil noch viel heller zu leuchten. Die Sache kam mir irgendwie übernatürlich vor, paßte aber eigentlich hervorragend zu meinen wirren Träumen.
Ich richtete mich schnell auf, kletterte unter dem Moskitonetz hervor und machte mich auf die Suche nach der Unterwassertaschenlampe, die mir als Nachttischlampe diente. Wegen der hohen Luftfeuchtigkeit konnte man hier normale Lampen vergessen. In ihrem Lichtstrahl erkannte ich, daß der Schein auf meinem Kopfkissen von einem braunen Glas herrührte, das etwas phosphoreszierte. Von nebenan ertönte Carbons Stimme. Er sang ein Lied über die Nächte in China. Er schien voller Lebensfreude. Trotz seiner Lähmung wußte dieser Kerl noch das Leben zu genießen. Sicher gab es nicht viele Männer, die sich auf Krücken in den Busch wagten, um zu jagen!
Ich rasierte mich mehr schlecht als recht, weil ich kaum etwas sehen konnte. Es blieben immer noch ein paar Stoppeln am Kehlkopf und rund um den Mund. Ich zog mir eine saubere Hose an, jedoch nicht, ohne vorher meine Bißwunde untersucht zu haben. Die Wunde wurde nicht mehr dicker, aber die Schwellung ging auch nicht zurück. Dieser gleichbleibende Zustand erschien mir besonders besorgniserregend. Ob mein Unterschenkel nun wohl bis an das Ende meiner Tage hart, blau und geschwollen bleiben würde?
Meine Uhr zeigte vier Uhr. Ich ging zu den anderen, die sich bereits in der Gemeinschaftshütte versammelt hatten. Lombard hatte nur eine einzige Lampe angezündet, und ich hatte den Eindruck, auf einer Totenwache zu sein.
»Sieh mal an, da kommt ja unser Herr vom Film!« dröhnte Carbon, während er sich zwei Scheiben Schinken zugleich in den Mund stopfte.
»Fürchten Sie sich auch nicht zu sehr?«
Ich brgrüßte die drei mürrisch. Das Erlebnis mit dem

phosphoreszierenden Glas, neben dem ich geschlafen hatte, quälte mich noch immer wie ein schlechtes Vorzeichen, und Danielas glühende Augen trugen auch nicht gerade dazu bei, mich zu beruhigen. Diese Jagdpartie war gar nicht nach meinem Geschmack. Ich fand es gemein, mich dem Ehepaar anzuschließen, denn es war eine Erniedrigung für unsere Liebe.

»Sie sollten einen Happen zu sich nehmen, mein Alter«, empfahl Carbon. »Dann wird es Ihnen gleich bessergehen.«

»Ich esse morgens niemals etwas.«

»Versuchen Sie es wenigstens!«

Honoré, ein älterer Schwarzer, der als Fährtenleser und Gärtner diente, erschien. Er trug ein bedrucktes Lendentuch und eine weiße Schirmmütze. Sein Gesichtsausdruck war voller Melancholie.

»Ist die Ausrüstung fertig?« erkundigte sich Lombard bei ihm.

»Alles fertig, Herr.«

»Sind die Benzinkanister voll?«

»Total voll, Herr.«

»Gewehre, Munition, Verpflegung?«

»Aber ja, alles in Ordnung!«

Der starke Kaffee drehte mir fast den Magen um. Ich ließ das meiste stehen und erklärte, daß ich fertig zum Aufbruch sei.

Wir setzten uns in einen alten Lkw, der tatsächlich noch klappriger als der 2CV war. Zuerst wurde Carbon auf den Beifahrersitz gehoben. Daniela und ich kletterten zu dem Schwarzen auf die Ladefläche. Ich freute mich auf die Zeit, die ich mit ihr allein sein konnte, wurde aber irgendwie noch immer von bösen Vorahnungen geplagt. Kaum hatten wir uns niedergelassen, ergriff ich die Hand meiner Begleiterin.

»Du wirkst ungeheuer sauer«, flüsterte sie.

Der Wagen fuhr so ruckartig an, daß wir auf die Gewehre

fielen. Ich nutzte die Situation, um sie zu umarmen. Honoré war stehengeblieben, da er sich an der Fahrerkabine festgehalten hatte.
»Das hier paßt mir alles nicht«, gestand ich.
»Dieser Jagdausflug?«
»Das Leben, das wir hier führen. Diese flüchtigen Umarmungen, diese Blicke und die Herzlichkeit deines Mannes. Findest du das nicht auch erniedrigend?«
»Ich weiß nicht. Ich habe ja dich, und das ist gut.«
»Ich habe nicht das Gefühl, dich zu haben, eher im Gegenteil. Ich begreife hier erst richtig, daß du einem anderen gehörst. Obwohl er seinen Pflichten als Ehemann nicht mehr nachkommen kann, bleibst du für ihn doch seine Frau, sein Geschöpf. Ich habe dich beobachtet... Du fürchtest dich vor ihm. Aber du bewunderst ihn auch, nicht wahr?«
»Ja, wahrscheinlich.«
»Er ist runzlig wie eine Korkeiche, er...«
»Bitte nicht, Jean. Du weißt doch, wie ich das verabscheue...«
»Nur noch ein Wort: er ist innerlich genauso grobschlächtig wie äußerlich, er hat nicht die geringsten geistigen Anlagen, er hat keine Manieren, aber du hast dich ihm unterworfen.«
»Es hört sich an, als würdest du lispeln!« murmelte sie lächelnd.
Manchmal hatte sie wirklich eine umwerfende Art, mit solchen Bemerkungen das Thema zu wechseln.
Ich öffnete den Mund und wies mit der Zungenspitze auf die Lücke in meinen Zähnen.
»Ich lispele, weil ich mich gestern abend mit deinem Tänzer geprügelt habe und er mir dabei einen Zahn ausgeschlagen hat.«
Daniela runzelte die Stirn. »War das, als ihr nach dem Tango hinausgegangen seid?«
»Ja.«

»Ich hatte schon so etwas befürchtet, denn du warst ganz gelb vor Wut.«
»Er hat einfach zu dick aufgetragen. Und zu allem Überfluß versuchte auch noch dein werter Mann, mich zu beruhigen. Das ist doch wohl der Gipfel, oder? Sieh mal, Daniela, ich muß dir etwas sagen: die Liebe ist für mich eine sehr wichtige Angelegenheit. Ich will alles oder nichts. Niemals werde ich billigen, daß die Frau, die ich liebe, mit einem anderen zusammenlebt, mit einem anderen tanzt, mit anderen redet...«
Der Lastwagen holperte über den Weg, aus dem der tropische Regen tiefe Fahrrinnen gewaschen hatte. Die Nachtluft war voller unbekannter Gerüche. Wir durchquerten das schlafende Dorf. Ab und zu hörte man wie bei uns auf dem Lande einen Hahn krähen. Schließlich folgten wir einer Straße, die von hohen Kokospalmen gesäumt war und deren riesige Blätter sich wie Schattenrisse gegen den klaren Himmel abhoben.
»Ich mache dir Angst, nicht wahr?«
»Jetzt nicht mehr, Jean.«
»Warum?«
»Weil ich jetzt weiß, daß du mich liebst. Vorher war ich mir da nicht so sicher. Ich dachte, alles wäre nur eine Laune von dir. Aber jetzt habe ich mehr Klarheit. Unsere Liebe nährt sich von dem gleichen Feuer.«
»Das finde ich nicht. Dein Feuer glüht eher. Es knistert wie in einem Kamin leise vor sich hin. Das Feuer meiner Liebe dagegen...«
»Deine Liebe ist die eines ungebundenen Mannes. Sie wird ständig von deiner Ungeduld angefacht. Und trotzdem sind wie eins, mein Liebling!«
Sie schielte zu dem Schwarzen hinüber. Der Fahrtwind hatte den Schirm seiner Mütze hochgeklappt, und so wirkte seine große Nase noch gewaltiger.
Hastig gab sie mir einen Kuß und ließ ihre Zunge zwischen meine Lippen schnellen.

»Da staunst du, was?« fragte sie und lachte mit kindlichem Vergnügen.
Sie zog etwas an meiner Zunge und entdeckte, daß sie an einer Seite blutig war.
»Du mußt zum Zahnarzt gehen. Er wird dir eine schöne Krone machen, die dein Lächeln noch viel strahlender werden läßt. Übrigens, weißt du schon, daß wir Hamlet wiederbekommen haben?«
»Nett zu hören!«
»Ja, er kam von ganz alleine zurückgelaufen. Vorgestern morgen fand Theresa ihn schlafend vor dem Gartentor, als sie Milch holen wollte.«
Wir fuhren nun durch den Wald, dessen tiefe Stille nur durch das Zwitschern der Vögel unterbrochen wurde.
Ich bemerkte eine Reihe Rodungsplätze mit großen gelben Bulldozern. Die frisch geschlagenen Lichtungen mit den entwurzelt daliegenden Bäumen erweckten den Eindruck, als sei dort kürzlich eine Bombe niedergegangen.
Der Geruch von Baumharz war so intensiv, daß er schon fast unerträglich war.
»Jean, erzähl mir was«, bat mich Daniela und streichelte meine Oberschenkel.
»Ich habe keine Lust, dir etwas in Gegenwart Dritter zu erzählen.«
»Der Neger wird nicht zuhören!«
»Ich kann das Wort Neger nicht leiden.«
»Und trotzdem steht es im Wörterbuch. Neger bezieht sich auf das lateinische Wort ›niger‹, was schwarz heißt. Hör doch bitte auf zu schmollen, ich flehe dich an. Wenn wir nur wirklich wollen, wird sich schon alles wieder einrenken, ohne daß wir etwas überstürzen müssen . . .«
»Und was schlägst du vor? Soll ich etwa darauf warten, daß dein Mann das Zeitliche segnet? Ich bin zwar achtzehn Jahre jünger, aber er ist sechsunddreißigmal so gesund wie ich!«

Bevor sie antworten konnte, nahm ich ihre Hände und bat sie um Verzeihung. Der Lastwagen verlangsamte auf einmal am Fuß einer Böschung schlagartig das Tempo. Eine feuchte Kühle legte sich um unsere Schultern. Lombard hielt an.
»Endstation!«
Alain kam nach hinten und bedachte Daniela und mich mit einem langen, undurchdringlichen Blick. Wenn man ihn genauer untersucht hätte, hätte man bemerkt, daß er vorwurfsvoll war. Lombard war einer von diesen Typen, die den Zyniker spielen, es aber trotzdem nicht dulden konnten, daß man einem Gelähmten Hörner aufsetzte.
Er hielt Daniela die Hand hin, um ihr beim Herunterspringen von der Ladefläche zu helfen.
»Oder haben Sie etwas dagegen?« wandte er sich bissig an mich.
Die Kühle kam vom nahen San Pedro, den man leise rauschen hören konnte. Die Straße endete an seinem Ufer und ging auf der anderen Seite in Form einer Rollbahn weiter. Eine schwerfällig wirkende Fähre ermöglichte die Überfahrt, aber zu dieser frühen Stunde war natürlich noch niemand da, um sie zu bedienen. Nachts waren die Einwohner von San Pedro völlig von der Außenwelt abgeschnitten.
Honoré schleppte unsere Ausrüstung zu einer verbeulten eisernen Barkasse, die oberhalb der Fähre festgemacht war. Lombard erklärte, daß nur Boote aus Metall auf diesem Fluß eine Chance hätten. Sein Lauf wurde immer wieder von Felsen oder Stromschnellen unterbrochen, und das schnell dahinströmende Wasser riß oft dicke Baumstämme mit sich, so daß höchste Anforderungen an die Widerstandsfähigkeit eines Bootes gestellt werden mußten. Um das Fahrzeug zu erreichen, mußten wir ein Stück über den schlammigen Lehmboden des Flusses waten, der buchstäblich atmete und unsere Füße nur widerwillig wieder freigab.

»Mein Mann wird niemals bis zum Boot kommen«, verkündete Daniela, nachdem sie sich in den rötlichen Morast gewagt hatte.
»Dann werden wir ihn eben tragen«, entschied Alain.
Er sagte Carbon, er solle ihm und mir den Arm um den Hals legen und sich dann auf seine Krücke setzen, die wir in Stuhlhöhe quergefaßt hielten. Es war ein merkwürdiges Gefühl für mich, den muskulösen, behaarten Arm von Danielas Mann auf meiner Schulter zu spüren. Carbon mochte gut hundert Kilogramm wiegen. Er strömte einen strengen Geruch aus, der mich an einen Ziegenbock erinnerte und mir fast den Magen umdrehte. Ich mußte all' meine Kraft zusammennehmen, um ihn hinüberzutragen. Wir setzten ihn im Vorderteil des Bootes ab. Er ließ sich mit dem Rücken zur Fahrtrichtung auf der vorderen Bank nieder und entließ uns mit einer Handbewegung.
»Vielen Dank, Jungs. Entschuldigt, daß ich so schwer war, aber wenn man sich nur mit Krücken bewegen kann, setzt man mehr Fett als Muskeln an.«
Ich setzte mich neben Daniela auf die Bank in der Mitte, während Alain und der Schwarze es sich im Heck bequem machten. Nach ein paar erfolglosen Versuchen sprang der Johnson-I8CV-Bootsmotor endlich an. Sein Knattern wurde vom Laub der Bäume zurückgeworfen. Es war noch immer tiefe Nacht. Das Wasser des Flusses erinnerte an schwarze Tinte. Die Ufer waren von üppigen Mangrovenbäumen gesäumt, deren Luftwurzeln in dichten Reihen über der schlammigen Böschung hingen. Wir fuhren durch den kühlen Morgen, dessen Luft von einer Vielfalt betäubender Gerüche gesättigt war. Hier, in der Nähe seiner Mündung, beschrieb der San Pedro etliche weite Kurven. Er war breit und tief. Aber schon bald darauf verschwanden die Biegungen, und sein Bett glich nun mehr dem eines Wildbachs. Während der Regenzeit würde er wahrscheinlich gewaltig anschwellen.

Anstelle der Mangroven sah man jetzt das Astwerk riesiger Bäume in den Himmel streben. Ein Vogel stieß in regelmäßigen Abständen einen langen, abgehackten Schrei aus.
»Der Klagevogel«, erläuterte Carbon.
Ich zeigte auf einen der gewaltigen Baumstämme.
»Was sind das hier für Bäume?«
»Kapokbäume. Eines Tages ist einer von ihnen auf mich draufgefallen. Er war nicht auf die Seite gekippt, zu der er sich anfangs geneigt hatte.«
Er seufzte und streichelte seine Krücken.
»Aber das war schon in Ordnung. Schließlich hatte ich ihn vorher auch ganz schön demoliert! Es war nur normal, daß sich einer von ihnen mal rächen würde.«
Nach und nach erwachte das Leben um uns herum. Es begann in der Luft. Ein Tier, das eher aussah wie das Skelett eines Vogels, überflog mit riesigen Flügeln den Fluß. Dabei entstand ein Geräusch, als würden zwei Wäscherinnen ein Laken schwenken, bevor sie es zusammenlegten.
»Ein Tukan«, stellte mein Gegenüber lächelnd fest.
Er schien sich rundrum wohl zu fühlen. Das Leben am Fluß weckte seine alten Lebensgeister. Er sog die würzige Luft ein, betrachtete das Laubwerk, über dem es jetzt langsam heller zu werden begann, und strahlte vor Wohlbefinden.
Ab und zu beugte er sich zur Seite und ließ seine Hand durch das Wasser gleiten.
»Es ist ganz lauwarm...«, sagte er zu Daniela. »Fühl mal, Kindchen.«
Sie gehorchte nicht, so als wollte sie mir ihre Ablehnung beweisen. Es war auch eine Art Auflehnung gegen dieses alberne Kosewort, mit dem sie ihr Mann in aller Öffentlichkeit ansprach.
»Man könnte denken, man hielte die Hand in mein Schwimmbad. Willst du nicht mal fühlen? Du scheinst

wohl heute morgen noch nicht ganz dazusein, was? Schläfst noch etwas, meine Kleine? Du wirst sehen, wie du dich freuen wirst, wenn es erst einmal Tag ist.«

Man merkte, daß er voller Nachsicht ihr gegenüber war. Ich sagte mir, daß ich niemals diese unendliche Geduld für Daniela aufbringen würde, weil ich niemals in der Lage sein würde, sie wie meine Tochter zu behandeln.

Als ihm klar wurde, daß sie im Moment nichts von ihm wissen wollte, ließ er von ihr ab und erkor mich zu seinem Gesprächspartner.

»Oh, wie ich dieses Land liebe! Haben Sie schon mal Ihre Nase in den Busch gesteckt? Nein? Das sollten Sie aber! Man läuft dort auf Trampelpfaden, die man jedesmal selbst mit dem Buschmesser freischlagen muß. Wenn man nicht gerade ein Floß aus Baumstämmen hat, muß man auch durch die Poto-Potos zu Fuß. Sie wissen nicht, was ein Poto-Poto ist? Es ist eine Art Teich im Wald, besser gesagt eine Art Sumpf... Die Oberfläche ist ganz von einem Teppich grüner Pflanzen bedeckt. Das Wasser ist warm, und nachts sieht man darin die Augen der Krokodile leuchten... Man steigt vorsichtig hinein und hält dabei sein Gewehr und die Munition hoch. Sie fragen, ob das sein muß? Ich will Ihnen mal was sagen: einzig dort ist Afrika noch echt, Südamerika wahrscheinlich auch, aber das kenne ich nicht. Man muß sehen, daß man davon noch etwas mitkriegt, denn dieser verdammte Fortschritt versaut einfach alles. Nehmen Sie nur San Pedro! In zehn Jahren wird es sich nicht mehr lohnen, hierher zu kommen, Bootsanlegeplätze, Gebäude und Bars, in denen die schwarzen Mädchen ihren Hintern verkaufen, wie sie sagen... Da fahre ich doch lieber nach Toulon.«

Er befahl Lombard mit einer gebieterischen Geste, den Motor abzustellen. Gehorsam drehte der Jagdführer den Versorgungshahn zu. Nun hörte man nur noch das leise Klatschen der Wellen an den Bootswänden. Honoré

bewaffnete sich mit einem Paddel, um zu verhindern, daß das Boot auf einer Sandbank auflief. Lombard fragte Carbon in Zeichensprache, was los sei. Der jedoch wandte sich an den Schwarzen.
»Hörst du die Affen da oben?« flüsterte der Invalide und zeigte auf einen Kapokbaum am gegenüberliegenden Ufer, der noch gewaltiger als die anderen war.
Wir schwiegen. Honoré spitzte die Ohren. Kurz darauf glitt ein bejahendes Lächeln über sein Gesicht. Er nickte. Carbon zeigte auf ein Gewehr. Folgsam streckte Lombard es mir hin, und ich gab es an Carbon weiter.
»Können Sie etwas hören?« flüsterte ich Daniela ins Ohr. Sie schüttelte den Kopf. Wenn man genau hinhörte, konnte man jedoch außer dem Rauschen des Flusses und den Klagerufen des Tukan noch ein kurzes, leises Krächzen vernehmen. Carbon legte blitzschnell das Gewehr an. Dann blieb er absolut unbeweglich, wie zu einer Salzsäule erstarrt. Bald darauf drang ein leichtes Knacken aus dem Geäst. Es klang, als wenn etwas von einem Ast zum anderen springen würde. Ein Schuß zerriß die Stille. Das Tier war mitten im Sprung getroffen und plumpste nach unten. Ein Regen von Blättern und kleinen Ästen segelte hinterher. Ein zweites Tier versuchte panikartig dem Baum zu entfliehen, wurde aber wie das erste von einem weiteren Schuß tödlich getroffen. Der zweite Affe schien sich gerade an einem Ast festgehalten zu haben, denn er pendelte da noch einen Moment an seinen ausgestreckten Armen, wie ein Turner, der sich am Hochreck für einen Aufschwung vorbereitet. Eine Hand nach der anderen löste sich von dem Ast. Noch hob sich sein mitleiderregender Umriß vom Himmel ab, aber dann verließen das Tier seine letzten Kräfte, und es fiel senkrecht zur Erde, wo es mit einem fürchterlichen Knall aufschlug.
»Gut getroffen«, sagte Lombard bewundernd. »Auf diese Entfernung und im Halbdunkel – alle Achtung!«

Carbon zwinkerte Daniela zu.
»Scheinbar bin ich doch noch nicht ganz eingerostet, was? Die nächsten sind für dich!«
Er holte Patronen aus seiner Tasche und lud das Gewehr nach.
»Warum haben Sie die beiden wehrlosen Affen getötet, die man noch nicht einmal essen kann?« fragte ich zornig.
Der Gelähmte grinste über meinen Gefühlsausbruch.
»Sieh mal an, unser Herr vom Film scheint Mitglied beim Tierschutzverein zu sein! Langsam glaube ich auch, daß aus Ihnen niemals ein Jäger wird.«
»Da können Sie Gift drauf nehmen!«
Er zuckte die Achseln.
»Es muß eben jeder nach seiner Fasson selig werden.«
»Macht es Ihnen Spaß zu töten, Herr Carbon?«
»Aber es geht doch nur darum, eine Zielscheibe zu treffen, mein Alter!«
»Eine Zielscheibe, die ein paar Sekunden vorher noch gelebt hat! Sie hat sich durch die Bäume geschwungen, gefressen und sich fortgepflanzt. Und nun liegen hier zwei Tiere im Wald und verwesen für nichts und wieder nichts!«
»Sie werden vorher schon von anderen Tieren aufgefressen werden.«
Ich hatte keine Lust, die Diskussion fortzusetzen. Der Motor wurde wieder angeschmissen, und wir setzten unsere Fahrt flußaufwärts fort. Der Tag brach an. Eine Reihe weißer Stelzvögel mit blauen Federbüscheln auf dem Kopf marschierte mit vorsichtigen kleinen Schritten am Ufer entlang.
Carbon legte an. Nachdem sich der Rauch gelegt hatte, sah man büschelweise weiße Federn auf die Böschung sinken, auf der auch noch Blutspuren zu erkennen waren.
Ich begriff, daß dieser Schuß vor allem für mich bestimmt

gewesen war. Indem Carbon auf den weißen Vogel schoß, gab er mir deutlich zu verstehen, was er von meinem Protest hielt. Er hatte die Kugel benutzt, um mir seine Verachtung auszudrücken.
Ich spürte, wie Danielas Schulter die meine streifte, und wußte, daß sie an diesem Morgen begonnen hatte, sich innerlich von ihrem Mann zu lösen. Ohne daß sich der Gelähmte dessen bewußt war, gewann ich langsam an Boden.
Das Vorwärtskommen wurde ständig schwieriger. Immer mehr Baumstämme trieben den Fluß hinunter. Manchmal mußten wir uns hinlegen, so schief hingen die Bäume über dem Wasser, und ab und zu mußten wir uns sogar den Weg durch ihr Geäst freischlagen.
»Na, das ist schon etwas anderes als ein Sonntagsspaziergang, was?« jubelte Carbon.
Auf einmal verlor sich der Fluß in einer sandigen Furt. Er versickerte so sehr, daß nur noch ein paar Rinnsale an ihn erinnerten. Sogleich mußten wir alle, mit Ausnahme des Gelähmten, das Boot verlassen, damit es weniger Tiefgang bekam. Trotz aller Anstrengungen konnten wir jedoch nicht verhindern, daß es sich so tief in den Sand hineinbohrte, daß wir einen Traktor oder ein Ochsengespann gebraucht hätten, um es wieder frei zu kriegen.
»Wir müssen den Motor abmachen, damit es hinten leichter wird und ihm vorne eine neue Fahrrinne graben«, stellte Lombard lustlos fest.
Ich fand diese Aufgabe verlockend. Es war endlich hell geworden, und die Vögel zwitscherten so laut sie konnten. Über den Gipfel des Urwalds stieg langsam eine bläulich schimmernde Sonne empor und gab dem Fluß seine natürliche Farbe zurück. Das Wasser leuchtete jetzt grünlich über dem Rot des sandigen Untergrundes.
Lombard nahm eine Campingschaufel und machte sich an die Arbeit. Ich half ihm, so gut ich konnte, indem ich mit dem Paddel den Sand von den Seiten des Bootes

wegzuschaufeln versuchte. Honoré hatte den Motor abgeschraubt und ihn gegen einen Mahagonistamm gelehnt. Nach zwanzig Minuten hatten wir die Barkasse aus ihrer Umklammerung befreit.
»Mein Gott«, jammerte Carbon, »wenn ich nicht Beine wie Pudding hätte, dann hätte ich euch das verdammte Boot wie eine Blume rausgerupft!«
Die Blicke, mit denen ihn seine Frau daraufhin bedachte, taten mir ungeheuer wohl. Offensichtlich regte sich Daniela über die Angeberei dieses Stiers, der zum Ochsen geworden war, doch reichlich auf. Vielleicht war ich doch nicht umsonst gekommen. Die Gegenüberstellung fiel immer mehr zu meinen Gunsten aus. Sie fing an, ihn zu verachten, und es würde nicht mehr lange dauern, bis sie ihn nicht mehr würde ertragen können.
»Gut, wir werden also umkehren müssen!« seufzte Lombard.
Der junge Mann wirkte ziemlich geschafft von der anstrengenden Graberei.
»Warten Sie, ich gehe den Motor holen«, sagte ich, ohne zu ahnen, daß meine Gefälligkeit das Schicksal von drei Menschen nachhaltig beeinflussen würde.

5

Ich war überrascht über das Gewicht des Motors – so schwer hatte ich ihn gar nicht eingeschätzt.
Als ich noch jung war, jammerte meine Mutter immer: »Dieser Junge hat wirklich zwei linke Hände.« Ob sich eine solche Ungeschicklichkeit wohl jemals überwinden läßt? War es mein Fehler, wenn mir die Dinge nicht gehorchten? Daß sie mich verrieten, kaum, daß ich sie in die Hände genommen hatte? Tatsächlich bin ich nie ganz davon geheilt worden. Wenn man mir eine Tasse Kaffee

hinhielt, sah ich mich schon im Geiste, wie ich sie über meine Hose schüttete. Ich erkläre das alles nur, damit man begreift, warum ich den Motor nicht an dem Schalthebel hochhob, der hervorragend zum Transport geeignet war, sondern ihn in beide Arme nahm. Ausnahmsweise hatte ich mal keine Angst, mir meine Kleidung zu beschmutzen, und watete nun mit ihm zu meinen Gefährten herüber.

Lombard hatte sich wieder etwas erholt, da er sich im Vorderteil des Schiffes einen Augenblick hingelegt hatte. Carbon erzählte ihm von seinen Jagderlebnissen. Daniela betrachtete versonnen den Fluß, an dessen Ufern sich eine wachsende Menge von Eisvögeln und Eishornvögeln tummelte.

Niemand achtete auf mich, der ich wie ein Holzfäller mit dem öligen Motor in den Armen durch das Wasser stapfte. Als ich in Höhe des Bootes angekommen war, dort, wo der Flußlauf wieder zu strömen begann, sank ich mit meinem linken Fuß plötzlich ungefähr dreißig Zentimeter ein. Ich dachte nur noch an den Motor. Würde er ins Wasser fallen, dann würden die Zündkerzen naß werden, und man könnte ihn erst einmal vergessen. Verzweifelt stemmte ich ihn hoch und scheuerte dabei mit der Schiffsschraube an meinem verwundeten Bein entlang. Der Schmerz war so heftig, daß ich fast das Bewußtsein verlor. Mir wurde übel, schwindlig und schwach zugleich.

»Schnell!« stöhnte ich.

Lombard beugte sich vor, um mir meine Last abzunehmen. Ich stützte mich auf den Bootsrand und schloß die Augen, damit niemand merkte, was mit mir los war. Langsam spürte ich, wie der Schmerz unter dem kühlen Strom des Wassers nachließ und atmete tief durch.

»Was haben Sie?« fragte Daniela.

»Ich habe mich an der Schiffsschraube verletzt.«

Ich setzte mich auf die Ruderbank und zog vorsichtig

meine Beine nach oben. Die junge Frau verzog bestürzt das Gesicht, als sie sah, daß mein Bein voller Blut war.
»Ich bin wirklich zu ungeschickt«, brummte ich.
»Das können wir nicht so lassen«, sagte Daniela. »Zeigen Sie mal her!«
Die Schraube hatte den Stoff meiner Leinenhose ein ganzes Stück aufgeschlitzt. Der Riß enthüllte meine Wunde vollständig. Man sah mein geschwollenes, lila-grün verfärbtes Bein mit den hervortretenden Adern. Einer der Flügel der Schiffsschraube hatte die Wunde wie ein Skalpell aufgeschlitzt. Aus dem tiefen Kratzer sikkerte verdächtig dunkles und mit Eiter durchsetztes Blut.
»Mein Gott!« entfuhr es meiner Geliebten, und sie verdrehte die Augen.
Nun beugte sich auch Carbon vor.
»Oh weh! Sagen Sie mal, Ihr Unterschenkel sieht aber gar nicht gut aus! Was haben Sie denn da gemacht?«
»Es ist ein Insektenstich, der sich entzündet hat.«
Und dann ließ Lombard unerwartet diese schreckliche kleine Bemerkung fallen, die mir wegen ihrer Folgen wohl noch bis ans Ende meiner Tage in den Ohren klingen wird: »Aber mir haben Sie doch erzählt, daß Sie von einer dänischen Dogge gebissen worden seien!«
Mit einem Schlag waren meine Schmerzen unwichtig geworden. Es gab nichts mehr für mich auf der Welt, als diese unschuldige Bemerkung, die ich ständig im Geiste wiederholen mußte.
»Aber mir haben Sie doch erzählt, daß Sie von einer dänischen Dogge ...«
»Einer dänischen Dogge ...«
»Einer Dogge!«
Wie Hammerschläge sausten diese Worte auf uns herab. Ich hörte förmlich den Trommelwirbel, mit der man im Film eine solche Situation untermalen würde, um die Spannung zu erhöhen.
»Dogge, Dogge, Dogge, Dogge ...«

Auch mein Herz schien mit jedem Schlag nur dieses eine Wort zu wiederholen.
Doch vor allem funkelten mir die beiden Silben aus Carbons Augen entgegen. Vielleicht gibt es Leute, die in der Lage sind, eine solche Situation wieder in Griff zu bekommen. Die sich schnell irgend etwas mehr oder weniger Glaubwürdiges ausdenken und es dann mit der größten Selbstverständlichkeit von sich geben. Ja, vielleicht gibt es solche Leute! Ich jedenfalls schrumpfte unter den Blicken des Ehemanns förmlich in mich zusammen.
Am liebsten hätte ich mich in Luft aufgelöst. Und dadurch, daß ich mich so verhielt, gestand ich ja auch gewissermaßen alles, was er nur ahnen konnte.
»Wie lange ist der Herr schon in San Pedro?« erkundigte sich Carbon.
Seine Stimme klang ruhig und gefaßt. Sie war kaum weniger laut als sonst, höchstens ein wenig tonloser und neutraler.
Niemand antwortete. Lombard fing an zu begreifen, was er mit seiner unbedachten Bemerkung angerichtet hatte. Er konnte sich zwar nicht genau vorstellen, warum seine unschuldige Feststellung ein Drama heraufbeschworen hatte, aber daß es ein Drama war, konnte er deutlich an unseren Gesichtern ablesen.
»Hmm?« brummte Carbon hartnäckig und blickte ihn direkt an.
»Wann ist er angekommen?«
»Donnerstag!« entgegnete Alain knapp.
Er machte sich daran, den Motor am Heck zu befestigen.
Carbon hielt sich kerzengerade. Er hatte das Gewehr quer über seine gelähmten Beine gelegt.
»Er ist es, nicht wahr, Kindchen?« sagte er sanft zu Daniela.
Sie nickte kurz.
Ein schiefes Grinsen kräuselte Carbons Lippen.

»Ist es nicht zum Schreien komisch?« seufzte er. »Ich habe doch tatsächlich nicht das Geringste geahnt!«
Er schüttelte seinen gewaltigen Schädel mit den vielen kleinen Fältchen und den struppigen, kurz geschnittenen weißen Haaren.
»Wirklich überhaupt nichts«, wiederholte er. »Ich bin nämlich eher ein naiver Mensch, müssen Sie wissen, mein Herr. Einer, der sich immer Mühe gibt, möglichst wenig nachzudenken. Das Leben ist nicht für Denker geschaffen.«
Er räusperte sich und spuckte in den Fluß.
»Gut«, sagte er zu Lombard. »Dann laß uns mal umkehren, damit wir unseren Verletzten versorgen können. Mit solch einer Wunde ist nicht zu spaßen, und wenn er nicht aufpaßt, kommt er noch mit einem Holzbein nach Frankreich zurück.«
Auch Honoré, der es als wahrer Spurensucher nicht hatte lassen können, das Ufer nach irgendwelchen interessanten Fährten abzusuchen, erschien wieder, nachdem Alain ihn gerufen hatte.
»Herr«, berichtete er, »hier ganz nah' hat Büffel gebadet. Nicht weit . . .«
»Wir fahren zurück«, entgegnete unser Jagdführer und zuckte schicksalsergeben die Achseln.

*

Wir hatten wieder dieselben Plätze eingenommen wie auf der Hinfahrt. Daniela und ich saßen wie zwei Missetäter auf der Anklagebank. Und Carbon war der oberste Richter, ein Richter, der statt des üblichen Holzhämmerchens ein Gewehr in den Händen hielt. Von Zeit zu Zeit streifte er uns mit seinen blassen Augen, aber meistens irrte sein Blick über den Fluß. Ich sagte mir im Geiste ein Gedicht von Rimbaud auf, um mich etwas abzulenken. Doch umsonst. Die Frage »Was wird JETZT passieren?«

beherrschte meinen Verstand bis in den letzten Winkel. Wir waren an der Stunde der Wahrheit angelangt, diesem geheiligten Augenblick, an dem das liebende Paar dem betrogenen Ehepartner gegenübersteht. Ich konnte mir nicht vorstellen, wie unsere Beziehung weitergehen sollte. Schlimmer noch: ich dachte nicht mehr an Daniela, sondern nur noch an diesen Kerl, der da vor uns saß.

»Dany«, sagte er nach langem Schweigen, »weißt du, an wen ich denken muß? An Dianolé. Erinnerst du dich noch an Dianolé?«

Carbon schaute mich an.

»Dianolé war ein Schwarzer, der mal bei mir gearbeitet hat. Er hatte nur einen Wunsch, ein Lebensziel: er wollte sich gerne eine Westminster-Standuhr kaufen, die er bei einem Uhrmacher in Abidjan gesehen hatte. Jeden Pfennig, den er entbehren konnte, sparte er für diese Uhr. Es hat Jahre gedauert. Und dann fragte er mich eines Tages, ob ich ihm drei Tage freigeben könnte, um nach Abidjan zu fahren und sich die Uhr zu kaufen. Wir waren einhundertzwanzig Kilometer von Abidjan entfernt. Das waren also zweihundertvierzig Kilometer hin und zurück. Es schien mir unmöglich, daß jemand in so kurzer Zeit und dazu noch zu Fuß diese Reise durch den Busch schaffen sollte. Ich gab ihm dennoch die Erlaubnis. Drei Tage später war Daniolé zurück. Er war völlig erschöpft, aber er hielt seine Westminster-Standuhr in den Armen. Das Verrückteste dabei war, daß er noch nicht einmal wußte, wie man die Uhr liest. Das einzige, was ihn interessierte, war das Glockenspiel, das zu jeder vollen Stunde erklang. Auf die Dauer konnte ich aber dieses Gedudel nicht ertragen und nahm ihm deshalb die Gewichte, die die Uhr in Gang hielten, fort. Jeden Sonntag gab ich sie ihm wieder. Dann ging Dianolé in den Wald. Dort stellte er die Uhr an einen Kapokbaum und verbrachte den ganzen Tag damit, seinem Spielzeug zuzuhören. Nach einiger Zeit blieb die Uhr plötzlich stehen. Sie war ein Opfer der hohen Luftfeuchtigkeit geworden. Und ob Sie es glauben oder nicht: Dianolé begann dahinzukümmern. Dann hat er sich irgendeinen Virus gefangen und ist gestorben. Man hat ihn zusammen mit seiner Spieluhr beerdigt. Warum glaubst du wohl, muß ich in diesem Moment an ihn denken, Kindchen?«

»Herr Carbon«, murmelte ich.

Sein Gesicht verlor auf der Stelle jede Freundlichkeit, und der Blick seiner blauen Augen wurde stahlhart.

»Halten Sie die Schnauze!« knurrte er böse.

Er legte das Gewehr an und zielte mit unglaublicher Geschwindigkeit zweimal nach links und zweimal nach rechts. Die Kugeln pfiffen uns um die Ohren. Als das Boot ein paar Meter weitergefahren war, sah ich am Ufer die kleinen zerfetzten Kadaver von vier Vögeln, an denen Carbon seine Wut ausgelassen hatte. Ich wußte, es fehlte nicht viel, daß es mich auch erwischte. Der kleinste Anlaß konnte genügen: ein unpassender Blick, ein Wort, das zu . . . Aber ich hatte keine Angst.

»Na, geht es Ihnen jetzt besser?« erkundigte ich mich unerschrocken.

Sofort richtete sich der Lauf seines Gewehres auf mich. Es schien nur noch eine Frage von Sekunden, daß Carbon abdrücken würde.

»Auf diese Entferung wäre das aber kein sauberer Schuß mehr, sondern nur noch ein widerliches Massaker!« murmelte ich. Ich wagte noch, mutig zu sein, weil Daniela neben mir saß. Ich wollte ihr beweisen, daß ich keine Angst hatte. Und endlich traute ich mich auch wieder, sie anzusehen. Es war mein erster Blick, seitdem ihr Mann es wußte . . . Die junge Frau wirkte völlig unbewegt. Dann fiel mir auf einmal das Pflaster auf ihrem nackten Schenkel ins Auge, und ich wurde sofort zuversichtlicher. Unsere Liebe ruhte unter diesem Stück Hansaplast wie das Urmeter in seinem Pavillon in Breteuil.

Carbon, der mich keine Sekunde aus den Augen gelassen hatte, streckte seine Hand aus und riß ihr das Pflaster von der Haut. Daniela stieß einen Schmerzensschrei aus. Plötzlich wirkte das ›J‹ wie ein Brandzeichen. Es war edel und barbarisch zugleich. Es bedeutete, daß diese Frau mir gehörte.

»Ist es nicht schön, daß eine Frau sich die Initialen ihres Gatten eintätowieren läßt?« trumpfte er auf.

Es war wirklich zu blöd: ich hatte doch tatsächlich nicht einen Moment daran gedacht, daß ›J‹ ja auch der Anfangsbuchstabe von Julien war. Diese Entdeckung verschlug mir fast den Atem. Sie mußte Carbon erzählt haben, daß das ›J‹ ihm galt! Über wen von uns beiden machte sie sich wohl dabei lustig? Über ihn oder über mich? Oder vielleicht sogar über uns beide? Jedenfalls war sie nicht so leicht aus der Ruhe zu bringen ... Ich atmete tief durch, bevor ich meinen letzten Giftpfeil auf Carbon abschoß.

»Mit ist aufgefallen, daß Sie kein besonders gutes Namensgedächtnis haben, Herr Carbon. Ich heiße nämlich auch nicht nur ›der Herr vom Film‹, sondern Jean Debise. Jean, mit einem ›J‹, wie Julien!«

Er sank auf seiner Eisenbank in sich zusammen. Er ließ den Kopf hängen und streichelte versonnen den Lauf seines Gewehrs.

*

»Honoré, lad die Ausrüstung aus, während ich die Herrschaften zum Hotel zurückbringe«, befahl Lombard, als wir wieder bei der Fähre angelegt hatten.

Inzwischen war hier unten am Fluß mächtig was los. Mit Steinen vollbeladene Lastwagen überquerten das Wasser mit der Fähre, die von einem athletischen Schwarzen an einem Stahlseil über den San Pedro gezogen wurde. Am Ufer sah man Arbeiter, die aus taschentuchähnlichen Stoffstücken zerstampften Reis aßen. Andere kauten

Zuckerrohr und spuckten die Reste vor sich auf die Erde. Alle begrüßten uns fröhlich und winkten und lächelten uns zu.
Ein spannender Moment kam, als es darum ging, Carbon aus dem Boot zu laden. Ich wagte nicht, meine Hilfe anzubieten, so daß er mich schließlich darum bitten mußte.
»Komm her, Junge!« rief er und breitete die Arme aus.
Wir trugen ihn wie bei der Hinfahrt. Mein verletztes Bein sank tief in den roten Schlamm ein. Wie viele Bakterien nisteten sich wohl in dieser Sekunde in der offenen Wunde ein? Ich schauderte, wenn ich nur daran dachte.
»Ladet mich hinten auf«, befahl der Gelähmte. »In der Fahrerkabine ist es jetzt viel zu heiß.«
Wir hievten ihn auf die Ladefläche, wo er es sich, so gut er konnte, bequem machte. Daniela zögerte erst einen Moment, bevor sie vorne einstieg. Hatte sie Angst, ihrem Mann jetzt schon Rede und Antwort stehen zu müssen, oder zog sie es vor, uns allein zu lassen?
Ich setzte mich Carbon gegenüber. Der Lastwagen fuhr an und schwankte über die Schlammlöcher. Ich überlegte krampfhaft, was ich wohl sagen könnte, um die Spannung zu zerstören, die unser unfreiwilliges Zusammensein zwischen uns schuf, aber Carbon schaute beharrlich in eine andere Richtung... Diesmal bedauerte ich es, daß Honoré nicht bei uns war, nachdem ich noch ein paar Stunden vorher seine Anwesenheit verflucht hatte.
Es war heiß. Die Sonne brachte die Luft über den Rodungsstellen zum Flirren. Überall sah man Bulldozer, und Förderbänder. Von überallher hörte man das Brummen, Kreischen und Jaulen ungeheurer Elektrosägen, die von Generatoren gespeist wurden. Die Menschen um uns herum schienen von einer blinden Zerstörungswut gepackt. Reihenweise fielen an den Waldrändern die Bäume, während weiter vorne das Gewirr der Wurzeln aus dem Boden gezerrt wurde.

»Was für ein Chaos«, knurrte mein Begleiter.
Meinte er die Rodungsarbeiten oder unsere Situation?
Wir durchquerten eine kleine Ansiedlung, die nur aus wenigen baufälligen Hütten bestand. Davor tummelten sich ein paar mickrige Hühner und ein Haufen Kinder, bei denen man alle Rippen zählen konnte.
Etwas abseits drehte sich ein alter Mann mit im Rücken verschränkten Händen immer im Kreis. Er balancierte einen riesigen Felsblock auf dem Kopf.
»Er macht eine Bußübung«, murmelte Carbon.
Alle Menschen um uns herum schienen glücklich zu sein. Und sogar der Alte mit seinem Felsblock nahm ja dieses Martyrium nur auf sich, weil er sich dadurch ein seliges Leben nach dem Tode erhoffte.
»Hören Sie, Herr Carbon, Sie müssen wissen . . .«
»Ja?«
»Ach nichts . . .«
»Das glaube ich auch«, knurrte er.
Es gab wirklich nichts dazu zu sagen. Die Situation sprach für sich selbst.

*

Als wir beim Jagdhotel angekommen waren, hoben wir meinen Begleiter von der Ladefläche. Carbon blieb auf den lederbezogenen Griff seiner Krücken gestützt beim Lastwagen stehen, während wir bereits vorgegangen waren. Also hielten wir vor dem Eingangstor aus Bambus, um auf ihn zu warten.
»Rechnen Sie heute noch mit einem Flugzeug?« erkundigte er sich bei Lombard.
»Nein.«
»Wie weit ist es von hier nach Sassandra über die Landstraße?«
»Sechzig Kilometer.«
»Das heißt eineinhalb Stunden mit dem Lkw?«
»Genau, Herr Carbon.«

»Gut, Sie werden den Herrn... hm!... Jean dorthin bringen. Er muß sofort zu einer Ambulanz! Lassen Sie ihn vorher noch seine Koffer packen, denn er wird gleich danach nach Frankfurt zurückfliegen, um sich behandeln zu lassen, nicht wahr, Herr... Jean?«

»Mal sehen«, protestierte ich lahm.

»Nichts werden Sie sehen! Kümmern Sie sich erstmal um Ihre Gesundheit, mein Alter! Ein hübscher Junge wie Sie mit einem Holzbein, das muß doch nicht sein.«

Mit diesen Worten hob er seine rechte Krücke und versetzte Daniela einen derben Klaps auf das Hinterteil.

»Kommst du, Kindchen?«

Sie rührte sich nicht, worauf er ihr noch einen Klaps gab.

»Wir sollten einen Imbiß nehmen. Solche Gefühlsausbrüche machen ganz schön hungrig...«

Lombard stieg wieder in seinen Laster, um Honoré und die Ausrüstung abzuholen. Ich machte mich zu meiner Hütte auf.

Kaum war ich einige Schritte entfernt, da kam Daniela hinter mir hergerannt.

»Jean!« keuchte die junge Frau. »Oh Jean, hör mir zu.«

Sie weinte. Ich wies auf das ›J‹, das auf ihrem Schenkel zitterte.

»Bedeutete es für dich Jean oder Julien, als du es dir damals tätowieren ließest?«

Sie schüttelte verzweifelt den Kopf, da sie so von Schluchzern geschüttelt war, daß sie mir nicht zu antworten vermochte.

»Ich werde es dir sagen«, fuhr ich deshalb fort, »es bedeutet in Wahrheit beides. Du kotzt mich an, Daniela. Lebwohl!«

*

Ich hatte gerade meine Koffer fertiggepackt, als Frau Garcin mit einer grünen Dose, auf die ein rotes Kreuz geklebt war, meine Hütte betrat.

»Wenn ich Alain richtig verstanden habe, scheinen Sie verletzt zu sein?« erkundigte sie sich beunruhigt. »Darf ich mal sehen?«

Ich zog die Fetzen meiner Hose auseinander.

»Aber das ist ja der reine Wahnsinn! Warum haben Sie da nicht schon längst etwas unternommen?«

»Ich bin nun einmal wahnsinnig, meine Liebe!«

»Setzen Sie sich. Ich werde jetzt wenigstens die neue Wunde desinfizieren.«

Sie öffnete ihren Verbandskasten und begann geschickt, mich zu behandeln, ihre Bewegungen waren gekonnt und energisch.

»Sie haben eine Entzündung im Bein. Die Schramme, die Sie von der Schiffsschraube haben, ist nämlich gar nicht so schlimm.«

»Sind Sie mal Krankenschwester gewesen?«

»Im Gegenteil, ich bin es gerade geworden. Unser Hotel ist so eine Art Nebenstelle des Saint-Lois-Krankenhauses. Wir behandeln hier kleinere Sachen und kümmern uns ansonsten vor allem um Geschlechtskrankheiten. In dieser Gegend ist der Tripper sehr verbreitet. Einmal in der Woche kommen die Jungs ganz verschämt zu mir. Meistens behaupten sie allen Ernstes, daß sie sich die Krankheit im Schlaf geholt hätten, und es ist immer eine sehr heikle Aufgabe, ihre Gonokokken zu zählen. Tu' ich Ihnen weh?«

»Es brennt, aber machen Sie nur weiter.«

»Ich finde es schade, daß Sie schon wieder fahren müssen. Alles in allem war Ihr Aufenthalt hier ja ein einziger Reinfall...«

Lombard schien ihr nur von meiner neuen Verletzung erzählt zu haben.

Von meiner Auseinandersetzung mit Carbon hatte sie scheinbar noch keine Ahnung.

»Ja, ein totaler Reinfall«, bestätigte ich. »Aber ich glaube trotzdem, daß ich Ihr Hotel niemals vergessen werde.«

Cyprien kam, um mein Gepäck zu holen und mir zu sagen, daß der Lastwagen bereit sei. Ich verabschiedete mich von Frau Garcin und ging um meine Hütte herum, um nicht an der meiner Nachbarn vorbeizumüssen. Wir hatten uns nichts mehr zu sagen. Im Grunde genommen vereinfachte meine Verletzung die Dinge nur. Sie lieferte mir einen guten Vorwand, das Weite zu suchen.
Alain, der bereits am Steuer des alten Lkw wartete, setzte zurück, als er mich aus dem Bambustor treten sah. Meine Koffer lagen schon auf der Ladefläche. Bevor ich in die überhitzte, ölverschmierte Fahrerkabine stieg, warf ich noch einmal einen Blick auf die Landschaft um mich herum. Das unendliche Blau des Meeres erschien mir heute noch viel ruhiger als an den vergangenen Tagen. Ich sah die Hütten, die wie Bienenkörbe nebeneinanderstanden, die Felsen, die von Hunderten von aschgrauen Seevögeln bevölkert waren, die lila Blüten des Strandhafers, die Bananenstauden im Garten, das große Wasserreservoir auf seinem Holzgerüst. Schließlich verweilte mein Blick auf der Hütte der Carbons.
»Daniela!« murmelte ich. »Jetzt heißt es für uns Abschied nehmen.«
Die wahren Abschiede sind immer einsam. Man kann sich von einem geliebten Wesen erst dann richtig trennen, wenn es nicht mehr da ist.
Ich konnte mich kaum vom Anblick der Hütte losreißen.
»Ich will Sie ja nicht drängen«, ließ sich Lombard vernehmen, »aber es wäre schon besser, wenn wir die Fahrt hinter uns bringen, bevor die Hitze zu groß wird . . .«
Ich nahm wortlos auf dem Beifahrersitz Platz, der mit zerschlissenem Kunstleder bezogen war. Er war glühend heiß.
Langsam setzte sich der Wagen in Bewegung und wirbelte die unvermeidliche rote Staubwolke hinter uns auf. Plötzlich hörten wir Schreie, und Lombard trat auf die Bremse. Wir beugten uns aus dem Fenster und sahen

Daniela auftauchen. Sie rannte mit wehenden Haaren durch die Wolke roten Staubes, der bereits ihre strahlendweißen Shorts zu verfärben begann.
»Was ist denn nun schon wieder los?« brummte Alain mißtrauisch. Unsere Geschichten gingen ihm inzwischen sichtlich auf die Nerven. Er schien Gefühlsverwirrungen zutiefst zu verachten. Dabei würde er wahrscheinlich im Laufe der Jahre so ein Kerl wie Carbon werden. Jemand, der nie die Ruhe verlor und immer methodisch vorging.
»Rutsch mal!« schrie Daniela. »Ich komme mit Euch!«
Ich machte ihr Platz, und sie ließ sich schnell neben mir nieder. Ihre Wangen waren gerötet, ihre Haare schweißverklebt, und sie roch aufregend nach Frau.
»Können wir nun endlich losfahren?« erkundigte sich Lombard gereizt.
Als er anfuhr, warf ich unbewußt einen Blick in den Rückspiegel. In der Ferne erkannte ich Carbon. Er stand auf seine blitzenden Krücken gestützt und sah uns bewegungslos nach.
»Ich werde allerdings erst gegen Ende des Tages zurückfahren, Frau Carbon«, gab der Fahrer zu bedenken, »denn ich will meinen Aufenthalt in Sassandra gleich ausnutzen, um einige Einkäufe zu machen.«
Daniela schaute ihn überrascht an. Dann hob sie ein kleines blaues Heft hoch, das sie die ganze Zeit in der Hand gehalten hatte. Ich erkannte, daß es ihr Paß war. Es war ihr einziges Gepäckstück und eigentlich das allerwichtigste. Das, auf das man am wenigsten verzichten konnte.
»Wohin denken Sie!« entgegnete sie. »Ich werde selbstverständlich nicht mit Ihnen zurückfahren!«
Sie schob ihren Arm unter meinen Arm, zog meine Hand zu sich hin und zwang mich, mit dem Zeigefinger über das ›J‹ zu streichen, das auf ihrem Fleisch verewigt war. Dann legte sie den Kopf an meine Schulter und flüsterte: »Es steht für Jean!«

6 Der erste Zug fuhr um zehn vor sieben vorbei. Er ließ die Schienen der Brücke erzittern, nahm die Kurve und fuhr dann über die zweite Brücke, die nach Gstaad hineinführte. Bevor er in den kleinen Bahnhof, der aus der Kulisse eines Western hätte stammen können, einfuhr, gab er einen schrillen Pfiff von sich. Dieses Geräusch weckte mich auf oder, genauer gesagt, ließ mich endgültig wach werden, denn mein Bewußtsein war in Erwartung all' dieser jeden Morgen wiederkehrenden Einzelheiten schon längst voll da.
Ich tastete nach Daniela in dem »großen französischen Bett«, das der Vermieter unseres Häuschens, ein dünner, liebenswürdiger Mann, der viel und langsam redete, eigens für uns hatte aufstellen lassen. Herr Prinz behandelte seine Gäste so wie ein Internatsdirektor die ihm anvertrauten Zöglinge: mit nachsichtiger Strenge.
Daniela hatte einige sehr unruhige Nächte hinter sich. Es kam sogar vor, daß ich sie morgens am Fußende des Bettes zusammengekauert fand.
Heute morgen jedoch war sie schon wach und lag da mit aufgestützten Ellenbogen.
Ihre Augen schimmerten sanft im Halbdunkel des Zimmers.
»Wie geht es deinem Bein?«
»Besser! Ich habe heute sogar mal wieder ohne Schlafmittel schlafen können.«
Sie schlief nackt. Ich ließ meine Hand unter ihre Brüste gleiten und streichelte sie genußvoll. Es war jeden Morgen dasselbe. Kaum begann mein Körper zu erwachen, erwachte auch schon meine Lust auf sie. Wir liebten uns und schliefen hinterher noch einmal ein. Dieser Schlaf danach war dann irgendwie von einer anderen Qualität; er war tiefer und ruhiger, wie eine Betäubung.
»Weißt du, seit wann wir uns kennen, Jean?«

»Sag schon. Ich kann im Moment sowieso keinen klaren Gedanken fassen...«

»Heute ist Freitag, also fünfzehn Tage! Es ist kaum zu fassen, was? Bei all' dem, was inzwischen passiert ist...«

»Ja, diese fünfzehn Tage waren wirklich das pralle Leben, Daniela, so reich und ausgefüllt waren sie.«

Ich vergrub mein Gesicht zwischen ihren Brüsten.

Vor meinem inneren Auge zogen die Ereignisse mit einer Geschwindigkeit vorbei, mit der ein geübter Kartenspieler einen Packen Karten von einer Hand in die andere gleiten läßt. Ich sah die Bars, das klotzige Haus in Montfort, den alten Klassmann beim Friseur, Geneviève und ihre Mutter, den Brief von Barnaque, die Mulattin, die Dogge, mein Badezimmer im George V., den Tätowierer, die Telefonkabine im Schwedenhof, das Nachtflugzeug nach Abidjan, dessen farbige Stewardessen bunte Lendentücher trugen, Alain Lombard mit seiner grünen Schirmmütze, den heruntergekommenen 2CV, die Hütten mit dem Grabesgeruch, die Seevögelschwärme auf den Felsen, Carbon zwischen seinen Krücken, Carbon auf meine Schultern gestützt, Carbon mit dem Gewehr auf den Knien, Daniela mit ihrem Paß, den Arzt in Sassandra, der das Gesicht verzog, als er mein Bein untersuchte...

Er schabte mit einem Skalpell in meiner Wunde herum. Ich biß die Zähne zusammen und schaute aus dem Fenster. Draußen war ein kleiner Platz, auf dem ein paar palavernde Schwarze saßen. Im Sprechzimmer surrte die Air Condition.

»Ich werde Ihnen jetzt eine Drainage machen, damit der Eiter abfließen kann. Ich empfehle Ihnen aber, damit nach Abidjan ins Krankenhaus zu gehen. Sie wissen ja selber, wie schlimm es um Ihr Bein steht. Sie hätten sich einfach früher in ärztliche Behandlung begeben müssen...«

Während der Arzt an mir herumsäbelte, besorgte sich Daniela in einem Laden, der alles führte, von Petroleum bis zum Lippenstift, ein paar Kleider. Als wir in Abidjan ankamen, fuhren wir sofort zum Flughafen. Dort ging gerade ein Flugzeug nach Dakar. In Dakar erwischten wir dann ein Flugzeug, das nach Genf flog.
Ich hatte nur noch undeutliche Erinnerungen an unsere Irrfahrt zwischen den Kontinenten. Ich hatte Fieber und war bis zum Rand voll mit Aspirin. Ich döste fast die ganze Zeit mit dem Kopf an Danielas Schulter vor mich hin und sah die Stewardessen wie im Traum an mir vorbeiziehen. Alle paar Minuten flüsterte ich:
»Tut es dir auch nicht leid?«
»Nein, versuch zu schlafen.«
Das gelang mir auch ab und zu. Aber kaum war ich eingeschlafen, erhob sich die drohende Gestalt Carbons in meinen Träumen. Ich sah ihn wieder auf dem Weg zum Jagdhotel stehen, wie eine Statue, die man noch nicht von ihrem Gerüst befreit hat. Er wirkte tragisch und furchteinflößend zugleich. Ein leichtes Absacken der Maschine ließ mich kurz hochschrecken, und ich bewunderte einen Augenblick lang Danielas Profil, das sich gegen das helle Fenster abhob.
»Schlaf nur, es ist alles in Ordnung . . .«
In Genf suchte ich einen Arzt auf, der seine Praxis in einem vornehmen Haus am Ufer des Sees hatte. Weit entfernt von den üblen Ausdünstungen und den gefährlichen Bakterien Afrikas fühlte ich mich in der Schweiz hervorragend aufgehoben. Der Genfer Doktor hatte rötliche Haare, die schon grau zu werden begannen. Bevor er sich an die Behandlung meiner Wunde machte, schlüpfte er in einen weißen Kittel und zog sich dünne Gummihandschuhe an. Seine gemessenen Bewegungen und sein Schweigen verfehlten nicht ihre beruhigende Wirkung auf mich. Diesmal war Daniela bei der Behandlung dabei.

Sie lächelte mich ermutigend an.
»Du bist meine Frau«, sagte ich zu ihr, als wir gingen.

*

Sie streichelte meinen Kopf.
»Du schwitzt ja schon wieder!«
»Es ist ja auch höllisch warm in diesem Holzhaus.«
Bei dem Ausdruck »höllisch warm« mußte ich natürlich sofort wieder an San Pedro denken.
»Ich frage mich, ob er wohl noch dort ist«, sagte sie versonnen.
»Gedankenübertragung«, gab ich zurück.
Daniela schüttelte skeptisch den Kopf.
»Es ist doch normal, wenn man dieselben Ereignisse erlebt hat, daß man dann gleichzeitig an dieselben Sachen und dieselben Leute denkt.«
»Beunruhigt dich das?«
»Was denn?«
»Na, wie es ihm geht, verdammt noch mal!«
Sie überlegte.
»Ich glaube, es ist nur normal, daß ich an ihn denke. Hast du denn aufgehört, an deine Frau zu denken, nachdem du sie verlassen hast?«
»Nein.«
»Na siehst du ... Wie hast du sie eigentlich verlassen?«
»So, wie Männer das immer machen: auf eine ziemlich gemeine Weise.«
Ich ließ ihre Brüste los und legte mich zurück auf mein Kopfkissen, das inzwischen ganz kalt geworden war.
»Es ist immer gemein, jemanden zu verlassen«, sagte sie leise.
Seitdem wir aus San Pedro fort waren, hatten wir niemals wieder über Carbon geredet. Wir begnügten uns damit, vorsichtige Andeutungen zu machen, etwa:

»Woran denkst du gerade, Daniela?« »Bereust du auch nichts?« »Geht dir deine Vergangenheit im Kopf herum?« »Glaubst du, daß du mit mir glücklich werden wirst?« »Bist du nicht enttäuscht von mir, Jean?« »Sind wir beide das, was du dir erhofft hast?«
Besonders diese letzte Frage beschäftigte mich sehr. Hatte ich tatsächlich ernsthaft gehofft, eines Tages mit ihr zu leben? Es gab da irgend etwas Beunruhigendes in mir, was mich ohne Unterlaß jede meiner Handlungen in Frage stellen ließ. Ich hatte die ganze Zeit das häßliche Gefühl, ein Opfer der Umstände geworden zu sein, und selbst meine Scheidung erschien mir jetzt als eine Verkettung unglücklicher Zufälle und Mißverständnisse.
»Wie denkst du an sie, seitdem du sie verlassen hast, Jean?«
»Ich dachte, sie würde verzweifelt sein. Ich stellte mir vor, wie sie vor einer vergilbten Fotografie die Hände rang, aber da hatte sie sich schon einen ihrer früheren Liebhaber an Land gezogen. Als ich begriff, daß sie es mit diesem Herrn trieb, versuchte ich mir einzureden, daß sie es nur aus Verzweiflung täte. Wir sind wirklich alle unerträglich eingebildet, mein kleiner Schatz. Man kann sich niemals damit abfinden, daß man jemandem gleichgültig geworden ist.«
Ich stand auf und öffnete die Fensterläden. Draußen war strahlend schönes Wetter. Die Sonne brachte die schneebedeckten Gipfel der Berge zum Glitzern, und die Luft war so klar, daß der Taleinschnitt bei den Diablerets zum Greifen nah' schien.
»Ich glaube fast, du willst mich heute morgen ausfragen«, bemerkte ich und sog weiter das großartige Panorama in mich ein.
Es war der vierte Tag in diesem Chalet, das von der Hauptstraße aus gesehen wie eine Spieluhr wirkte. Wir waren noch kein einziges Mal draußen gewesen, sondern hatten alles, was wir zum Leben brauchten, per

Telefon bestellt. Endlich erfüllte sich mir ein langgehegter Traum: eine Frau »unter Verschluß« zu halten und sie ganz für mich allein zu haben. Eine Frau von allen äußeren Einflüssen abzuschirmen. Wir verbrachten die meiste Zeit im Bett und standen nur auf, um zu essen, oder um uns auf den Balkon in die Sonne zu setzen.
Als ich heute über das kleine, ins Tal geschmiegte Dorf hinwegsah, verspürte ich plötzlich wieder Lust, unter Leute zu gehen. Vielleicht wegen der Schlittschuhläufer, die auf der Eisbahn ihre Runden drehten, oder wegen der wohlbeleibten älteren Herren, die Eisstockschießen spielten und die mit ihren Knieschützern und den kleinen roten Besen, mit denen sie das Eis am Wendepunkt sauberfegten, unglaublich lächerlich aussahen. Durch die vielen bunten Fahnen, die überall gehißt waren, entstand eine richtige Jahrmarktatmosphäre. Da gab es die vom Kanton Bern mit seinem Bären, die von Gstaad, die eine Art grauen Kranich auf rotem Grund zeigte, und viele mehr... Über der Hauptstraße flatterten Spruchbänder im Wind, die irgendein Eishockeyspiel ankündigten, aber ich konnte nicht genau sehen, wer gegen wen spielte, denn das Fernglas, das wir im Chalet vorgefunden hatten, reichte nur aus, um die großgeschriebenen Buchstaben zu entziffern.
Warum war dieser Morgen des vierten Tages nur so anders als alle anderen Morgen davor?
»Soll ich Kaffee machen, Liebling?«
»Laß uns zusammen gehen, Jean! Ich will nicht, daß du mich allein läßt.«
Ich meinte, eine geheime Trauer aus ihren Worten herauszuhören, ja sogar einen unterdrückten kleinen Schluchzer zu vernehmen. Sie rollte sich mit schamhaft geschlossenen Beinen aus dem Bett. Heute hatten wir uns nicht vor dem Aufstehen geliebt. Sie kam zu mir herüber und umarmte mich von hinten. Ich spürte ihre nackten Brüste an meinem Rücken. Ach, das tat gut,

diese Frau, die sich an mich schmiegte, diese würzige Gebirgsluft und die verschneite Landschaft. Da fühlte ich ein paar warme Tropfen auf meiner Schulter.
»Weinst du, Daniela?«
»Entschuldige bitte. Aber hast du nicht auch geweint, als...«
»Oh nein«, entgegnete ich empört. »Hör doch bitte auf, dauernd meine Frau ins Spiel zu bringen! Ja, ich habe geweint, sogar sehr viel geweint! Man weint doch immer, wenn eine Familie auseinanderbricht, oder? Und wir waren eine Familie! Und so habe ich geweint, als unser Haushalt sich auflöste, wie Martine hoffentlich in den Armen ihres Liebhabers geweint hat.«
Ich trat vom Fenster zurück.
»Also weine nur, Daniela, weine...«
Sie bedeckte ihr Gesicht mit den Händen.
»Verstehst du, das Leben hat ihm doch ohnehin schon so mitgespielt...«
»Er hat es schon eine ganze Weile ausgehalten, bevor er dich kennenlernte, und er wird es auch jetzt aushalten. Die Zeit heilt alle Wunden, und nach einer Weile wirst du nur noch ein wunderbares Zwischenspiel in seinem Leben sein. Ist er denn tatsächlich impotent? Ja oder nein?«
Sie nickte.
»Also hat er sich sowieso schon von einem wichtigen Teil eures Privatlebens entwöhnen müssen.«
»Dafür ist etwas anderes wichtiger geworden«, schluchzte die junge Frau.
»Was denn?«
»Es ist einfacher geworden.«
»Also zu einer Liebe ohne Liebe?«
»Ja, irgend etwas in dieser Art!«
»Er liebt dich also platonisch und gibt dir die Erlaubnis, dir einmal im Monat die Nacht um die Ohren zu schlagen, damit dein Hormonsystem nicht verrückt spielt. Und dabei ist er sich wahrscheinlich auch noch sehr edel

vorgekommen. Aber ich finde das entsetzlich, das habe ich dir ja bereits etliche Male gesagt.«
»Die wahre Liebe ist total, oder sie ist nicht die wahre Liebe«, fuhr ich nach einer Weile fort. »Sie muß jeden Rahmen sprengen, sonst ist sie wie eine Liebe zwischen zwei Rentnern. Carbon ist fünfundzwanzig Jahre älter als du, und er ist halbtot, besser gesagt, unterhalb der Gürtellinie ist er tot. Du warst für ihn nicht mehr als eine geliebte Krankenschwester. Ihm bleiben immerhin sein Geld, seine Mulattin und seine Dogge. Und außerdem die schönste Sache, die man sich überhaupt für sein Alter vorstellen kann: Liebeskummer! Und da bemitleidest du ihn noch! Sieh mich nicht so traurig an. Weißt du, der Zynismus ist für das Wohlergehen der Intelligenz verantwortlich. Es ist die beste Art, die Gefühle wieder ins rechte Lot zu bringen. Und drittens hilft er einem, über den Dingen stehen.«
Ich ging zu ihr hinüber, zog sie an mich und wiegte sie sanft hin und her, um ihre Qual zu lindern.
»Sieh mal, Daniela, du hast mit mir geschlafen, und du bist mit mir gekommen, weil dich dein vorheriges Leben nicht mehr glücklich gemacht hat. Du konntest einfach nicht mehr. Die Frau, die ich vor fünfzehn Tagen an der Theke einer Bar getroffen habe und die mich fragte, ob Fliegen Whisky mögen, diese Frau, mein Liebling war am Ende ihrer Kräfte, das habe ich sofort gesehen.«
Sie ließ sich von mir zum Bett tragen. Ich begann, sie überall zu streicheln, wie an den anderen Morgen.
»Weißt du, wie du stöhnst, wenn ich dich nehme?«
»Schweig!«
»Es kommt sogar vor, daß du kleine Schreie ausstößt, die mir wie Peitschenhiebe ins Fleisch schneiden. Du bist eine richtige Frau, und du brauchst einen richtigen Mann. Wir Menschen sind zuerst einmal Säugetiere, meine Liebe. Und Säugetiere sind die einzigen Lebewesen, die ihren Instinkt verlieren können.«

Ich nahm sie noch gewaltsamer als gewöhnlich. Danach blieben wir lange ineinander verschlungen und gaben uns ganz dem Gefühl tiefster Befriedigung hin. Sie schaute hoch zur Decke, die aus den gleichen Holzbalken bestand, wie die Wände.

»Findest du nicht auch, daß man hier manchmal das Gefühl hat, in einer großen Kiste zu sein?«

Sie antwortete zwar mit ›ja‹, aber die Decke diente ihr nur als Projektionsfläche für ihre Gedanken. Wieder glaubte ich Carbon zu sehen, wie er da einsam auf dem rötlichen Weg in der Sonne stand.

»Ich frage mich, ob er wohl schon nach Frankreich zurückgekehrt ist!«

Ich antwortete nicht. Die Hartnäckigkeit ihrer Sorgen entmutigte mich. Sie verstand meine Verzweiflung und murmelte: »Entschuldige, daß ich von ihm geredet habe, aber ich mußte einfach. Du würdest doch sicher auch nicht wollen, daß ich heimlich, ganz für mich allein, an ihn denke, oder? Wir wollen alles zusammen machen, selbst die Dinge, die den anderen verletzen können. Heute morgen läßt mich die Erinnerung an meinen Mann nicht los. Ich habe mir wirklich die größte Mühe gegeben, ihn aus meinem Kopf zu verscheuchen, aber es klappt nicht.«

»Hast du Angst?«

»Ja.«

»Daß er sich umbringt?«

»Ich werde noch davon träumen!« wich Daniela meiner Frage aus.

Ich streckte die Hand nach dem Telefon aus, das hier, wie in fast allen anderen Zimmern angeschlossen war. Kaum hatte ich abgenommen, stellte mir auch schon eine weibliche Stimme eine Frage in deutscher Sprache.

»Ich möchte bitte ein Gespräch nach Frankreich«, sagte ich zu ihr.

Darauf redete sie in näselndem Französisch weiter.

»Und welche Nummer bitte?«
»Die . . . Einen Augenblick bitte . . .«
Ich drehte mich zu Daniela um.
»Ich erinnere mich nicht mehr an eure Telefonnummer.«
Sie richtete sich auf einen Ellenbogen auf und strich sich mit der Hand die Haare aus dem Gesicht.
»0125, Jean!« entgegnete sie tonlos.

7

»Sie werden gleich zurückrufen.«
»Hör mal Jean, laß mich mit ihm reden. Bitte schwöre mir nur . . .«
»Mach dir keine Sorgen, ich werde nicht zuhören. Ich bin zwar eifersüchtig, aber nicht gemein. Ich werde inzwischen mein Bad nehmen.«
»Nein!« schrie sie auf. »Im Gegenteil! Ich will, daß du bleibst, Jean. Ich will, daß du den Nebenhörer nimmst.«
»Wo denkst du hin!«
Da läutete auch schon das Telefon. »Laß mich nicht allein, und nimm den Nebenhörer, ich flehe dich an!«
»Aber wozu soll das in Gottes Namen gut sein?«
»Ich bitte dich darum!«
Das Klingeln wiederholte sich. Es klang dünn und schrill wie die Außenglocke eines kleinen Bahnhofs.
»Du hast nicht das Recht, mich jetzt allein zu lassen!«
Ich gab auf und ergriff verlegen den Nebenhörer. Daniela hob ab.
»Ich verbinde Sie mit Montfort-l'Amanry«, sagte die Telefonistin mühsam.
In ihrem Mund verwandelte sich der französische Ortsname in einen kaum verständlichen Wortbrei. In großer Ferne war undeutlich ein anderes Gespräch zu hören, dann folgte ein Knacken und schließlich das Freizeichen bei den Carbons.

Ich zählte automatisch, wie oft es erklang. Eins, zwei, drei, vier . . . Ich verzog das Gesicht.
»Er ist noch nicht wieder zurück.«
Aber sie ließ es weiterhin durchläuten. Es war erschrekkend, wie sehr sich ihr Gesicht mit jedem weiteren Tuten veränderte. Es wurde immer bleicher, die Nasenlöcher zogen sich zusammen, und ihre Unterlippe begann zu zittern.
»Aber es muß doch jemand herangehen«, stammelte sie.
»Theresa . . .«
»Vielleicht ist sie gerade Einkaufen.«
Da hörte ich ein Klicken, mit dem ich schon gar nicht mehr gerechnet hatte.
»Ja bitte?« brummte Carbon dröhnend.
Daniela schien einer Ohnmacht nahe. Sie mußte ein paarmal schlucken, bevor sie ein Wort hervorwürgen konnte.
»Julien?«
»Ah, du bist es, Kindchen!«
Seine Stimme klang normal, tief und volltönend wie immer. Es war eine Stimme, die gut zu jemandem gepaßt hätte, der eine Truppe zu befehligen hatte.
»Ja, ich wollte wissen . . .«
»Was wolltest du denn wissen, meine Kleine?«
»Ob du schon zurück bist.«
»Ich bin zurück.«
»Wie geht es dir . . .?«
»Es geht so. Es könnte besser sein, aber eigentlich kann ich nicht klagen. Und ist bei dir alles in Ordnung?«
Ich hatte noch nie ein Telefongespräch gehört, das so banal war, und trotzdem lag in jedem dieser unscheinbaren Sätze ein ganzes Drama.
»Ja.«
»Hast du alles, was du brauchst, Kindchen?«
»Ja!«
»Wo bist du denn gerade?«

»In der Schweiz.«
»Zum Ski laufen?«
»Nein.«
»Schade. Wenn ich mich nicht in so eine Schnecke verwandelt hätte, würde ich sicher ... Soll ich dir mal was Komisches erzählen? Seitdem du weg bist, schläft Hamlet immer in deinem Bett.«
Ihr standen schon wieder Tränen in den Augen. Ich sandte ihr ein leises »Tsst, tsst« hinüber.
»Er spielt dir gerade seine Paraderolle aus der ›Frau des Bäckers‹ vor«, flüsterte ich.
Doch Carbon fuhr schon fort. Noch immer war sein Ton rauh, aber herzlich.
»Was meinst du, was ich für ein Gesicht gemacht habe, als ich morgens aufwachte und dieses Riesenvieh an deiner Stelle liegensah!«
Er lachte.
»Es ist ja lieb, daß du anrufst, Kindchen. Wirst du bald zurückkommen?«
Schweigen breitete sich aus. Daniela schüttelte verzweifelt den Kopf.
»Ich weiß nicht! Ich weiß nicht! Ich weiß nicht!« stammelte sie, zusehends lauter werdend.
Sie ließ den Hörer sinken und warf sich der Länge nach auf das Bett, einem Nervenzusammenbruch nahe. Ich holte den Apparat zu mir herüber.
»Hallo, Herr Carbon?«
»Hallo Jean, was ist denn mit ihr los? Weint sie etwa?«
Seine Herzlichkeit wirkte echt.
»Ja, sie weint. Ich wollte Ihnen nur in ihrer Gegenwart sagen, daß sie zurückgehen kann, wenn sie will, und daß ich sie nicht davon abhalten werde.«
»Das kann ich mir denken. Außerdem kann man eine Frau, die fortwill, gar nicht halten. Da ich Sie nun schon an der Strippe habe, möchte ich Ihnen gleich sagen ...«
Er räusperte sich.

»Sie können mich beide ja mal bei Gelegenheit besuchen, wenn es Ihnen recht ist.«
Meine Finger krampften sich um den Hörer, bis die Knöchel hervortraten.
»Sie sind ein alter Mistkerl, Carbon, und Sie haben nicht das geringste Ehrgefühl!«
Damit legte ich auf. Erschreckt durch meinen Ausruf hatte sich Daniela wieder aufgerichtet. Ich schlug ihr meine Faust mitten ins Gesicht, rannte 'raus und knallte die Tür so heftig zu, daß das Holz an einer Stelle splitterte.

*

Gewöhnlich (denn wir hatten uns in den drei Tagen bereits ein paar Gewohnheiten zugelegt) badeten wir zusammen. Heute jedoch schloß ich mich wütend ins Badezimmer ein und duschte ausgiebig. Vielleicht versuchte Daniela zu mir zu kommen, aber das Geräusch des an mir herunterströmenden Wassers übertönte das der Türklinke. Ich hoffte, daß die Dusche mich wieder etwas beruhigen würde, mußte aber nach einer Viertelstunde einsehen, daß das Wasser nur meine Haut aufweichte und keineswegs meine Wut zum Abklingen brachte. Als ich den Duschvorhang aus Plastik zur Seite schob, war das ganze Badezimmer voller Dampfschwaden. Der Spiegel über dem Waschbecken glich einer Milchglasscheibe. Ich verzichtete darauf, mich zu rasieren, schlang mir ein Handtuch um die Hüften und verließ das Badezimmer. Aus der Küche kam mir köstlicher Kaffeeduft entgegen. Im Wohnzimmer lief das Radio und brachte gerade die letzten Nachrichten. Ich setzte mich an das sonnendurchflutete große Fenster. Ich erblickte einen kleinen, himmelblau gestrichenen Zug, der schaukelnd über die Brücke fuhr. Sicher saßen in ihm lauter friedliche Menschen, die die Chalets mit den tief herun-

tergezogenen Dächern mit langen Eiszapfen an sich vorübergleiten sahen. Die Ruhe, die über der Landschaft lag, tat mir wohl. Ich rollte mich zusammen, wie ich mich als kleines Kind immer unter den duftenden Thymianbüschen zusammengerollt hatte.
»Ah, da bist du«, rief Daniela. Ihrer Stimme nach schien sie mir nicht böse zu sein.
»Nein, ich tue nur so«, gab ich zurück.
»Was siehst du?«
Ich machte eine ausladende Bewegung, die die beiden Täler umfaßte. Sie waren wie ein Ypsilon geschnitten und trafen am Fuß unseres Chalets aufeinander.
»All' das!«
»Woran denkst du?«
»Ich denke daran, daß Ehrgefühl etwas ist, was die Menschen offensichtlich nicht von Natur aus mitbekommen haben. Aber das hieße auch Perlen vor die Säue werfen, wie meine Mutter immer sagte.«
Wir schwiegen eine Weile. Dann kam sie zu mir herüber und legte ihre Wange auf meinen nackten Rücken.
»Habe ich dir sehr wehgetan?«, fragte ich, ohne mich umzudrehen.
»Ich habe dich verletzt, und das ist noch viel schlimmer.«
Ich blickte sie an. Sie hatte einen roten Fleck unter dem rechten Auge, der bereits etwas angeschwollen war.
»Das ist nun schon das zweite Mal in fünfzehn Tagen, daß ich dich schlage. Ich widere mich langsam an!«
»Das brauchst du nicht, denn ich liebe dich ... Eigentlich müßte ich dich um Verzeihung bitten ...«
Sie hatte sich anscheinend wieder ganz gefangen. Sie lächelte.
»Jetzt hast du dich wegen deines Mannes wieder beruhigt, und es geht dir gleich besser, nicht wahr?«
Ihre Miene verfinsterte sich.
»Kommst du bitte! Das Frühstück ist fertig.«
Es waren nach Croissants vom Vorabend da, die sie im

Ofen aufgebacken hatte. Sie schmeckten mir nicht besonders gut.
»Soll ich dir mal was sagen, Daniela? Du bist wie eine Hündin! Und ich bin sicher, daß du schließlich auch wie diese verdammte Dogge zu deinem Herrn zurücklaufen wirst.«
»Woher weißt du das?«
»Du konntest es kaum erwarten, daß er nach dir pfeift. Jetzt hat er es getan, und du kannst gehen und dein Plätzchen wieder einnehmen ...«
Sie schüttelte den Kopf.
»Du verwechselst Gewissensbisse mit Mitgefühl, Jean!«
Wir tranken schweigend unseren Kaffee aus und starrten unverwandt die kleinen Karos der Tischdecke an. Ich spürte, daß sie noch immer sehr beunruhigt war. Daniela schien eine Frage zu quälen, die sie mir nicht zu stellen wagte. Erst als sie den Tisch abräumte, nahm sie endlich allen Mut zusammen.
»Warum hast du ihn einen Mistkerl genannt?«
»Oh ja, stimmt, das war, nachdem du den Hörer sinkengelassen hattest. Nun, er hat mir vorgeschlagen, daß wir ihm einen kleinen, freundschaftlichen Besuch abstatten, du und ich. Du hast wirklich einen großartigen Ehemann!«
»Du kennst ihn eben nicht.«
»Mir reicht schon, was ich bis jetzt über ihn weiß, und meine natürliche Neugier fühlt sich mehr von anderen Dingen angezogen. Sollen wir bei diesem prachtvollen Wetter heute nicht mal runter in die Stadt gehen?«
»Geht dir unsere Zweisamkeit schon auf die Nerven?« fragte sie.
Ich gab ihr einen Kuß auf die von meinem Faustschlag rote Stelle.
»Bis jetzt konnte von Zweisamkeit noch nicht besonders die Rede sein, denn es waren immer ein paar Krücken zwischen uns. Möchtest du gerne Ski fahren?«

»Nein.«
»Dann laß uns spazierengehen. Ich habe Lust, mir Papier zu kaufen und es vollzukritzeln. Wenn ich eine Weile nicht gearbeitet habe, fühle ich mich immer schrecklich nutzlos, und das macht mich ganz trübsinnig.«
»Arbeitest du eigentlich gerade an einem Film?«
»Ich hatte einen angefangen. Aber dann hatte ich auf einmal nur noch die Liebe im Kopf, doch ich will weder das eine noch das andere aufgeben.«
In Paris hatten sie sich über mein plötzliches Verschwinden sicher schon die Köpfe heißgeredet. Marcé würde es mir niemals verzeihen, daß ich ihn einfach sitzengelassen habe, und er war nachtragend wie ein Elefant.
»Was willst du schreiben?«
»Ich hätte Lust, mal mit einem Buch zu beginnen.«
»Hast du schon mal eins geschrieben?«
»Ja, etwas in der Art. Als ich ganz am Beginn meiner Laufbahn stand, habe ich in halb pornografischen Zeitschriften Fortsetzungsromane veröffentlicht. Ungefähr nach dem Muster: »Als er ihre langen, nylonbestrumpften Beine entdeckte . . .« Du weißt schon, was ich meine. Mir geht der Film mit seinen launischen Leuten langsam auf die Nerven. Wenigstens einmal in meinem Leben will ich so etwas wie ein Kunstwerk schaffen. Für einen Film sind einfach zu viele Personen verantwortlich, und jede will etwas anderes. Die Produzenten sind ja in der Regel noch ganz in Ordnung, aber sie sind wiederum von dem Verleiher abhängig, und da beginnt der Stoff meist schon an Qualität einzubüßen. Dann versucht auch noch der Regisseur seine Meinung durchzusetzen, dann der Kameramann und der Hauptdarsteller, kurz, ein halbes Dutzend wichtiger Leute verlangt dauernd von dir, daß die Vorlage genau ihren Wünschen entspricht. Als einzelner steht man in diesem Durcheinander auf ziemlich verlorenem Posten! Dagegen kann man an einem Buch oder einem Theaterstück ganz alleine arbeiten . . . Und

wenn es fertig ist, nimmt man es, oder man läßt es bleiben. Du selber bleibst jedoch der Urheber und der Verantwortliche für deine Werke.«
»Hast du schon etwas Bestimmtes im Kopf?«
»Nein, eigentlich noch nicht. Wahrscheinlich wird es eine Liebesgeschichte werden. Es gibt doch wirklich kaum etwas Interessanteres. Ein Mann und eine Frau. Ein Mann und ein Mann, eine Frau und eine Frau, ein Mann und sein Hund. Es ist völlig egal, was man nimmt! Ein Priester und sein Gott. Ein Revolutionär und seine Ideologie. Ein Drogensüchtiger und seine Spritze. Liebe in jeder Form! Warte, am besten nehme ich einfach deine Geschichte. Ich werde von Carbon erzählen, der dir ein Ticket nach Abidjan schickt, und von eurer ersten Nacht im Hotel. Von eurem Leben im Busch. Von seinem Unfall. Dann von eurem Zusammenleben in dem Kontrollturm in Montfort, deinem Ausreißen und von uns beiden ... Das ist doch schon der reinste Roman, findest du nicht auch? Wenn man nur einen Hauch von Talent hat, liefert einem jeder Mensch den Stoff zu einem Roman. Zum Beispiel der Herr, der sich um unser Chalet kümmert ... Er lebt mit seinem Enkel zusammen. Beide schippen jeden Morgen den Schnee vor den Häusern weg, die sie besorgen. Gut: aber was geht wohl in den Köpfen der beiden vor, während sie Schnee schippen? Es werden die verschiedensten Dinge sein: Träume, Erinnerungen, Hoffnungen. Lauter spannende Sachen, wenn man sich dafür interessiert. Man verweilt einen Augenblick an der Schwelle zu einem anderen Menschen. Man betrachtet ihn und versucht, ihn zu verstehen. Und dann erzählt man, was man meint, verstanden zu haben. Ich will damit sagen, daß ich schreiben würde, was ich glaube, von deinem Leben verstanden zu haben, Daniela.«
Sie knöpfte ihren russisch wirkenden Pelzmantel zu, in dem sie aussah wie eine blonde Schneefee.

»Ich glaube, es wäre besser, du würdest mal aufschreiben, was du von deinem Leben verstanden zu haben glaubst, Jean.«
»Meinst du?«
»Ja, das würde dir helfen, mehr Klarheit über dich selber zu bekommen.«

*

Wir gingen die Straße entlang, die in Haarnadelkurven hinunter ins Dorf führte. Kleine blonde Jungs mit roten Wagen rodelten auf einer verschneiten Wiese den Berg hinunter. Ein Weg, der hauptsächlich von älteren Engländerinnen mit Stiefeletten bevölkert war, kreuzte unsere Straße.
»Gut, warum nicht mein Leben... Aber womit sollte ich da beginnen?«
»Na, mit dem Anfang... Tut dir dein Bein nicht weh?«
»Nein, ich habe den Eindruck, daß alles verheilt ist.«
Ich hinkte noch immer leicht, aber das hing eher damit zusammen, daß ich mein Bein solange nicht bewegt hatte und es etwas steif geworden war.
»Soll ich vielleicht mit meiner frühen Kindheit beginnen, Daniela? Mit den Köpfen, die sich über mich beugten... den Gerüchen... den Spielsachen... dem Tod meines lieben Papas (der ganz aus heiterem Himmel kam)? Nein, das wäre nichts als geistige Masturbation.«
»Wie wäre es mit deiner ersten Liebe«, schlug meine Geliebte vor. »Erzähl doch mal, wie das war, wenn du magst.«
»Nein, dazu habe ich nicht das Recht. Und eine erste Liebe kann man ja nur einmal haben.«
»Das stimmt!«
Unser Weg mündete auf die Hauptstraße. Gerade, als wir dort einbiegen wollten, hielt ein Schlitten vor uns,

der von einem Pferd gezogen wurde, das mit unzähligen Glöckchen und Troddeln verziert war. Zwei Damen stiegen aus. Während die Ältere den Fahrer bezahlte, schlug ich Daniela vor, mit dem romantischen Gefährt einen Ausflug aufs Land zu machen. Der grüne Schlitten war ungewöhnlich schön, denn er war über und über mit bäuerlichen Motiven bemalt, die typisch für das Berner Oberland sind.

Ich half meiner Begleiterin hinauf.

»Aber das ist ja Jean Debise!« schrie plötzlich eine der Damen, die gerade ausgestiegen war.

Ich erkannte Katy Klin, die Direktorin eines Pariser Theaters. Sie war eine betagte Schönheit, die schon hundertmal geliftet worden war, was man besonders deutlich sah, wenn sie lachte. Ich drückte ihre wie Pergament zerknitterte Hand.

»Darf ich Ihnen Daniela, meine Frau, vorstellen?«

Sie lächelte Daniela an, wobei ihre straffgezogene Haut nicht ein Fältchen bekam.

»Ich bin entzückt! Ich wußte gar nicht, daß Sie wieder geheiratet haben, lieber Jean Debise!«

Für eine Theaterfrau wie sie war es unmöglich, meinen Vornamen von meinem Nachnamen zu trennen, denn erst beide zusammen bildeten mein Markenzeichen.

Ich zwinkerte ihr zu.

»Es ist auch noch ganz frisch. Sie sind die erste, die es erfährt, meine Liebe.«

Es war unvorstellbar, daß ich diese Frau anders als »meine Liebe« oder gar »meine schöne Freundin« nannte.

Sie gluckste vor Vergnügen. Sie hatte inzwischen ein Alter erreicht, in dem sie sich nur noch an den Geheimnissen anderer ergötzen konnte.

»Nein, so etwas! Ist es etwa ein Schweizer Geheimnis?«

»Ich zähle auf Ihre Diskretion, denn ich möchte hier in Ruhe meine Flitterwochen genießen.«

»Aber selbstverständlich, Jean Debise, für wen halten Sie mich denn?«
Für ein schwatzhaftes altes Weib.
»Sie ist blond, und sie heißt Daniela«, rief Katy Klin begeistert. »Sie ist hübsch, und sie hat vergißmeinnicht-blaue Augen! Sie sind doch vergißmeinnichtblau, oder?« fragte die Dame nach, kramte ihre Brille aus der Handtasche und hielt sie sich vor die Augen, ohne die Bügel zur Seite zu schlagen.
Daniela saß wie auf glühenden Kohlen.
»Mein Kompliment, meine schöne kleine Frau«, fuhr die schwatzhafte Person fort. »Sie haben einen der begabtesten Männer seiner Generation geheiratet.«
(Nur weiter so!)
»Sie müssen mir versprechen, daß Sie ein Stück für mein Theater schreiben. Mit Ihrem Sinn für Dialoge wird das sicher ein Meisterwerk, Sie Schlingel! Und Sie könnten endlich mal Ihre gräßliche Filmerei vergessen . . .«
Da sie uns bis jetzt ihre Begleiterin noch nicht vorgestellt hatte, schloß ich, daß es sich um ihre Gesellschafterin handeln mußte. Wir hatten alle Mühe, Katy Klin wieder loszuwerden.
»Ich bin im Palace abgestiegen. Versprechen Sie mir, daß Sie an einem der nächsten Nachmittage zum Tee zu mir kommen?«
»Abgemacht!«
»Dann auf bald, Ihr Turteltauben!«
Sie warf uns einen Handkuß nach und winkte uns hinterher, bis wir außer Sichtweite waren.
»Warum hast du dieser verrückten alten Person erzählt, daß wir verheiratet sind?« fragte Daniela.
»Weil ich sehen wollte, was du für ein Gesicht machst.«
»Ich fand das aber gar nicht komisch.«
»Stößt dich denn die Aussicht, mit mir verheiratet zu sein, so sehr ab?«
»Ich finde dieses Spiel einfach erniedrigend.«

Sie kuschelte sich in die Pelzdecke, die wir in der Kutsche vorgefunden hatten. Sie verströmte einen muffigen Stallgeruch.
»Sei mir nicht böse, Daniela! Gut, es war ein schlechter Scherz, aber eben auch nicht mehr als ein Scherz!«
Ich ließ meine Hand unter die Decke gleiten und begann, ihr Bein zu streicheln, das bald ganz warm wurde.
»Glaubst du, daß du eines Tages meine Frau werden wirst?«
»Nur ledige Leute können heiraten, Jean!«
»Und wenn eine Frau liebt, schafft sie es auch, wieder ledig zu werden. Ich wette, daß Papa Carbon in eine Scheidung einwilligen würde.«
»Wahrscheinlich, wenn ich ihn darum bäte . . .«
»Nur denkst du überhaupt nicht daran, ihn darum zu bitten!«
»Ich habe ihn jetzt schon gezwungen, meine Abwesenheit zu ertragen. Ich glaube, das reicht erstmal für den Augenblick.«
Der Kutscher wandte sich um. Es war ein dünner alter Mann mit einer zerschrammten Brille, geröteten Wangen und einer blauen Wollmütze. Er stellte mir auf deutsch eine Frage, mit der er wahrscheinlich herausbekommen wollte, wo er hinfahren sollte. Ich versuchte, ihm durch Zeichen verständlich zu machen, daß wir nur spazierenfahren wollten und daß er die Fahrtroute nach seinem Belieben wählen könnte.
Die Luft war kalt, aber nicht schneidend. Die Glöckchen des Pferdegeschirrs bimmelten leise vor sich hin, und unter den Kufen des Schlittens knirschte der Schnee.
Mein Gott, wie schön Daniela war!
Die glitzernden Berge sahen aus, wie mit Diamantstaub überzogen. Durch den klaren Himmel glitten an mehreren Stellen eiförmige Lifte die Berge hinauf und hinunter.
»Weißt du, wo ich beschlossen habe, dich hierher zu bringen? Am Strand von San Pedro.«

»Das sieht dir ähnlich«, seufzte sie.
»Was denn?«
»Diese Manie, immer in der Zukunft zu leben. Wo und mit wem lebst du eigentlich im Moment, Jean?«
»Hier, mit dir. Und ich bin im Moment so glücklich, daß meine Zukunft mir nichts als eine unendliche Verlängerung meiner Gegenwart sein soll. Mein Herz, ich flehe dich an, nimm dir vor, wieder ledig zu werden. Gewöhne dich langsam an den Gedanken, ganz ruhig und ohne Furcht, damit er langsam, so wie ein Kalkzapfen in einer unterirdischen Höhle, Wirklichkeit zu werden beginnt...«
»Außerdem habe ich gegenüber dieser alten Eule nur behauptet, daß du meine Frau bist, weil ich damit eine Art Gewißheit schaffen wollte. Schließlich ist die Wahrheit ziemlich oft eine Lüge, die Glück gehabt hat, Liebling. Versuchen wir doch, meiner Lüge zum Glück zu verhelfen.«
Berührt durch mein Flehen, schmiegte sie sich an mich. Der Schlitten fuhr einen Berg hinauf, und die Luft wurde deutlich kälter. Unser Atem bildete kleine weiße Wolken, die sich bis zum nächsten Ausatmen wieder aufgelöst hatten. Es war gut, unsere Körper unter den dicken Ziegenfellen zu spüren. Wir fuhren an einer Reihe wunderschön geschnitzter und angemalter Holzhäuser vorbei. Sie sahen eigentlich viel mehr wie Bauernmöbel aus und gar nicht so sehr wie Häuser. Oft war die ganze Vorderseite mit Sprüchen in gotischen Buchstaben verziert oder von dem Spalier eines Obstbaumes bedeckt, dessen Verästelungen an die komplizierten Abzweigungen eines Stammbaums erinnerten.
»Wenn du mich erst einmal geheiratet hast, wirst du meiner sehr schnell überdrüssig werden. Ich denke das, weil wir jetzt gerade vier Tage zusammen in Gstaad sind und du schon das Bedürfnis verspürst, wieder zu schreiben...«

»Aber das zeigt doch nur, wie glücklich ich bin und daß ich meinen Beruf in deinem Beisein ausüben möchte, Daniela. Ich könnte mir nichts Schöneres vorstellen, als dich an meinen Beinen zu spüren, während ich schreibe. Sag, würdest du dich zu meinen Füßen setzen?«
»Wie eine Hündin?« fragte sie ironisch.
»Genau, wie eine Hündin.«

8

Das Bühnenbild zeigt ein elegantes Wohnzimmer, das für einen Empfang vorbereitet ist. In einer Ecke ist ein prachtvolles Büffet hergerichtet, in einer anderen Ecke, beim Kamin, steht ein Servierwagen mit Aperitifs.
Wenn sich der Vorhang hebt, ist die Bühne noch leer.
Es verstreichen ein paar Minuten. Dann kommt endlich von hinten ein Mann mit erhobenen Armen auf die Bühne. Er trägt ein zerknittertes Hemd und hat nur einen Schuh an. Ein zweiter Mann tritt auf, der den ersten mit einem Fleischermesser bedroht. Die zweite Gestalt trägt einen Smoking.
Ich blickte von meinem Block auf. Daniela saß auf dem Boden mit dem Rücken zur Wand. Sie las ein Theaterstück von Motherland.
»Gefällt es dir?«
Sie lächelte mich an.
»Oh ja. Es ist so tiefsinnig und erhaben.«
»Aber sprachlich ganz schön altmodisch, was? Wenn man nur ihn hätte, um die Sprache weiterzuentwikkeln...«
»Und wie geht es bei dir voran?«
»Ich muß mich gewissemaßen erst einspinnen, damit es ganz von mir Besitz ergreifen kann.«
»Schreibst du ein Stück, weil dich die Frau gestern darum gebeten hat?«
»Ja, ich habe festgestellt, daß ich irrsinnige Lust dazu

hätte. Die Filmdialoge sind ja immer nur ein schwacher Abklatsch, denn die Betonung liegt nun einmal auf dem Bild. Der Ton kommt eigentlich erst an fünfter Stelle. Im Theater ist das ganz anders. Da ist der Text König.«
Es klingelte an der Tür.
»Das wird der Fleischer sein«, sagte Daniela und erhob sich geschmeidig.
Ich beugte mich wieder über mein Blatt, auf dem sich schon der Ansatz zu einer neuen Welt zu zeigen begann.
Der Mann im Smoking war ungefähr vierzig Jahre alt. Er war bleich, überaus eisig . . .
»Jean!« rief Daniela. »Kannst du bitte mal kommen?«
Ihre Stimme klang seltsam unruhig. Mich überkam eine schlechte Vorahnung, und das dämpfte meinen Schaffensrausch auf der Stelle. Ich ging zu ihr hinaus und war ganz erleichtert, als ich Herrn Prinz, der sich um unser Chalet kümmerte, erkannte. Er hatte noch ein paar Schneeflocken auf dem Lammpelzkragen seiner Holzfällerjacke. Seine rosigen Wangen dufteten nach Kälte und Kölnisch Wasser. Hinter seiner dicken Brille sah man seine Augen freudig blitzen.
Daniela hielt unbeholfen einen Blumenstrauß im Arm, der in eine von der Kälte ganz beschlagenen Kristallfolie gewickelt.
»Ah, guten Tag, Herr Prinz. Was führt Sie zu uns?«
Der Schweizer sprach langsam, als müßte er dauernd in seinem Vokabular herumkramen.
»Ich wollte Ihnen und Ihrer Gattin meine Glückwünsche überbringen. Ich wußte nicht, daß Sie gerade geheiratet haben«, sagte er. »Ich wußte auch nicht, daß Sie eine so berühmte Persönlichkeit sind, Herr Debise. Ich hoffe, Sie verzeihen mir, aber wenn ich ins Kino gehe, sehe ich mir immer nur deutsche Filme an, weil meine Frau kein Französisch versteht.«
Ich hörte ihn seine Komplimente herunterstottern und sah die Blumen in Danielas zitternden Händen. Es war

wirklich wie in einer Schmierenkomödie! Ein unbändiges Lachen stieg in mir auf. Ich mußte mir ungeheure Mühe geben, mich zu beherrschen.
»Sagen Sie, kennen Sie Katy Klin?«
Er blickte mich verwundert an.
»Wer ist das?«
»Woher wissen Sie denn von dieser... dieser Neuigkeit?«
»Von einem Franzosen, der in einem meiner großen Häuser wohnt. Er hat es in der Zeitung gelesen.«
»Was hat er gelesen? In welcher Zeitung?« schrie ich.
Er nahm überrascht seine Brille ab und begann sie zu putzen. Sein kurzsichtiger Blick war plötzlich von Panik erfüllt.
»Ich glaube, es soll im France-Soir gestanden haben.«
Ich kochte vor Wut und hätte dieser verdammten Katy Klin am liebsten den Hals umgedreht.
Inzwischen riß ich mich aber wenigstens so weit zusammen, daß ich dem guten Mann für seine Blumen danken konnte. Als er gegangen war, stürzte ich zum Telefon und wählte die Nummer des Palace.
Daniela beobachtete mich. Sie war völlig niedergeschmettert. Sie schmiß den Blumenstrauß auf einen Stuhl, als hätte sie soeben entdeckt, daß ein Bienenschwarm in ihm nistete.
»Katy? Hier spricht Jean Debise. Was soll das heißen mit dieser Nachricht im France-Soir?«
»Aber ich...«, stammelte die Alte verlegen.
»Versuchen Sie nur nicht zu leugnen. Sie waren die einzige, die es wußte, die einzige!«
»Mein lieber Junge, nun regen Sie sich mal nicht so auf. Die Redaktion des France-Soir hat mich gestern am Spätnachmittag angerufen wegen des Theaterstücks, das gerade bei mir läuft...«
Sie log. Kaum war sie gestern im Palace angekommen, hatte die alte Klatschbase sicherlich nichts Eiligeres zu

tun gehabt, als die Zeitung anzurufen und ihr die Neuigkeit mitzuteilen. Dabei bereitete es ihr wahrscheinlich das größte Vergnügen, daß sie als erste von allen Pariser Klatschbasen davon wußte.

»Sie haben mich gefragt, ob ich jemand Berühmtes in Gstaad gesehen hätte, und da habe ich, ohne weiter nachzudenken...«

»Würden Sie mir bitte den Artikel vorlesen, verehrte Klatschbase!« gurrte ich.

Sie merkte nichts von der unterdrückten Wut, die in meiner Stimme bebte.

»Aber gewiß doch. Sie werden sehen, er ist ganz reizend und so taktvoll... Man merkt, daß Pierrot und seine Leute Sie sehr mögen. Warten Sie einen Moment... Können Sie mir bitte mal den France-Soir geben, Emilie?«

Sie sprach den Vornamen ihrer Gesellschafterin englisch aus, obwohl diese wahrscheinlich aus der Normandie kam.

»Hallo? Hier ist es... Es sind drei Spalten, mein Kleiner...«

»Auf der Seite mit den Gesellschaftsnachrichten?«

»Aber nein, wo denken Sie hin? Hier: Jean Debise – Heimliche Heirat in der Schweiz. Im schneebedeckten Gestaad in einem romantischen Pferdeschlitten spielte der berühmte Drehbuchautor von »Ein Stelldichein mit dem Satan« den Doktor Schiwago mit seiner neuen Gattin, einer blonden jungen Frau, die Daniela heißt. Er...«

»Oh Katy«, unterbrach ich sie halb erstickt vor Wut, »Sie sind eine schändliche alte Hexe!«

Damit hängte ich ein.

»Was war ich bloß für ein Esel!« stöhnte ich. »Mein Gott, was für ein Esel!«

»Julien liest den France-Soir!« murmelte sie.

»Na und? Er weiß doch – und zwar aus verläßlicher Quelle –, daß es eine Falschmeldung ist.«

»Er wird sie trotzdem nicht sehr schätzen, glaube ich.«

»Nun, dann wird sie eben der Beginn der Wahrheit sein, von der ich gestern sprach. Er wird schon damit fertigwerden. Was muß man nicht alles schlucken auf diesem verdammten Planeten: man weiß, daß man sterben wird, daß man betrogen wird, daß man in den Krieg geschickt werden kann ...«

»Manchmal bist du unbedacht bis zur Grausamkeit. Kannst du dir nicht vorstellen, was er empfunden haben mag, als er diesen Artikel las?«

Ich lachte.

»Ich wette, daß er dir seine Glückwünsche schicken wird.«

»Kann man nicht eine Richtigstellung veröffentlichen lassen?«

»Das wäre für alle peinlich, und Journalisten schätzen es überhaupt nicht, wenn sie zugeben müssen, daß sie einer Ente aufgesessen sind.«

»Aber Julien ...«

Ich goß mir einen Campari ein und trank ihn in einem Zug aus.

»Woher weißt du denn, daß er sich überhaupt angesprochen fühlt? Man behauptet, daß ich eine reizende junge Dame geheiratet habe, die Daniela heißt. Also, was geht ihn das an? Solange wir zusammenleben, bist du meine Frau. Die Welt schert sich einen Dreck darum, ob du dazu den Segen des Standesbeamten hast oder nicht. Ich werde überhaupt nichts dementieren, denn es würde auch bedeuten, daß ich etwas von unserer Liebe leugne ...«

»Und daß du deine Freunde beim France-Soir verärgerst!«

Ich wollte gerade etwas entgegnen, als es schon wieder läutete. Durch die Milchglasscheibe der Eingangstür konnte man den Umriß einer Gestalt mit einem Käppi erkennen. Ich lief hin, öffnete die Tür und stand einem Mann in grauer Uniform gegenüber.

»Sind Sie Jean Debise?«

»Ja.«
Er reichte mir einen Briefumschlag.
»Es ist ein Telegramm für Sie angekommen. Man wußte nicht, wo Sie wohnen und hat deswegen bei allen Hotels und Immobilienbüros nachgefragt . . .«
Ich gab ihm ein 5-Franken-Stück und lobte ihn für seinen Scharfsinn.
Draußen war der Himmel wolkenverhangen, und der scharfe Nordostwind trieb vereinzelte Schneeflocken vor sich her. Es war so grau, daß man nicht genau unterscheiden konnte, wo der Himmel begann und wo die Erde aufhörte.
»Genau, wie ich gesagt hatte«, brummte ich, als ich wieder bei Daniela war.
Die Adresse auf dem Telegramm lautete: Frau und Herr Jean Debise, Gstaad, Schweiz.
»Na, das scheint ja ein Trottel zu sein, wenn er schon ›Frau und Herr Jean Debise‹ schreibt«, bemerkte ich, während ich den Briefumschlag aufriß.
Sie schaute mir beim Lesen zu. Ich hätte das Papier zusammenknüllen, erleichtert lachen, kurz: lügen können, aber ich fand, daß ich ohnehin schon zu oft im Leben die Unwahrheit gesagt hatte. Ich hielt ihr das Telegramm hin. Daniela klappte zuerst den unteren Teil auf, um die Unterschrift zu sehen und las dann mit halblauter Stimme:
»Dem jungen Paar meine besten Glückwünsche. Ich bin von ganzem Herzen mit euch.
Julien Carbon«

*

Ich glaube, in den folgenden Stunden bewegten wir uns wie die Figuren in einem modernen Ballett. Wir sprachen nicht, und wir schlichen, anstatt zu gehen. Unsere Bewegungen waren langsam und kraftlos.

Ich gab es auf, weiterzuschreiben. Daniela hatte sich doch nach einer Weile dazu aufgerafft, die Blumen von Herrn Prinz in eine schreckliche, lila Keramikvase zu stellen. Ich trank mehrere Gläser Campari. Daniela frisierte sich vor einem ausgedienten Pferdegeschirr, das nun als Rahmen für unseren Spiegel diente. Ich kritzelte auf einem Block herum, der in der Nähe des Telefons lag, und überlegte, wen ich wohl anrufen könnte, einfach um zu versuchen, die grauenvolle Stimmung aufzulösen, die über uns hereingebrochen war. Aber eigentlich konnte niemand etwas für uns tun. Unsere Liebe strauchelte, weil sie schon mit einem angeknacksten Knöchel gestartet war.
Wenn man eine Weile geschwiegen hat, verliert man nach und nach jede Lust zur Kommunikation, so, als wollten die Gedanken sich nicht mehr zu einer anderen Person hinwenden, sondern sich vollkommen zurückziehen.
Nachdem wir alle Möglichkeiten, uns zu beschäftigen, ausgeschöpft hatten und es nichts mehr gab, was uns half, Haltung zu bewahren, blieb uns keine andere Wahl, als uns zu trennen. Daniela ging ins Schlafzimmer, und ich setzte mich vor das große Fenster im Wohnzimmer und sah zu, wie es draußen immer dunkler wurde. Heute abend hatten die Berge nichts von ihrer üblichen Großartigkeit.
Sie wirkten wie eine unendliche Anhäufung von Stein und Schnee, deren vielfältige Grautöne sich im Dunkel verloren. Auch die Lichter unten im Dorf schienen mir heute blasser als sonst und erinnerten mich an die Straßenbeleuchtung mancher Vororte, die deren Trostlosigkeit nur noch unterstreichen.
Ich knipste absichtlich keine Lampe an. Ich hoffte, daß mich das Dunkel vor dem Untergehen retten würde, und ich wünschte, in seinem Schutz das geheimnisvolle Rezept zum Glücklichsein zu entdecken... Ich wollte

Daniela, und ich wollte sie ganz und für immer. Doch dazu mußten wir erst mit unserer Vergangenheit ins klare kommen. Vorhin, als ich schrieb, und sie auf dem Boden saß, hatte ich etwas ganz Neues, Einzigartiges, Ergreifendes und Köstliches gespürt. Und ich war fest entschlossen, nie mehr auf diesen jetzt nur flüchtig wahrgenommenen Frieden zu verzichten.
Das graue Telegramm lag auf dem Boden, wie ein riesiger Nachtfalter.
Dieser Mistkerl von Carbon! Er spielte mit seiner Abwesenheit wie auf einem Instrument und hielt wie ein Puppenspieler alle Fäden für Danielas Verhalten in seinen riesigen Pfoten. Seine angeblichen Glückwünsche trafen seine Frau mehr als irgendwelche Äußerungen von Wut. Er hielt sich zurück, um uns einen wohlgezielten Hieb zu versetzen, wenn die Zeit dafür reif sein würde.
Die Welt war nicht groß genug, um vor ihm zu fliehen, und das Leben war nicht lang genug, um ihn zu vergessen. Er konnte es sich erlauben, ganz ruhig in seinem Betonklotz in Montfort zu sitzen und zu warten, wie eine Falle ja auch nichts unternehmen muß und trotzdem irgendwann über ihren Opfern zuschlägt. Carbon lag zwischen seinen Krücken auf der Lauer. Und ich mußte irgendein Mittel finden, um ihn unschädlich zu machen.
Draußen war es inzwischen ganz dunkel geworden, und auch der Schnee schaffte es heute nicht, die Nacht zu erhellen.
Ich riß mich mit Gewalt aus meiner Grübelei.
»Die besten Mittel sind immer die unscheinbaren«, sagte ich mir. »Man muß ihn in seinen eigenen vier Wänden schlagen. Er hat Daniela die Vorstellung von ihrer Heimkehr in den Kopf gesetzt. Er tut so, als wäre das alles nur ein kleines Abenteuer gewesen, das er ihr schon jetzt verziehen hat. Er will sie glauben lassen, daß alle geduldig auf sie warten und daß niemand daran zweifelt, daß

sie bald zurückkommt ... Besser noch: er schlägt uns vor, ihn zu besuchen! Mit dieser Taktik versucht er, uns zu verwirren. Die einzige Art, sich gegen ihn zu wehren, würde sein, den Einzelkampf mit ihm zu wagen und ihn mit seinen eigenen Waffen zu schlagen. Daniela ist so empfindlich und sieht in ihm nur das Opfer, das sowie so recht hat. Ich muß also ebenso zum Opfer werden wie er.«

Ich knipste das Licht an. Die Simmentaler Möbel aus hellem Holz leuchteten auf und bestätigten meine Gewißheit auf seltsame Weise.

»Daniela!«

Sie kam aus dem Schlafzimmer. Ihre roten Augen verrieten mir, daß sie sehr viel geweint haben mußte.

Sie blieb in einiger Entfernung vor mir stehen. Ihre Arme hingen schlaff herab ...

»Hast du den Eindruck, daß ich mein Theaterstück schreiben werde?«

»Ich hoffe es ...«

»Glaubst du, daß es mir auch gelingen wird, wenn du nicht mehr an meiner Seite bist?«

»Ein Schriftsteller ist dazu da, um zu schreiben. Und je unglücklicher er ist, desto besser schreibt er«, entgegnete sie.

»Daniela, ich habe über uns beide nachgedacht und bin zu dem Entschluß gekommen, daß du viel zu gut bist, um mit mir glücklich werden zu können.«

Sie wartete ab, worauf ich hinauswollte. Aber ich bemerkte so etwas wie einen Hoffnungsschimmer in ihren Augen, und dieses Aufflackern tat mir unsagbar weh.

»Ich glaube, wir hätten die Dinge nicht dermaßen überstürzen sollen. Du wirst niemals Frieden finden, wenn wir so weitermachen. Und ich weine lieber, weil du fort bist, als daß ich dich weinen sehen mag, weil du nicht bei jemand anderem bist. Ich werde dich zu deinem Mann zurückbringen.«

»Ich bin groß genug, um allein nach Hause zu kommen!« Aber dann war sie doch einverstanden, ohne weiter zu protestieren.
»Nachhausekommen« nannte sie das. Mir stockte der Atem. Ich hatte das Gefühl, als risse mir jemand das Herz bei lebendigem Leibe heraus! Schon wieder war ich gescheitert! Und nun spürte ich tatsächlich all' die Schmerzen, die ich eigentlich nur vortäuschen wollte.
»Wir werden ein Taxi nach Lausanne nehmen. Dort wird es sicher noch einen Nachtzug geben . . .«
Daniela rührte sich noch immer nicht, aber der Schimmer von Erleichterung ließ ihre noch immer geröteten Augen schon fast wieder strahlen.
»Geh deine Koffer packen, Daniela.«
»Sie sind schon gepackt.«

9

Warum erinnerte mich diese Rückkehr nach Paris nur an die Beerdigung meiner Mutter? Ich sah mich wieder in dem Wagen des Bestattungsinstitutes sitzen, der Sarg hinter mir, auf dem die Kränze aufgehäuft lagen. Martine saß neben mir und hielt meine Hand. Sie trug einen schwarzen Mantel und einen schwarzen Schleier, der ihr Gesicht in ein grabähnliches Dunkel hüllte und unter dem ich sie kaum zu erkennen vermochte. Ich hatte mich geweigert, schwarze Kleidung anzuziehen, und trug statt dessen einen dunkelblauen Anzug und eine schwarze Krawatte, die mein ganzes Zugeständnis an die Tradition darstellte. Ich fand, daß Trauerkleidung sowieso meistens nur Heuchelei war.
Und diente sie nicht lediglich dazu, dem Ganzen einen theatralischen, tragischen Anstrich zu geben? Gleichzeitig fragte ich mich jedoch, ob ich in diesem Punkt nicht

nur meinem ständigen Bedürfnis gehorchte, mich von den anderen abzuheben.
Ja, die Beerdigung meiner Mutter ...
Ich lag im oberen Bett des Schlafwagenabteils, und die sterblichen Reste meiner Liebe ruhten unter mir. Der Zug stank nach Schrott und die gestärkte Bettwäsche nach Ruß (obwohl die Linie schon lange elektrisch betrieben wurde). Er ratterte schwankend durch die Nacht und zog seinen Kadaver und meine Verzweiflung mit sich fort, wie damals der Leichenwagen den Leichnam meiner Mutter und meine Trauer mit sich fortgezogen hatte.
Damals hatte ich versucht mir vorzustellen, wie wir wohl in diesem schrecklichen Gefährt aussahen. Ich erinnerte mich an ähnliche Leichenzüge, die ab und zu meinen Weg gekreuzt hatten. Dabei war mir immer aufgefallen, daß die blassen, schwarzgekleideten Menschen, die ihm folgten, trotz ihrer angeblichen Trauer sich eigentlich viel mehr für ihre Umgebung zu interessieren schienen als für denjenigen, den sie zu seiner letzten Ruhestätte geleiteten ...
»Schläfst du nicht?«
Die, die mich damals vom Straßenrand aus beobachteten, hatten sicher etwas Ähnliches feststellen können. Die Männer nahmen den Hut vom Kopf. Warum grüßte man die Toten? Oder grüßten sie vielmehr die Lebenden?
»Sag, Jean, schläfst du?«
»Glaubst du wirklich, ich könnte schlafen ...«
»Du weißt doch, daß ich dich liebe!«
Ich entgegnete »Ich weiß«. Und es stimmte: ich wußte, daß Daniela mich liebte und daß sie wahrscheinlich genauso litt wie ich. Meine Qual reinigte mich. Endlich verspürte ich einen reinen, echten Kummer ohne jeden Hintergedanken.
Der Zug hielt in fast menschenleeren Bahnhöfen. Man hörte das Kreischen der Bremsen, dann die unverständlichen Lautsprecheransagen, deren Klang durch die

gewölbten Bahnhofsdächer zurückgeworfen wurde. Unterdessen schien der Zug wie ein ungeduldiges Pferd zu schnauben. Dann fuhr er wieder ruckweise an und setzte seine Fahrt durch die neblige Nacht fort.

Worüber hatte ich eigentlich damals im Leichenwagen meiner Mutter nachgedacht? Über sie natürlich, die wir in ihr Heimatdorf zurückbrachten. Die Leute dort unten riefen sie noch immer mit dem Kosenamen ihrer Kindheit: Didi. Für sie war sie ihr ganzes Leben lang Didi Charron geblieben. Ich dachte damals: »Ein Leben voller Arbeit und entsagungsvoller Liebe...« Aber ich dachte auch über mich nach, ich, der ich, nachdem sich das Friedhofstor hinter mir geschlossen hatte, wieder ins Leben zurückkehren mußte. Und ich spürte, daß nichts mehr so sein würde wie zuvor, wenn Didi einmal unter der Erde war. Man stirbt abschnittweise, so wie man in der Schule von einer Klasse in die nächste versetzt wird. Wenn ich Daniela jetzt verlassen würde, würde ich sozusagen wieder eine Klasse aufrücken. Die letzte Versetzung hatte ich erlebt, als ich Martine verlassen hatte. Wie viele Klassen mußte ich wohl noch durchlaufen? Wann würde ich alle hinter mir haben und in einem Krankenhausbett oder unter den Trümmern eines Wagens begreifen, daß mein Ende nah' war?

»Weinst du?« fragte Daniela, als sie hörte, daß ich schniefte.

»Nein. Ich habe keine Lust zu weinen.«

Was sollte ich jetzt nur machen? Mein Gott, was sollte ich nur machen? Wohin sollte ich gehen? Wie würde es weitergehen?

Als könnte sie meine Gedanken lesen, murmelte Daniela nach einer Weile: »Was wirst du jetzt machen?«

»Ich weiß es noch nicht.«

»Hast du nicht schon eine Idee?«

»Am besten wäre es, wenn ich dich vergessen würde. Aber das ist eine Aufgabe, der ich nicht gewachsen bin.«

»Ich wünschte, du würdest ganz viel arbeiten.«
»Ich habe den Eindruck, daß ich alles, bis auf das Alphabet, vergessen habe.«
»Dann mußt du dich wieder einarbeiten. Schreib dein Theaterstück. Dein Buch . . .«
»Ich werde mein Möglichstes tun«, entgegnete ich, um sie zu beruhigen. »Aber zuerst einmal werde ich umziehen.«
»Wohin willst du gehen?«
»Vielleicht werde ich mir endlich einen alten Traum erfüllen und in ein heruntergekommenes kleines Hotel in der Umgebung von Paris ziehen.«
»Wie kommst du denn auf die Idee?«
»In ein Zimmer, das fast an eine Mönchszelle erinnert, mit häßlichen, vergilbten Tapeten an den Wänden, mit weißlackierten Möbeln, einem Fußboden, der sich wellt, und einem Badezimmer, das so gelb wie das Gebiß eines Pferdes ist. Und einem tropfenden Wasserhahn, so daß man gezwungen ist, nachts einen Schwamm an die Stelle zu legen, auf die der Tropfen immer fällt, weil man sonst nicht einschlafen kann... Vielleicht gelingt es mir, in einer solchen Umgebung wieder zu schreiben . . .«
»Warum?«
Das fragte ich mich auch. Vielleicht, weil ich mich an meine Kindheit erinnert fühlen würde?
»Im Erdgeschoß gibt es statt einer Empfangshalle ein einfaches Café, das zugleich als Restaurant dient. Mein Schlüssel wird an einem Nagel im Flur hängen, und meine Serviette wird eine Plastikhülle mit meinem Namen bekommen. Ich werde Hering mit Bratkartoffeln und winzige zähe Steaks mit Pommes Frites essen . . .«
»Ah, was werde ich Geld sparen können! Mit dem Geld, das ich noch auf der Bank habe, werde ich so jahrelang leben können, ohne arbeiten zu müssen.«
»Und ich werde das Dienstmädchen b... Eine schie-

lende kleine Person, ich sehe sie förmlich schon vor mir. Ich werde meinen Aperitif mit dem Wirt zusammen trinken, und abends werde ich mit den anderen Stammgästen Karten spielen.«

»Wie in einem Film von Carné oder René Clair«, murmelte sie.

Ich merkte an ihrem Tonfall, daß sie mir nicht glaubte.

»Du glaubst mir wohl nicht, was, Daniela?«

»Aber sicher glaube ich dir.«

»Aber du denkst, daß ich das nicht lange aushalten werde?«

»Ich denke, daß du das so lange aushalten wirst, bis France-Soir oder Paris-Match eine Reportage über deinen neuen Lebensstil gebracht haben. Jean Debise, der ein Vermögen beim Film machte, zieht es vor, ganz bescheiden in einem Vorstadthotel zu leben! Danach wirst du dann eine Kreuzfahrt buchen und dir eine Luxuskabine auf der »France« oder der »Pasteur« nehmen. Und nach deiner Rückkehr wirst du dir ein Appartement oder eine kleine Zweizimmerwohnung auf der Ile-Saint-Louis mieten.«

»Das heißt also, du mißtraust mir?« ließ ich mich von meinem Hochbett vernehmen.

»Nein Jean, aber ich beginne, dich kennenzulernen. Dein Ruhm hat dich verändert, ohne daß du dir dessen bewußt geworden bist. Er ist zu deiner Droge geworden. Du kannst nicht mehr ohne ihn leben. Das habe ich begriffen, als ich vorhin vorschlug, eine Richtigstellung zu veröffentlichen, und du abgelehnt hast, um deine Freunde von der Presse nicht in Verlegenheit zu bringen. Alles, was du jetzt tust, machst du so, als wenn die Kameras der Tagesschau auf dich gerichtet wären.«

»Du hast recht«, gab ich zu. »Aber eines Tages wird es doch soweit sein, das verspreche ich dir.«

»Dein Ruhm wird sich von dir zurückziehen, bevor es dir gelingt, dich von ihm zurückzuziehen.«

Der Zug stieß einen gellenden Pfiff aus und verschwand in einem Tunnel.

*

Um sechs Uhr morgens ist der Gare de Lyon nur schön, wenn man abfährt. Wenn man ankommt, kann man sich schwerlich etwas Trübseligeres vorstellen.
Kaum hatte ich den Zug verlassen, fing ich auch schon an, mit den Zähnen zu klappern. Ein alter Gepäckträger mit einer gewaltigen Rotweinfahne brachte unsere Koffer zu dem verkommen aussehenden Hauptportal, wo eine Reihe noch ganz verschlafener Leute im Halbdunkel des Morgengrauens auf andere Leute wartete, die vielleicht wirklich noch schliefen.
Es regnete. Alles war grau, die Häuser ebenso wie die Gesichter der Menschen. Und natürlich der Himmel, von dem unablässig der Regen fiel.
»Wollen Sie ein Taxi?«
»Ja.«
Aber wohin will ich damit fahren? fragte ich mich.
Während der Mann im blauen Hemd nun den Weg zu einem der seitlichen Eingänge einschlug, betrachtete ich Daniela. Meine Gefährtin war blaß, und man konnte nicht gerade sagen, daß sie der schmalgeschnittene Mantel mit dem kleinen Pelzkragen besonders gut kleidete. Sie sah aus, als wäre sie eben von einer schweren Krankheit aufgestanden.
»Ich bin häßlich, nicht wahr?« erkundigte sie sich.
»Oh, ich bin auch nicht gerade knackfrisch«, beschwichtigte ich sie. »Diese Nachtzüge sind einfach tödlich ... Sollen wir zu meinem Hotel fahren?«
Das war meine letzte Chance. Der Komfort des George V. Ein Schaumbad. Ein ausgiebiges Frühstück ... Vielleicht würde sie sich alles noch einmal überlegen. Ich wußte nicht warum, aber ich spürte, daß es möglich sein könnte.

»Nein, ich will nach Hause . . .!«
Schon wieder dieses Wort! Es war das grausamste Wort, das ich mir aus ihrem Mund überhaupt vorstellen konnte. Sie kehrte »nach Hause« zurück. Das hieß, das unsere gemeinsam verbrachte Zeit nichts als ein kleiner Ausflug gewesen war! Sie hatte eben bei ihrer Rückkehr aus Afrika einen Umweg gemacht.
Ein Taxi hielt vor uns, und wir luden unser Gepäck ein.
»Wohin soll es gehen?« fragte der Fahrer.
»Zum Flughafen Bourget«, antwortete ich und schlug die Tür zu.
»Jean!« schrie Daniela zitternd.
»Reg dich nicht auf«, beruhigte ich sie, »ich will dort nur mein Auto abholen. Dieser Ferrari ist nämlich genaugenommen mein einziges Zuhause. Der letzte Platz auf diesem Planeten, wo ich mich wirklich wie zu Hause fühle.«
Wir durchquerten in sensationeller Geschwindigkeit die noch schlafende Stadt. An den Kreuzungen wechselten die Ampeln fast jedes Mal gehorsam auf Grün, sobald wir uns ihnen näherten. Ich beneidete die Leute, die jetzt friedlich an der Theke eines Cafés standen. Sie begannen ihren Tag in der beinahe fröhlich zu nennenden Atmosphäre der summenden Kaffeemaschinen und klappernden Löffel, während sie ihren Milchkaffee schlürften. Mir dagegen war noch immer kalt.
»Es ist ja nicht gerade viel los heute morgen«, sagte ich zu dem Taxifahrer.
»Nein, weil Sonntag ist!«
Sonntag! Das setzte allem die Krone auf. Daß wir uns ausgerechnet an einem Sonntag trennen mußten!
Wieder schien Daniela meine Gedanken zu erraten.
»Bitte verzeih mir«, flüsterte sie kaum wahrnehmbar und legte mir ihre Hand aufs Knie.
Ich fand das Leben immer unerträglicher.
»Ich möchte, daß du mir etwas versprichst, Jean . . .

Nachdem wir uns getrennt haben, nimmst du ein Bad, ziehst dich um, und dann fährst du zum Internat und besuchst das kleine Mädchen, von dem du mir erzählt hast.«
»Mauricette?«
»Ja. Versprichst du mir das?«
»Aber Sonntag ist der Tag meiner Ex-Frau. Ich darf sie nur am ersten Donnerstag im Monat besuchen.«
»Kümmer' dich nicht drum. Fahr trotzdem hin!«
»Aber ich würde dort Martine treffen!«
»Na und?«
»Das möchtest du wohl gerne, was?« fuhr ich auf. »Um deinen Seelenfrieden zu wahren, hoffst du, daß ich irgendeine Frau finde. Wahrscheinlich träumst du sogar davon, daß ich Martine wieder heirate und alles in Ordnung kommt. Jeder kehrt an seinen Herd zurück, jeder in das Haus, in das er gehört. Ach Scheiße, am liebsten würde ich mich heute morgen in Dornröschen verwandeln. Hundert Jahre Schlaf würden meinen Nerven sicher guttun. Und wenn ich wieder aufwachen würde, könnte ich nochmal von vorne anfangen ...«
»Schwör mir, daß du Mauricette besuchen fährst, Jean!«
»Du hast vielleicht komische Einfälle ...«
Trotzdem spürte ich instinktiv, daß sie es gut mit mir meinte. Die Vorstellung von Mauricettes lieben kleinem Gesicht wirkte auf mich in diesem trostlosen Taxi wie ein Glas kühles Quellwasser.
»Weißt du, wenn man unglücklich ist, ist es am besten, man kümmert sich um die, die noch schwächer sind als man selbst.«
»Ich werde sie besuchen und ihr von dir erzählen«, versprach ich.
»Komm, mach dich nicht lächerlich. Willst du dieses Kind denn ganz durcheinanderbringen?«
Wir bogen in die Auffahrt zum Flughafen ein. Eine DC8 hob gerade von der Landebahn ab. Sie schien Schwierig-

keiten zu haben, die Erde zu verlassen, so schwerbeladen wirkte sie. Der Lärm ihrer Düsen dröhnte laut durch den dunstigen Morgen.
»Zum Parkplatz bitte . . .«
Mein Ferrari war staubbedeckt. Während meiner Abwesenheit hatte sich scheinbar die Batterie entladen, so daß ich mich von den Parkplatzwächtern anschieben lassen mußte, um losfahren zu könne. Daniela saß neben mir. Das erinnerte mich an den Abend, als wir uns beim Friedhof von Mousseaux getroffen hatten . . .
»Ich werde die nördliche Autobahn nehmen und vorher kurz bei mir vorbeifahren«, kündigte ich an.
»Das wirst du nicht.«
»Bist du dir da ganz sicher?«
»Ja. Das haben wir doch schon hinter uns, und du als Drehbuchautor solltest doch am besten wissen, daß man in einer Geschichte nie zweimal denselben Gag bringen sollte.«
»Gut, dann werde ich dich jetzt zu deinem Papi zurückbringen. Was werden wir uns denn zum Abschied sagen? Auf Wiedersehen oder Lebwohl? Das haben wir noch nicht besprochen.«
»Wir werden uns Lebwohl sagen.«
Ein neuer Schlag unter die Gürtellinie.
»Du hast recht«, erwiderte ich und machte gute Miene zum bösen Spiel. »Es ist besser, sich Lebwohl zu sagen und sich trotzdem wiederzusehen, als sich für immer Aufwiedersehen zu sagen. Sag, erinnerst du dich, wie wir morgens in unserem Zimmer in Gstaad immer aufgewacht sind? An den Zug jeden Morgen . . . An die alten Urlauberinnen, die auf dem Bergpfad spazierengingen . . . An den Schnee . . . Aber das ist nun alles vorbei, schon lange vorbei.«
»Ja«, stimmte Daniela zu, »das ist nun lange vorbei.«
»Wirst du dich an unsere Bars am Montparnasse erinnern?«

»Du kannst beruhigt sein, Jean, ich werde mich an alles erinnern.«
»Auch an meinen Mund auf deiner feuchten Haut, wenn du morgens aufgewacht bist?«
»Du möchtest wohl unbedingt, daß ich weine«, stammelte sie.
Ich bremste vor einem kleinen Café, in dem gerade eine alte Frau die Fensterscheiben polierte.
»Sollen wir einen Kaffee trinken? Schließlich muß man auch nicht mit leerem Magen auf die Guillotine gehen.«
Sie war einverstanden.
Die wenigen morgendlichen Gäste unterhielten sich über das Pferderennen, das am Nachmittag stattfinden sollte. Es roch nach Rum und warmen Croissants. Wir setzten uns in eine Ecke. Es war nur noch ein einziger weiterer Tisch besetzt. An ihm saß eine aufgedunsene, schlampige Frau in einem abgeschabten Ledermantel. Sie streifte uns mit einem flüchtigen Blick und widmete sich dann wieder ganz ihrem Weißwein.
»Zwei Kaffee und ein Rum«, rief ich dem Ober zu.
Er hatte die Ärmel seines weißen Hemdes hochgekrempelt. Er trug keine Krawatte, und ein beigefarbener alter Pullunder, der mit Flecken übersät war, vervollständigte seinen schmuddeligen Aufzug.
»Herr Ober, noch einen Rum! Willst du auch einen, Daniela?«
»Nein danke.«
Sie blickte mich abweisend an und enthielt sich jeden Kommentars.
»Würden Sie mir bitte eine volle Flasche verkaufen, Herr Ober? Ich will sie mitnehmen.«
Er starrte mich ungläubig an.
»Aber mein Herr ... Wie soll ich ...?«
»Sie wissen doch ganz genau, wie viele Gläser Sie aus einer Flasche ausschenken können. Multiplizieren Sie diese Anzahl einfach mit dem Preis pro Glas, rechnen Sie

das Pfand für die Flasche dazu, und dann haben Sie den Preis, den ich zahlen muß.«
»Da muß ich erst den Wirt fragen!«
»Nun gut, dann fragen Sie ihn eben!«
»Jean, bitte!« raunte Daniela.
Sie tastete unter dem Tisch nach meiner Hand. »Ich schwöre dir, daß das hier kein Kino sein soll, Daniela. Heute begreife ich endlich, warum du damals die Flasche mitgenommen hast. Wenn wir nachher zu eurem gräßlichen Kontrollturm kommen, werde ich vorher etwas schlucken müssen, um mich der Situation stellen zu können.«
Der Ober kam aus der Küche zurück und brachte eine noch verschlossene Flasche Rum.
»Der Wirt ist einverstanden.«
»Bravo. Nun seien Sie bitte auch noch so gut, und machen Sie sie mir auf!«

10

»Jean, ich bitte dich! Tu es nicht!«
Nein, das war kein Theater, jedenfalls was mich betraf. Ich spürte jenes unglaubliche Schwindelgefühl, das die Verzweiflung manchmal heraufbeschwört. Es ist oft klüger, zum Angriff überzugehen als sich zurückzuziehen, wenn eine Schwierigkeit auftaucht. Ich ging zum Angriff über, indem ich mich wie ein verletzter alter Seeräuber mit Rum vollaufen ließ . . .
»Jean, ich bitte dich . . . Laß mich nicht mit der Erinnerung an einen betrunkenen Mann zurück!«
»Ich bin nicht betrunken!«
»Aber du wirst es bald sein, wenn du so weitermachst.«
»Warum willst du mich denn nie mehr wiedersehen?«
»Weil es nicht möglich sein wird! Ich liebe dich, und mit dieser Liebe im Herzen kehre ich in mein altes Leben zurück. Sollen wir uns später etwa wieder heimlich tref-

fen? Glaubst du, ich kann meine Gefühle warmhalten und ab und zu die Flamme etwas höherdrehen?«
»Wenn du mich wirklich lieben würdest, würdest du mich nicht verlassen. Aber ich habe ja immer gesagt, daß du davonlaufen wirst, wenn dein Herr nach dir pfeift.«
»Du hast selber erkannt, daß ich gar nicht anders handeln kann!«
Ich nahm im Fahren einen weiteren großen Schluck aus der Flasche. Der billige Alkohol brannte in der Kehle und zog mir den Magen zusammen.
»Gib mir die Flasche, Jean!«
Ihr Ton duldete keinen Widerspruch. Beeindruckt reichte ich ihr den Rum. Sie kurbelte das Fenster hinunter und schmiß die Flasche auf den grasbewachsenen Seitenstreifen der Landstraße.
»Findest du nicht auch, daß ich eigentlich ein ziemlich leicht zu handhabender Typ bin? Es reicht, daß man mir mit bestimmtem Ton etwas sagt, und ich gehorche. Du folgst mir, und ich bringe dich weg! Du verläßt mich, und ich begleite dich ... Willst du mir nicht noch ein letztes Mal mein »J« zeigen, Daniela?«
»Oh, Jean, muß das sein ...«
»Ist es nun MEIN »J« oder nicht?«
»Ja, es ist DEIN »J«.
»Wenn du deine nächtlichen Streifzüge wieder aufnimmst und dabei Männer abschleppst, dann werden sie ganz schön dumm gucken, wenn sie merken, daß du tätowiert bist. »Nanu«, werden sie sagen, »was hast du dir denn da einritzen lassen, meine Kleine? Wie bist du denn zu dieser Tätowierung gekommen?« Und dann wirst du ihnen eine Geschichte erzählen. Ich weiß zwar nicht welche, aber du wirst es ihnen schon irgendwie erklären. Du brauchst keine Angst zu haben, daß die Geschichte zu fantastisch klingt. Die meisten Geschichten sind glaubwürdig, und die Männer werden sie dir schon abnehmen ...«

»Es wird keine nächtlichen Ausflüge mehr geben«, versicherte Daniela. »Nicht einen einzigen mehr! Nie wieder!«
»Wie lange meinst du, wenn du ›nie wieder‹ sagst? ›Immer‹, ›unsterblich‹, ›ewig‹ sind lauter verräterische Worte... Jeder versucht doch im Grunde etwas festzuhalten. Aber nichts ist ewig. Also, zeig mir jetzt mein ›J‹.«
Da sie begriff, daß ich ihr keine Ruhe lassen würde, hob sie ihr Kleid und zeigte mir die kleine blauschwarze Tätowierung. Sie war inzwischen vollständig verheilt. Ich streichelte sie. »Soll das alles sein, was von uns übrigbleibt, Daniela?«
Sie brach in Tränen aus.
»Weine nicht, mein Herz. Es ist nicht unser Fehler. Wir sind die Opfer unserer Vorfahren, die jedes Individuum in ein Netz von Konventionen, Traditionen und moralischen Vorstellungen verstrickt haben. Als der Mensch begriff, daß er frei war, hatte er nichts Eiligeres zu tun, als diese Freiheit wieder zu ersticken. Der Mensch hat den Menschen zu einem dressierten Tier gemacht, das nur noch auf Zuckerbrot und Peitsche reagiert.« Auf einmal fühlte ich mich total betrunken. War das nicht auch das poetische Geschwätz der Trunkenheit, bei dem die Zunge manchmal schon gar nicht mehr mitkam...
Ich verließ die große Landstraße, und bald fuhren wir durch Dörfer mit sonntäglich gekleideten Menschen. Überall läuteten die Glocken, ja sogar, wenn man an abgelegenen Bauernhöfen vorbeikam, konnte man das Läuten noch aus dem Radio schallen hören. Diese kirchliche Geräuschkulisse erinnerte mich schon wieder an den Tod meiner Mutter.
»Weißt du, wenn ich dir schreiben könnte, würde mir unsere Trennung vielleicht nicht so schwerfallen. Möchtest du, daß ich dir schreibe?«
»Ja, aber nur unter der Bedingung, daß du keine Antwort erwartest.«

Wir fuhren an den ersten Häusern von Montfort vorbei. Ein Antiquitätenhändler dekorierte gerade seine Hauswand mit diversen alten Kupfergeräten. Der ländliche Reiterverein überquerte die Fahrbahn, und wir mußten warten, bis alle vorüber waren. Die Reiter trugen Kappen und rote Röcke.
»Am liebsten wäre ich einer dieser Gäule«, träumte ich vor mich hin.
Daniela mußte unter Tränen lachen.
»Du bist wirklich zu komisch«, murmelte sie, »und komische Männer vergißt man nicht. Du bist schön. Du bist unverschämt. Du bist bemitleidenswert. So stark und so hilflos zugleich. So zärtlich und so grausam. Ich glaube, mich wirst du ziemlich schnell vergessen, Jean. Du wirst es gar nicht merken, weil es ja gerade in der Natur des Vergessens liegt, daß man nichts davon mitbekommt. Wenn du dir dessen bewußt wirst, wird es dich ärgern, und du wirst gekränkt sein, daß dein großer Kummer sich so schnell verflüchtigt hat.«
Ich hörte zu und dachte, daß ich Martine etwas ganz ähnliches erzählt hatte, als sie mich neulich anrief.
»Ich verspreche dir, daß ich nicht versuchen werde, meinen Kummer künstlich zu verlängern, Daniela. Wenn ich das Glück habe, dich vergessen zu können, schwöre ich dir bei meiner Ehre, daß ich zu Fuß nach Lourdes gehe, um dem Himmel für diese Gnade zu danken. So wird die Jungfrau wenigstens einmal Besuch von jemanden bekommen, der nicht nur etwas von ihr erbitten will.«
Ihr Feldweg ...
Dann die häßliche weiße Masse von Haus.
Ich hielt und ging um den Wagen herum, um meiner Begleiterin herauszuhelfen. Dann schnürte ich ihren Koffer vom Gepäckträger am Heck des Ferrari. Wir hatten den Koffer in Genf gekauft, und er roch noch ganz neu.
Sie wollte ihn mir abnehmen.
»Gib her, Jean!«

»Komm, mach keine Witze! Ich werde dich bis ins Haus bringen!«
»Wozu soll das gut sein?«
»Ich habe dich entführt, und jetzt liefer' ich dich wieder ab!« Entschlossenen Schritts ging ich zum Tor und klingelte. Es dauerte nicht lange, da tauchte auch schon die gräßliche Dogge mit ihren roten Augen und den hängenden Lefzen auf. Sie knurrte bedrohlich und sträubte ihre Rückenhaare.
»Komm, Hamlet! Es ist ja gut!« rief Daniela.
Der Hund beruhigte sich auf der Stelle und begann freudig mit dem Schwanz zu wedeln.
»Ist ja gut!« brummte ich. »Das hört sich an wie im Märchen, wenn eine gute Fee die wildgewordenen Hunde besänftigt!«
Langsam schlug mein Kummer in Wut um. Die Mulattin kam die Treppe vor dem Haus heruntergelaufen um aufzumachen. Auf halbem Wege blieb sie plötzlich stehen, denn sie hatte erkannt, daß wir es waren. Dann kam sie vorsichtig näher.
»Oh, Frau Carbon . . .«, rief Theresa mit einem süßlichen Lächeln. Ich konnte dieses Mädchen nicht ausstehen, und auch sie tat so, als wäre ich Luft.
»Sag mal, meine Schöne«, blaffte ich sie im besten Carbonstil an, »könntest du gefälligst mal diese Bestie festhalten? Ich weiß nämlich aus Erfahrung, daß sie ziemlich scharfe Zähne hat.«
Sie machte nicht die geringsten Anstalten, mir zu gehorchen. Ich sah rot.
»Sag dieser kleinen Idiotin, daß sie den Hund festhalten soll, sonst knall' ich ihr eine«, fuhr ich Daniela an.
»Bringen Sie Hamlet fort, Theresa!« befahl Daniela. »Ist Herr Carbon hier?«
»Er nimmt gerade sein Bad«, erwiderte die Mulattin mit angewidertem Gesichtsausdruck und nahm die Dogge am Halsband.

»Willst du ihn wirklich sehen?« fragte Daniela.
»Ich habe es dir doch schon gesagt!«
»Na gut, dann komm!«
Wir gingen zum Schwimmbad hinüber. Der kurzgeschorene Rasen duftete nach Frühling. Ich verlangsamte meinen Schritt, um die Porzellankatze zu bewundern, die unter einer Fichte kauerte. Unter demselben Baum stand auch noch ein Gartenzwerg, der sich auf einen Fliegenpilz stützte. Dieser Anblick entlockte mir ein böses Lachen.
»Wie kann man nur!« stöhnte ich. »Oh Daniela, kannst du dich nicht von diesem fürchterlichen Kram trennen? Er ist ja wirklich nicht zum Aushalten!«
Aber sie lief weiter über den Rasenweg, und ich mußte meinen Schritt beschleunigen, um sie einzuholen.

*

Eine kleine verglaste Tür bildete den Eingang zum Schwimmbad. Daniela stieß sie sacht' auf. Binnen einer Sekunde schien ihre ganze Entschlossenheit von ihr gewichen zu sein, und sie war nur noch ein schüchternes, kleines Mädchen. Wir traten in den Raum, der intensiv nach Grünpflanzen und Chlor roch. Das Schwimmbecken war mindestens zehn mal zwanzig Meter groß. Es war mit roten Fliesen gekachelt, durch die das Wasser wie Blut wirkte. Ein rotes Schwimmbecken! Das sah Carbon ähnlich! Als ein Meister des schlechten Geschmacks konnte man allerdings auch nichts anderes von ihm erwarten.
Wahrscheinlich hatte er sich hier stückchenweise Afrika schaffen wollen, denn rund um das Becken wuchs eine Unzahl tropischer Pflanzen. Da gab es Bananenstauden, Orangenbäumchen, Palmen, Eukalyptus und noch einige andere Pflanzen, die einen scharfen Geruch verströmten.

Julien trug eine häßliche schwarze Badehose und planschte in seinem Schwimmbecken wie ein Nilpferd in seinem Schlammloch. Seine dünnen Beine, an denen die Muskulatur sich weitgehend zurückgebildet hatte, sahen aus, als gehörten sie gar nicht zu dem kräftigen Oberkörper und den muskulösen Armen. Man hatte den Eindruck, als sei er aus zwei Körpern falsch zusammengesetzt worden.
Er machte heftige, ungeschickte Schwimmstöße, daß das Wasser nur so spritzte. Seine gelähmten Beine bremsten ihn. Er bewegte sich in Schlangenlinien voran. Wegen des Lärms, den er beim Schwimmen machte, hatte der Invalide uns nicht hereinkommen hören. Mit dem Rükken zu uns durchmaß er die Länge des Beckens. Am Ende der Bahn angelangt, hielt er sich an der am Rand angebrachten Stange fest, um einen Augenblick zu verschnaufen.
»Julien!« rief Daniela.
Das Wasser, das Carbon aufgewühlt hatte, klatschte noch immer schwer gegen die grellroten Kacheln.
Carbon blickte sich um, erkannte uns und drehte seinen Körper um hundertachtzig Grad. Sein massiger Oberkörper bewegte sich schwerfällig wie ein leeres Faß . . . Während der Drehung verhedderten sich seine Beine, und da er beide Hände zum Festhalten brauchte, mußte er sie verschlungen lassen.
Er schüttelte sich und spuckte aus.
»Na sieh mal an, da ist ja das junge Paar!« rief er endlich, wobei er dröhnend lachte. »Das ist aber nett, daß ihr mich besucht. Seid ihr gerade auf eurer Hochzeitsreise nach Paris?«
Am liebsten hätte ich mir eine seiner fürchterlichen Grünpflanzen gegriffen und sie ihm samt Topf ins Gesicht geschleudert. Der alte Kerl hatte die Situation sofort erfaßt. Er wußte, daß Daniela in den Schoß der Familie zurückkehrte, und deswegen fand ich seine

Worte ganz besonders gemein. Denn wenn Rache zu dick aufgetragen wird, ist sie nicht mehr süß.
»Ich bin nach Hause gekommen, Julien!«
Er breitete seine Arme auf der Chromstange aus, um noch mehr Halt zu finden. Langsam entwirrten sich auch seine Beine wieder. Sie wirkten wie Algen, die mit der Strömung mitgingen.
»Das ist schön, Kindchen. Aber sag mal, bist du . . . mit ihm heimgekehrt?«
Daniela zuckte müde die Achseln. Sie weigerte sich, auf seine üblen Scherze einzugehen.
Ich vergrub die Hände in meinen Taschen und versuchte so der rasenden Wut Herr zu werden, die ich unaufhaltsam in mir aufsteigen fühlte.
»Falls du mit deinem neuen Mann hier wohnen willst, muß du Theresa Bescheid sagen, damit sie ein Zimmer herrichtet. Ich werde mein Zimmer behalten, wenn du nichts dagegen hast. Es ist bei meinen Beinen nun einmal das Praktischste . . .«
Ich blickte zu Daniela hinüber. Es zog mir das Herz zusammen, wenn ich das reumütige Häufchen Elend sah, das sie im Moment war.
»Na, hattest du mit so einem Empfang gerechnet, Kindchen?« fragte ich sie. »Wie du siehst, hat Papi ein hübsches, kleines Bad genommen, während er auf dich wartete. Du dachtest zwar, er schwimmt in Tränen, aber nun planscht er doch nur in seinem Schwimmbecken.«
»Geh jetzt bitte«, entgegnete sie.
»Oh, ich habe noch viel Zeit. Es ist ja Sonntag!«
Der massige Alte hatte sich nicht mehr gerührt. Wahrscheinlich schämte er sich wegen seiner Beine. Es mußte eine ganz schöne Anstrengung für ihn sein, aus dem Wasser herauszukommen. Ich konnte mir gar nicht vorstellen, wie er das anstellen würde.
Mit seinem riesigen, von weißen Haaren bedeckten Oberkörper, seinem groben, zerfurchten Gesicht, seinem

dicken, weißen Bauch und seinen gummiartigen Beinen, die seinem Gehirn nicht mehr gehorchten, sah er reichlich abschreckend aus. Seine schwarze Badehose glänzte wie der Panzer eines Mistkäfers. Aber das schrecklichste an ihm waren seine blutunterlaufenen Augen, die uns unverwandt anstierten.
Irgend etwas hatte sich in seinem Gesicht verändert. Ich überlegte, daß er vielleicht nach dem Fortgehen seiner Frau so haßerfüllt war, daß er zu trinken begann. Denn so stark konnte das Wasser gar nicht gechlort sein, daß seine Augen davon dermaßen entzündet waren.
»Meine Frau hat Sie gebeten zu gehen«, bemerkte Carbon. »Ich glaube, es wäre besser, wenn Sie auf sie hörten. Ich bin nämlich für klare Verhältnisse.«
»Ach wirklich . . .«
Ich ging um das Becken herum auf den Gelähmten zu.
»Hat man da Worte, mein armes Nilpferd!« krächzte ich. »Du willst klare Verhältnisse! Man muß schon ganz schön egoistisch sein, um in deinem Zustand so etwas zu sagen.«
Er schlug die Augen nieder, als wollte er seinen Haß vor mir verbergen.
Ich hockte mich in einigen Metern Entfernung von ihm hin und stützte mich mit den Händen zwischen den Füßen ab.
Ich war so außer mir vor Wut, daß ich zitterte und zu stottern begann. Ich duzte ihn, um ihm zu zeigen, wie sehr ich ihn verachtete. Wir haßten uns so sehr, daß wir schon fast wieder etwas Gemeinsames hatten.
»Carbon, du bist nichts als ein armseliger Widerling! Ein Blaubart auf Krücken! Ein neureicher Sklaventreiber. Ein Sklavenhändler. Ein Abdecker, dessen ganzer Kunstsinn sich darin erschöpft, sich ein paar Gartenzwerge auf den Rasen zu stellen. Bevor ich gehe, werde ich dir noch sagen, was ich von dir halte, denn es wäre nicht anständig von mir, das Feld zu räumen und dich darüber im

unklaren zu lassen. Ab einem bestimmten Moment ist es nur noch schädlich, seinen Haß zu verbergen – man muß ihn auf den zurückwerfen, der ihn entfacht hat...«
In der Akustik des Glashauses hallte meine Stimme eigenartig fremd. Ich betrachtete das rote Schwimmbekken und die seltenen, verstaubten Pflanzen...
»Weißt du, Carbon, für dich ist Daniela doch nur eine von diesen Topfpflanzen. Sie ist ein Teil dieses Gewächshauses. Sie kehrt nicht zu ihrem Mann zurück, sondern zu ihrem Gärtner. Du hast sie gekauft, wie du die kleinen Schwarzen gekauft hast, bevor du sie kennengelernt hast. Du hast sie für den Preis eines Flugtickets bekommen. Sie war sicher nicht die erste, bei der du es mit diesem Trick versucht hast, was, Julien? Ich wette, daß du auch anderen deine große Szene vorgespielt hast: ›Ich fahre jetzt nach Afrika zurück, und Sie sollten mich wirklich mal besuchen kommen, um zu sehen, wie schön es da unten ist.‹ Zur Abwechslung mal ein bißchen weißes Fleisch, nicht wahr, du alter Büffel? Da konntest du dich ganz auf den Zauber eines Tickets nach Abidjan verlassen, das so viel kostet, wie so ein Mäuschen in drei Monaten verdient! So einfach und doch so wirksam. Den Rest konntest du dann Afrika überlassen. Ja, du brauchst schon einen ganzen Kontinent, um eine Frau zu verführen. Daniela hast du vom Tam-Tam verhexen lassen. Siebenunddreißig Grad im Schatten bei hundert Prozent Luftfeuchtigkeit im Busch reichten aus, ihren Willen zu lähmen. Mangroven, gutgeölte Gewehre und Schwarze im Rausch der Trommelmusik taten das ihre... Du warst nicht nur schüchtern, mein Alter. Nein, im Grunde warst du schon immer impotent! Der Baum, der dir dein Rückgrat zerschmettert hat, hat nur ans Licht gebracht, was schon längst bei dir angelegt war. Man braucht nämlich den Körper für die Liebe; frag nur Daniela, die wird es dir nun auch erklären können. Überhaupt werdet ihr euch in der nächsten Zeit einiges zu erzählen haben, Carbon!«

Ich blickte zu Daniela hinüber. Sie stand an einen Griff der Schwimmbeckenleiter gelehnt und schien mir gar nicht zuzuhören. Genaugenommen schien sie ganz woanders zu sein ...

»Schau sie dir an, Carbon ..., du hast sie nicht verzaubert; du hast sie lediglich neutralisiert. Ihr Sinn für eheliche Pflichten ist nichts weiter als ihr Sinn für Besitz. Ich habe es ihr auch schon selber gesagt: sie ist viel zu ehrlich, um glücklich sein zu können. Sie weiß genau, daß sie dir gehört und daß auf irgendeinem Bürgermeisteramt oder einem Konsulat ein Kaufvertrag liegt, der das bestätigt. Sie ist sich darüber im klaren, daß sie nicht das Recht hat, sich dem hinzugeben, dem sie nicht gehört. Und das weißt du auch. Du hast deinen schönen roten Luftballon an einem Faden aufsteigen lassen, aber es genügt, daß du an dem Faden ziehst, und er kommt zu dir zurück! Da, Carbon, da hast du sie zurück!«

Ich streckte den Arm nach Daniela aus und gab ihr einen Schubs, daß sie ins Wasser fiel.

Sie gab keinen Ton von sich. Ich sah, wie sich ihre Kleider aufblähten, als sie in das Wasser tauchten. Sie schwamm langsam zu ihrem Mann hinüber, ergriff die Stange an seiner Seite und drehte sich wie er zu mir um. Es war schon ein eigenartiger Anblick, dieses Ehepaar da, in dem rotfunkelnden Wasser! Er mit seiner schwarzen Badehose und den dahintreibenden Beinen und sie mit ihren am Körper klebenden Haaren und Kleidern, schön und tragisch zugleich in ihrer unendlichen Schicksalsergebenheit.

Das Wasser brauchte eine ganze Weile, bis es sich wieder beruhigt hatte. Das Glasdach warf das Klatschen in vielfachem Echo zurück.

»War das alles?« dröhnte Carbon.

»Noch nicht ganz.«

»Aber ich finde, es reicht jetzt, du Grünschnabel! Also hau endlich ab! Oh mein Gott, wenn ich doch nur meine

Beine benutzen könnte! Dann würde ich dir in den nächsten dreißig Sekunden die schönste Kinoszene liefern, mein Junge, und zwar eine, die sich gewaschen hat.«
Ich hielt den Arm über das leise plätschernde Wasser.
»Hören Sie, Carbon...«
Der jämmerliche Anblick Danielas, die noch immer in voller Kleidung im Schwimmbecken stand, begann mich zu beunruhigen, und so fand ich automatisch zum Siezen zurück.
»Nur noch eins... Und zwar genau Ihre Beine. Nur deswegen ist Daniela zu Ihnen zurückgekommen. Wenn Sie noch der Carbon wären, der Sie damals im Parkhotel waren, wäre sie nicht zu Ihnen zurückgekehrt. Aber einen Krüppel kann man nicht einfach verlassen. Sie sah Sie im Geiste immer vor sich, stellte sich vor, wie Sie hier in Ihrer Brühe planschen oder ein Nickerchen mit der Dogge machen... Sie dachte an das kleine, schwarze Biest, das sich um alles kümmert, wenn sie weg ist... Daß man Ihnen aus der Hose helfen muß...«
»Es ist genau«, wie ich schon sagte: »Daniela ist eine pflichtbewußte Frau! Das erste Mal haben Sie sie dank eines Flugtickets bekommen, das zweite Mal dank Ihrer Krücken. Da haben Sie noch einmal Glück gehabt, nicht wahr? Aber sicher werden Sie keine ruhige Minute mehr haben, wenn sie ihre nächtlichen Ausflüge wieder aufnehmen wird.«
Er ließ die verchromte Stange los und schwamm zu einer Rampe am anderen Ende des Beckens, die ich bisher noch nicht bemerkt hatte. Sie diente ihm als Ein- und Ausstieg für das Schwimmbecken. Als er bei ihr angelangt war, reichte ihm das Wasser nur noch bis zur Taille. Die flache Steigung der Rampe war mit breiten Gummistreifen verkleidet. Das Schauspiel, das nun folgte, ließ mich all' meinen Groll vergessen. Carbon begann, sich mit den Fingernägeln und Ellenbogen von einem

Gummistreifen zum anderen zu robben, und zog seine gelähmten Beine hinter sich her.
Wie hatte ich diesem körperlich derart hart geschlagenen Mann nur so eine Szene machen können? Wie hatte ich ihn nur so beschimpfen und erniedrigen können?
Ich ging um das Becken herum auf dieses arme, kriechende Wesen zu, von dem das Wasser heruntertropfte.
»Kann ... kann ich Ihnen helfen?« stammelte ich.
»Laß mich in Ruhe, du Idiot!«
Ich blieb wie angewurzelt stehen und starrte ihn an. Er robbte weiter über die Fliesen, mit denen der Boden rund um das Bassin ausgelegt war und streckte den Arm aus, um seine Krücken heranzuziehen, die er in der Nähe der Rampe abgelegt hatte. Und was jetzt folgte, stellte noch einmal alles in den Schatten. Carbon stellte eine Krücke dicht neben sich. Er umklammerte den Griff und zog sich mehr schlecht als recht an ihr hoch, bis er auf den Knien stand. Sein Rumpf schwankte auf der unsicheren Basis, die seine gefühllosen Beine bildeten. Er neigte die Krücke, stemmte sie mit ihrem Gummifuß gegen den Kübel einer Zwergpalme und hievte sich mühevoll weiter hoch bis zum Stand. Mit der linken Hand hielt er die ganze Zeit die zweite Krücke umklammert. Sie half ihm nun, da er fast in der Aufrechten war, sein Gleichgewicht zu wahren. Er senkte den Kopf, schloß die Augen und atmete tief durch. Dann nahm er ein grünes Handtuch, das über dem Ast eines Strauches gehangen hatte, und trocknete sich so gut er konnte ab.
Er schien zu überlegen. Kurz darauf legte er sich das Handtuch um den Hals und machte sich daran, seinen großen karierten Bademantel anzuziehen. Es war derselbe, den er getragen hatte, als ich ihn das erste Mal vom Eingangstor aus gesehen hatte.
Nun wirkte Carbon wieder beeindruckend. Sicher hatte er es nur seiner ständigen Übung zu verdanken, daß er jetzt so muskulös und markant aussah.

»Herr Carbon...«
Er schaute mich an.
»Ich möchte Sie ehrlich um Verzeihung bitten, aber ich liebe sie...«
Er wandte den Kopf. Wir betrachteten Daniela, die noch immer unbeweglich im roten Wasser stand.
»Pah«, brummte Carbon, »es kann nicht schaden, wenn man von Zeit zu Zeit mal die Wahrheit gesagt bekommt. Und es war sicher etwas Wahres an dem, was du mir erzählt hast, mein Junge...«
Er nannte mich ›seinen Jungen‹!
Und er hatte jetzt auch etwas Väterliches in seiner Stimme.
»Jeder muß sich ab und zu mal darüber klarwerden, wo er steht«, fuhr der Behinderte fort.
Unter seinem Bademantel rann das Wasser hervor. Es sah aus, als hätte er sich gerade in die Hose gemacht.
»Auf die eine oder andere Weise regeln sich die Dinge meist schon von alleine. Entweder gewöhnen wir uns an sie, oder sie gewöhnen sich an uns, aber das ist umständlicher. Kurz gesagt...«
Er schwang sich auf seinen Krücken zu Daniela hinüber.
»Sag, Kindchen, ich möchte dir gerne eine Frage stellen. Nur eine einzige, und sie ist auch nicht böse gemeint. Wenn du nur irgend etwas für mich, für dich oder für ihn empfindest, mußt du ganz ehrlich antworten... Abgemacht? Das Blabla überlassen wir jetzt mal seinen Geschichten...«
Er schneuzte sich geräuschvoll in das grüne Handtuch. Seine Stimme war gleichbleibend laut und ruhig.
»Versprichst du, mir zu antworten?«
»Ja, Julien.«
»Danke. Ich weiß, daß du dein Wort halten wirst. Nun... Wenn ich noch gesund wäre, wärst du dann auch zurückgekommen? Überleg es dir gut!«
Der Frage folgte eine unerträgliche Stille, die auch durch

das leise Plätschern des Wassers nicht unterbrochen wurde. Wir erwarteten beide gespannt Danielas Urteil, unversehens geeint durch unsere Angst.
»Nein«, sagte sie mit fester Stimme. »Nein Julien, ich wäre nicht zurückgekommen.«
Er nickte nachdenklich.
»Ja, man muß immer aufrichtig sein, Kindchen. Immer ... Sonst gleicht das Leben einem Kartenhaus ...«
Dann tat er etwas ganz Unerwartetes: er zwinkerte mir zu und verließ fluchtartig, so schnell ihn seine Krücken trugen, den Raum, als hätte ihn plötzlich Panik erfaßt.
»Komm aus dem Wasser!« befahl ich Daniela.
Sie schwamm bis zur Leiter. Ich half ihr heraus. Ihre nassen Kleider hingen schwer an ihr herunter, und obwohl das Wasser geheizt gewesen war, schlotterte die junge Frau am ganzen Körper.
»Geh dich schnell umziehen. Bist du mir böse?«
Sie schüttelte den Kopf.
»Warum sollte ich dir böse sein?«
»Ja, warum eigentlich?« seufzte ich. »Schließlich bin ich es ja, der verlassen wird! Schließlich bin ich ja das Opfer!«
Wir gingen hinaus. Die Wolken waren aufgerissen und ließen dahinter den blauen Himmel ahnen.
»Glaubst du wirklich, daß du das Opfer bist?« fragte Daniela. In diesem Moment ertönte im Haus ein Schuß.

11

Es ist erstaunlich, wie kleine Mädchen sich von einem Monat zum anderen verändern können.
Seit unserem letzten Treffen war Mauricette kaum wiederzuerkennen. Sie war nicht mehr das puppenhafte kleine Mädchen. Unter ihrem blauen Internatskleid

zeichneten sich deutlich die ersten Rundungen ab, und eine neue Ernsthaftigkeit verdunkelte ihren Blick. Sie wurde Martine immer ähnlicher.
»Es ist das erste Mal, daß ich mit einem Dampfer fahre«, erklärte sie.
Der Kapitän ließ die Schiffssirenen aufheulen und lenkte das Boot in den Seinearm, der die Stadt von der Ile Saint-Louis trennte. An den Ufern konnte man die ersten Angler sehen, und die Weiden zeigten das erste zarte Grün. Im dunklen Wasser spiegelten sich die Häuserblocks der Uferstraße, bis der Bug des Seinedampfers sie unbarmherzig durchschnitt.
»Macht es dir Spaß?«
»Oh ja, es ist toll!«
Im Innenraum des Schiffes war es angenehm warm, und dennoch saßen wir unter der hohen Plexiglaskuppel wie im Freien.
Mauricette ließ die Beine baumeln. Das nächste Mal würde sie wahrscheinlich mit den Füßen auf den Boden kommen, denn es fehlten ohnehin nur noch ein bis zwei Zentimeter.
»Sag Papa Jean...«
Sie gab sich Mühe, mich anzusehen, aber ihre Augen glitten immer wieder zur Seite.
»Nun?« ermunterte ich sie.
»Die Schüler, die nicht im Internat wohnen, haben mir erzählt... Aber ich weiß nicht, ob es wahr ist...«
»Was haben sie dir denn erzählt, Liebling?«
»Daß ein Herr sich umgebracht hat, während du in seinem Haus warst?«
Das hatte sicher schon die letzten acht Tage in ihrem Kopf herumgespukt. Ob man ihr auch von dem Artikel im France-Soir erzählt hatte, der über meine Heirat berichtete?
»Das stimmt, mein Häschen!«
»Warum hat er das getan?«

»Weil er sehr, sehr krank war. Er... er mußte zu sehr leiden!«
Sie forschte nicht weiter nach. Der Dampfer fuhr jetzt am Louvre vorbei, dessen frisch verputzte Fassade in der Sonne schimmerte. Das Schloß hatte den gleichen hellbeigen Farbton wie unsere Möbel in Gstaad. Die Autos drängelten sich auf der Uferstraße, und das machte die ganze Würde des Anblicks zunichte.
»Weinst du, Papa Jean?« fragte Mauricette leise.
»Ich?«
Ich tastete nach meinen Augen.
»Tatsächlich, es stimmt.«
»Wegen des Herrn?«
Ich weinte wegen des Herrn, wegen seiner Frau, aber vor allem wegen mir. Ich sah uns wieder durch den Garten stürzen und Seite an Seite ins Haus laufen. Ob ich mir wohl jemals hätte vorstellen können, daß ich es eines Tages unter so grausigen Umständen betreten würde? Wir rannten durch ein großes Wohnzimmer, das genauso möbliert war, wie ich es erwartet hatte. Obwohl ich keinen Augenblick stehenblieb, merkte ich mir jede Einzelheit. Ich bemerkte einen großen Flügel, dem man deutlich ansah, daß er nur zur Dekoration diente, die nachgemachten Stilmöbel und die geschmacklosen Bilder, wie man sie in den »Kunstabteilungen« der großen Warenhäuser fand.
Theresa stand schreiend in der Tür zu einem großen Büro. Das erste, was mir ins Auge fiel, war das verdammte Telefon, über das Carbon der alleinige Herrscher gewesen war. Auf der rechten Seite des Zimmers, unter dem Fenster, stand ein enormes schwarzes Ledersofa, auf dem Julien ausgestreckt lag. An seiner Schläfe war ein großer roter Fleck, der langsam größer wurde. Ein Geruch von Pulver und Chlor durchzog den Raum. Seine Krücken waren zu Boden gefallen. Die Mulattin hatte einen Nervenzusammenbruch bekommen und wälzte sich stöhnend auf dem Teppichboden. Wie in

einem Alptraum hatte sich die riesige Dogge auf ihren Herrn gestürzt. Sie schnüffelte an ihm herum und begann dann, die gräßliche Wunde abzulecken.
»Fährt unser Boot weit?«
»Bis ans andere Ende von Paris, mein Kleines . . .«
»Stimmt es, daß du wieder geheiratet hast?«
Darauf hatte ich schon gewartet. Ich lächelte nachsichtig.
»Nein, Mauricette. Das hat ein Journalist nur geschrieben, weil er mich ärgern wollte.«
»Und was ist mit Mami Martine? Wird sie bald heiraten?«
»Ich weiß nicht. Warum?«
»Weil, als sie mich letzten Sonntag besuchte, ein Herr mitkam, der draußen in einem großen, weißen Auto auf sie wartete.«
»War er jung?« erkundigte ich mich automatisch.
Ich fragte ohne die geringste Eifersucht. Nur, um irgend etwas zu sagen.
»Oh nein, er war alt.«
Aber ab welchem Alter galt man wohl bei Mauricette als alt? Es ließ mich kalt, ob Martine wieder heiraten würde oder nicht. Sie gehörte jetzt für mich zu einem Abschnitt meines Lebens, mit dem ich abgeschlossen hatte, und unsere Wege würden sich nicht mehr kreuzen.
»Du siehst traurig aus, Papa Jean!«
»Findest du?«
»Wegen des toten Herrn?«
Carbon wußte, was sich gehörte und hatte eine Nachricht hinterlassen, bevor er sich eine Kugel in den Kopf jagte. Ich sah den Schreibblock im Geiste wieder vor mir.
»Herr Kommissar!
An meinem Tod ist niemand schuld. Ich hatte nur keine Lust mehr, mich weiterzuquälen.
Julien Carbon«
stand da mit Filzschreiber in unbeholfener Schrift.
Wie waren doch gleich seine letzten Worte gewesen? ich versuchte, sie mir wieder ins Gedächtnis zu rufen, wäh-

rend ich seinen massigen, tödlich getroffenen Körper betrachtete.
»Man muß immer aufrichtig sein, Kindchen. Sonst gleicht das Leben einem Kartenhaus.«
Er hatte das Mitleid seiner Frau zurückgewiesen. Sein Selbstmord war gleichermaßen ein Beweis seiner Liebe, wie auch ein Beweis, daß er doch noch einen Funken Stolz besaß.
Daniela war zum Telefon hinübergetaumelt. Bevor sie abnahm, hatte sie sich zu mir umgedreht.
»Wir haben ihn getötet, Jean!« hatte sie gesagt. »Geh nun, ich will dich nie wiedersehen!«
»Es liegt nicht an mir, jetzt zu gehen, die Polizei . . .«
»Laß das nur meine Sorge sein.«
»Aber Theresa . . .«
»Laß das nur meine Sorge sein. Ich will, daß du gehst . . .«

*

»Wo sind wir jetzt?«
»Unter der Alexander-III-Brücke. Wir werden bald am Eiffelturm vorbeikommen.«
»Man kann den Eiffelturm von überall in Paris sehen, nicht wahr?«
»Ja Liebling, von überall, weil er so hoch ist . . .«
»Lebst du noch immer im Hotel, Papa Jean?«
»Ja, noch immer . . .«
»Nimmst du mich mal mit. Ich würde so gerne mal sehen, wie du wohnst.«
Ich hatte versucht, ein ganz einfaches Zimmer in einem kleinen Vorstadthotel zu bekommen, wie ich es mir erträumte, und hatte deswegen eine Unzahl solcher Hotels abgeklappert. Aber immer, wenn ich so weit war, ein Zimmer zu mieten, hatte mich wieder etwas zurückgehalten: entweder war es zu schmutzig oder es stank

unerträglich, oder der Wirt sah einfach nur zu unfreundlich aus. Trotzdem mußte ich sobald wie möglich und um jeden Preis etwas unternehmen, um der Depression zu entrinnen, die sich jeden Tag etwas schwerer auf mich senkte. Ich schrieb ellenlange Briefe an Daniela, die immer ohne Antwort blieben. Wenn ich sie anrief, murmelte sie, sobald sie meine Stimme erkannte: »Bitte, laß doch« und legte auf. Ich hatte mich mehrere Male auf dem Weg zu ihrem Haus auf die Lauer gelegt, aber auch hier hatte ich umsonst gewartet. Ich sah niemanden, außer einmal Theresa. Sie trug Trauerkleidung und kam gerade schwerbeladen vom Einkaufen zurück. Als sie sah, daß ich es war, hob sie einen Stein auf und schleuderte ihn mit voller Wucht gegen meine Windschutzscheibe. Die Windschutzscheibe hielt zwar, aber als der Stein herunterrollte, zerkratzte er mir dafür die Kühlerhaube meines Ferrari.

»Sag, wirst du mich mal mit in dein Hotel nehmen, Papa Jean?«

»Ja, mein Engel, gleich nachdem wir unsere Rundfahrt beendet haben.«

»Machst du immer noch Filme?«

»Im Augenblick nicht.«

Die Briefe von Marcé kamen in immer kürzeren Abständen, aber ich öffnete sie nicht einmal mehr. Der letzte war sogar als Einschreiben aufgegeben. Da sein Büro gleich um die Ecke von meinem Hotel lag, war ich ihm einmal in der Avenue George V. begegnet. Doch kaum hatte ich ihn in der Menge erblickt, hatte ich mich auch schon in das nächste Gebäude geflüchtet, um ihn ja nicht treffen zu müssen.

»Was machst du denn dann?«

Als echter Drehbuchautor hätte ich ihr jetzt antworten müssen: »Ich bin gescheitert!« Denn ich war tatsächlich gescheitert. Und das, obwohl ich all' meine Laster aufgegeben hatte. In dem Zustand, in dem ich mich jetzt befand, wären Laster eher ein Rückschritt gewesen. Ich beneidete die Drogensüchtigen, die (wahren) Alkoholiker und die sexuell Abhängigen. Noch der letzte von ihnen hatte wenigstens ein Ziel: sein Verlangen zu stillen. Die einzige Droge, die mir noch hätte helfen können, war Daniela, und die war unerreichbar.

»Nichts, Mauricette.«

»Bist du krank?«

Langsam ließen sich meine Depressionen nicht mehr verbergen, so daß mich die Angestellten des George V. schon immer ganz eigenartig anschauten. Ich betäubte mich regelmäßig mit Beruhigungsmitteln, die ich mir von einem befreundeten Apotheker erbettelte. Es kam vor, daß ich fünfzehn Stunden und länger in einem halb bewußtlosen Zustand vor mich hindämmerte, bis ich plötzlich schweißgebadet hochschreckte und das Gefühl hatte, als hätte man mir gerade eins mit einem Knüppel übergezogen.

»Es geht mir nicht besonders gut«, gab ich zu.

»Was hast du denn?«

»Ich bin vierzig Jahre alt, mein Schatz. Das ist eine Krankheit, von der sich manche Männer nur sehr schwer erholen.«

»Sag, möchtest du, daß ich zu dir ziehe?«

»Das wäre sicher gar nicht komisch für dich, Kindchen ...«

Ich zuckte innerlich zusammen. Hatte ich mir etwa inzwischen Carbons Wortschatz angeeignet? Verfolgte er mich noch über den Tod hinaus? Ich hatte mich schon ein paarmal dabei ertappt, daß ich gewisse Marotten von ihm übernahm, wie zum Beispiel, die Leute mit derselben Mischung aus Skepsis und Starrsinn anzublicken, die auch er immer an sich hatte ...

Eine Stunde später kam ich mit Mauricette in mein Hotel.

»Wer ist denn dieses reizende Fräulein?« erkundigte sich der Liftboy beunruhigt.

»Meine Tochter, Antoine. Nur keine Sorge, noch bin ich nicht unter die Kinderverführer gegangen!«
»Aber Herr Debise, wo denken Sie hin!«
Sie trat ganz schüchtern in mein Zimmer, wie man das erste Mal über die Schwelle einer Kirche tritt, die zu einer fremden Religion gehört.
Dann lief sie vorsichtig hin und her und streichelte dabei sachte über die Möbel.
»Schön hast du es hier«, stammelte sie.
Und begann zu weinen.

*

»Möchtest du Kuchen oder Eis?«
»Gibt es auch Johannisbeereis?«
»Ich werde fragen ...«
Ich nahm den Hörer ab, aber anstatt den Etagenkellner zu verlangen, ließ ich mich mit Montfort-Amanry verbinden. Es war eine plötzliche Eingebung gewesen. Unüberlegt, wie alle Eingebungen.
»Komm her, Mauricette!«
Ich hielt ihr den Hörer hin.
»Gleich wird sich am anderen Ende der Leitung eine Dame melden. Sag ihr bitte: ›Ich bin Mauricette. Papa Jean erwartet Sie heute abend in der Bar mit der Fliege. Sie müssen unbedingt kommen.‹ Kannst du dir das merken?«
Wie jedes Kind wirkte sie nicht besonders überrascht über die Launen eines Erwachsenen.
»Weiß die Dame von mir?« war ihre einzige Reaktion.
»Ja, ich habe ihr von dir erzählt.«
Es knackte. Das Mädchen schien plötzlich die Sprache verloren zu haben, denn es dauerte ewig, bis sie endlich zaghaft »Hallo« murmelte.
Und dann sagte sie ihr Sprüchlein auf.
»Guten Tag, hier spricht Mauricette. Papa Jean erwartet

Sie heute abend in der Bar mit der Fliege. Sie sollen unbedingt hinkommen...«
Sie schluckte, räusperte sich und fügte schließlich aus eigenem Antrieb hinzu: »Er ist sehr unglücklich. Auf Wiedersehen.«

12

Ich hatte schon drei Campari getrunken, als sie ihre Hand auf meine Schulter legte. Ich wußte, daß es so kommen würde.
Von nun an kannte ich ihre kleinsten Gesten und Regungen bis in alle Ewigkeit. Und trotzdem erfüllte mich diese Hand auf meiner Schulter mit unsagbarer Freude.
Ich fragte mich, ob sie in Trauer sein würde, aber sie trug die Sachen, die sie an unserem ersten Abend angehabt hatte. Wir sahen uns an. Ich las in ihren Augen, wie sehr ich mich körperlich verändert haben mußte, seit wir uns das letzte Mal gesehen hatten.
»Jean, ich bin gekommen, weil...«
»Du bist gekommen, weil wir uns lieben, Daniela«, unterbrach ich sie, »und weil wir uns immer lieben werden.«
Ich legte einen Geldschein auf die Theke.
»Laß uns gehen!«
Ein feiner Regen rieselte vom Himmel. Ich schob meinen Arm unter ihren und fand ihre Hand in der riesigen Tasche ihres Mantels. Außerdem ertastete ich noch ein Taschentuch, dessen Geruch mir so vertraut war, und einen Schlüsselbund. Ihre Finger waren kalt und leblos.
»Daniela, ich kann nicht ohne dich leben. Hast du bemerkt, wie ich aussehe? Ich werde sterben...«
Sie antwortete nicht. Wir bogen in den Boulevard Raspail ein, dessen eine Fahrbahn aufgerissen und mit Warnblinkleuchten abgesichert war.

»Diesmal sollten wir wirklich weggehen!«
»Das geht nicht. Ich habe zu viel Angst...«
»Vor deinen Erinnerungen?«
»Ja«, hauchte sie. »Und weil wir ihn umgebracht haben.«
»Nicht wir waren es, es war ein Baum! Der Kapokbaum von damals hat an diesem Sonntag sein Werk vollendet, Daniela!«
»Warum sagst du das?«
»Weil es die Wahrheit ist. Der alte Haudegen hat es doch nur geschafft, nach dem Unfall weiterzuleben, weil er feste Vorstellungen von eurer Beziehung hatte. Als er einsehen mußte, daß diese Vorstellungen nicht mehr mit der Realität übereinstimmten, hat er seinem Leben ein Ende gesetzt.«
»Aber wir haben ihn dazu getrieben, das einzusehen, und deshalb sind wir der eigentliche Grund für seinen Selbstmord.«
»Die Wahrheit läßt sich nun einmal nicht vom Tisch wischen. Erinnerst du dich noch, wie er sagte, wenn du nicht aufrichtig seist, gliche dein Leben einem Kartenhaus? Ihr beide jedenfalls hattet eine Existenz schon lange auf einem Haufen gezinkter Karten aufgebaut... Von nun an werden wir uns nie mehr trennen. Und wenn uns die Erinnerung an ihn quält – nun gut: soll sie uns quälen! Ich bin bereit, ihm diesen Tribut zu zollen. Auch wir beide wären fast gestorben, Daniela. Um diese Krise zu überwinden, müssen wir einfach weiterleben, und zwar in guten wie in schlechten Zeiten. Laß uns diese Zeit zusammen durchleben. Zusammen, Daniela! Zusammen!«
Sie blieb stehen. Der Schein der Warnblinklampen zuckte über ihrem Gesicht.
»Jetzt noch nicht«, entgegnete sie. »Eines Tages. Vielleicht schon bald. Aber jetzt noch nicht.«
»Du weißt ganz genau, daß es jetzt oder nie sein wird, denn jetzt bist du da! Ich brauche dich, denn nur du

kannst mir den Schlaf und die Arbeit zurückgeben. Es gibt bessere Mittel, um zu büßen! Sieh mal, so zum Beispiel!«

Ich hob das Seil, das die aufgerissene Fahrbahn vom Bürgersteig trennte und ergriff ein großes Stück Asphalt. Ich legte es auf meinen Kopf, faltete die Hände im Rücken, drehte mich im Kreis und versuchte den Brokken im Gleichgewicht zu halten, so wie damals der alte Neger in San Pedro, den wir bei seiner Bußübung beobachtet hatten.

»Siehst du, Daniela, es gibt tausend Arten, etwas zu sühnen. Wir werden eine finden . . .«

Ich drehte mich noch immer im Kreis.

»Wenn du glaubst, daß ich genug gebüßt habe, brauchst du nur einen Satz zu sagen«, fügte ich nach einer Weile hinzu. »Ich liebe dich!«

Roman

Als Band mit der Bestellnummer 10 486 erschien:

Dorothy Eden

DAS DRACHENHAUS

Der Antiquitätenhändler Carrington lebt mit seiner Familie in Peking, als der Boxeraufstand ausbricht. Die Aufrührer ziehen sengend und mordend durchs Land; sie machen auch vor dem Wohnsitz der Carringtons, dem »Drachenhaus«, nicht halt. Dennoch gelingt es der Familie, mitsamt ihren Kunstschätzen in ihre englische Heimat zurückzukehren.
75 Jahre später: Suzie, die exzentrische vierte Tochter der Carringtons, lebt in einem Haus an der Themse, das sie wieder das »Drachenhaus« nennt. Ihr Reichtum lockt viele Verehrer an, aber keiner von ihnen weiß von dem dunklen Geheimnis, das sie umgibt . . .

Roman

Als Band mit der Bestellnummer 10 448 erschien:

Barbara Cartland

IM LABYRINTH DER LIEBE

Die schöne, aber mittellose Cleona wird von ihrer reichen Freundin Beatrice zu einer Romreise eingeladen. Sie wohnen bei Lady Raven, Beatrices künftiger Schwiegermutter. Als Cleona der Verlobte ihrer Freundin vorgestellt wird, stellt sie zu ihrem Entsetzen fest, daß es jener Lord Raven ist, dem sie schon einmal begegnet ist und in den sie sich unsterblich verliebt hat.
Aber auch Beatrice ist unglücklich, denn die liebt ebenfalls einen Mann, der für sie unerreichbar ist, und denkt mit Schrecken an ihre bevorstehende Ehe.
Wird es für die beiden Freundinnen einen Ausweg geben aus dem Labyrinth, in das sie ohne eigene Schuld geraten sind?

Roman

Als Band mit der Bestellnummer 10 511 erschien:

Belva Plain

DIESE GROSSE LIEBE

Über 5 Monate an der Spitze der Bestsellerliste der New York Times

Nicht nur die Neigung zur Medizin, sondern auch die Hingabe an den Beruf hat Martin Farrel von seinem Vater, einem beliebten Landarzt, geerbt. Er verzichtet jedoch auf die väterliche Praxis und läßt sich als Nervenarzt nieder. Eine steile Karriere beginnt. Aber da ist die schöne Mary Fern, die Martin über alles liebt und an der sein Leben zu zerbrechen droht.

»Die Autorin versteht es, den Leser von einer dramatischen Situation in die nächste zu reißen – eine blendend und spannend erzählte Handlung.«

PUBLISHERS WEEKLY

Roman

Als Band mit der Bestellnummer 10 374 erschien:

Marie Thérèse Humbert

HIBISKUS UND BITTERMANDEL

Die exotische und farbenprächtige Insel Mauritius ist Schauplatz des Romans, in dessen Mittelpunkt die Zwillingsschwestern Nadine und Anne Morin stehen.

Nadine, die Eigenwillige, stets mit ihren Träumen und Phantasien Beschäftigte, setzt sich über alle Konventionen und Schranken hinweg. Sie verliebt sich in einen Inder und fordert damit ihr Schicksal heraus.

Anne, ganz ihre puritanische Mutter, steht im Schatten der Schwester. Als sie von Nadines schändlicher Verbindung erfährt, erreicht der Konflikt zwischen den beiden Schwestern einen tragischen Höhepunkt . . .

»Ein wahrhaftiges Buch, wie ein vertrauliches Geständnis . . .«

Le Figaro